MIRA®

Der Preis dieses Bandes versteht sich einschließlich der gesetzlichen Mehrwertsteuer.

Umwelthinweis:
Dieses Buch wurde auf chlor- und säurefreiem Papier gedruckt.

Elizabeth Hoyt

Das Geheimnis des Viscounts

Roman

Aus dem Amerikanischen von
Alexandra Kranefeld

MIRA®

MIRA® TASCHENBUCH
Band 25684
1. Auflage: August 2013

MIRA® TASCHENBÜCHER
erscheinen in der Harlequin Enterprises GmbH,
Valentinskamp 24, 20354 Hamburg
Geschäftsführer: Thomas Beckmann

Titel der nordamerikanischen Originalausgabe:
To Seduce A Sinner

erschienen bei: Forever, New York

Dieses Werk wurde vermittelt durch die
Literarische Agentur Thomas Schlück GmbH, 30827 Garbsen.

Konzeption/Reihengestaltung: fredebold&partner gmbh, Köln
Umschlaggestaltung: pecher und soiron, Köln
Redaktion: Bettina Lahrs
Titelabbildung: Harlequin Enterprises S.A., Schweiz
Autorenfoto: © by Elizabeth Hoyt
Satz: GGP Media GmbH, Pößneck
Druck und Bindearbeiten: CPI – Ebner & Spiegel, Ulm
Printed in Germany
Dieses Buch wurde auf FSC®-zertifiziertem Papier gedruckt.
ISBN 978-3-86278-746-3

www.mira-taschenbuch.de

PROLOG

Es war einmal in einem fernen Land ein Soldat, der aus dem Kriege heimwärts zog. Der Krieg hatte über Generationen angedauert. So lang hatte er gedauert, dass die Menschen völlig vergessen hatten, warum sie sich bekriegten. Eines Tages hatten die Soldaten einander angesehen und keinen Grund mehr gewusst, weshalb sie den anderen töten sollten. Die Offiziere brauchten ein wenig länger, um zu dieser Einsicht zu gelangen, doch schließlich hießen sie die Soldaten ihre Waffen ruhen zu lassen, und Frieden wurde verkündet.

So kam es, dass unser Soldat auf einsamer Straße nach Hause marschierte. Doch da der Krieg so viele Jahre gedauert hatte, gab es kein Zuhause mehr, in das er hätte heimkehren können. Er marschierte ins Nirgendwo. Aber er hatte einen Beutel mit etwas Proviant geschultert, die Sonne schien warm, und die Straße vor ihm war gerade und eben. Er war mit sich und seinem Leben zufrieden.

Man nannte ihn Lachender Jack …

[aus LACHENDER JACK]

1. KAPITEL

Jack marschierte seines Weges und pfiff fröhlich vor sich hin, denn er kannte keine Sorge …

[aus LACHENDER JACK]

London, Mai 1765

Es gibt im Leben eines Mannes wohl kaum Unerfreulicheres, als von seiner Zukünftigen am Tag der Hochzeit sitzen gelassen zu werden, dachte Jasper Renshaw, Viscount Vale. Wenn man dabei obendrein noch unter den verheerenden Nachwirkungen einer durchzechten Nacht zu leiden hatte … nun, das war wirklich ausgemachtes Pech.

„Es tut mir so l…l…leid!“, jammerte Miss Mary Templeton, die vermeintlich Zukünftige, in einer Tonlage, die einem jeden Mann die Kopfhaut vom Schädel hätte lösen können. „Es war nie meine Absicht, Sie zu täuschen!“

„Nun“, sagte Jasper, „davon gehe ich aus.“

Am liebsten hätte er den schmerzenden Schädel in den Händen vergraben, hatte aber das ungute Gefühl, dass dies dem Ernst der Lage nicht angemessen wäre, schien dies doch offensichtlich ein bedeutsamer Augenblick in Miss Templetons Leben. Zumindest saß er. Ein einziger Stuhl stand, hart und hölzern, in der Sakristei, den er ganz unritterlich in Beschlag genommen hatte.

Nicht dass es Miss Templeton etwas ausgemacht hätte: Sie plagten andere Nöte.

„Oh, Mylord!“, rief sie aus, womit vermutlich er gemeint war, wenngleich in Anbetracht des Ortes auch die Anrufung höheren Beistands nicht unwahrscheinlich schien. „Ich konnte nicht anders. Ich *konnte* einfach nicht anders. Oh, wie schwach und elend wir Frauen sind! Zu schlichten Gemüts, zu feurigen Herzens, um dem Sturm der Leidenschaft zu trotzen!“

Sturm der Leidenschaft? „Zweifellos“, murmelte Jasper.

Er wünschte, ihm wäre an diesem Morgen Zeit für ein Glas Wein geblieben. Oder auch für zwei. Das hätte seinen Kopf vielleicht ein wenig geklärt und ihm geholfen zu verstehen, was seine Verlobte ihm zu sagen versuchte, abgesehen von dem offensichtlichen Umstand, dass sie nicht länger die vierte Viscountess Vale werden wollte. Aber er – armer, argloser Trottel, der er war – hatte sich heute Morgen in dem Glauben aus dem Bett gequält, dass ihm nichts Schlimmeres bevorstünde als eine sterbenslangweilige Hochzeit, gefolgt von einem ausgedehnten Hochzeitsmahl. Weit gefehlt. Mr und Mrs Templeton hatten ihn am Kirchportal empfangen: Er mit finsterer Miene, sie in hektischer Aufgelöstheit. Als Jasper noch dazu frisch vergossene Tränen auf dem Antlitz seiner reizenden Braut hatte erblicken müssen, war ihm in den Tiefen seiner dunklen, abgründigen Seele die Ahnung gekommen, dass er heute keinen Hochzeitskuchen essen würde.

Er unterdrückte einen Seufzer und besah sich seine einstige Zukünftige. Mary Templeton war wirklich überaus reizend. Dunkel glänzendes Haar, strahlend blaue Augen, ein frischer, milchig weiß schimmernder Teint und hübsche dralle Brüste. Worauf ich mich schon richtig gefreut habe, dachte Jasper mit einem gewissen Verdruss, während seine frisch Verflossene in heller Erregung die Sakristei durchmaß.

„Oh, Julius!“, verkündete Miss Templeton und reckte die molligen Arme. Wirklich schade, dass die Sakristei so wenig Raum bot. Ihr theatralisches Temperament bedurfte einer großen Bühne. „Wenn ich dich nur nicht so sehr liebte!“

Jasper blinzelte und beugte sich vor. Irgendetwas musste er hier verpasst haben, denn er kannte keinen Julius. „Ähem“, räusperte er sich. „Wer ist Julius?“

Sie drehte sich um und riss ihre himmelblauen Augen weit auf. Ziemlich schöne Augen, wenn er es recht bedachte. „Julius Fernwood, der Pfarrer des Dorfes nahe Papas Landsitz.“

Sie ließ ihn wegen eines Dorfpfarrers sitzen?

„Oh, könnten Sie seine sanften braunen Augen sehen, sein

buttergelbes Haar, sein ernstes, würdevolles Gebaren, würden Sie genauso empfinden wie ich!“

Jasper hob eine Braue. Das wagte er zu bezweifeln.

„Ich liebe ihn, Mylord! Ich liebe ihn mit all der Macht meiner einfältigen Seele.“

In beängstigender Manier sank sie vor ihm auf die Knie, hob ihm ihr hübsches, tränennasses Gesicht entgegen und faltete die zarten weißen Hände vor ihren drallen Brüsten. „Bitte. Bitte! Ich flehe Sie an, befreien Sie mich von diesem grausamen Band! Geben Sie mir meine Flügel zurück, damit ich zu meiner einzig wahren Liebe fliegen kann, der Liebe, die ich stets in meinem Herzen tragen werde, selbst wenn man mich nötigte, Sie zu heiraten, wenn man mich in Ihre Arme drängte, gezwungen, Ihre animalischen Gelüste zu erdulden, mich grausamst …“

„Ja, ja, schon gut“, fuhr Jasper hastig dazwischen, ehe sie sein Bild als lüsternen, grausamen Unhold weiter ausschmücken konnte. „Ich verstehe, dass ich buttergelbem Haar und dem Salär eines Dorfgeistlichen nicht das Wasser reichen kann. Bitte, ich werde kampflos den heiligen Stand der Ehe räumen. Fliegen Sie zu Ihrer einzig wahren Liebe, Miss Templeton. Meine Glückwünsche und alles Gute.“

„Oh, ich danke Ihnen, Mylord!“ Sie ergriff seine Hände und bedeckte sie mit feuchten Küssen. „Immer werde ich Ihnen dankbar sein, immer in Ihrer Schuld stehen. Wenn Sie je …“

„Wenn ich je eines buttergelbhaarigen Dorfpfarrers oder dessen Frau bedürfen sollte et cetera, et cetera. Ich werde es mir merken. Vielen Dank, Miss Templeton.“ Einer plötzlichen Eingebung folgend, kramte Jasper eine Handvoll Münzen aus der Tasche, die er nach der Hochzeit unters Volk hatte werfen wollen. „Hier. Für Ihre Hochzeit. Ich wünsche Ihnen alles Gute mit … äh, Mr Fernwood.“

Er schüttete die Münzen in ihre Hände.

„Oh!“ Miss Templetons Augen weiteten sich noch mehr. „Oh, *danke*!“

Mit einem letzten feuchten Kuss auf seine Hand hüpfte sie hinaus. Vielleicht fürchtete sie, dass ihn seine spontane Großzügigkeit reuen könnte, wenn sie noch länger bliebe.

Seufzend zückte Jasper ein großes, linnenes Taschentuch und wischte sich die Hände ab. Die Sakristei war klein und düster, die Wände aus demselben alten grauen Stein wie die Kirche, in der er hatte heiraten wollen. An einer Wand reihten sich Regalbretter aus dunklem Holz, darauf Kerzen, Pamphlete, Bibeln und Zinnteller. Hoch oben ein schmales Fenster mit kleinen, bleigefassten Rautenscheiben, dahinter strahlend blauer Himmel, an dem feierlich ein weißes Schleierwölkchen schwebte. Ein kleiner, trostloser Raum, gleich wieder leer und verlassen. Jasper steckte das Taschentuch zurück in die Westentasche. Ein Knopf war lose – das würde er Pynch sagen müssen. Neben dem Stuhl stand ein Tisch. Jasper stützte den Ellbogen darauf, hielt sich den Kopf und schloss die Augen.

Pynch, sein Kammerdiener, wusste einen wunderbaren Muntermacher zu bereiten, der auch den dicksten Brummschädel kurierte. Bald könnte er nach Hause gehen, sich das Gebräu genehmigen, vielleicht wieder zu Bett gehen. Gottverdammt, was brummte ihm der Schädel! Schade, dass er nicht jetzt gleich verschwinden konnte. Vor der Sakristei erhoben sich Stimmen, hallten von der gewölbten Kirchendecke wider. Dem Vernehmen nach stieß Miss Templetons romantisches Ansinnen auf elterlichen Widerstand. Um Jaspers Mundwinkel zuckte es belustigt. Vielleicht teilte ihr Vater ihre Schwäche für buttergelbes Haar nicht. Einer Horde Franzosen hätte Jasper sich auf jeden Fall lieber gestellt als der Familie und den draußen wartenden Gästen.

Seufzend streckte er seine langen Beine von sich. So schnell waren sechs Monate harter Arbeit vertan. Sechs Monate hatte es gekostet, Miss Templeton den Hof zu machen: Einen Monat, ein geeignetes Mädchen zu finden – eines aus guter Familie, nicht zu jung, nicht zu alt und hübsch genug, ihr im Bett beizuwohnen. Drei Monate, sie nach allen Regeln der Kunst zu hofieren, auf Bällen und in allerlei Salons mit ihr zu flirten, sie in seiner Kutsche auszufahren, mit Blumen, Naschereien und eitlem Tand zu erfreuen. Dann die alles entscheidende Frage, gefolgt von einer zufriedenstellenden Antwort und einem keuschen Kuss auf Miss Templetons jungfräuliche Wange. Danach war nur noch die Bestellung des Aufgebots geblieben sowie verschiedene Erledigungen und Verfügungen, die vor der glücklichen Eheschließung getätigt und getroffen werden wollten.

Was also war schiefgegangen? Sie schien mit seinen Plänen völlig einverstanden, hatte vor dem heutigen Tag kein einziges Mal Zweifel bekundet. Ihre Begeisterung anlässlich seines Geschenks (perlenbesetzter goldener Ohrringe) hätte man gar als *ekstatisch* bezeichnen können. Woher also dieser plötzliche Sinneswandel, diese aberwitzige Idee, einen Landpfarrer mit buttergelbem Haar zu heiraten?

Seinem älteren Bruder Richard – so er denn lang genug gelebt hätte, um sich eine Viscountess suchen zu müssen – wäre das bestimmt *nie* passiert. Ihm wären die Verlobten nicht reihenweise abhanden gekommen. Vielleicht liegt es ja an mir, dachte Jasper verdrießlich. Vielleicht war etwas an ihm, was dem schönen Geschlecht missfiel – zumindest im Hinblick auf die Ehe. Es ließ sich nicht von der Hand weisen, dass ihm nun schon das zweite Mal binnen eines Jahres der Laufpass gegeben worden war. Wenngleich, beim ersten Mal war es Emeline gewesen, die – wie man fairerweise erwähnen sollte – ihm mehr Schwester als Geliebte gewesen war. Dennoch. Dennoch könnte ein Gentleman sehr wohl …

Das leise Knarren der Tür zur Sakristei riss Jasper aus seinen Gedanken. Er sah auf.

Eine große schlanke Frau stand unschlüssig an der Tür. Jasper erinnerte sich dunkel. Sie war eine Freundin von Emeline – diejenige, deren Namen er sich nie merken konnte.

„Entschuldigen Sie, habe ich Sie geweckt?“, fragte sie.

„Nein, ich habe nur kurz ausgeruht.“

Sie nickte, warf einen raschen Blick über die Schulter und schloss die Tür hinter sich.

Was sollte das? Es war recht unschicklich. Gespannt hob Jasper die Brauen. Er hatte bislang nicht den Eindruck gehabt, dass sie zu theatralischen Szenen neigte, aber ganz offensichtlich hatte sein Eindruck ihn getrogen.

Sie hielt sich sehr aufrecht, die Schultern gestrafft, das Kinn leicht erhoben. Trotz ihrer Größe war sie unscheinbar. Ein Mann dürfte Mühe haben, sich überhaupt an ihr Gesicht zu erinnern. Vermutlich konnte er sich deshalb ihren Namen nicht merken. Ihr Haar war von unbestimmter Farbe – nicht blond, nicht braun – und zu einem Knoten aufgesteckt. Ihre Augen waren braun, das Kleid graubraun mit einem schlichten Ausschnitt, der ein dürftiges Dekolleté zeigte und feine Alabasterhaut, die Jasper dann doch bemerkenswert fand. Jenes durchscheinende, leicht bläulich schimmernde Marmorweiß, das aus nächster Nähe betrachtet ein Geäst feiner Adern unter der zarten, blassen Haut erkennen ließe.

Wohlweislich hob er den Blick wieder zu ihrem Gesicht. Reglos hatte sie dagestanden und seine Musterung über sich ergehen lassen, doch auf ihren Wangen zeigte sich ein rosiger Hauch.

Dieses Zeichen leisen Unbehagens ließ ihn sich wie ein ausgemachter Schuft fühlen. Folglich fielen seine Worte auch weniger freundlich aus als beabsichtigt. „Kann ich irgendetwas für Sie tun, Ma'am?"

Sie antwortete mit einer Gegenfrage. „Stimmt es, dass Mary Sie nicht mehr heiraten will?"

Er seufzte. „Wie es aussieht, schlägt ihr törichtes Herz für einen Landpfarrer. Da kann ein Viscount nicht mithalten."

Sie verzog keine Miene. „Sie lieben sie nicht."

„Traurig, aber wahr", sagte er und hob entschuldigend die Hände. „Wenngleich nur ein ausgemachter Schuft dies so nonchalant bekennen würde."

„Dann hätte ich Ihnen einen Vorschlag zu machen."

„So?“

Sie verschränkte die Hände vor sich und tat das Unmögliche: Sie hielt sich noch aufrechter als zuvor. „Wie wäre es, wenn Sie stattdessen mich heiraten?“

Melisande Fleming gebot sich, ganz still zu stehen und Lord Vale in die Augen zu sehen, ohne mit der Wimper zu zucken und ohne mädchenhaftes Erröten. Schließlich war sie kein junges Mädchen mehr. Sie war eine Frau von achtundzwanzig Jahren, jenseits aller Träume von Orangenblüten und einer Hochzeit im Mai. Genaugenommen jenseits aller Hoffnung, je ihr Glück zu finden. Aber die Hoffnung schien ein zähes Ding, kaum kleinzukriegen.

Ihr Vorschlag war ausgesprochen lächerlich. Lord Vale war ein vermögender Mann, betitelt noch dazu und in den besten Jahren. Ein Mann kurzum, der freie Wahl hatte unter den reizendsten jungen Mädchen, allesamt jünger und schöner als sie. Auch wenn man ihm gerade für einen armen Landpfarrer den Laufpass gegeben hatte.

Und so machte Melisande sich auf Gelächter gefasst, auf Spott oder, schlimmer noch, Mitleid.

Doch Lord Vale sah sie einfach nur an. Vielleicht hatte er sie ja nicht verstanden. Seine schönen blauen Augen waren etwas blutunterlaufen, und so wie er sich eben den Kopf gehalten hatte, vermutete sie, dass er seine anstehende Vermählung am Abend zuvor ein wenig zu ausgiebig gefeiert hatte.

Die langen Beine von sich gestreckt, lümmelte er auf seinem Stuhl und beanspruchte entschieden zu viel Raum für sich. Ungehörig starrte er sie an, mit diesen unglaublich strahlenden grünblauen Augen. Selbst blutunterlaufen schienen sie von innen heraus zu leuchten, doch waren sie im Grunde das einzig Schöne an ihm. Sein Gesicht war lang und schmal, mit tiefen Falten um Augen und Mund. Auch seine Nase war lang und unverhältnismäßig groß geraten. Seine äußeren Augenwinkel hingen etwas herab, was ihn stets ein wenig schläfrig wirken ließ. Und sein Haar … nun ja, das war eigentlich auch schön: kräftig und gelockt, von warmer, rotbrauner Farbe. Bei jedem anderen Mann würde es jungenhaft, vielleicht gar weibisch gewirkt haben. Nicht so bei ihm.

Fast wäre sie gar nicht zu seiner Hochzeit gekommen. Mary war eine entfernte Cousine, mit der sie ihr Lebtag nur ein- oder zweimal gesprochen hatte. Aber Gertrude, Melisandes Schwägerin, hatte sich an diesem Morgen unwohl gefühlt und darauf bestanden, dass Melisande ihren Zweig der Familie vertreten solle. Darum war sie hier – und hatte soeben wohl den kühnsten Schritt ihres Lebens gewagt.

Wundersames Walten des Schicksals.

Schließlich regte sich Lord Vale. Er rieb sich mit einer Hand übers Gesicht, spähte zwischen langen, gespreizten Fingern hervor. „Ich bin ein Idiot, Sie müssen schon verzeihen, aber ich kann mich beim besten Willen nicht an Ihren Namen erinnern."

Natürlich nicht. Sie hatte sich von jeher lieber am Rand des Geschehens gehalten. Niemals Mittelpunkt sein, nur nicht die Aufmerksamkeit der anderen auf sich ziehen.

Während er das genaue Gegenteil war.

Sie holte tief Luft und presste die Hände fest zusammen, um ihr Zittern zu bezwingen. Eine bessere Gelegenheit würde sie nie bekommen, weshalb sie das jetzt nicht verpfuschen durfte.

„Ich bin Melisande Fleming. Mein Vater war Ernest Fleming von den Northumberland Flemings." Ihre Familie war alt und angesehen, doch ausführlicher wollte sie nicht werden. Wenn er noch nie von ihnen gehört hatte, könnten derartige Beteuerungen ihrer Respektabilität sich nur gegenteilig auswirken. „Vater ist tot, aber ich habe zwei Brüder, Ernest und Harold. Meine Mutter war eine preußische Emigrantin; auch sie ist verstorben. Vielleicht erinnern Sie sich, dass ich mit Lady Emeline befreundet bin, die …"

„Ja, ja, schon gut." Er winkte ab. „Ich weiß, *wer* Sie sind, ich wusste nur nicht …"

„Wie ich heiße."

„Genau. Wie ich bereits sagte, ich bin ein Idiot."

Sie schluckte. „Dürfte ich um Ihre Antwort bitten?"

„Nun, es ist so ...", er schüttelte den Kopf und gestikulierte vage, „... ich weiß, dass ich gestern Abend zu viel getrunken habe, und wahrscheinlich hat auch Miss Templetons Flucht mich ein wenig mitgenommen, aber mir will sich partout nicht erschließen, weshalb *Sie* mich heiraten wollen."

„Sie sind Viscount, Mylord. Nur keine falsche Bescheidenheit."

Ein verhaltenes Lächeln umspielte seine Lippen. „Für eine Dame, die um die Hand eines Gentlemans bittet, haben Sie eine recht lockere Zunge, finden Sie nicht auch?"

Sie spürte, wie ihr das Blut in Hals und Wangen stieg. Es hätte nicht viel gefehlt, und sie hätte die Tür aufgerissen und wäre einfach davongelaufen.

„Warum", fragte er ruhig, „wollen Sie von allen Viscounts dieser Welt ausgerechnet mich heiraten?"

„Weil Sie ein Ehrenmann sind. Das weiß ich von Emeline", wagte Melisande sich weiter vor und wählte jedes Wort mit ausgesuchter Sorgfalt. „Aus der kurzen Verlobungszeit mit Mary schließe ich, dass Sie sich baldmöglichst vermählen wollen."

Er neigte den Kopf zur Seite. „So könnte es den Anschein haben."

Sie nickte. „Und ich möchte nicht länger auf den Großmut meiner Brüder angewiesen sein, sondern meinen eigenen Hausstand haben." Was nur die halbe Wahrheit war.

„Haben Sie keine eigenen Einkünfte?"

„Ich verfüge über eine beträchtliche Mitgift und zudem über ein nicht geringes Vermögen. Aber eine unverheiratete Frau kann wohl kaum allein leben."

„Wohl wahr."

Er betrachtete sie, schien offensichtlich recht zufrieden, dass sie vor ihm stand wie eine Bittstellerin vor dem König. Nach einer Weile nickte er und stand auf. Seine Größe zwang sie, zu ihm aufzusehen. Für eine Frau mochte sie groß sein, aber er war für einen Mann auch nicht gerade klein.

„Verzeihen Sie, aber ich muss jetzt offen sprechen, um peinlichen Missverständnissen vorzubeugen. Ich wünsche eine richtige Ehe. Eine Ehe, aus der – so Gott will – Kinder hervorgehen, die im ehelichen Bett gezeugt wurden." Er lächelte charmant, und seine türkisblauen Augen funkelten höchstens ein bisschen. „Entspricht das auch Ihren Vorstellungen?"

Sie erwiderte seinen Blick, wagte kaum zu hoffen. „Ja."

Er neigte den Kopf. „Dann, Miss Fleming, wäre es mir eine Ehre, Ihren Antrag anzunehmen."

Ihr wurde ganz beklommen ums Herz, und zugleich war es, als flattere ein wilder Vogel gegen ihre Rippen, wolle sich aus seinem Käfig befreien und in heller Freude durch den Raum fliegen.

Melisande reichte ihm die Hand. „Danke, Mylord."

Mit einem leisen Schmunzeln blickte er auf ihre ausgestreckte Hand; schließlich ergriff er sie. Doch statt den Handel mit einem kurzen Handschlag zu besiegeln, beugte er sich vor und küsste ihr die Hand. Der Hauch seiner warmen Lippen ließ sie vor Sehnsucht fast erschauern.

Er richtete sich wieder auf. „Ich hoffe, dass Sie mir auch nach unserer Hochzeit noch danken werden, Miss Fleming."

Sie wollte etwas erwidern, doch er hatte sich schon zum Gehen gewandt. „Tut mir leid, ich habe einen fürchterlichen Brummschädel. Wie wäre es, wenn ich in drei Tagen bei Ihrem Bruder vorstellig würde? Drei Tage sollte ich schon den untröstlichen, da verschmähten Liebhaber spielen, meinen Sie nicht? Alles andere könnte ein schlechtes Licht auf Miss Templeton werfen."

Mit einem feinen, ironischen Lächeln schloss er die Tür hinter sich.

Melisande ließ die Schultern sinken, alle Anspannung wich von ihr. Einen Moment noch starrte sie ungläubig auf die Tür, dann sah sie sich um. Die Sakristei war klein, etwas unordentlich, nichts Besonderes. Keineswegs der Ort, an dem man es erwarten würde, sein ganzes Leben auf den Kopf gestellt zu sehen. Und doch: Wenn die letzte Viertelstunde nicht bloß ein Tagtraum gewesen war, dann hatte ihr Leben hier, an diesem unspektakulären Ort, eine neue und gänzlich unerwartete Wendung genommen.

Sie betrachtete ihre Hand, die er eben geküsst hatte. Seit Jahren kannte sie Jasper Renshaw, Viscount Vale, hatte ihn von fern verehrt, doch in all der Zeit hatte er nicht ein einziges Mal die Gelegenheit gehabt, sie zu berühren. Sie drückte sich den Handrücken an den Mund und schloss die Augen, stellte sich vor, wie es wäre, wenn seine Lippen die ihren berührten. Allein der Gedanke ließ sie am ganzen Leib erbeben.

Dann hielt sie sich wieder aufrecht, straffte die Schultern, strich über ihre ohnehin tadellos geplätteten Röcke und tastete mit den Fingerspitzen über ihr Haar, um sich zu vergewissern, dass alles an seinem Platz war. Gerade wollte sie die Sakristei verlassen, da stieß sie mit der Schuhspitze an etwas. Ein silberner Knopf lag auf den alten Steinplatten. Melisande bückte sich, hob ihn auf und hielt ihn ins Licht. Der Buchstabe *V* war ins Silber geprägt. Einen Moment starrte sie darauf, ehe sie den Knopf im Ärmel ihres Kleides versteckte.

Dann verließ sie die Sakristei.

„Pynch, haben Sie je davon gehört, dass einem Mann an ein und demselben Tag die Braut abhandenkommt, er dafür aber eine Verlobte gewinnt?“, fragte Jasper launig seinen Kammerdiener.

Es war später Nachmittag, und er lag in seiner extragroßen, eigens für ihn angefertigten Badewanne.

Pynch stand in der anderen Ecke des Zimmers und mühte sich, Ordnung in den Kleiderschrank zu bringen. „Nein, Mylord“, erwiderte er, ohne sich umzudrehen.

„Dann könnte ich also fast in die Geschichte eingehen. Man sollte eine Statue zu meinen Ehren errichten lassen. Kleine

Jungen würden staunend zu ihr aufsehen, von ihren Kindermädchen ermahnt, ja nicht in meine wankelmütigen Fußstapfen zu treten.“

„Gewiss, Mylord“, erwiderte Pynch.

Pynchs Stimme war genau so, wie es sich für einen Kammerdiener gehörte – sonor, geschmeidig und durch nichts aus der Ruhe zu bringen –, wenngleich gesagt werden muss, dass alles andere an ihm dafür so gar nicht den Vorstellungen entsprach, die man sich gemeinhin von einem Kammerdiener machte. Pynch war ein stattliches Mannsbild, ein wahrer Schrank von einem Mann. Er hatte einen kräftigen Stiernacken, Hände wie Schinkenkeulen und einen riesigen, kahlen Schädel. Pynch sah aus wie ein Grenadier, ein kampferprobter Infanterist, der sich durch feindliche Stellungen zu schlagen gedachte.

Was daran liegen mochte, dass Pynch genau das dereinst in Seiner Majestät Armee getan hatte – bis er wegen einer kleinen Meinungsverschiedenheit mit seinem Sergeant einen ganzen Tag lang an den Pranger gestellt worden war. Dort war Jasper auf ihn aufmerksam geworden. Die unerschütterliche Ruhe, mit der Pynch es ertragen hatte, mit verfaultem Gemüse beworfen zu werden, hatte ihn so sehr beeindruckt, dass er diesen Mann sogleich nach dessen Freilassung als seinen Offiziersburschen verpflichtet hatte. Pynch hatte dankend angenommen. Zwei Jahre später, als Jasper sein Patent veräußert hatte, hatte er auch Pynch freigekauft und war mit ihm als seinem Kammerdiener nach England zurückgekehrt. Eine für alle Beteiligten erfreuliche Entwicklung der Ereignisse, befand Jasper, streckte seinen Fuß aus dem Bad und schüttelte einen Wassertropfen vom großen Zeh.

„Haben Sie meinen Brief an Miss Fleming schicken lassen?“ Er hatte ihr eine höfliche Nachricht geschrieben, in der er sie wissen ließ, dass er in drei Tagen ihren Bruder aufsuchen werde, so sie bis dahin keinen Gesinnungswandel erkennen lasse.

„Jawohl, Mylord.“

„Gut. Sehr gut. Ich glaube, aus dieser Verlobung könnte etwas werden. Das sagt mir mein Gefühl.“

„Ihr Gefühl, Mylord?“

„Ja, Pynch“, erwiderte Jasper und griff nach einer langstieligen Bürste, mit der er sich müßig am Zeh kitzelte. „So wie vor zwei Wochen, als ich eine halbe Guinee auf diese langhalsige Fuchsstute gesetzt habe.“

Pynch räusperte sich. „Wenn ich mich recht erinnere, hat sie gelahmt.“

„Hat sie?“ Jasper winkte ab. „Und wenn schon. Man sollte Frauen ohnehin nicht mit Pferden vergleichen. Was ich damit sagen wollte, war, dass wir bereits drei Stunden verlobt sind und Miss Fleming mich bislang noch nicht versetzt hat. Geben Sie zu, dass Sie beeindruckt sind.“

„Ein gutes Zeichen, Mylord, gewiss. Aber dürfte ich darauf hinweisen, dass Miss Templeton bis zum Tag ihrer Hochzeit gewartet hat, um das Verlöbnis zu lösen?“

„Schon, aber in diesem Fall war es Miss Fleming selbst, die den Vorschlag gemacht hat, mich zu heiraten.“

„Was Sie nicht sagen, Mylord.“

Jasper ließ davon ab, seinen Fuß zu schrubben. „Aber das bleibt unter uns, verstanden?“

„Gewiss, Mylord“, kam es tonlos zurück.

Verdammt, dachte Jasper und ließ die Bürste sinken. Er hatte Pynch gekränkt. „Wir wollen die Gefühle der guten Dame doch nicht mit Füßen treten – selbst wenn sie sich mir heute praktisch zu Füßen geworfen hat.“

„Sie hat sich Ihnen zu Füßen geworfen, Mylord?“

„Bildlich gesprochen.“ Jasper gestikulierte mit der Bürste und bespritzte einen nahen Stuhl mit Badewasser. „Sie schien zu glauben, dass ich unbedingt heiraten wolle und ihr Angebot mit Handkuss annähme.“

Pynch gestattete sich, eine Braue zu heben. „Und Sie haben die Dame keines Besseren belehrt?“

„Pynch, Pynch“, tadelte Jasper, „habe ich Ihnen denn nicht

schon hundertmal gesagt, dass man einer Dame niemals widersprechen sollte? Das schickt sich nicht für einen Gentleman – und Zeitverschwendung ist es zudem. Frauen glauben sowieso nur das, was sie glauben wollen." Jasper rieb sich die Nase am Bürstenstiel. „Außerdem – irgendwann werde ich heiraten müssen. Mich dem Joch der Ehe beugen und Nachkommen zeugen, wie meine werten Ahnen es getan haben. Wozu die leidige Pflicht noch länger aufschieben? Ein Sohn oder auch zwei – vorzugsweise mit zumindest ein bisschen Verstand – müssen in die Welt gesetzt werden, um den alten, angestaubten Namen der Vales weiterzutragen. Miss Flemings Angebot spart mir Zeit und Mühen, abermals irgendein junges Ding zu umwerben."

„Ah ja. Verstehe ich recht, dass Ihrer Ansicht nach die eine junge Dame ihren Zweck ebenso erfüllt wie die andere, Mylord?"

„Genau", erwiderte Jasper und besann sich sogleich. „Nein, natürlich nicht. Verdammt, Pynch, verschonen Sie mich mit Ihren Spitzfindigkeiten. Tatsächlich hat sie etwas an sich ... Ich kann es schlecht beschreiben. Sie ist nicht unbedingt die Dame, auf die meine Wahl gefallen wäre, aber als sie so mutig und entschlossen dastand und mich mit so unerbittlicher Miene angeschaut hat, als hätte ich mich vor ihr vergessen ... Nun, ich muss gestehen, dass ich recht bezaubert von ihr war. Glaube ich zumindest. Oder aber der Whiskey von letzter Nacht hat mir noch die Sinne umnebelt."

„Gewiss, Mylord", murmelte Pynch.

„Wie auch immer. Was ich eigentlich sagen wollte, war, dass ich hoffe, mit dieser Verlobung endlich sicher in den Hafen der Ehe einzulaufen. Sonst dürfte mir bald der Ruch eines faulen Eies vorauseilen."

„Allerdings, Mylord."

Jasper hob den Blick zur Decke. „Pynch, Sie sollten mir nicht auch noch zustimmen, wenn ich mich mit einem faulen Ei vergleiche."

„Natürlich nicht, Mylord."
„Danke."
„Keine Ursache, Mylord."
„Bleibt nur zu hoffen, dass Miss Fleming in den kommenden Wochen nicht die Bekanntschaft armer Landpfarrer macht, insbesondere solcher mit buttergelbem Haar."
„Ganz recht, Mylord."
„Wissen Sie was, Pynch? Ich glaube, ich bin in meinem ganzen Leben noch keinem Pfarrer begegnet, der mir sympathisch gewesen wäre."
„Nein, Mylord?"
„Wenn ich es mir recht überlege, hatten sie alle ein fliehendes Kinn", sann Jasper nach und strich sich über sein eigenes, recht ausgeprägtes Kinn. „Vielleicht ist ein fliehendes Kinn ja Voraussetzung, um in die Geistlichkeit aufgenommen zu werden. Was denken Sie, Pynch?"
„Möglich, Mylord, aber wenig wahrscheinlich."
„Hmmm."
Am anderen Ende des Zimmers beförderte Pynch einen Stapel Linnen ins oberste Schrankfach. „Werden Sie den Rest des Tages zu Hause sein, Mylord?"
„Gott bewahre, nein. Ich habe heute noch wichtigere Angelegenheiten zu erledigen."
„Führen diese Angelegenheiten Sie zufällig ins Gefängnis von Newgate?"
Jasper richtete den Blick auf seinen Kammerdiener. Pynchs sonst so ausdruckslose Miene zeigte einen etwas verkniffenen Zug um die Augen, was bei ihm Ausdruck von Besorgnis war.
„Ich fürchte, ja. Thornton wird bald der Prozess gemacht, und wenn er erst einmal verurteilt und gehängt ist, wird alles, was er uns über die Sache sagen kann, mit ihm in der Versenkung verschwinden."
Pynch durchquerte das Zimmer mit einem großen Badetuch in den Händen. „Vorausgesetzt, er hat Ihnen überhaupt irgendetwas mitzuteilen."

Jasper stieg aus der Wanne und griff nach dem Tuch. „Ja, immer vorausgesetzt."

Pynch hatte noch immer diesen verkniffenen Zug um die Augen. „Verzeihen Sie, Mylord, ich sage nur ungern, was mir nicht zusteht ..."

„Und doch sagen Sie es", murmelte Jasper.

Sein Kammerdiener fuhr fort, als hätte er den Einwurf nicht gehört: „Aber ich mache mir Sorgen, dass dieser Mann sich für Sie zu einer Obsession auswächst. Er ist bekanntlich ein Lügner. Was lässt Sie glauben, dass er jetzt die Wahrheit sagen wird?"

„Nichts", entgegnete Jasper und warf das Handtuch beiseite, ging zu dem Stuhl, auf dem seine Kleider lagen, und begann sich anzuziehen. „Er ist ein Lügner und Betrüger, ein Mörder, Vergewaltiger und Gott weiß, was noch alles. Nur ein Narr würde seinem Wort Glauben schenken. Aber ich kann ihn nicht dem Galgen überlassen, ohne zumindest versucht zu haben, die Wahrheit aus ihm herauszubekommen."

„Ich fürchte, dass er ein Spiel mit Ihnen treibt und sich dabei ins Fäustchen lacht."

„Zweifellos haben Sie recht, Pynch – wie schon so oft." Jasper mied den Blick seines Kammerdieners und zog sich sein Hemd über den Kopf. Er war Pynch erst nach dem Massaker von Spinner's Falls begegnet, bei dem das achtundzwanzigste Infanterieregiment in einen Hinterhalt geraten und hingemetzelt worden war. Pynch war nicht dabei gewesen, weshalb er auch die Obsession seines Herrn nicht verstehen konnte, den Verräter von damals ausfindig zu machen. „Mit Vernunft allein komme ich hier leider nicht weiter. Ich *muss* zu ihm gehen."

Pynch seufzte und brachte ihm seine Schuhe. „Wie Sie meinen, Mylord."

Jasper setzte sich, um seine Schnallenschuhe anzuziehen. „Kopf hoch, Pynch. In einer Woche ist der Mann tot."

„Wenn Sie das sagen, Mylord", murmelte Pynch und begann nach dem Bad aufzuräumen.

Schweigend beendete Jasper seine Garderobe und trat dann an seinen Toilettentisch, um sich das Haar zu kämmen und zu einem schlichten Zopf zu binden.

Pynch hielt seinen Rock bereit. „Ich gehe davon aus, Mylord, dass Sie Mr Dornings Bitte um Ihren Besuch der Vale'schen Ländereien in Oxfordshire nicht vergessen haben."

„Verdammt." Dorning war sein Gutsverwalter und hatte wiederholt seine Unterstützung in einer ungeklärten Frage des Grundbesitzes erbeten. Zuerst hatte Jasper ihn wegen seiner bevorstehenden Heirat vertröstet und nun … „Dorning wird sich einfach noch ein paar Tage gedulden müssen. Erst muss ich mit Miss Flemings Bruder als auch mit Miss Fleming selbst sprechen. Bitte erinnern Sie mich daran, wenn ich wieder zurück bin."

Jasper schlüpfte in seinen Rock, schnappte sich seinen Hut, und noch ehe Pynch einen weiteren Einwand vorbringen konnte, war er auch schon aus dem Zimmer, lief mit klackernden Absätzen die Treppe hinunter, nickte seinem Butler zu und eilte aus dem Haus. Draußen stand einer der Stallburschen mit Belle bereit, seiner großen grauen Stute. Jasper dankte dem Jungen, schwang sich in den Sattel und beruhigte Belle, die seitwärts tänzelte und auf der Trense kaute. Die Straßen waren recht belebt, weshalb sie nur langsam vorankamen. Jasper ritt nach Westen, in Richtung St Paul's-Kathedrale, deren Kuppel weithin sichtbar die kleineren Gebäude ringsum überragte.

Die rege Betriebsamkeit Londons hätte kein größerer Gegensatz sein können zur Abgeschiedenheit der wilden Wälder Amerikas, wo alles begonnen hatte. Als wäre es gestern gewesen, erinnerte er sich an die hohen dunklen Bäume und den reißenden Fluss, in dessen tosendem Lärm die Schreie der sterbenden Soldaten fast untergegangen waren. Beinahe sieben Jahre war es her, dass er Captain in der Armee Seiner Majestät gewesen war und in den amerikanischen Kolonien gegen die Franzosen gekämpft hatte. Die Männer des achtundzwanzigsten Infanterieregiments hatten sich nach dem Sieg von Quebec auf dem Rückmarsch befunden, als sie von Indianern überfallen worden waren. Ihnen war keine Zeit geblieben, sich in Verteidigungsstellung zu begeben. Binnen einer halben Stunde war so gut wie das gesamte Regiment hingemetzelt, einschließlich des Colonels. Jasper und acht weitere Männer hatte man gefangen genommen, zu einem Lager der Wyandot-Indianer verschleppt und …

Noch immer bereitete es ihm Mühe, auch nur daran zu denken. Von Zeit zu Zeit tauchten Schatten dieser Zeit am Rande seines Bewusstseins auf, wie ein flüchtiger Blick, den man aus den Augenwinkeln erhascht. Er hatte gedacht, alles sei längst vorbei, die Vergangenheit tot und begraben, wenn auch nicht vergessen. Doch vor sechs Monaten war er auf einer Abendgesellschaft Samuel Hartley begegnet.

Hartley war seinerzeit Corporal und einer der wenigen gewesen, die das Massaker von Spinner's Falls überlebt hatte. Von ihm wusste Jasper, dass sie einen Verräter in ihren Reihen gehabt haben mussten, der ihre Marschroute an die Franzosen und deren indianische Verbündete weitergegeben hatten. Als Jasper sich Hartley auf dessen Suche nach dem Verräter angeschlossen hatte, waren sie auf einen Mann gestoßen, der die Identität eines der bei Spinner's Falls Gefallenen angenommen hatte: Dick Thornton. Thornton – Jasper tat sich schwer, ihn anders zu nennen, wenngleich es nicht sein richtiger Name war – saß nun in Newgate ein und war des Mordes angeklagt. Aber in der Nacht, als sie ihn gestellt hatten, hatte er behauptet, nicht der Verräter gewesen zu sein.

Jasper trat Belle in die Flanken, damit sie einen mit reifen Früchten beladenen Karren überholte.

„Lust auf ein süßes Pfläumchen, Sir?", rief ihm ein hübsches Mädchen mit dunklen Augen zu, das neben dem Karren stand. Neckisch hielt sie ihm eine Frucht hin.

Jasper grinste. „Jede Wette, dass deine Äpfelchen noch süßer sind."

Das Gelächter des Mädchens folgte ihm, als er weiter durchs

Gedränge ritt. Jasper indes war in Gedanken schon wieder bei seiner Mission. Wie Pynch ganz richtig bemerkt hatte, war Thornton ein ausgemachter Lügner. Hartley hatte nie auch nur den leisesten Zweifel an Thorntons Schuld von sich gegeben. Jasper schnaubte. Kein Wunder hatte Hartley doch mit seiner neuen Frau genug zu tun gehabt: Lady Emeline Gordon – Jaspers erster Verlobter.

Als Jasper aufsah, stellte er fest, dass er schon bis zur Skinner Street gelangt war, die geradewegs in die Newgate Street mündete. Das imposante Gefängnistor spannte sich über die Straße. Das Gefängnis war nach dem Großen Feuer wiederaufgebaut und passenderweise mit allegorischen Darstellungen geschmückt worden, die so vorbildhafte Tugenden wie Friedfertigkeit und Gnade verkörperten. Doch je näher man dem Gefängnis kam, desto übler wurde der Gestank. Die Luft war verpestet vom Ruch menschlicher Exkremente, von Krankheit, Fäulnis und Verzweiflung.

Auf einer Seite des Tors befand sich das Wärterhäuschen. Jasper ritt in den Hof und sprang aus dem Sattel.

Ein Wärter, der neben der Tür gelungert hatte, nahm Haltung an. „Wieder da, Mylord?“

„Ganz recht, McGinnis.“

McGinnis war ebenfalls Veteran Seiner Majestät und hatte auf irgendeinem fernen Schlachtfeld ein Auge gelassen. Er trug ein schmuddeliges Tuch umgebunden, das die leere Augenhöhle verbergen sollte, doch es war verrutscht und ließ rotes Narbengeflecht sehen.

McGinnis nickte knapp und brüllte ins Wärterhäuschen. „He, Bill! Lord Vale is’ da.“ Dann wandte er sich wieder an Jasper. „Bill kommt gleich, Mylord.“

Jasper nickte und gab dem Wärter eine halbe Krone, die gewährleisten sollte, dass seine Stute noch sicher im Hof stand, wenn er nachher zurückkam. Gleich bei seinem ersten Besuch an diesem unwirtlichen Ort hatte er herausgefunden, dass sich sein Vorhaben erheblich erleichtern ließ, wenn man die

Wärter ordentlich bestach.

Bill, ein kauziger kleiner Mann mit grauem Haarschopf, kam kurz darauf aus dem Wärterhäuschen. In der rechten Hand hielt er sein wichtigstes Arbeitsgerät: einen großen schweren Schlüsselbund. Er bedeutete Jasper mitzukommen und ging über den Hof zum Haupteingang des Gefängnisses. Das Vordach war mit eingearbeiteten Handschellen und Fußfesseln geschmückt. *Venio sicut fur* – Ich komme als Dieb – verkündete ein Zitat aus der Bibel. Bill nickte den Wachen kurz zu, die zu beiden Seiten des Tors postiert standen, und betrat den Bau.

Der Gestank wurde schlimmer, die Luft war schwer und abgestanden. Bill trottete voraus, einen langen Korridor hinunter und dann wieder nach draußen. Sie überquerten einen großen Innenhof, in dem Gefangene umhergingen oder in kleinen Gruppen zusammenhockten wie Treibgut, das an besonders trostloses Land gespült worden war. Jasper folgte Bill durch ein weiteres, diesmal kleineres Gebäude bis zur Treppe, die in den Flügel der Verdammten führte. Die Zellen lagen unter der Erde, als wolle man den Gefangenen schon einmal einen Vorgeschmack auf die Hölle geben. Die Steinstufen waren feucht und moderig, von vielen Füßen Verzweifelter ausgetreten.

Der unterirdische Gang war düster. Die Gefangenen mussten selbst für Kerzen zahlen, und die Preise waren astronomisch. Ein Mann sang eine traurige, getragene Melodie, die ab und an in einem hohen Ton gipfelte. Jemand hustete, irgendwo wurde leise gestritten, ansonsten war es still hier unten. Bill blieb vor einer Zelle mit vier Insassen stehen. Auf einem Strohsack lag eine reglose Gestalt, wahrscheinlich schlafend. Zwei Männer spielten beim trüben Schein einer flackernden Kerze Karten.

Der vierte Mann stand nahe der Gitterstäbe an die Wand gelehnt, richtete sich aber auf, als er sie kommen sah.

„Herrliches Wetter heute, was, Dick?“, rief Jasper ihm zu.

Dick Thornton legte den Kopf schräg. „Kann ich ja wohl kaum wissen, was?"

Jasper schnalzte mit der Zunge. „Tut mir leid, alter Junge. Hatte ganz vergessen, dass hier unten nicht viel davon zu sehen ist."

„Was wollen Sie?"

Jasper betrachtete den Mann hinter Gittern. Thornton sah recht gewöhnlich aus, war von mittlerer Größe, mit einem nicht unangenehmen, wenngleich wenig bemerkenswerten Gesicht. Das einzig Auffällige an ihm war sein feuerrotes Haar. Thornton wusste verdammt noch mal ganz genau, was er wollte – Jasper hatte ihn oft genug darum gebeten. „Was ich will? Oh, gar nichts. Ich vertreibe mir nur ein wenig die Zeit und bewundere die Sehenswürdigkeiten von Newgate."

Thornton grinste und zwinkerte hektisch, ein Tick, den er nicht kontrollieren konnte. „Halten Sie mich für blöde?"

„Keineswegs." Mit Blick auf die fadenscheinigen Kleider Thorntons griff Jasper in seine Rocktasche und zückte eine halbe Krone. „Ich halte Sie für einen Vergewaltiger, für einen mehrfachen Mörder, aber für blöde? Nein, ganz und gar nicht. Da tun Sie mir unrecht, Dick."

Thornton leckte sich die Lippen und starrte auf die Münze, die Jasper lässig in den Fingern kreisen ließ. „Warum sind Sie dann hier?"

Scheinbar gedankenverloren blickte Jasper zur stockfleckigen Decke hinauf. „Ich musste gerade daran denken, wie wir – Sam Hartley und ich – Sie an der Princess Wharf gestellt haben. Hatte schlimm geregnet an dem Tag, erinnern Sie sich?"

„Natürlich erinnere ich mich."

„Dann wissen Sie bestimmt auch noch, dass Sie behauptet haben, nicht der Verräter zu sein."

Ein berechnendes Funkeln schien in Thorntons Augen auf. „Das war keine Behauptung. Ich bin nicht der Verräter."

„So?" Jasper nahm den Blick von der Decke und schaute Thornton in die Augen. „Wissen Sie, genau das ist das Problem. Ich glaube, dass Sie lügen."

„Wenn ich lüge, werde ich für meine Sünden sterben."

„Das werden Sie sowieso, und zwar recht bald. Ein Verurteilter muss spätestens zwei Tage nach dem Urteil gehängt werden, so schreibt es das Gesetz vor. Ich fürchte, man wird für Sie keine Ausnahme machen, Dick."

„*Wenn* ich verurteilt werde."

„Oh, das werden Sie", meinte Jasper freundlich. „Da machen Sie sich mal keine Sorgen."

„Warum sollte ich Ihnen dann überhaupt noch was sagen?", schnaubte Thornton.

Jasper zuckte die Achseln. „Weil Sie bis dahin noch ein paar Wochen vor sich haben. Warum nicht den Rest Ihres Lebens mit vollem Bauch und sauber gekleidet verbringen?"

„Wenn ich dafür 'nen schönen neuen Rock kriege, erzähl' ich Ihnen alles, was Sie hören wollen", murrte einer der Kartenspieler.

Jasper überhörte es geflissentlich. „Und, Dick?"

Mit ausdrucksloser Miene sah Thornton ihn an. Dann zwinkerte er und drückte sein Gesicht zwischen die Gitterstäbe. „Sie wollen wissen, wer uns an die Franzosen und diese verdammten Rothäute verraten hat? Sie wollen wissen, wer die Erde mit Blut getränkt hat, da draußen bei Spinner's Falls? Dann schau'n Sie sich mal die Männer an, die mit Ihnen gefangen genommen wurden. Da werden Sie Ihren Verräter finden."

Jasper zuckte zurück, als hätte eine Schlange ihn gebissen. „Unsinn."

Thornton starrte ihn noch einen Moment an, dann lachte er, ein schrilles, abgehacktes Kläffen.

„Schnauze!", brüllte es aus einer anderen Zelle.

Doch Thornton stieß weiter diese schrecklichen, unmenschlichen Laute aus, den Blick die ganze Zeit starr und hasserfüllt auf Jasper gerichtet. Der starrte mit versteinerter Miene zurück. Lügen und angedeutete Halbwahrheiten, mehr würde er aus Dick Thornton nicht herausbekommen. Weder heute noch in Zukunft. Ohne den Blick von Thornton zu nehmen, ließ er die Münze auf den Boden fallen. Sie rollte in die Mitte des Gangs, außer Reichweite der Zelle. Da verstummte Thorntons hyänenhaftes Lachen, aber Jasper hatte sich bereits abgewandt und wollte nur noch diesem Höllenloch entkommen.

2. KAPITEL

Bald schon traf er auf einen alten Mann, der am Wegesrand saß. Der alte Mann war in Lumpen gehüllt, seine Füße waren bloß, und er saß da, als ruhe die Last der ganzen Welt auf seinen Schultern.

„Oh, werter Herr", rief der Bettler. „Habt Ihr mir vielleicht einen Kanten Brot?"

„Mehr als nur das, Gevatter", erwiderte Jack. Er blieb stehen, öffnete seinen Rucksack und holte eine feinsäuberlich in ein Tuch gewickelte Fleischpastete hervor. Diese teilte er mit dem alten Mann, und zusammen mit einem aus dem nahen Bach geschöpften Becher Wasser gab sie fürwahr ein köstliches Mahl ab …

[aus LACHENDER JACK]

An diesem Abend betrachtete Melisande missmutig ihren Teller, auf dem sich fanden: gekochtes Rindfleisch, gekochte Karotten, gekochte Erbsen – das Lieblingsessen ihres Bruders Harold. Sie saß an einer Seite des langen, dunklen Holztisches; am Kopfende saß Harold und ihm gegenüber Gertrude, seine Frau. Düster war es im Speisezimmer. Nur eine Handvoll Kerzen brannten, die kaum das abendliche Dunkel durchdrangen. Wenn er wollte, könnte ihr Bruder sich genügend Kerzen leisten, um den ganzen Raum zu erhellen, aber Gertrude haushaltete sparsam und schätzte es nicht, gute Wachskerzen sinnlos zu verschwenden; eine Philosophie, die ihr Gatte von ganzem Herzen guthieß. Überhaupt hatte Melisande schon oft gedacht, wie trefflich die Eheleute doch zusammenpassten. Sie hatten denselben Geschmack, dieselben Ansichten und waren beide ein bisschen … langweilig.

Versonnen betrachtete sie ihre Scheibe gräulich gekochtes Rindfleisch und überlegte, wie sie ihrem Bruder und seiner Frau ihre Übereinkunft mit Lord Vale beibringen sollte. Vorsichtig schnitt sie ein Stückchen ab, nahm es zwischen die

Finger und hielt es unter den Tisch. Eine kleine, kalte Nase berührte ihre Hand, und schon war der Leckerbissen verschwunden.

„Es tut mir *so* leid, Mary Templetons Hochzeit versäumt zu haben“, bemerkte Gertrude von ihrem Ende des Tisches. Eine steile Falte stand zwischen ihren Brauen. „Oder vielmehr ihre Nicht-Hochzeit. Ihre Mutter hätte es gewiss zu schätzen gewusst, wäre ich dort gewesen. Mir ist schon von vielen, wirklich *vielen* Leuten gesagt worden, welch ein Trost und Beistand ich jenen wäre, deren Glück im Schwinden begriffen ist. Und mit Mrs Templetons Glück scheint es ja derzeit nicht weit her zu sein. Fast könnte man behaupten, sie habe eine ausgesprochene Pechsträhne.“

Sie hielt inne, genehmigte sich einen winzigen Bissen Karotte und wartete auf die Zustimmung ihres Gatten.

Harold schluckte schnell herunter und nickte düster. Er hatte kleine Hängebäckchen und schütteres hellbraunes Haar, das nun von einer grauen Perücke verdeckt war. „Sie sollte das Mädel bei Brot und Wasser halten, bis es wieder zur Vernunft kommt. Einen Viscount sausen zu lassen! Töricht, so etwas. Ausgesprochen töricht!“

Gertrude nickte. „Mir scheint, sie hat den Verstand verloren.“

Harold horchte auf; er hatte ein geradezu morbides Interesse an allem, was mit Krankheiten zu tun hatte. „Liegt Schwachsinn denn in der Familie?“

Melisande wurde am Bein gestupst, dann lugte ein schwarzes Näschen unter der Tischkante hervor. Rasch schnitt Melisande noch ein Stück Fleisch ab und hielt es unter den Tisch. Im Nu waren Fleisch und Näschen verschwunden.

„Ich weiß nicht, ob es in *seiner* Familie Schwachsinn gibt, aber wundern würde es mich nicht“, erwiderte Gertrude. „Es würde mich überhaupt nicht wundern. Von unserer Seite kommt es natürlich nicht, aber für die Templetons kann ich nicht sprechen.“

Melisande schob ihre Erbsen mit der Gabel an den Tellerrand. Irgendwie tat Mary ihr leid. Schließlich war sie nur ihrem Herzen gefolgt. „Ich glaube, dass Mary Templeton in den Pfarrer verliebt ist", meinte sie.

Mit Augen so groß wie gekochte Stachelbeeren sah Gertrude sie an. „Verliebt? Das tut doch gar nichts zur Sache!" Sie wandte sich um Beistand an ihren Gatten. „Tut das etwas zur Sache, Mr Fleming?"

„Nein, tut es nicht", erwiderte Harold wie zu erwarten. „Sie hat eine gute Partie für einen Pfarrer sausen lassen." Dann kaute er eine Weile bedächtig. „Meiner Meinung nach kann Vale froh sein, dass er sie los ist", befand er schließlich. „Hätte ihm womöglich noch Schwachsinn in die Familie gebracht. Schlimme Sache, soll man nicht mit scherzen. Besser, er schaut sich anderswo nach einer Frau um."

„Ah, was das angeht …" Melisande räusperte sich. Ein besseres Stichwort konnte sie gar nicht bekommen. Jetzt oder nie. „Ich muss euch etwas sagen."

„Ja, meine Liebe?", ließ sich Gertrude herab und säbelte am Rinderstück.

Melisande holte tief Luft und fiel gleich mit der Tür ins Haus, denn – ganz ehrlich – was brachte es schon, darum herumzureden? Dennoch fand sie es tröstlich, als eine Pfote sich auf ihr Knie legte und eine warme Zunge ihr die linke Hand leckte. Sie konnte jeden Beistand gebrauchen. „Lord Vale und ich sind heute zu einer Übereinkunft gelangt. Wir werden heiraten."

Gertrude ließ ihr Messer fallen.

Harold verschluckte sich an seinem Wein.

„Ich wollte es euch nur gesagt haben", fügte Melisande hinzu.

„Heiraten?", wiederholte Gertrude. „Lord Vale? Jasper Renshaw, Viscount Vale?", vergewisserte sie sich, als gäbe es noch einen weiteren Lord Vale in England.

„Ja."

„Aha." Harold sah seine Frau an. Gertrude schaute zurück

und schien sprachlos. Er wandte sich an Melisande. „Bist du ganz sicher? Du könntest nicht etwas missverstanden haben, einen Blick oder …“ Er ließ den Satz unvollendet. Denn was sonst könnte man noch als Heiratsantrag missverstehen?

„Ich bin mir ganz sicher“, antwortete sie ruhig. Das Herz flatterte ihr in der Brust, doch ihre Worte waren klar und deutlich. „Lord Vale meinte, dass er dich in drei Tagen aufsuchen und alles besprechen will.“

„Verstehe.“ Harold starrte so fassungslos auf sein Stück Rindfleisch, als habe es sich in einen Kürbis verwandelt. „Nun, dann möchte ich dir meinen Glückwunsch aussprechen, meine Liebe. Ich wünsche dir alles nur erdenklich Gute mit Lord Vale.“ Blinzelnd sah er sie an, der Blick seiner braunen Augen unsicher. Er hatte sie noch nie verstanden, der arme Mann, aber sie wusste, dass er sie liebte. „Bist du dir wirklich sicher?“, vergewisserte er sich.

Melisande lächelte ihn an. So wenig sie auch miteinander gemein haben mochten, Harold war ihr Bruder, und sie liebte ihn nicht minder. „Das bin ich.“

Er nickte bedächtig, wenngleich noch immer sichtlich irritiert. „Dann werde ich Lord Vale eine Nachricht schicken, dass ich seinem Besuch mit Freuden entgegensehe.“

„Danke, Harold.“ Melisande legte Messer und Gabel feinsäuberlich nebeneinander auf ihrem Teller ab. „Und wenn ihr mich nun bitte entschuldigt, es war ein langer Tag.“

Sie stand auf – wohl wissend, dass Harold und Gertrude die Neuigkeit noch ausführlich beleuchten würden, kaum dass sie das Zimmer verlassen hatte. Hundepfoten wetzten hinter ihr auf den Holzdielen, als sie auf den Korridor hinaustrat – in dem Düsternis herrschte, denn auch hier machte sich Gertrudes Sparsamkeit bemerkbar.

Dass sie verwundert waren, war kaum anders zu erwarten gewesen. Melisande hatte viele Jahre nicht das geringste Interesse daran gezeigt, sich zu verheiraten. Nicht seit ihrem fatalen Verlöbnis mit Timothy. Und das war lange her. Seltsam, wie sehr es sie mitgenommen hatte, als Timothy sie verlassen hatte. Alles, was sie damals verloren hatte, war ihr unerträglich geworden. Ihre Empfindungen waren so stark, so verzehrend gewesen, dass sie gemeint hatte, die Zurückweisung nie verwinden zu können und vor Kummer zu sterben. Am ganzen Leib hatte sie es gespürt, ein tiefer Schmerz, der in sie gefahren war und alles Gefühl zunichtegemacht hatte. Solche Qual wollte sie nie wieder durchstehen.

Melisande bog um eine Ecke und begann die Treppe hinaufzugehen. Seit Timothy hatte sie nur wenige Verehrer gehabt, und mit keinem von ihnen war es ihr ernst gewesen. Harold und Gertrude hatten sich wahrscheinlich längst damit abgefunden, dass sie bis ans Ende ihrer Tage bei ihnen leben würde. Doch die beiden hatten nie auch nur erkennen lassen, dass sie ihrer überdrüssig wären. Dafür war Melisande ihnen dankbar. Anders als anderen alten Jungfern hatte man ihr nie das Gefühl gegeben, eine Last zu sein.

Oben angekommen bog sie in den Korridor ein, der zu den Privatgemächern führte. Ihres war das erste auf der rechten Seite. Sie schloss die Tür hinter sich, und Mouse, ihr kleiner Terrier, sprang sogleich aufs Bett. Dort drehte er sich dreimal im Kreis, ehe er sich auf der Decke niederließ und seine Herrin gespannt ansah.

„Hattet Ihr auch einen anstrengenden Tag, Sir Mouse?“, fragte Melisande an den Terrier gewandt.

Beim Klang ihrer Stimme legte der Hund den Kopf schräg. Seine schwarzen Knopfaugen funkelten, die Ohren – das eine weiß, das andere braun – standen gespitzt. Im Kamin brannte ein kleines Feuer, und mit einem Span zündete sie reihum Kerzen in dem kleinen Zimmer an. Das Mobiliar war spärlich, doch mit Sorgfalt gewählt. Das Bett war schmal, die Pfosten hingegen kunstvoll gedrechselt, das Holz von golden schimmerndem Braun. Die Bettdecke war schlicht weiß, doch die Laken darunter waren aus feinster Seide. Vor dem Kamin stand nur ein einziger Stuhl; dessen Lehnen waren vergoldet und der

Sitz in Gold und Purpur bestickt. Dies war ihr Refugium. Der Ort, an dem sie so sein konnte, wie sie war.

Melisande trat an ihren Schreibtisch und betrachtete die Papiere, die sich dort stapelten. Sie hatte ihre Übersetzung des Märchens fast beendet, aber …

Es klopfte an der Tür. Mit einem Satz sprang Mouse vom Bett und kläffte die Tür an, als stünde eine Räuberbande davor.

„Still, Mouse." Melisande schob ihn mit der Fußspitze sanft beiseite und öffnete die Tür.

Eines der Dienstmädchen stand draußen und knickste. „Bitte, Miss, könnte ich wohl mit Ihnen sprechen?"

Melisande hob die Brauen und nickte, trat dann beiseite, um das Mädchen einzulassen. Mouse knurrte leise. Das Mädchen betrachtete ihn mit Argwohn und machte einen großen Bogen um den Hund.

Nachdem Melisande die Tür wieder geschlossen hatte, sah sie das Mädchen an. Hübsch war es, mit goldblonden Locken und frischen, rosigen Wangen. Zudem trug es ein – für ihre Verhältnisse – recht elegantes, grün bedrucktes Kattunkleid. „Du bist Sally, nicht wahr?"

Das Mädchen knickste erneut. „Ja, Ma'am, Sally aus der Küche. Ich habe gehört …" Sally schluckte, presste die Augen zusammen und ratterte dann rasch herunter: „Ich habe gehört, dass Sie Lord Vale heiraten werden, Ma'am, und wenn dem so ist, würden Sie ja dieses Haus verlassen und bei ihm leben und eine Viscountess sein, und wenn Sie eine Viscountess wären, Ma'am, bräuchten Sie auch eine Kammerzofe, die Ihnen die Haare und die Kleider so macht, wie es sich gehört, und wenn ich das sagen darf, Ma'am, aber bislang sind Sie nicht ganz so …" Entsetzt hielt sie inne, riss die Augen auf und sah Melisande an, als fürchte sie, etwas furchtbar Falsches gesagt zu haben. „Ich meine natürlich nicht, dass Ihre Frisur und Ihre Garderobe nicht in Ordnung wären, natürlich nicht, Ma'am, nicht dass Sie mich falsch verstehen, aber sie sind nicht … nicht …"

„Nicht so, wie man es von einer Viscountess erwarten würde", schloss Melisande trocken.

„Na ja, nein, Ma'am. Also, doch, wenn Sie verzeihen, dass ich das sage, Ma'am", stammelte Sally und holte tief Luft, ehe sie fortfuhr. „Was ich fragen wollte, ist – und ich wäre Ihnen wirklich so dankbar, wenn Sie mich nehmen würden, wirklich, Sie würden es nicht bereuen, Ma'am – also, ich wollte fragen, ob Sie mich als Ihre Kammerzofe mitnehmen würden?"

Sallys Wortfluss versiegte jäh. Mit offenem Mund stand sie da und starrte Melisande so erwartungsvoll an, als könnten deren nächste Worte über ihr Schicksal entscheiden.

Was gar nicht einmal so falsch war, lagen doch Welten zwischen dem Rang eines Küchenmädchens und dem einer Kammerzofe. Melisande nickte. „Ja."

Sally blinzelte. „Ma'am?"

„Ja, du kannst gern als meine Kammerzofe mit mir kommen."

„Oh!" Sally riss die Arme hoch, und im ersten Augenblick schien es, als wolle sie Melisande vor lauter Dankbarkeit um den Hals fallen, doch dann besann sie sich eines Besseren und wedelte nur ganz aufgeregt mit den Händen in der Luft herum. „Oh! Oh, danke, Ma'am! Oh, danke, danke, vielen Dank. Sie werden es nicht bereuen, wirklich nicht. Ich werde die beste Kammerzofe werden, die Sie sich nur wünschen können, das verspreche ich Ihnen!"

„Dessen bin ich mir gewiss." Melisande öffnete die Tür wieder. „Morgen können wir deine neue Aufgabe ausführlicher besprechen. Gute Nacht."

„Ja, Ma'am. Danke, Ma'am. Gute Nacht, Ma'am."

Sally knickste hinaus in den Korridor, machte eine halbe Drehung, knickste noch einmal und knickste noch immer, als Melisande die Tür schloss.

„Scheint doch ein ganz nettes Mädchen zu sein", meinte sie zu Mouse.

Mouse schnaubte nur und sprang wieder aufs Bett.

Melisande gab ihm einen kleinen Klaps auf die Nase und

trat an ihre Kommode. Eine schlichte Tabaksdose stand darauf. Kurz strich sie mit den Fingerspitzen über den zerbeulten Deckel, dann holte sie den Knopf hervor, den sie in ihrem Ärmel versteckt hatte, und betrachtete ihn. Das eingravierte *V* schien ihr im flackernden Kerzenlicht zuzuzwinkern.

Sie liebte Jasper Renshaw seit sechs langen, endlos langen Jahren. Es musste kurz nach seiner Rückkehr nach England gewesen sein, dass sie jene Gesellschaft besucht hatte, bei der sie ihm begegnet war. Er hatte sie nicht bemerkt, natürlich nicht. Als sie einander vorgestellt worden waren, waren seine blaugrünen Augen über sie hinweggeglitten, und gleich darauf hatte er sich entschuldigt und mit Mrs Redd geflirtet, einer nicht nur ihrer Schönheit wegen berüchtigten Witwe. Melisande hatte sich zu einigen alten Damen gesetzt und ihn von fern beobachtet. Lachend hatte er den Kopf zurückgeworfen, den langen, starken Hals gebogen, den Mund in ausgelassener Heiterkeit aufgerissen. Sein Anblick hatte sie gefesselt, aber sie würde ihn wohl als einen nutzlos-frivolen Adelsspross abgetan haben, wäre sie nicht einige Stunden später Zeugin einer ganz anderen Szene geworden.

Es war nach Mitternacht und sie war der Feierlichkeiten längst müde gewesen. Tatsächlich wäre sie am liebsten nach Hause gegangen, hätte sie damit ihrer Freundin Lady Emeline nicht den Spaß verdorben. Emeline hatte sie geradezu gedrängt, auf den Ball zu gehen, denn obwohl das Zerwürfnis mit Timothy schon über ein Jahr her war, befand sich Melisande noch immer in betrübter Stimmung. Doch der Lärm, die Hitze, das dichte Gedränge, die vielen fremden Blicke waren ihr unerträglich geworden, und so hatte Melisande sich schließlich aus dem Ballsaal einen Korridor hinabgeflüchtet. Eigentlich wollte sie den Ruheraum für Damen aufsuchen, bis sie auf einmal Männerstimmen hörte. Spätestens da hätte sie umkehren sollen, aber einer der Männer sprach mit so erregter Stimme, ja, schien gar zu *weinen*, dass ihre Neugier die Oberhand gewann. Vorsichtig spähte sie um die Ecke und wurde

Zeugin einer ... nun ja, einer Szene.

Ein junger Mann, den sie nie zuvor gesehen hatte, lehnte am Ende des Korridors an der Wand. Er trug eine weiße Perücke, sein Gesicht war glatt und blass, von den erhitzten Wangen abgesehen. Er sah gut aus, doch hatte er den Kopf zurückgeworfen, die Augen geschlossen, bodenlose Verzweiflung stand ihm ins schöne Gesicht geschrieben. Mit einer Hand hielt er eine fast leere Flasche Wein umklammert. Neben ihm stand Lord Vale – doch schien es ein gänzlich anderer Vale zu sein als der, den sie im Ballsaal drei Stunden lang beim Lachen und Flirten beobachtet hatte. Dieser ernstere, reifere Vale hörte still zu und schwieg.

Ließ den anderen sich ausweinen.

„Früher haben sie mich nur in meinen Träumen heimgesucht, Vale“, schluchzte der junge Mann. „Jetzt tauchen sie sogar am helllichten Tag auf. Ich sehe ein Gesicht in der Menge und denke, es wäre ein Franzose oder einer von den Wilden, der meinen Skalp will. Ich weiß, dass es nicht sein kann, aber ich traue meinem Verstand nicht. Letzte Woche habe ich meinen Kammerdiener zu Boden geschlagen, nur weil er plötzlich hinter mir stand und ich mich so erschrocken habe. Ich weiß nicht, was ich tun soll. Ich weiß nicht, wo das noch enden soll. Ich komme nicht mehr zur Ruhe!“

„Schsch“, murmelte Vale besänftigend, fast wie eine Mutter, die ihr Kind zu trösten versuchte. Seine Augen blickten traurig, seine Miene war voller Kummer. „Es geht vorüber, ganz gewiss. Es wird vorübergehen.“

„Woher wollen Sie das wissen?“

„Weil ich auch dort war“, erwiderte Vale. Behutsam nahm er dem jungen Mann die Flasche aus der Hand. „Ich habe es überstanden, und Sie werden es ebenso überstehen. Sie müssen stark sein, dürfen nicht verzagen.“

„Aber sehen Sie sie denn nicht, die Geister?“, flüsterte der junge Mann erregt.

Gequält schloss Vale die Augen. „Wir sollten ihnen nicht

so viel Beachtung schenken. Schauen Sie nach vorn, richten Sie Ihre Gedanken auf leichtere, erfreulichere Dinge. Wenden Sie sich von den schrecklichen Erinnerungen ab, die Sie quälen. Sie werden Ihren Verstand sonst gefangen nehmen und Sie mit sich hinabziehen."

Der junge Mann sank gegen die Wand. Zumindest seine Miene hellte sich ein wenig auf, als sehe er in all seiner Verzweiflung doch einen Hoffnungsschimmer. „Sie verstehen mich wenigstens, Vale. Niemand sonst tut es."

Ein Hausdiener tauchte am Ende des Korridors auf und sah fragend zu Lord Vale. Der nickte.

„Ihre Kutsche steht bereit." Lord Vale legte dem jungen Mann die Hand auf die Schulter. „Fahren Sie nach Hause und ruhen Sie sich aus. Ich komme morgen vorbei, mein Freund, und hole Sie zu einem kleinen Ausritt im Hyde Park ab."

Der Unglückliche seufzte schwer und ließ sich vom Hausdiener hinausführen.

Lord Vale blickte den beiden nach, bis sie um die Ecke verschwunden waren. Dann hob er die Flasche an den Mund und nahm einen Schluck.

„Gottverdammt", murmelte er, als er die Flasche wieder sinken ließ und verzog das Gesicht vor Schmerz oder anderen unergründlichen Regungen. „*Gottverdammt.*"

Schließlich wandte er sich ab und ging davon.

Eine halbe Stunde später sah sie Lord Vale wieder. Er war im Ballsaal und flüsterte Mrs Redd Anzügliches ins Ohr. Melisande hätte niemals geglaubt, dass dieser sorglose Schelm derselbe Mann war, der eben noch seinen Freund getröstet hatte, wenn sie es nicht mit eigenen Augen gesehen hätte. Doch sie hatte es gesehen, und in diesem Moment hatte sie es gewusst. Trotz Timothy und den grausamen Lektionen, die er sie über die Liebe, über Leid und Verlust gelehrt hatte, wusste sie es. Lord Vale war ein Mann, der seine Geheimnisse mindestens so gut verborgen hielt, wie sie selbst es tat. Ein Mann, in den sie sich heillos – *hoffnungslos* – verlieben könnte.

Und genau das hatte sie getan. Seit sechs Jahren liebte sie ihn nun schon, wohl wissend, dass er nicht einmal wusste, wer sie war. Ungerührt hatte sie dabeigestanden und mit angesehen, wie Emeline sich mit Lord Vale verlobt hatte. Denn wozu um einen Mann trauern, der doch nie der ihre sein würde? Sie hatte mit angesehen, wie er sich abermals verlobte – diesmal mit der törichten Mary Templeton. Und sie trug es mit Fassung, zumindest äußerlich. Doch als sie gestern in der Kirche hatte erfahren müssen, dass Mary Lord Vale doch allen Ernstes den Laufpass gegeben hatte, hatte sich etwas Wildes, Unbeherrschbares in ihrer Brust geregt. Warum eigentlich nicht? hatte es in ihr geschrien. Warum es nicht wagen?

Und genau das hatte sie getan.

Melisande drehte den kleinen Silberknopf, bis das Kerzenlicht auf der polierten Oberfläche blitzte. Sie würde sehr, sehr gut überlegen müssen, wie sie weiter mit Lord Vale verfahren wollte. Die Liebe, das wusste sie nur zu gut, war ihre Achillesferse. Niemals, weder durch Worte, noch durch Taten, durfte sie ihn wissen lassen, was sie wirklich für ihn empfand. Melisande öffnete die Tabaksdose und legte den Knopf behutsam hinein.

Rasch kleidete sie sich aus und löschte alle Kerzen, ehe sie zu Bett ging. Mouse kam zu ihr unter die Bettdecke gekrochen. Das Bett bewegte sich leicht, als er sich umständlich umdrehte, ehe er sich mit einem schweren Schnaufen niederließ und seinen Rücken warm und weich an ihre Waden schmiegte.

Melisande starrte ins Dunkel. Bald würde sie ihr Bett nicht mehr nur mit Sir Mouse teilen. Würde sie Jasper beiwohnen können, ohne das Geheimnis ihrer Liebe zu verraten? Der Gedanke ließ sie erschauern. Rasch schloss sie die Augen und schlief wenig später ein.

Die Woche darauf ließ Jasper seine beiden Grauen vor Mr Harold Flemings Haus halten und sprang von seinem Phaeton. Seinem *neuen* Phaeton. Hoch war er und sehr elegant, mit riesigen Rädern, und hatte ein kleines Vermögen gekostet. Wohl auch deswegen freute er sich darauf, Miss Fleming zu einer musikalischen Soiree zu fahren. Auf die Musikdarbietung freute er sich weniger – um nicht zu sagen, gar nicht –, aber irgendwohin musste er mit seinem neuen Phaeton ja fahren.

Er schob sich seinen Dreispitz leicht verwegen in die Stirn, stürmte die Treppe hinauf und klopfte. Zehn Minuten später stand er sich in einer biederen und recht überschaubaren Bibliothek die Beine in den Bauch und wartete auf seine Verlobte. Genau genommen kannte er die Bibliothek bereits, hatte er doch vor vier Tagen, als er mit Mr Fleming die Finessen des Ehevertrags besprochen hatte, geschlagene drei Stunden hier zugebracht. Zähe drei Stunden waren es gewesen, deren einziger Lichtblick darin bestand, dass Miss Fleming nicht zu viel versprochen hatte: Sie verfügte tatsächlich über eine beträchtliche Mitgift. Seine frisch Verlobte hatte er während dieses Besuches kein einziges Mal zu Gesicht bekommen. Nicht dass es ihrer Anwesenheit bedurft hätte – vielmehr war es üblich, dass die betreffende Dame den Verhandlungen nicht beiwohnte –, doch wäre ihr Erscheinen eine willkommene Abwechslung gewesen.

Jasper schlenderte in der Bibliothek umher und inspizierte die Regale. Die Bücher schienen allesamt in Latein verfasst, und gerade als er sich zu fragen begann, ob Mr Fleming wohl so gut Latein lesen könne oder die Bücher einfach kistenweise gekauft hatte, um seine Bibliothek eindrucksvoll zu bestücken, kam Miss Fleming herein. Sie zog sich im Gehen noch rasch die Handschuhe an und schien ihn nicht länger warten lassen zu wollen. Seit jenem schicksalhaften Morgen in der Sakristei hatte er sie nicht mehr gesehen, aber sie trug noch immer dieselbe Miene zur Schau: eine Mischung aus Entschlossenheit und milder Missbilligung. Seltsamerweise fand er diese Miene recht charmant.

Jasper verbeugte sich mit großer Geste. „Ah, meine Teure, Sie sind so lieblich wie ein laues Lüftchen an einem sonnigen

Sommertag. Dieses Kleid umfängt Ihre Schönheit so trefflich wie ein goldener Ring einen Rubin."

Sie sah auf und runzelte die Stirn. „Ich fürchte, Ihr Vergleich hinkt, Mylord. Mein Kleid ist weder golden noch bin ich ein Rubin."

Jasper lächelte breit, ließ seine Zähne blitzen. „Ah, aber zweifellos erhebt Ihre Tugend Sie zu einem Rubin der Weiblichkeit."

„Zweifellos", erwiderte sie trocken, und um ihre Mundwinkel zuckte es, doch ließ sich schwer sagen, ob sie gereizt oder eher belustigt war. „Wissen Sie, ich habe mich schon immer gefragt, warum die Bibel nicht mit einer vergleichbaren Passage für den künftigen Gatten aufwartet."

Tadelnd schnalzte er mit der Zunge. „Hüten Sie sich vor Blasphemie, Miss Fleming, denn sind Ehemänner nicht per se tugendhaft und unfehlbar?"

Sie tat seine Bemerkung mit einem leisen Schnauben ab. „Und wie erklären Sie mein Kleid, das so gar nicht golden ist?"

„Es mag nicht golden sein, aber seine Farbe ist … ähm …" Und hier geriet sogar seine Fantasie an ihre Grenzen, denn genau genommen hatte Miss Flemings Kleid die Farbe von Pferdemist.

Vielsagend hob sie eine Braue.

Jasper griff nach ihrer behandschuhten Hand und beugte sich darüber. Er atmete den würzigen Orangenduft von Neroliöl ein und überlegte, was er Geistreiches sagen könnte. Doch ihm fiel nichts ein – außer dass der sinnliche Neroli-Duft in krassem Gegensatz zu ihrem unscheinbaren Kleid stand. Glücklicherweise wirkte er sich stimulierend auf seinen Verstand aus, denn als Jasper sich wieder aufrichtete, fand er mit einem charmanten Lächeln folgende Worte: „Die Farbe Ihres Kleides lässt mich an wilde, sturmgepeitschte Klippen denken."

Miss Flemings Braue blieb zweifelnd gehoben. „Was Sie nicht sagen."

Er schob ihre Hand in seine Armbeuge. „Allerdings."

„Wie das?"

„Weil es eine so exotische, geheimnisvolle Farbe ist."

„Es ist einfach nur braun."

„Aber nein", widersprach er und riss in gespieltem Entsetzen die Augen auf. „Sagen Sie doch so etwas nicht. Es ist nicht ‚einfach nur braun'. Aschen oder eichen mag es sein, tee- oder rehfarben, vielleicht auch eichhornfarben, aber ganz gewiss nicht braun."

„Eichhornfarben?", wiederholte sie und sah ihn von der Seite an, als er sie die Treppe vor dem Haus hinabführte. „Soll das ein Kompliment sein, Mylord?"

„So war es gedacht", sagte er. „Zumindest habe ich mich sehr darum bemüht, es wie ein Kompliment klingen zu lassen. Aber natürlich steht und fällt es damit, wie man zu Eichhörnchen steht."

Vor seinem Phaeton blieben sie stehen. Stirnrunzelnd sah sie zum hohen Sitz hinauf. „Manchmal sind Eichhörnchen ganz possierlich."

„Sehen Sie. Eindeutig ein Kompliment."

„Törichter Mann", murmelte sie und setzte beherzt einen Fuß auf den Holztritt.

„Wenn Sie gestatten." Er fasste sie beim Ellbogen und stützte sie, als sie in den Wagen kletterte. So zart und dünn war sie, dass er ihren Arm mit einer Hand umfangen könnte. Er spürte ihr Unbehagen. Vielleicht machte es ihr Angst, so hoch oben zu sitzen. „Halten Sie sich einfach an der Seite fest. Keine Sorge, bis zu Lady Eddings ist es nicht weit."

Diese Bemerkung brachte ihm einen finsteren Blick ein. „Ich habe keine Angst."

„Das habe ich auch nicht behauptet", rief er, während er um den Wagen herumging und von der anderen Seite aufsprang. Als er die Zügel zur Hand nahm und die Pferde antraben ließ, spürte er Miss Fleming abermals erstarren. Still und reglos saß sie neben ihm, die eine Hand locker im Schoß, doch mit der anderen hielt sie die Sitzlehne umklammert. Was immer seine Verlobte sagen mochte, sie traute seinem Phaeton nicht so recht über den Weg. Jasper empfand eine fast zärtliche Anwandlung. Kein Wunder, dass sie sich keine Blöße geben wollte, so widerspenstig wie sie sich sonst gab.

„Ich glaube, Sie haben eine geheime Schwäche für Eichhörnchen“, versuchte er sie auf andere Gedanken zu bringen.

Eine steile Falte zeigte sich zwischen ihren Brauen. „Warum sollte ich?“

„Weil sie das so oft tragen – diese Eichhörnchenfarbe. Aus Ihrer Vorliebe für eichhornfarbene Kleider habe ich geschlossen, dass Sie auch dem Tier selbst recht zugetan sein müssen. Vielleicht hatten Sie ja als Kind ein zahmes Eichhörnchen, das überall im Haus herumgetollt ist und die Dienstmädchen und Ihre Kinderfrau erschreckt hat.“

„Sie haben wirklich eine blühende Fantasie“, meinte sie. „Mein Kleid ist braun, wie Sie sehr wohl wissen, und ich weiß nicht, ob ich eine Schwäche für diese Farbe habe. Es ist eher eine Gewohnheit.“

Verstohlen sah er sie an. Mit argwöhnisch gefurchter Stirn beobachtete sie, wie er die Zügel handhabte. „Sie tragen es zur Tarnung, damit man sie nicht sehen kann.“

Sie riss ihren Blick von seinen Händen los und sah ihn entgeistert an. „Ich kann Ihnen nicht folgen, Mylord.“

„Oh, tut mir leid, ich bin schon wieder bei den Eichhörnchen. Ich fürchte, wenn Sie kein anderes Thema anschneiden, werde ich die ganze Fahrt von nichts anderem reden. Eichhörnchen sind nämlich eichhörnchenfarben, weil Eichhörnchenbraun im Wald nur schwer zu erkennen ist. Ich frage mich, ob Sie es deshalb so gern tragen.“

„Damit ich mich im Wald verstecken kann?“ Diesmal lächelte sie wirklich.

„Könnte doch sein. Vielleicht möchten Sie ja im dunklen Wald von Baum zu Baum huschen, um Mensch und Tier zu entkommen. Was meinen Sie?“

„Ich meine, dass Sie mich nicht sonderlich gut kennen."

Er drehte sich um und sah sie an; sie erwiderte seinen Blick mit leiser Belustigung, hielt aber noch immer die Lehne fest umklammert. „Ja, da könnten Sie recht haben."

In diesem Moment wurde ihm bewusst, dass er sie gern kennen würde, dieses widersprüchliche Geschöpf gern durchschauen wollte, das sich so beharrlich weigerte, Angst zu zeigen.

„Sind Sie mit den Arrangements zufrieden, die Ihr Bruder und ich getroffen haben?", fragte er. Gestern war das Aufgebot bestellt worden, und in drei Wochen würden sie heiraten. Vielen Damen würde eine so kurze Verlobungszeit nicht gefallen. „Ich muss gestehen, dass wir lang und hart verhandelt haben. Einmal sah es fast so aus, als wollten unsere Unterhändler handgreiflich werden. Doch Ihr Bruder konnte die Krise mit Tee und Muffins entschärfen."

„Oh je, der arme Harold."

„Allerdings. Doch was ist mit mir?"

„Sie müssen die Geduld eines Heiligen haben."

„Schön, dass Sie das einsehen. Und was sagen Sie nun zu den Arrangements?"

„Es ist alles zu meiner Zufriedenheit."

„Gut." Er räusperte sich. „Ich sollte Ihnen vielleicht sagen, dass ich morgen die Stadt verlassen werde."

„Ja?" Ihre Stimme klang ruhig, fast gelangweilt, doch die Hand in ihrem Schoß krampfte sich zusammen.

„Es lässt sich leider nicht vermeiden. Mein Gutsverwalter liegt mir seit Wochen damit in den Ohren, dass meine Anwesenheit dringend erwünscht wird, um irgendeinen Rechtsstreit beizulegen. Noch länger kann ich seine flehenden Briefe nicht ignorieren. Ich vermute ja", vertraute er ihr an, „dass mein lieber Nachbar Abbott seine Pächter wieder auf meinen Ländereien hat bauen lassen. Das macht er ungefähr alle zehn Jahre so – versucht seine Grenzen zu erweitern. So geht das schon seit einem halben Jahrhundert. Der Mann ist mittlerweile achtzig – und er hat schon meinen Vater damit in den Wahnsinn getrieben."

Ein kurzes Schweigen stellte sich ein, während er die Pferde in eine kleinere Straße lenkte.

„Wissen Sie schon, wann Sie wieder zurück sind?", fragte seine Verlobte.

„In einer Woche, vielleicht auch erst in zwei."

„Verstehe."

Er sah sie von der Seite an. Sie hatte die Lippen zusammengepresst. Wollte sie, dass er hier blieb? Diese Frau war so unergründlich wie die Sphinx. „Zu unserer Hochzeit bin ich ganz gewiss zurück."

„Gewiss", murmelte sie.

Jasper blickte wieder nach vorn und stellte fest, dass sie bereits bei Lady Eddings angelangt waren. Erleichtert atmete er auf. Er ließ die Pferde anhalten und warf die Zügel einem Lakaien zu, ehe er aus dem Wagen sprang. Obwohl er sich so beeilt hatte, stand Miss Fleming schon und schickte sich zum Aussteigen an, als er auf ihrer Seite des Wagens angelangt war, was ihn aus unerfindlichen Gründen irritierte.

Er reichte ihr seine Hand. „Warten Sie, ich helfe Ihnen."

Geflissentlich ignorierte sie seine Hand, hielt die Sitzlehne noch immer fest umklammert und wagte einen beherzten Schritt hinab auf den Kutschentritt.

Mit einem Mal riss Jasper der Geduldsfaden. Sie konnte so tapfer sein, wie sie wollte, aber deshalb brauchte sie nicht gleich seine Hilfe auszuschlagen. Ehe sie sich versah, hatte er sie mit beiden Hände um die schlanke Taille gefasst. Miss Fleming schnappte laut nach Luft, als er sie kurzerhand vom Wagen hob. Ein feiner Hauch von Neroli schwebte in der Luft.

„Das war wirklich nicht nötig", sagte sie und schüttelte ihre Röcke aus.

„Oh doch, das war es", murmelte er, nahm ihre Hand und schob sie in seine Armbeuge. Dann strebte er mit ihr der imposanten weißen Tür des Eddings'schen Stadthauses zu. „Ach,

Hausmusik! Welch vortreffliche Art, den Nachmittag zu verbringen. Hoffentlich gibt es Balladen über arme Bauernmädchen, die sich gramerfüllt in Brunnen stürzen."

Miss Fleming maß ihn mit ungläubigem Blick, doch da tat sich auch schon dank des nicht minder vortrefflichen Butlers die Tür auf. Jasper grinste seine Verlobte an und drängte sie einzutreten. Sein Blut war in Wallung, und das hatte nur wenig mit der Aussicht auf einen misstönenden Nachmittag zu tun und lag nur bedingt an der Gesellschaft von Miss Fleming. Nein, er hoffte, Matthew Horn hier anzutreffen. Horn war ein alter Bekannter, ein ehemaliger Kamerad aus Seiner Majestät Armee, und – weitaus bedeutsamer – einer der wenigen Überlebenden von Spinner's Falls.

Melisande versuchte, sich auf den Gesang des jungen Mädchens zu konzentrieren. Wenn sie ganz still sitzen blieb und die Augen schloss, würde das Gefühl der Panik irgendwann nachlassen. Leider hatte sie nicht bedacht, wie viel Wirbel ihre übereilte Verlobung mit Lord Vale verursachen würde. Von dem Moment an, da sie Lady Eddings' Haus betreten hatten, waren sie und Jasper Mittelpunkt aller Aufmerksamkeit gewesen – und Melisande hätte sich am liebsten in Luft aufgelöst, denn sie *hasste* es, im Mittelpunkt zu stehen. Ihr wurde dann immer ganz heiß, der Schweiß brach ihr aus. Ihr Mund wurde trocken, die Hände fingen ihr an zu zittern. Das Schlimmste aber war, dass es ihr zudem die Sprache verschlug. Als Mrs Pendleton, diese furchtbare Person, ihr zu verstehen gegeben hatte, dass Lord Vale schon ziemlich verzweifelt sein müsse, um ihr, Melisande, einen Antrag zu machen, hatte Melisande sie nur dumm angestarrt und kein Wort herausgebracht. Heute Nacht, wenn sie schlaflos im Bett läge, würden ihr ein Dutzend schlagfertiger Erwiderungen einfallen, aber augenblicklich war sie so eloquent wie ein Schaf. Etwas Geistreicheres als *Baaaa* brachte sie nicht zustande.

Lord Vale neigte sich ihr zu und flüsterte vernehmlich: „Na, was meinen Sie – ob die Kleine wohl eine Schäferin sein soll?"

Baa-haaa? Melisande blinzelte verwirrt.

Er verdrehte die Augen und deutete mit dem Kopf nach vorn. „*Sie.*"

Neben dem Cembalo stand Lady Eddings' jüngste Tochter. Das Mädchen sang gar nicht mal schlecht, doch es trug weit ausladende Panniers, einen üppig berüschten Haubenhut und in der Hand … einen Eimer.

„Oder ein Zimmermädchen?", überlegte Lord Vale laut. Er hatte das allgemeine Interesse souverän gemeistert und launig gelacht, wenn er auf seine neuerliche Verlobung angesprochen worden war. Nun saß er neben ihr auf einem der schmalen und furchtbar unbequemen Stühle und wippte unruhig mit dem linken Bein wie ein kleiner Junge, den man dazu verdonnert hatte, still zu sitzen. Melisande hätte ihm am liebsten die Hand aufs Knie gelegt, damit er damit aufhörte. „Als Zimmermädchen müsste sie eigentlich noch eine Kohlenschaufel in der Hand haben. Das dürfte dann allerdings recht anstrengend werden. So eine Kohlenschaufel ist ziemlich schwer."

„Sie ist ein Milchmädchen", murmelte Melisande.

„Wirklich?" Er zog seine buschigen Brauen zusammen. „Wie soll sie denn melken, mit diesen Panniers?"

„Schsch!", zischte jemand hinter ihnen.

„Ich meine", flüsterte Lord Vale kaum leiser, „trampeln ihr die Kühe da nicht andauernd auf den Röcken herum? Wie unpraktisch das sein muss. Nicht dass ich allzu viel über Kühe wüsste. Oder über Milchmädchen. Höchstens über Käse. Käse mag ich sehr", setzte er hinzu.

Melisande musste sich auf die Lippe beißen, um nicht laut loszukichern. Wie seltsam! Das passierte ihr sonst nie. Kichern war nun wahrlich nicht ihre Sache. Aus den Augenwinkeln warf sie einen verstohlenen Blick auf ihren Verlobten und stellte fest, dass er sie beobachtete.

Ein Lächeln spielte um seine Lippen und wieder neigte er

sich ihr zu, bis sie seinen Atem warm auf ihrer Wange spürte. „Ich *liebe* Käse. Und Weintrauben, vor allem die großen, runden, roten, die mit einem Biss so süß und saftig im Mund zerplatzen. Mögen Sie Weintrauben?"

Obwohl an seinen Worten wenig auszusetzen war, sagte er sie auf eine Weise, die sie fast erröten ließ. Und auf einmal erinnerte sie sich, wie oft sie ihn so schon gesehen hatte: einer Dame zugeneigt, der er kleine Anzüglichkeiten ins Ohr flüsterte. Unzählige Male hatte er sich im Laufe der Jahre so gegeben, mit ungezählten Damen auf ungezählten Geselligkeiten. Aber diesmal war es anders.

Diesmal flirtete er mit ihr.

Und so hielt sie sich kerzengerade, senkte sittsam den Blick und sagte leise: „Ich mag Weintrauben, Mylord, aber Himbeeren mag ich noch lieber. Die Süße der Himbeere ist weniger aufdringlich als die der Traube. Und manch eine hat auch eine erfrischende Note und noch ein bisschen … Biss."

Als sie aufsah, ruhte sein Blick nachdenklich auf ihr. Sie erwiderte seinen Blick ruhig, wich ihm nicht aus – ob als Warnung oder Herausforderung wusste sie selbst nicht –, bis ihr auf einmal der Atem stockte und das Blut in die Wangen stieg. Sein übliches, sorgloses Lächeln war verschwunden, ja, er lächelte überhaupt nicht mehr, und etwas Ernstes, Dunkles starrte ihr aus seinen Augen entgegen.

Dann brach das Publikum in Applaus aus, und Melisande zuckte ob des plötzlichen Lärms zusammen. Lord Vale sah beiseite, und der Moment war vorüber.

„Soll ich Ihnen ein Glas Punsch holen?", fragte er.

„Ja." Sie schluckte. „Das wäre nett, danke."

Und sie sah ihn aufstehen und davonschlendern, spürte, wie die Welt auf einmal wieder eindrang und ihre Sinne bestürmte. Hinter ihr tratschte die junge Matrone, die sie eben zur Ruhe ermahnt hatte, mit einer Freundin. Melisande schnappte nur „andere Umstände" auf, dann wandte sie sich ab, um das Getuschel nicht länger zu hören. Lady Eddings' Tochter wurde zu ihrer Darbietung beglückwünscht. Ein junger Mann mit pickeligem Gesicht stand treu an ihrer Seite und hielt, ganz Kavalier, den Eimer. Melisande strich ihre Röcke glatt und war nur froh, dass niemand mit ihr sprechen wollte. Wenn man sie einfach in Ruhe dasitzen und die anderen Leute beobachten ließ, machten ihr Veranstaltungen wie diese beinahe Spaß.

Sie sah sich nach Lord Vale um und entdeckte ihn in der kleinen Gruppe, die sich um das Buffet eingefunden hatte. Zu übersehen war er ja kaum. Er überragte die anderen Gentlemen fast um Haupteslänge und lachte auf seine freimütige Weise, streckte dabei in großer Geste den Arm von sich und hätte fast die Perücke seines Nebenmanns mit Punsch getränkt. Melisande lächelte. Seine Überschwänglichkeit war geradezu ansteckend. Doch dann sah sie, wie seine Miene sich kaum merklich veränderte. Er lächelte noch immer, doch nicht mehr so offen, und um seine Augen trat ein angespannter, wachsamer Zug. Wahrscheinlich war es sonst niemandem aufgefallen. Ihr schon. Melisande folgte seinem Blick. Ein Gentleman mit weißer Perücke hatte soeben den Salon betreten. Er plauderte mit der Gastgeberin, ein höfliches Lächeln auf den Lippen. Irgendwie kam er ihr bekannt vor, aber sie wusste nicht woher. Er war von mittlerem Wuchs, mit einem frischen, freundlichen Gesicht, seine Haltung militärisch.

Als sie wieder zu Lord Vale sah, hatte dieser sich schon auf den Weg zu dem jungen Mann gemacht, der sich, sowie er Vale kommen sah, bei Lady Eddings entschuldigte, Vale entgegenging und ihm die Hand zum Gruß reichte. Seine Miene indes war ernst, um nicht zu sagen düster. Melisande sah ihren Verlobten die Hand des Mannes ergreifen und ihm etwas zuflüstern. Dann schaute er sich kurz im Salon um, wobei ihre Blicke sich flüchtig trafen. Das Lächeln war aus seinem Gesicht gewichen, seine Miene völlig ausdruckslos. So, als hätte er sie nicht gesehen, kehrte er ihr den Rücken zu und zog den jungen Mann mit sich. Just in diesem Augenblick warf sein Begleiter mit der weißen Perücke noch einmal einen Blick über die Schulter, und Melisande stockte der Atem, denn plötzlich wusste sie wieder, woher sie ihn kannte.

Es war der junge Mann, den sie sechs Jahre zuvor hatte weinen sehen.

3. KAPITEL

Als auch der letzte Bissen verzehrt war, stand der alte Mann auf, und etwas sehr Sonderbares geschah. Seine Lumpen fielen von ihm ab, und vor Jack stand auf einmal ein schöner junger Mann in schimmernd weißen Gewändern.

„Du warst so gut zu mir", sagte der Engel, denn nur ein Engel konnte es sein. „Dafür will ich dich belohnen."

Der Engel zauberte eine kleine Blechdose aus seinen Gewändern hervor und drückte sie Jack in die Hand. „Hierin wirst du finden, was immer du brauchst."

Jack spähte in die Dose. Dann lachte er, denn nichts war darin außer ein wenig alten Schnupftabaks. Nachdem er die Tabakdose in seinem Beutel verstaut hatte, machte er sich wieder auf den Weg …

[aus LACHENDER JACK]

Drei Wochen später versteckte Melisande ihre zitternden Hände in den weiten Röcken ihres Hochzeitskleides. Hinter ihr legte Sally, ihre neue Kammerzofe, letzte Hand an.

„Sie sehen wirklich umwerfend aus, Miss", befand Sally und raschelte angelegentlich mit dem Faltenfall.

Sie standen im Vestibül der Kirche, die Orgel hatte schon angestimmt, und bald würde Melisande das lange Mittelschiff hinab zum Altar gehen müssen. Es kam ihr vor wie ein Spießrutenlauf. Obwohl man die Hochzeit recht kurzfristig angesetzt hatte, waren fast alle Plätze besetzt.

„Ich fand Grau ja erst etwas langweilig, als Sie es sich ausgesucht hatten, Miss", schnatterte Sally weiter, „aber jetzt schimmert es richtig, fast wie Silber."

„Es ist doch nicht zu auffällig?" Besorgt sah Melisande an sich hinab. Das Kleid war längst nicht so schlicht, wie sie es sich ursprünglich gewünscht hatte. Blassgelbe, zu winzigen

Schleifen gebundene Bänder bekränzten den Ausschnitt, und der Überrock war kunstvoll gerafft, sodass das in Grau, Rot und Gelb bestickte Unterkleid prächtig zur Geltung kam.

„Aber nein, es ist sehr elegant", versicherte ihre Kammerzofe, trat vor Melisande, runzelte kritisch die Stirn und inspizierte sie wie eine Köchin eine Schinkenkeule. Schließlich lächelte sie. „Lord Vale wird hingerissen sein. Ist ja auch Ewigkeiten her, dass er Sie zuletzt gesehen hat."

Nun, das ist wohl ein wenig übertrieben, dachte Melisande bei sich, aber es war tatsächlich einige Wochen her, dass sie ihn zuletzt gesehen hatte. Am Tag nach Lady Eddings' musikalischer Soiree hatte Lord Vale die Stadt verlassen und war erst gestern nach London zurückgekehrt. Irgendwann hatte sie sich zu fragen begonnen, ob er so lange fortblieb, um ihr aus dem Weg zu gehen. Nachdem er an besagtem Nachmittag mit seinem Freund gesprochen hatte, war er ihr ziemlich zerstreut erschienen. Er hatte ihr den jungen Mann nicht einmal vorgestellt, der kurz nach seiner Unterredung mit Lord Vale wieder gegangen war. Aber darauf kommt es nun wahrlich nicht an, wies sie sich im Stillen zurecht. Letztlich war er ja wieder da, stand vorne am Altar und wartete auf sie.

„Und, alles bereit?", rief Gertrude, die aus der Kirche ins Vestibül geeilt kam und prompt an Melisandes Röcken herumzuzupfen begann. „Nie hätte ich mir träumen lassen, dass ich diesen Tag noch einmal erleben würde! Du, verheiratet, noch dazu mit einem Viscount! Und die Renshaws sind eine so gute Familie, nicht die Spur von bösem Blut. Oh, Melisande!"

Verwundert sah Melisande, dass die sonst so phlegmatische Gertrude Tränen in den Augen hatte.

„Ich freue mich so für dich." Gertrude umarmte sie umständlich und drückte kurz ihre Wange an Melisandes. „Bist du so weit?"

Melisande straffte den Rücken und atmete tief durch. Doch nicht einmal ihre Aufregung konnte der stillen Freude in ihrer Stimme etwas anhaben. „Ja, das bin ich."

Jasper betrachtete das Stück Entenbrust auf seinem Teller und sann darüber nach, welch wunderlicher Brauch doch das Hochzeitsmahl war. Freunde und Familie saßen versammelt und stießen auf die Liebe an, wo sie doch besser die Fruchtbarkeit hätten feiern sollen. Denn das allein war Sinn und Zweck, sich dergestalt zu binden: die Zeugung von Nachkommen.

Ach ja, nun hatte es auch ihn ereilt, endlich. Vielleicht sollte er jetzt, da er verheiratet war, von solch abgeklärten Gedanken lassen und sich einfach mit den vollendeten Tatsachen abfinden. Als er gestern wieder nach London geritten war, hatte er sich auf einmal gefragt, ob er nicht zu lange fortgeblieben war. Was, wenn Miss Fleming es leid war, von ihm ignoriert zu werden? Was, wenn sie am Tag der Hochzeit nicht einmal *auftauchte*, um ihm den Laufpass zu geben? Er war länger als geplant in Oxfordshire aufgehalten worden. Immer schien sich noch etwas zu finden, das seine Rückkehr verzögerte: noch ein Acker, den sein Gutsverwalter ihm zeigen wollte, eine Straße, die dringend der Reparatur bedurfte, und – wenn er ganz ehrlich war – auch der unerbittliche Blick seiner Verlobten. Sie schien geradewegs durch ihn hindurchschauen zu können, mit ihren braunen, leicht schräg stehenden Augen, die wie Katzenaugen waren. Es war, als blicke sie hinter die jovial lachende Fassade und geradewegs in die Abgründe seiner Seele. Als er sich in Lady Eddings' Salon nach ihr umgeschaut und gesehen hatte, wie sie ihn und Matthew Horn beobachtete, hatte ihn einen kurzen Augenblick schreckliche Furcht gelähmt – Furcht, dass sie wusste, worüber sie redeten.

Aber sie wusste es nicht. Konnte es gar nicht wissen, beruhigte Jasper sich und trank einen Schluck Rotwein. Sie wusste nicht, was bei Spinner's Falls geschehen war, und wenn es nach ihm ginge, würde sie auch nie davon erfahren.

„Famose Hochzeit, was?", rief ein älterer Gentleman leutselig über den Tisch.

Jasper hatte nicht die leiseste Ahnung, wer der gute Herr war – vermutlich Verwandtschaft der Braut –, doch er lächelte und prostete ihm zu. „Danke, Sir. Ich kann mich nicht beklagen."

Der Mann zwinkerte anzüglich. „Aber schon scharf auf die Hochzeitsnacht, was? Eindeutig der bessere Teil, sag ich immer, eindeutig der bessere Teil. Ha, ha, ha!" Und dann lachte er so laut, dass ihm fast die graue Perücke vom Schädel rutschte.

Die alte Dame, die ihm gegenüber saß, verdrehte die Augen und sagte: „Das reicht, William."

Neben sich spürte Jasper seine Braut erstarren und verwünschte den angetrunkenen Alten. Obwohl – wenigstens hatte sie jetzt wieder ein bisschen Farbe im Gesicht. Während der Trauung war sie so blass gewesen, dass er sich jeden Moment darauf gefasst gemacht hatte, sie im Falle einer Ohnmacht aufzufangen. Aber sie war nicht in Ohnmacht gefallen. Tapfer und aufrecht hatte sie sich gehalten – wie ein Soldat vor dem Erschießungskommando – und ihr Eheversprechen ernst und voller Ingrimm gesprochen. Keine Spur jener glückseligen Miene, die ein Bräutigam bei seiner Braut zu sehen hofft. Aber nach dem letzten Fehlschlag sollte er wahrscheinlich froh sein, dass sie ihm ihr Wort überhaupt gegeben hatte.

Jasper wandte sich an den alten Herrn. „Möchten Sie uns nicht mit ein paar Anekdoten Ihrer eigenen Hochzeit erheitern, Sir? Ich könnte mir vorstellen, dass wir uns prächtig amüsieren würden."

„Von wegen", kam die alte Dame ihrem angeheiterten Gatten zuvor. „Er war so betrunken, dass er eingeschlafen ist, noch ehe er zu Bett kam."

Die anderen Gäste brüllten vor Lachen.

„Gar nicht wahr, Bess!", ereiferte sich der so Gescholtene. „Ich war nur so erschöpft davon, dir nachzustellen." Leutselig wandte er sich an die junge Dame neben ihm: „Fast vier Jahre musste ich ihr den Hof machen …"

Jasper atmete tief durch, setzte sein Weinglas ab und richtete seine Aufmerksamkeit auf seine frisch Angetraute. Miss Fleming – nein, *Melisande* – schob das Essen auf ihrem Teller zu ordentlichen kleinen Häufchen zusammen.

„Du solltest ruhig etwas essen", raunte er ihr vertraulich zu. „Dann wirst du dich gleich besser fühlen. Und die Ente ist längst nicht so zäh, wie sie aussieht."

„Ich fühle mich prächtig", sagte sie, ohne ihn anzusehen.

Stures Weib. „Gewiss", meinte er leichthin. „Aber in der Kirche warst du weiß wie ein Gespenst, bei der Trauung gar mit einem Einschlag ins Grünliche. Ich kann dir gar nicht sagen, wie sehr das meinem feierlich gestimmten Gemüt zugesetzt hat. Tu mir den Gefallen und iss einen Happen."

Ein leichtes Lächeln huschte um ihre Lippen, und sie aß ein winziges Stück Entenbrust. „Ist jedes Ihrer Worte im Scherz gesprochen, Mylord?"

„Fast jedes. Sehr irritierend, ich weiß." Er winkte einen Lakaien herbei. „Die Viscountess wünscht noch Wein."

„Danke", murmelte sie, als der Lakai ihr Glas nachgefüllt hatte. „Das ist es nicht."

„Was ist was nicht?"

„Das Scherzen." Sie sah ihn an, ihre braunen Augen unergründlich. „Ich finde es nicht irritierend. Ehrlich gesagt, ich mag es. Ich hoffe nur, Sie werden … meine Zurückhaltung ertragen können."

„Wenn Sie mich so ansehen, werde ich sie ganz bewundernswert ertragen können", flüsterte er.

Sie schaute ihn über den Rand ihres Glases hinweg an, und er konnte sie schlucken sehen, ihr Hals so zart und schlank. Diese Frau würde er heute Nacht zu der seinen machen – diese Frau, die er kaum kannte. Er würde bei ihr liegen und sich ihres warmen, weichen Leibs bemächtigen.

Eine seltsame Vorstellung, während sie gesittet beim Hochzeitsmahl saßen. Seltsam und erregend zugleich. Wie wunderlich es doch war, sich in seinen Kreisen zu vermählen. Der Pferdezucht nicht unähnlich: Stute und Hengst wurden nach ihrem Stammbaum ausgewählt und einander nahegebracht, in der Hoffnung, dass die Natur ihren Lauf nähme und prächtige Fohlen hervorbrächte. Oder in diesem Fall kleine Aristokraten.

Lächelnd betrachtete er seine Braut und fragte sich, was sie wohl zu seinen Gedanken über Pferdezucht und Adelssprösslinge sagen würde. Aber ach, derlei tiefsinnige Einsichten waren vielleicht doch etwas zu heikel für jungfräuliche Ohren.

Andere indes nicht. „Ist wenigstens der Wein nach Eurem Geschmack, meine Teure?“, fragte er galant.

„Er ist vollmundig, spritzig und erfrischend, mit einem Hauch Süße der Trauben.“ Sie lächelte fein. „Drum ja, er ist sehr nach meinem Geschmack.“

„Das freut mich“, murmelte Jasper und senkte sinnlich die Lider. „Ist es als Ihr Gemahl doch meine hehre Pflicht, ein jedes Ihrer Bedürfnisse, und sei es noch so gering, zu befriedigen.“

„Ist es das?“

„Oh ja.“

„Und was ist dann meine hehre Pflicht als Ihre Gattin, Mylord?“

Mir Nachkommen zu gebären. Was laut auszusprechen sich schlecht schickte. Dies war die Zeit des leichten Flirts und der flüchtigen Tändelei, der kalten Wirklichkeit einer Ehe wie der ihren würden sie sich später stellen. „Ihre schönste Pflicht, Mylady, ist es, hübsch auszusehen und meinem Haus und meinem Herzen zur Zierde zu gereichen.“

„Das dürfte mich bald langweilen. Ich wünsche mir größere Herausforderungen, als hübsch auszusehen.“ Sie nippte an ihrem Wein und stellte das Glas dann ab. Mit der Zungenspitze fing sie einen Tropfen Wein von ihrer Unterlippe auf. „Vielleicht fallen Ihnen ja noch anspruchsvollere Pflichten ein?“

Ihm stockte der Atem, und all sein Sinnen war auf ihre feuchte Unterlippe gerichtet. „Mylady, mein Verstand schwirrt vor Einfällen. Er tanzt vor und zurück, streift sie alle und berührt doch keine, wenngleich einige ihn locken. Mögen Sie mir nicht Beispiele nennen, was zu den Pflichten einer Gemahlin zählen sollte?"

„Oh, Beispiele gibt es viele." Sie lächelte. „Sollte ich Euch nicht ehren und gehorchen?"

„Aber das sind doch leichte Übungen. Wolltet Ihr nicht eine Herausforderung?"

„Gehorchen mag nicht immer leicht sein", murmelte sie.

„Bei mir schon. Ich werde nicht mehr von Ihnen verlangen, als mit einem Lächeln meine Tage heller strahlen zu lassen. Werden Sie mir das zubilligen?"

„Ja."

„Das lässt mich hoffen. Aber ich kann mich noch eines anderen Versprechens entsinnen."

„Euch zu lieben", sagte sie und senkte den Blick in scheuer Bescheidenheit.

„Genau das meinte ich", sagte er leichthin. „Mich zu lieben dürfte, so fürchte ich, wohl die schwerste aller Pflichten sein, denn ich kann bisweilen recht unliebenswürdig sein. Ich würde es Ihnen nicht verübeln, wenn Sie dieser Pflicht nicht nachkämen. Es genügt völlig, mich zu bewundern, sollte dies mehr nach Ihrem Geschmack sein."

„Aber ich habe ein Versprechen gegeben, und als Frau von Ehre werde ich es halten", erwiderte sie.

Er sah sie an und versuchte zu ergründen, was an ihren Worten Koketterie, was wahres Gefühl war – wenn sie denn überhaupt Gefühle für ihn hegte. „Sie werden mich also lieben?"

„Natürlich werde ich das", meinte sie leichthin.

Er hob sein Glas und prostete ihr zu. „Dann schätze ich mich als glücklichsten Mann auf Erden."

Doch sie lächelte nur matt, als sei sie den koketten Schlagabtausch langsam leid.

Nachdenklich nippte er an seinem Wein. Sah sie der Nacht voller Freude entgegen oder graute ihr davor? Vermutlich Letzteres. Selbst in ihrem Alter – und sie war älter als junge Bräute es gemeinhin waren – dürfte sie wenig darüber wissen, was zwischen Mann und Frau geschah. Das könnte auch erklären, weshalb sie vorhin so blass gewesen war. Er würde heute Abend daran denken müssen, es langsam angehen zu lassen, sich zu zügeln und nichts zu tun, was sie verschrecken oder abstoßen könnte. Ihrer Schlagfertigkeit zum Trotz war sie nach eigenem Bekunden eher zurückhaltend. Vielleicht sollte er gar erwägen, den Vollzug ein paar Tage aufzuschieben, bis sie sich ein wenig aneinander gewöhnt hatten? Ein ernüchternder Gedanke.

Er schüttelte den Kopf, schob alle ernüchternden Gedanken weit von sich und nahm sich noch eine Scheibe von der knusprigen Ente. Immerhin war das hier seine Hochzeit, und die wollte gefeiert werden.

„Ach, was war das für eine schöne Hochzeit, Mylady", schwärmte Sally ganz hingerissen, als sie Melisande an diesem Abend aus dem Kleid half. „Seine Lordschaft sah richtig schnittig aus in seinem roten Rock, fanden Sie nicht auch? So groß ist er und hat so breite Schultern, ach …", seufzte sie. „Wahrscheinlich braucht er seinen Rock nicht einmal auspolstern zu lassen, was meinen Sie?"

„Mmmm", machte Melisande. Lord Vales Schultern hatten es ihr durchaus angetan, aber es schien ihr nicht schicklich, die körperlichen Vorzüge ihres Gatten mit ihrer Kammerzofe zu besprechen. Schweigend trat sie aus ihren Unterröcken.

Sally hob die Röcke auf und breitete sie über einen Stuhl, ehe sie Melisandes Korsett aufzuschnüren begann. „Und als Lord Vale die Münzen in die Menge geworfen hat! Was für ein netter Gentleman er doch ist. Wussten Sie, Ma'am, dass er jedem von uns eine ganze Guinee gegeben hat, sogar dem kleinen Schuhputzerjungen?"

„Wirklich?" Melisande musste sich ob dieser sentimentalen Anwandlung Lord Vales ein Lächeln verkneifen. Aber nein, es überraschte sie nicht. Sie rieb sich eine wunde Stelle unter dem Arm, wo das Korsett ein wenig gescheuert hatte. Dann, nur mehr in ihre Chemise gekleidet, setzte sie sich an den zierlichen Toilettentisch aus hellem Wurzelholz und begann ihre Strümpfe abzustreifen.

„Die Köchin meinte, Lord Vale wäre ein sehr angenehmer Herr. Zahlt einem regelmäßig den Lohn und schreit nicht herum, wie manche Gentlemen es tun.“ Sally schüttelte das Korsett aus und legte es sorgsam in den großen Schrank, der in der Ecke stand.

Seit Lord Vales Vater gestorben und seine Mutter die Witwenresidenz bezogen hatte, waren die Gemächer der Viscountess in Renshaw House unbewohnt geblieben. Aber Mrs Moore, die Haushälterin, schien eine fähige Person zu sein. Die Zimmer waren gründlich hergerichtet worden, das honigfarbene Holz frisch gewachst und von mattem Glanz, die dunkelblau und goldenen Draperien gelüftet und ausgeklopft, ja, selbst die Teppiche schienen gründlich ausgeschlagen worden zu sein.

Das Schlafgemach war nicht sehr geräumig, doch recht hübsch. Die Wände waren in einem beruhigenden Cremeweiß gehalten, die Teppiche dunkelblau mit einem winzigen Muster in Rubinrot und Gold. Der Kamin war klein und anheimelnd, kobaltblau gekachelt mit einem Sims aus geweißtem Holz. Zwei zierliche Stühle mit vergoldeten Beinen standen davor, dazwischen ein niedriger Tisch mit Marmorplatte. An einer Wand führte eine Tür in die Gemächer des Viscounts – rasch sah sie beiseite –, gegenüber gelangte man in den Ankleideraum und dahinter in ihren privaten Salon. An der Tür des Ankleidezimmers ließ sich von Zeit zu Zeit ein leises Scharren und Kratzen vernehmen, doch Melisande ignorierte es.

„Du hast also schon die Bekanntschaft der anderen Dienstboten gemacht?“, fragte sie ihre Zofe, um nicht die ganze Zeit zu Lord Vales Tür hinüberzustarren wie ein liebeskrankes Dummchen.

„Ja, Mylady.“ Sally trat hinter sie und begann ihre aufgesteckte Frisur zu lösen. „Mr Oaks, der Butler, ist sehr streng, aber er scheint gerecht zu sein. Mrs Moore sagt, sie würde jederzeit auf sein Urteil vertrauen. Es gibt sechs Küchenmädchen und fünf Zimmermädchen, und ich weiß nicht wie viele Lakaien."

„Ich habe sieben gezählt", murmelte Melisande. Sie war der Dienerschaft heute Nachmittag vorgestellt worden, aber es würde seine Zeit brauchen, bis sie sich alle Namen würde merken können und wusste, wer welche Aufgaben hatte. „Sie waren also alle nett zu dir?"

„Oh ja, Ma'am." Sally schwieg einen Moment und zog ihrer Herrin unzählige kleine Haarnadeln aus dem Haar. „Obwohl ..."

Melisande beobachtete das junge Mädchen im Spiegel. Sally runzelte die Stirn. „Ja?", fragte sie ermutigend.

„Oh, nichts, Ma'am", sagte sie und fügte sogleich hinzu: „Es ist nur dieser eine Mann – Mr Pynch. Ich war sehr nett und höflich zu allen, als Mr Oaks mich vorgestellt hat, aber dieser Mr Pynch, der hat mich so von oben herab angeschaut, als würde er sich für was Besseres halten. Dabei hat er eine große Nase, dass es nicht schön ist. Da braucht er sich gar nichts drauf einzubilden. ‚Ganz schön jung für eine Kammerzofe, was?', hat er mit seiner komischen, eingebildeten Stimme zu mir gesagt. Ich meine, was geht ihn das an?"

Melisande blinzelte verwundert. Noch nie hatte sie erlebt, dass Sally sich so über etwas ereiferte oder Anstoß an jemandem nahm. „Wer ist denn dieser Mr Pynch?"

„Der Kammerdiener Seiner Lordschaft", erklärte Sally, griff zur Bürste und bearbeitete Melisandes Haar mit kräftigen Strichen. „Ein richtiger Klotz von einem Mann, kahl auf dem Kopf noch dazu. Die Köchin hat gesagt, dass er mit Lord Vale in den Kolonien gedient hätte."

„Dann steht er schon lange in Lord Vales Diensten."

Sally flocht Melisandes Haar mit raschen, sicheren Fingern. „Na, das scheint ihm aber ganz schön zu Kopf gestiegen zu sein. So einem dummen, eingebildeten, *unausstehlichen* Mann bin ich wirklich noch nie begegnet."

Melisande musste lächeln – doch das sollte ihr gleich wieder vergehen. Ein Laut hinter ihr ließ sie kurz aufblicken, und auf einmal ging ihr Atem schneller.

Die Verbindungstür zu den Gemächern des Viscounts hatte sich geöffnet. Lord Vale stand auf der Schwelle zu ihrem Schlafzimmer, einen scharlachroten Hausmantel über Hemd und Breeches. „Ah, wie ich sehe, bin ich zu früh. Ich komme dann später noch mal, wenn es recht ist."

„Nein, es ist schon in Ordnung, Mylord." Melisande mühte sich sehr, dass ihr die Stimme nicht bebte. Sie musste sich beherrschen, ihn nicht anzustarren. Sein Hemd stand am Hals offen, und dieser kleine Ausschnitt nackter Haut wirkte sich verheerend auf sie aus. „Das wäre dann alles, Sally."

Das Mädchen knickste stumm. In Anwesenheit des Hausherrn schien es ihr auf einmal die Sprache verschlagen zu haben. Schweigend marschierte es zur Tür und verschwand.

Lord Vale schaute Sally hinterher. „Ich habe ihr doch hoffentlich keinen Schrecken eingejagt?"

„Sie ist nur ein wenig nervös, weil alles im Haus noch so neu für sie ist." Melisande beobachtete ihn im Spiegel, wie er ihr Zimmer durchquerte, ein prächtiges, exotisches Tier. Ein *Mann*. Und sie war nun wirklich und wahrhaftig *seine Frau*. Fast hätte sie laut gelacht bei dem Gedanken.

Er schlenderte zum Kamin und warf einen Blick auf die kleine Porzellanuhr auf dem Sims. „Ich wollte dich nicht bei deiner Abendtoilette stören", meinte er nun in vertraulichem Ton, da sie endlich allein waren. „Wenn es dir lieber ist, komme ich in einer halben Stunde wieder."

„Nein, ich bin schon bereit." Sie holte tief Luft, stand auf und drehte sich um.

Er sah sie an, ließ dann seinen Blick über ihre spitzenbesetzte Chemise schweifen. Sie war weit geschnitten, doch aus so feinem Stoff, dass sie fast durchscheinend war. Melisande spürte, wie ihr Magen sich unter seinen Blicken zusammenzog.

Dann blinzelte er und sah beiseite. „Magst du vielleicht ein Glas Wein?“

Sie verspürte leise Enttäuschung, zeigte es jedoch nicht. Sittsam neigte sie den Kopf. „Ja, bitte, sehr gern.“

„Hervorragend.“ Er trat an den kleinen Tisch vor dem Kamin, auf dem eine Karaffe Wein stand, und goss zwei Gläser ein.

Sie ging zu ihm und stand dicht hinter ihm, als er sich wieder umdrehte.

Er reichte ihr eines der Gläser. „Bitte.“

„Danke.“ Sie nahm es und nippte daran. War er etwa nervös? Unschlüssig stand er da und starrte ins Feuer, weshalb sie sich schließlich in einen der zierlichen Stühle setzte und beiläufig auf den anderen deutete. „Wollen Sie sich nicht setzen, Mylord?“

„Ja, doch. Danke.“ Er setzte sich und trank sein Glas in einem Zug halb leer, dann beugte er sich jäh vor und hielt das Glas lässig in den Händen. „Ich habe mir den ganzen Tag Gedanken gemacht, wie ich es sagen soll, aber wir haben recht kurz entschlossen geheiratet, und ich war während unserer Verlobung kaum zugegen, was natürlich ganz allein meine Schuld war und mir ausgesprochen leidtut. Genau deswegen, weil wir kaum Gelegenheit hatten, einander kennenzulernen, dachte ich mir, dass …“

„Ja?“

„Vielleicht möchtest du lieber warten.“ Schließlich hob er doch den Blick und sah sie fast … mitleidig an. „Es ist ganz allein deine Entscheidung.“

Da kam ihr auf einmal die erschreckende, fast lähmende Erkenntnis, dass er sie nicht attraktiv genug finden könnte, um ihr beizuwohnen. Warum sollte er auch? Sie war recht groß und ziemlich dünn – zumindest nicht das, was man wohlgerundet nannte. Und ihr Gesicht war noch nie als hübsch erachtet worden. Er hatte zwar mit ihr geflirtet, aber herrje – er flirtete doch mit *jeder* Frau, ganz gleich welchen Alters oder welchen Standes. Das hatte nichts zu bedeuten bei ihm. Schweigend sah sie ihn an. Was sollte sie jetzt tun? Was *konnte* sie tun? Sie hatten heute Morgen geheiratet; daran ließ sich nichts mehr ändern.

Und sie wollte ja auch nichts daran ändern.

Während ihr die schreckliche Erkenntnis gedämmert war, hatte er schon weitergesprochen. „... wir könnten noch eine Weile warten, einen Monat vielleicht, oder auch zwei, je nachdem, wie lange du ..."

„Nein."

Er verstummte. „Wie bitte?"

Wenn sie jetzt warteten, würde ihre Ehe vielleicht nie vollzogen. Das war wirklich das Allerletzte, was sie wollte – und nach allem, was er gesagt hatte, kaum das, was er wünschte. Sie durfte nicht zulassen, dass es so weit käme.

Entschieden setzte sie ihr Glas vor sich auf dem Tisch ab. „Ich will nicht warten."

„Ich ... verstehe."

Sie stand auf und stellte sich vor ihn. Er blickte zu ihr auf, seine Augen von einem dunkel schimmernden Blau.

Rasch trank er sein Glas aus, stellte es ab, stand ebenfalls auf und sah sie an. „Sicher?"

Sie hob nur die Brauen. Darum betteln würde sie nicht.

Er nickte und straffte entschlossen das Kinn, dann nahm er sie bei der Hand und führte Melisande zum Bett. Allein diese Berührung ließ sie am ganzen Leib erbeben, und nun versuchte sie auch nicht mehr, es zu verbergen. Er schlug die Decke zurück und bedeutete ihr, ins Bett zu steigen. Sie tat, wie ihr geheißen, legte sich hin – noch immer in ihrer Chemise – und sah ihn eine kleine Dose aus der Tasche seines Hausmantels nehmen und auf den Nachttisch stellen. Dann zog er sich Hausmantel und Schuhe aus.

Das Bett gab unter seinem Gewicht nach, als er neben ihr hineinstieg. Er war so groß und warm, und sie streckte sehnsüchtig die Hand nach ihm aus, um ihn sacht am Hemdsärmel zu berühren. Nur dort, nicht mehr, denn sie fürchtete, ihr aufgeregtes Herz würde sich zu Tode pochen, wenn sie ihn anderswo berührte. Er beugte sich über sie und streifte ihre Lippen mit den seinen; sie schloss verzückt die Augen. Oh, ja, lieber Gott, *endlich*. Endlich labte sie sich an köstlich süßem Sherry, nach dem sie ihr ganzes Leben in endlos öder Wüste gedürstet hatte. Sein Lippen waren weich, doch fest und entschlossen. Sie schmeckten nach Wein. Als er seine Hand auf ihre Brust legte, sie seine Berührung durch den dünnen Stoff ihrer Chemise spürte, erschauerte sie.

Gerade als sie ihm ihren Mund öffnete, zog er sich zurück. Er sah zwischen ihnen hinab und machte sich mit einer Hand dort unten zu schaffen.

„Jasper", flüsterte sie.

„Schsch." Er hauchte einen Kuss auf ihre Stirn. „Es ist gleich vorbei." Er griff nach der Dose auf dem Nachttisch und öffnete sie. Eine helle, fettige Paste war darin. Kurz tauchte er den Finger hinein und ließ seine Hand wieder zwischen ihnen verschwinden.

Melisande runzelte die Stirn. Sie hatte sich anderes erhofft, als dass es gleich vorbei wäre. „Ich ..."

Aber da hatte er ihr schon die Chemise bis zur Taille hochgezogen. Seine großen, warmen Hände auf ihren Hüften zu spüren, ließ sie vergessen, was sie hatte sagen wollen. Vielleicht, dachte sie, sollte ich einfach aufhören, mir Gedanken zu machen und mich ganz meinen Empfindungen ...

„Lass mich nur machen", murmelte er.

Er schob ihre Beine auseinander und legte sich dazwischen. Da erst merkte sie, dass er seine Hose geöffnet hatte. Sie konnte ihn auf ihrer bloßen Haut spüren, hart und heiß drückte er sich an ihren Schenkel. Ein heiserer Laut entrang sich ihrer Kehle; sie empfand einen jähen Schub der Erregung.

„Es mag dir komisch vorkommen, und es kann sein, dass es wehtut, aber ich werde mich beeilen", murmelte er hastig. „Und es tut auch nur beim ersten Mal weh. Wenn du willst, kannst du die Augen schließen."

Wie bitte?

Und dann drang er in sie ein.

Statt die Augen zuzumachen, riss Melisande sie weit auf und sah ihn an, wollte sich nichts von dem entgehen lassen, was hier geschah, sondern es mit allen Sinnen erfahren. Er hingegen hatte die Augen geschlossen und die Stirn in tiefe Falten gelegt, als leide er Schmerzen. Sie schlang ihre Arme um ihn, spürte, wie breit seine Schultern waren und wie er sie anspannte.

„Ahhhh. Ja, das …" Er bewegte sich ruckend an ihr. „Halt still, nur einen Moment noch."

Er stemmte sich empor und stieß dabei ihre Arme von sich, sehr zu ihrer Enttäuschung. Und dann stieß er in sie. Einmal, zweimal und noch ein drittes Mal. Schwere, harte Stöße. Er biss die Zähne zusammen, gab einen heiseren, erstickten Laut von sich und sackte auf ihr zusammen.

Das war ja wirklich schnell gegangen.

Sie wand ihre Arme unter ihm hervor, wollte ihn abermals umfangen, damit sie wenigstens danach noch ein wenig beieinanderliegen könnten, doch schon hob er sich von ihr und ließ sich zur Seite fallen. „Tut mir leid. Ich wollte dich nicht erdrücken."

Er hatte ihr den Rücken zugekehrt und schien seine Kleider zu richten. Langsam streifte Melisande ihre Chemise wieder herunter und kämpfte gegen ihren Kummer an. Das Bett bebte, als er mit einem Ruck aufstand. Er gähnte und bückte sich nach seinem Hausmantel und seinen Schuhen, dann beugte er sich noch einmal über sie und gab ihr einen kleinen Kuss auf die Wange.

„War nicht zu schlimm, oder?" Seine blauen Augen blickten besorgt. „Schlaf jetzt. Ich sage den Dienern Bescheid, dass sie dir morgen ein heißes Bad bringen sollen. Das wird helfen."

„Ich …"

„Wenn du Schmerzen hast, trink ruhig noch ein Glas Wein."

Er fuhr sich mit der Hand durchs Haar und hätte dabei fast seine Zopfbinde gelöst. „Dann gute Nacht."

Damit kehrte er zurück in seine Gemächer und schloss die Tür hinter sich.

Ungläubig starrte Melisande ihm nach. Dann ließ sich abermals das leise Scharren und Kratzen an der Tür des Ankleideraums vernehmen. Sie schloss die Augen und versuchte es zu ignorieren. Langsam schob sie ihre Hand unter ihre Chemise. Feucht und schlüpfrig war sie da unten, von seinem Samen und ihren eigenen Säften. Sie fuhr mit den Fingern in den schmalen Spalt, erinnerte sich daran, wie er sich in ihr angefühlt hatte, wie blau seine Augen waren. Sie strich über die kleine, geschwollene Knospe, die vor verwehrtem Verlangen pulsierte. Sie streichelte sich, versuchte sich zu entspannen, sich zu erinnern …

Wieder scharrte und kratzte es.

Mit einem frustrierten Schnauben schlug sie die Augen auf und starrte hinauf an den seidenen Betthimmel. Er war blau und hatte an der Ecke ein kleines Loch. „Verdammt."

Mittlerweile wurde das Kratzen von leisem Winseln begleitet.

„So gedulde dich doch!"

Gereizt kletterte sie aus dem großen Bett und spürte, wie warmer Samen ihr an der Innenseite des Schenkels hinabrann. Auf der Kommode stand ein Krug mit Wasser, und sie goss ein wenig in die Waschschüssel, tunkte ein Tuch ins kalte Wasser und wusch sich. Dann ging sie hinüber zum Ankleidezimmer und machte die Tür auf.

Mouse nieste ungnädig und kam herausgeschossen. Mit einem Satz war er aufs Bett gesprungen, drehte sich dreimal um sich selbst, ehe er sich mitten auf ihrem Kissen niederließ und ihr verschnupft den Rücken zukehrte. Er konnte es gar nicht leiden, ins Ankleidezimmer gesperrt zu werden.

Mindestens ebenso übel gelaunt wie ihr Terrier begab auch Melisande sich wieder zu Bett. Eine Weile lag sie da, blickte zum Betthimmel und fragte sich, was genau sie bei dieser hastigen Zusammenkunft falsch gemacht hatte. Mit einem tiefen Seufzer gab sie es schließlich auf und beschloss, sich morgen darüber Gedanken zu machen. Sie blies die Kerze auf dem Nachttisch aus, drehte sich um und schloss die Augen. Vor dem Einschlafen hatte sie nur noch einen einzigen klaren Gedanken.

Ein Glück, dass sie keine Jungfrau mehr gewesen war.

Der heutige Abend ist nicht gerade meine Sternstunde als Liebhaber gewesen, dachte Jasper wenig später. Er saß in seinen Gemächern in einem Sessel vor dem Kaminfeuer. Nein, er hatte Melisande wahrlich keine Freuden beschert. Dazu war das Ganze viel zu schnell und hastig vonstatten gegangen, das wusste er wohl. Aber er hatte Angst gehabt, sich zu vergessen und sie härter zu nehmen als beabsichtigt, wenn er es langsamer angegangen wäre. Weshalb es eben keine sonderlich reizvolle Erfahrung für sie gewesen war. Andererseits meinte er, ihr auch keine allzu großen Schmerzen bereitet zu haben, und das war schließlich sein Hauptanliegen gewesen: seine unberührte Braut nicht gleich in der ersten Nacht in Angst und Schrecken zu versetzen und für immer aus seinem Bett zu vertreiben.

Oder vielmehr aus ihrem. Er sah hinüber zu *seinem* Bett, das schwer und riesig, geradezu übermächtig im Dunkel lauerte. Gut, dass er einfach zu ihr gegangen war, statt zu versuchen, sie in seines zu bekommen. Sein Bett würde selbst der furchtlosesten Frau die Lust auf fleischliche Freuden austreiben. Ganz zu schweigen davon, dass er sich danach etwas hätte einfallen lassen müssen, um sie aus seinem Zimmer hinauszuwerfen, damit er in Ruhe schlafen könnte. Er stürzte den letzten Rest Brandy herunter. *Das* wäre dann wirklich eine peinliche Situation gewesen.

Alles in allem war es so gut gelaufen, wie unter den gegebenen Umständen zu erwarten. Später wäre noch Zeit genug ihr zu zeigen, wie vergnüglich die Vereinigung von Mann und Frau sein konnte. Vorausgesetzt, sie wollte das Bett mit ihm teilen und die ehelichen Freuden auskosten. Viele Damen des Adels zeigten kaum Interesse daran, sich von ihrem angetrauten Gatten lieben zu lassen.

Ein ernüchternder Gedanke. Bislang hatte er wenig Anstoß an dieser Art Ehe genommen. Verbindungen, in denen die Beteiligten einen oder zwei Erben zeugten und dann, in jeder Hinsicht, getrennte Wege gingen. Solche Ehen waren in seinen Kreisen fast die Regel. Und wie er selbst eine zu führen gedacht hatte. Nun jedoch schien ihm der Gedanke an eine Ehe, in der Mann und Frau nur höflichen Umgang miteinander pflegten und nicht mehr, seltsam … kalt. Und wenig verlockend, wenn er ganz ehrlich war.

Unwillig schüttelte Jasper den Kopf. Vielleicht begann der Ehestand ja schon, ihm den Geist zu zerrütten. Anders ließen sich diese wunderlichen Gedanken kaum erklären. Er stand auf und stellte das Glas neben die Karaffe auf den Beistelltisch. Seine Gemächer waren mehr als doppelt so groß wie die seiner Gemahlin. Ein Umstand, der nur dazu beitrug, dass die Räume bei Nacht schwer zu beleuchten waren. Dunkle Schatten lauerten in den Ecken, sie umfingen den hohen Schrank und das große Bett.

Langsam zog er sich aus und wusch sich mit dem kalten Wasser, das noch auf dem Waschtisch stand. Er hätte nach warmem Wasser schicken können, aber er mochte es nicht, wenn nach Einbruch der Dunkelheit noch jemand sein Zimmer betrat. Selbst die Gegenwart Pynchs ließ ihn unruhig werden. Er blies alle Kerzen aus, bis auf eine, die er mit sich in den Ankleideraum nahm. Ein schmales Bett stand dort, wie ein Kammerdiener es wohl benutzen mochte. Nur dass Pynch nie hier schlief; er hatte eigene Räumlichkeiten. Neben dem Bett, in der Ecke ganz nah der Wand, lag ein alter Strohsack.

Jasper stellte die Kerze neben dem Strohsack auf den Boden und vergewisserte sich, so wie er es jeden Abend tat, dass alles an seinem Platz war: das festgeschnürte Bündel mit Kleidern zum Wechseln, eine Blechflasche mit Wasser und etwas Brot. Pynch tauschte Brot und Wasser alle paar Tage gegen Frisches aus, wenngleich Jasper nie mit seinem Kammerdiener darüber gesprochen hatte. Neben dem Bündel lagen ein kleines Messer, Feuerstahl und Zunder. Er hockte sich hin, warf sich die Decke um die nackten Schultern und legte sich auf den dünnen Strohsack, den Rücken zur Wand. Einen Moment noch betrachtete er die flackernden Schatten, welche die Kerze an die Decke warf, dann schloss er die Augen.

4. KAPITEL

Wenig später traf Jack abermals auf einen alten Mann, der in Lumpen gehüllt am Wegesrand saß.

„Hast du mir was zu essen?“, keifte der Bettler.

Jack setzte seinen Beutel ab und holte einen Käse hervor. Der alte Mann riss ihm den Käse aus der Hand und schlang ihn hinunter. Jack holte einen Laib Brot hervor. Der alte Mann aß den ganzen Laib und streckte dann die Hände nach mehr aus. Kopfschüttelnd kramte Jack in seinem Rucksack und fand schließlich noch einen Apfel.

Der alte Mann verschlang auch den Apfel. „War das schon alles?“, knurrte er.

Nun war es mit Jacks Geduld am Ende. „Das ist ja wohl unerhört! Ihr habt meinen letzten Proviant aufgegessen und nicht ein einziges Wort des Dankes. Ich werde weiterziehen, und Ihr schert Euch zum Teufel!“

[aus LACHENDER JACK]

Renshaw House war wohl das schönste Haus, das Sally je gesehen hatte. Sie war noch immer wie in Ehrfurcht erstarrt. *Jesses!* Spiegelnde Böden aus schwarzem und rosa Marmor, kunstvoll gearbeitetes Mobiliar, so schön, dass man es kaum berühren mochte, Stühle, deren Beine so fein gedrechselt waren, dass sie wie Zahnstocher aussahen, und überall elegant bestickte Seide, Samt und Brokat: endlose Draperien, mehr, als es jemals bräuchte, um Fenster, Bett oder Kanapee zu bedecken, prachtvoller Überfluss, wohin das Auge schaute. Oh ja, Mr Flemings Haus war auch schön gewesen, aber das hier … das hier war prächtig. Es war fast, als würde man im Palast Seiner Majestät leben – so schön war es!

Und welch beachtlicher Schritt hinauf, fort von Seven Dials, wo sie geboren und den Großteil ihres Lebens verbracht hatte. Wenn man das überhaupt Leben nennen konnte, von morgens bis abends Pferdemist und Hundekot aufzulesen und was sich sonst noch finden und zu Geld machen ließ, aber gerade einmal für einen Kanten Brot und ein winziges Stück knorpeliges Fleisch reichte. Wenn sie Glück hatte. Bis zu ihrem zwölften Lebensjahr hatte sie das mitgemacht – dann war Pa auf die Schnapsidee gekommen, sie an seinen Freund Pinky verkaufen zu wollen. Pinky war ein großer Kerl von einem Mann, der schrecklich stank und nicht einen Zahn mehr im Mund hatte. Sie hatte ein Leben vor sich gesehen, in dem sie immerdar von morgens bis abends den Dreck der Straße auflesen würde, ein Leben voller Kummer und Leid, wenn sie Pinky heiratete. Irgendwann würde sie sterben, viel zu jung und ohne jemals aus diesem Elend herausgekommen zu sein.

Noch in derselben Nacht war Sally von zu Hause fortgelaufen, um ihr Glück als Küchenmädchen zu versuchen. Flink, schlau und anstellig war sie gewesen, und als die Köchin in ein größeres, besseres Haus gewechselt war – in das von Mr Fleming – hatte sie Sally mitgenommen. Und Sally hatte ihr alle Ehre gemacht und hart gearbeitet. Sie hatte es stets zu verhindern gewusst, sich allein mit einem Lakaien oder Schlachterjungen wiederzufinden, denn ein Kind zu bekommen, war wirklich das Letzte, was sie gebrauchen konnte. Sie hatte sich sauber und adrett gehalten und stets die Ohren gut aufgesperrt. So hatte sie den Flemings abgelauscht, wie sie sprachen, und nachts, wenn sie neben Alice im schmalen Dienstmädchenbett gelegen und Alice wie ein Holzfäller geschnarcht hatte, hatte sie Worte und Betonungen, die sie unten aufgeschnappt hatte, so lange leise wiederholt, bis ihre Aussprache fast ebenso tadellos war wie die von Miss Fleming.

Als dann die Zeit gekommen war – der Hausdiener Bob war ganz außer Atem in die Küche gekommen und hatte verkündet, dass Miss Fleming, die doch nun wahrlich keine Schönheit und so trübsinnig noch dazu sei, also, dass ausgerechnet Miss Fleming sich einen Viscount geangelt hätte –, da war Sally bereit gewesen. Ruhig und bedächtig hatte sie die Wäsche zusammengefaltet, die sie gerade gestopft hatte, und hatte sich dann aus der Küche nach oben geschlichen, um bei Miss Fleming vorstellig zu werden.

Und hier war sie nun! Als Kammerzofe einer Viscountess! Wenn sie jetzt noch lernen könnte, all die Korridore und Türen, Aufgänge und Durchgänge in diesem großen, herrschaftlichen Haus auseinanderzuhalten, wäre alles bestens. Sally zog ihre Schürze straff und stieß eine Tür im Dienstbotenkorridor auf. Wenn sie sich nicht verrechnet hatte, müsste sie genau vor den Gemächern ihrer Herrschaft herauskommen. Sie spähte hinaus. Ein weiter Flur mit dunklen, holzgetäfelten Wänden und einem rot-schwarz gemusterten Teppich. So sahen leider fast alle Flure in Renshaw House aus. Weshalb Sally, gewitzt, wie sie war, einen kurzen Blick nach rechts warf, wo die kleine skandalöse Statue aus schwarzem Marmor stehen müsste, die einen ziemlich behaarten Gentleman darstellte, der über eine splitterfasernackte Dame herfiel. Und siehe da – da stand sie, die Skulptur. Sie war ihr gleich am ersten Tag aufgefallen – war ja auch wirklich kaum zu übersehen –, und sie hatte sich gemerkt, dass sie vor den Gemächern des Viscounts stand. Sally nickte zufrieden und schloss die holzgetäfelte Tür hinter sich. Dann blieb sie vor der Statue stehen und versenkte sich in deren Betrachtung.

Beide Figuren waren nackt, doch das schien der Dame nichts auszumachen. Vielmehr hatte sie einen ihrer molligen Arme um den Hals des Gentlemans geschlungen. Sally legte den Kopf schief. Der Gentleman sah mit seinen komisch behaarten Beinen fast wie ein Ziegenbock aus, und kleine Hörner sprossen ihm aus dem Kopf. Wenn sie jetzt *ganz* genau hinsah, meinte sie gar eine gewisse Ähnlichkeit zwischen der garstigen Figur und dem Kammerdiener Seiner Lordschaft auszumachen – mal angenommen, Mr Pynch hätte Haare auf dem Kopf, Hörner und fellige Flanken. Ihr Blick schweifte tiefer. Ob Mr Pynch dann wohl auch so einen langen …

Ein Mann räusperte sich hinter ihr.

Erschrocken fuhr Sally herum. Hinter ihr stand ausgerechnet Mr Pynch, als hätte sie ihn mit ihren unziemlichen Gedanken herbeigelockt. Er hatte eine Braue gehoben, was ihn wieder ganz furchtbar überheblich aussehen ließ. Sein kahler Schädel schimmerte matt im trüben Licht des Korridors.

Sie spürte, wie ihr die Schamesröte den Hals hinaufkroch, und stemmte umso energischer die Hände in die Hüften. „Herrje, haben Sie mir aber einen Schrecken eingejagt! Wissen Sie eigentlich, dass einen da der Schlag treffen kann? Ich kannte mal eine Dame, die ist tot umgefallen, weil ein dummer Junge sich an sie rangepirscht und laut ‚Huu!' geschrien hat. Ich könnte jetzt mausetot hier auf dem Teppich liegen! Und was würden Sie eigentlich Mylord sagen, wenn Sie mich gleich am Tag nach seiner Hochzeit umgebracht hätten? Da säßen Sie aber tüchtig in der Patsche."

Mr Pynch räusperte sich abermals. „Wären Sie nicht so in die Betrachtung dieses Kunstwerks versunken gewesen, Miss Suchlike …"

Sally schnaubte entrüstet, was ganz und gar nicht damenhaft, der Situation aber durchaus angemessen war. „Wollen Sie etwa behaupten, dass ich die Statue angeschaut hätte, Mr Pynch?"

Nun hob der Kammerdiener beide Brauen. „Ich wollte nur …"

„Nur dass Sie es wissen: Ich habe mich vergewissert, dass kein Staub darauf ist."

„Staub?"

„Staub." Sally deutete vage hinter sich. „Mylady kann Staub nicht ertragen."

„Verstehe", sagte Mr Pynch hochmütig wie immer. „Ich werde es mir merken."

„Das will ich wohl hoffen", gab Sally zurück. Sie zog ihre Schürze straff und blickte dann unschlüssig zur Tür ihrer Herrin. Es war bereits acht Uhr, was für Lady Vale recht spät war, aber am Tag nach der Hochzeit …

Mr Pynch beobachtete sie noch immer. „An Ihrer Stelle

würde ich klopfen."

Sie verdrehte die Augen. „Ich weiß sehr gut selbst, wie ich meine Herrin wecke."

„Wo ist dann das Problem?"

„Vielleicht ist sie ja nicht allein." Wieder schoss ihr das Blut heiß in die Wangen. „Sie wissen schon. Was, wenn *er* bei ihr ist? Schön dumm ständ' ich da, wenn ich einfach so reinmarschieren würde und die beiden …" Sally holte tief Luft und versuchte, ihre Zunge im Zaum zu halten. „Das wäre sehr peinlich."

„Ist er nicht."

„Was ist er nicht?"

„Bei ihr", sagte Mr Pynch mit einer Gewissheit, die sie abermals erzürnte, und verschwand im Zimmer seines Herrn.

Sally starrte ihm finster hinterher. Welch grässlicher Mann! Sie zog sich noch einmal die Schürze zurecht, dann klopfte sie forsch an die Tür ihrer Herrin.

Melisande saß längst am Schreibtisch und war gerade dabei, das letzte der Märchen zu übersetzen, als es an der Tür klopfte. Mouse, der zu ihren Füßen gelegen hatte, sprang auf und knurrte.

„Herein!", rief sie und war nicht überrascht, als Sally vorsichtig ins Zimmer spähte.

Melisande warf einen Blick zu der Porzellanuhr auf dem Kaminsims. Es war kurz nach acht, doch sie war schon seit über zwei Stunden auf. Sie wachte meist bei Tagesanbruch auf. Sally wusste das und kam für gewöhnlich früher, um sie anzukleiden. Wahrscheinlich hatte Melisandes neuer Ehestand das Mädchen in Verlegenheit gestürzt. Was völlig unangebracht war. Wie demütigend, hier allein am Schreibtisch zu sitzen! Bald wüsste das ganze Haus, dass sie in ihrer Hochzeitsnacht von ihrem Mann getrennt geschlafen hatte. Nun, das ließ sich nicht ändern. Sollten sie denken, was sie wollten, sie würde es schon durchstehen.

„Guten Morgen, Mylady!“ Sally beäugte Mouse argwöhnisch und machte einen großen Bogen um den Terrier.

„Guten Morgen. Komm her, Mouse.“ Melisande schnippte mit den Fingern.

Mouse bedachte das Mädchen mit einem ungnädigen Schnauben, dann wetzte er zurück unter den Schreibtisch und ließ sich wieder zu Melisandes Füßen nieder.

Die Vorhänge des Fensters beim Schreibtisch hatte sie bereits zurückgezogen, aber Sally öffnete nun auch die anderen. „Es ist ein herrlicher Tag, Mylady. Sonnig, kein Wölkchen am Himmel und fast windstill. Welches Kleid möchten Sie heute anziehen, Mylady?“

„Ich dachte, das graue“, murmelte Melisande zerstreut.

Sie zerbrach sich gerade über ein deutsches Wort den Kopf, für das ihr partout keine Übersetzung einfallen wollte. Das alte Märchenbuch hatte ihrer besten Freundin Emeline gehört und war ein Erinnerungsstück aus deren Kindheit. Anscheinend stammte es von Emelines preußischer Kinderfrau. Bevor Emeline mit Mr Hartley, ihrem frisch angetrauten Gatten, nach Amerika gereist war, hatte sie das Buch Melisande gegeben, damit diese die Geschichten übersetzen könne. Ihr das kleine Buch anzuvertrauen, das ihr so viel bedeutete, war Emelines Versprechen, dass ihre Freundschaft die Trennung überdauern werde. Melisande war von dieser Geste sehr gerührt gewesen.

Sie hatte gehofft, alle Märchen fertig übertragen, in Reinschrift gesetzt und ordentlich gebunden zu haben, um es Emeline bei ihrem nächsten Besuch in England zum Geschenk zu machen. Nur leider war Melisande dabei auf ein Problem gestoßen. Das Buch erzählte vier miteinander verwobene Märchen. Ein jedes handelte von einem Soldaten, der aus dem Krieg zurückkehrt. Drei der Geschichten hatte sie recht mühelos übertragen, doch die vierte ... Die vierte erwies sich als eine richtige Herausforderung.

„Das graue, Mylady?“, wiederholte Sally irritiert.

„Ja, das graue“, sagte Melisande.

Das Problem war der Dialekt. Und dass sie aus der Schriftsprache übersetzte. Sie hatte Deutsch von ihrer Mutter gelernt, es jedoch meist gesprochen und nur selten gelesen. Genau dieser Unterschied zwischen gesprochener und geschriebener Sprache war die Krux. Melisande strich über die vergilbte Seite. An dem Buch zu arbeiten, weckte Erinnerungen an Emeline. Sie wünschte, ihre Freundin wäre bei ihrer Hochzeit dabei gewesen. Und noch mehr wünschte sie, sie wäre jetzt hier. Wie tröstlich es wäre, mit Emeline über ihre Ehe zu sprechen und ganz allgemein über das Mysterium Mann. Warum zum Beispiel ihr Gatte …

„*Welches* graue?“

„Was?“ Melisande gab es schließlich auf und wandte sich ihrer Zofe zu. Die schien mit ihrer Geduld am Ende und hatte die Stirn in tiefe Falten gelegt.

„Welches graue?“ Sally öffnete die Schranktüren weit und gab den Blick frei auf eine zugegebenermaßen beachtliche Auswahl grauer Kleider.

„Das blaugraue.“

Sally nahm das Gewünschte heraus und murrte leise vor sich hin. Melisande überhörte es geflissentlich, stand auf, goss lauwarmes Wasser in die Waschschüssel und erfrischte sich Gesicht und Hals. Dann stand sie geduldig still und ließ sich von ihrer Zofe ankleiden.

Eine halbe Stunde später entließ Melisande das Mädchen und ging nach unten. Die untere Halle war in hellstem rosa Marmor ausgelegt. Melisande musterte kurz das schwarz-goldene Dekor und zögerte. Das Frühstück würde gewiss in einem der unteren Räume serviert werden, doch in welchem? So viel Türen standen zur Auswahl, und gestern hatte sie inmitten all der Aufregung vergessen zu fragen.

Nahebei räusperte sich jemand diskret. Melisande drehte sich um und entdeckte Oaks, den Butler, fast neben sich. Er war ein kleiner Mann mit runden Schultern und Händen, die viel zu groß für ihn schienen. Auf dem Kopf trug er eine sehr extravagant gelockte und weiß gepuderte Perücke.

„Kann ich behilflich sein, Mylady?"

„Ja, bitte", sagte Melisande. „Könnten Sie einen der Lakaien mit Mouse, meinem Hund, in den Garten schicken? Und zeigen Sie mir doch bitte, in welchem Raum das Frühstück serviert wird."

„Mylady." Oaks schnippte mit den Fingern, und ein schlaksiger, junger Bursche sprang so prompt hervor wie ein vom Meister herbeigerufener Zauberlehrling. Schweigend deutete der Butler auf Mouse. Der Lakai bückte sich beflissen, erstarrte jedoch, als Mouse knurrte und die Zähne fletschte.

„Ach, Sir Mouse", seufzte Melisande, bückte sich und hob den kleinen Hund hoch. Noch immer knurrend drückte sie ihn dem Lakaien in die Arme.

Der junge Bursche versuchte, so viel Abstand wie nur möglich zwischen sich und den Hund zu bringen, streckte die Arme weit von sich und reckte den Kopf nach hinten.

Melisande stupste Sir Mouse mit dem Finger auf die Nase. „Hör auf damit."

Mouse hörte auf zu knurren, beäugte den Burschen aber mit sichtlichem Argwohn. Der Lakai hielt ihn mit ausgestreckten Armen von sich und entfernte sich in den hinteren Teil des Hauses.

„Zum Frühstückszimmer geht es hier entlang", ließ Oaks wissen.

Durch einen eleganten Salon führte er sie in einen Raum mit Blick auf den Garten. Melisande schaute zum Fenster hinaus und sah Mouse jeden Strauch markieren, der ihm vor die Pfoten kam. Der Lakai folgte ihm dicht auf den Fersen.

„Hier pflegt der Viscount mit Gästen zu frühstücken", sagte Oaks. „Wenn Sie andere Arrangements treffen wollen, lassen Sie es mich einfach wissen."

„Oh nein, es ist sehr schön hier. Danke, Oaks." Sie lächelte und setzte sich auf den Stuhl, den er ihr zurechtrückte, an die lange, blank polierte Holztafel.

„Die Köchin versteht sich ganz hervorragend auf pochierte Eier“, erklärte Oaks. „Aber wenn Sie lieber Hering oder ...“

„Pochierte Eier wären wunderbar, Oaks. Außerdem hätte ich gern ein oder zwei süße Brötchen und etwas heiße Schokolade.“

Er verbeugte sich. „Ich werde gleich ein Mädchen damit hinaufschicken.“

Melisande räusperte sich. „Nein, einen Moment noch bitte. Ich würde doch lieber auf meinen Mann warten.“

Oaks blinzelte. „Der Viscount pflegt spät aufzustehen ...“

„Ich würde trotzdem gern warten.“

„Jawohl, Mylady.“ Und damit entfernte sich Oaks.

Melisande sah Mouse zu, wie er sein morgendliches Geschäft verrichtete und zufrieden zurück zum Haus trottete. Kurz darauf erschien er mit dem Lakaien an der Tür des Frühstückszimmers. Als er sie sah, spitze er die kleinen Ohren und rannte zu ihr, leckte ihr die Hand und ließ sich mit einem wohligen Seufzer unter ihrem Stuhl nieder.

„Danke.“ Melisande lächelte den Lakaien an. Er war wirklich noch sehr jung, das Gesicht unter der weißen Perücke von Pickeln übersät. „Wie ist dein Name?“

„Sprat, Mylady.“ Er errötete heftig.

Melisande nickte. „Schön, Sprat. Von nun an bist du für Sir Mouse zuständig. Er muss jeden Morgen in den Garten geführt werden, dann noch einmal um die Mittagszeit und ein letztes Mal vor dem Schlafengehen. Könntest du das einrichten?“

„Jawohl, Mylady.“ Sprat machte eine ruckartige Verbeugung. „Danke, Mylady.“

Melisande musste sich ein Lächeln verkneifen. Sprat machte nicht gerade den Eindruck, als sei er für die neue Aufgabe dankbar. Unter ihrem Stuhl ließ Mouse ein leises Knurren verlauten. „Danke, das wäre alles.“

Sprat entfernte sich, und Melisande war wieder allein. Einen kurzen Augenblick saß sie einfach nur still da, doch derart untätig zu sein machte sie nervös. Unruhig stand sie auf und ging vor den Fenstern auf und ab. Wie sollte sie ihrem Gatten gegenübertreten? Vermutlich mit der freundlichen Gelassenheit, die einer Viscountess würdig war. Aber gab es wohl eine Möglichkeit, ihm vorsichtig, taktvoll, *diskret* zu verstehen zu geben, dass die letzte Nacht gelinde gesagt eine Enttäuschung gewesen war? Melisande zuckte schon allein bei der Vorstellung zurück. Vielleicht sollte sie dieses Thema besser nicht beim Frühstück ansprechen. Gentlemen konnten in dieser Hinsicht bekanntlich recht empfindlich sein, und viele waren früh am Morgen noch nicht bester Verfassung. Aber irgendwann, irgendwie würde sie den Punkt zur Sprache bringen müssen. Himmelherrgott noch mal, der Mann war immerhin ein berühmt-berüchtigter Liebhaber! Wenn nicht jede Dame, die das Objekt seiner Begierde gewesen war, gelogen hatte, musste er zu weitaus Besserem imstande sein, als dem, was er letzte Nacht geboten hatte.

Irgendwo im Haus schlug es neun Uhr. Mouse stand auf, streckte sich und gähnte, dass seine kleine rosa Zunge sich aufrollte. Mit einem leisen Anflug der Enttäuschung gab Melisande das Warten auf und trat hinaus in die Halle. Sprat stand da, den Blick recht ausdruckslos an die Decke gerichtet, wenngleich er ihn rasch wieder senkte, als er sie kommen sah.

„Bitte bring mein Frühstück", sagte Melisande und kehrte zurück ins Frühstückszimmer, um zu warten. War Jasper bereits aus dem Haus gegangen, oder schlief er immer so lang?

Nachdem sie ihr Frühstück in trauter Zweisamkeit mit Mouse geteilt hatte, beschloss Melisande, sich anderen Dingen zuzuwenden. Sie ließ nach der Köchin schicken und zog sich in einen hübschen, in Weiß und Gelb gehaltenen Salon zurück, um den Speiseplan der kommenden Woche zu besprechen.

Die Köchin war eine kleine, drahtige Frau, das Gesicht hager und von Sorgenfalten zerfurcht, das ergrauende schwarze Haar zu einem straffen Knoten zusammengefasst. Sie saß unbehaglich auf der Stuhlkante, beugte sich vor und nickte eifrig zu allem, was Melisande sagte. Die Köchin lächelte nicht – ihr Gesicht schien dazu nicht gemacht –, aber der strenge Zug um ihren Mund entspannte sich ein wenig, als Melisande ihre pochierten Eier und die heiße Schokolade lobte. Tatsächlich hatte Melisande eben das Gefühl, mit der Frau zu einem gewissen Einverständnis gelangt zu sein, als lauter Aufruhr auf dem Korridor ihrer Unterredung jäh ein Ende machte. Beide Frauen sahen auf. Melisande hörte laut erhobene Männerstimmen, dazwischen das unverkennbare Kläffen eines Hundes.

Oh je. Sie bedachte die Köchin mit einem höflichen Lächeln. „Wenn Sie mich bitte entschuldigen würden?"

Ohne sichtliche Eile stand sie auf und ging zum Frühstückszimmer, in dem sich ihr ein kleines Drama bot: Sprat stand in stummem Entsetzen, Oaks' prächtige weiße Perücke saß ihm schief auf dem Kopf, und er redete wie ein Wasserfall, nur leider war kein Wort zu verstehen, denn ihr frisch angetrauter Gatte schrie und fuchtelte mit den Armen, als wolle er pantomimisch eine Windmühle darstellen. Der Grund seiner Raserei stand zu Lord Vales Füßen, knurrte und kläffte ihn an.

„Wo kommt dieser Köter her?", verlangte Jasper zu wissen. „Wer hat ihn ins Haus gelassen? Kann man hier nicht mal mehr in Ruhe frühstücken, ohne dass einem der Speck vom Teller stibitzt wird?"

„Mouse", sagte Melisande leise, doch für die scharfen Ohren des Terriers war es laut genug. Mit einem letzten triumphierenden *Wuff!* kam Mouse herübergetrottet, platzierte sich auf ihre Schuhe und hechelte.

„Du kennst diesen Köter?", fragte Jasper und starrte sie an.

Oaks rückte seine Perücke zurecht und brummelte Unverständliches, Sprat stand verlegen auf einem Bein und wäre wohl am liebsten im Erdboden versunken.

Melisande maß ihren Gatten mit ungnädigem Blick. Also wirklich! Sie eine Stunde warten zu lassen und dann das. „Mouse ist mein Hund."

Jasper blinzelte, und sie musste sich eingestehen, dass seine blauen Augen selbst dann wunderschön waren, wenn er verwirrt und verdrießlich war. Er hat letzte Nacht bei mir gelegen, dachte sie und spürte, wie Hitze in ihren Leib strömte. Sein Körper hat sich mit meinem vereint. Endlich ist er mein Mann.

„Es hat einfach meinen Speck gefressen."

Melisande blickte auf Mouse hinab, der mit verzücktem Hecheln zu ihr aufsah. Fast schien es, als grinse er. „Er", sagte sie ruhig.

Jasper fuhr sich mit der Hand durchs Haar und brachte seinen Zopf in Unordnung. „Was?"

„*Er*", sagte Melisande deutlich, dann lächelte sie. „Sir Mouse ist ein Gentleman, ein Hund von Stand. Und für Speck hatte er schon immer eine Schwäche, weshalb man ihn besser nicht in Versuchung führen sollte."

Sie schnippte kurz mit den Fingern und rauschte aus dem Frühstückszimmer, Mouse dicht auf den Fersen.

„Ein Gentleman?" Jasper starrte seiner Gemahlin hinterher. Für eine Frau, der ein fieser kleiner Kläffer auf den Fersen war, hielt sie sich bemerkenswert elegant. „Ein Hund von Stand? Hat man so etwas schon mal gehört?", fragte er die im Raum verbliebenen Männer.

Der Lakai, ein großer, schlaksiger Junge, dessen Namen Jasper sich nie merken konnte, kratzte sich unter seiner Perücke. „Mylady scheint dem Hund sehr zugetan."

Oaks hatte sich mittlerweile wieder gefasst und warf seinem Herrn einen unergründlichen Blick zu. „Die Viscountess hat spezielle Anweisungen für den Hund gegeben, als sie vor einer Stunde zum Frühstück herunterkam."

Spätestens jetzt dämmerte es Jasper, dass er sich wie ein Idiot aufgeführt hatte. Fairerweise musste man sagen, dass er so früh am Morgen stets schwer von Begriff war. Aber selbst für seine Verhältnisse war es schon ein starkes Stück, seine Gattin gerade mal einen Tag nach der Hochzeit so anzuherrschen.

„Ich werde der Köchin sagen, dass sie Ihnen ein neues Frühstück bereiten soll, Mylord“, sagt Oaks.

„Nein.“ Jasper seufzte. „Mir ist der Appetit vergangen.“ Einen Moment erwog er, ihr zu folgen, kam dann aber zu dem Schluss, dass ihm augenblicklich Feingefühl und Eloquenz fehlten, sich bei seiner Frau zu entschuldigen. Manch einer würde ihn einen Feigling nennen, doch was Frauen anging, war Vorsicht die Mutter der Porzellankiste. „Lassen Sie mein Pferd bereit machen.“

„Mylord.“ Oaks verbeugte sich und huschte aus dem Zimmer. Erstaunlich, auf welch leisen Sohlen der Mann sich bewegen konnte.

Der junge Lakai stand noch immer im Frühstückszimmer. Er sah aus, als wolle er etwas sagen.

Jasper warf ihm einen ungehaltenen Blick zu. Er war noch nicht einmal dazu gekommen, seinen Tee zu trinken, ehe der Hund ihm das Frühstück verdorben hatte. „Ja?“

„Soll ich Ihrer Ladyschaft dann ausrichten, dass Sie weg sind?“, fragte der Bursche. Jasper kam sich wie ein ausgemachter Halunke vor. Selbst der Lakai hatte bessere Manieren als er.

„Ja, tu das.“ Und ohne einen weiteren Blick marschierte er aus dem Zimmer.

Eine halbe Stunde später ritt Jasper durch die dicht gedrängten Straßen Londons. Er war unterwegs zu einem Stadthaus in Lincoln Inn Fields. Die Sonne war wieder hinter den Wolken hervorgekommen, und auf den Straßen wimmelte es selbst zu so früher Stunde von Menschen, die sich des schönen Wetters erfreuen wollten. Fliegende Händler hatten ihre Stände an verkaufsträchtigen Ecken aufgebaut und priesen lauthals ihre Waren, vornehme Damen schlenderten Arm in Arm, Kutschen rauschten vorbei wie Schiffe unter vollem Segel.

Vor sechs Monaten, als Sam Hartley und er begonnen hatten, Überlebende des Massakers von Spinner's Falls zu befragen, hatten sie nicht jeden Veteranen von damals ausfindig machen können. Einige galten als verschollen. Manche waren zwischenzeitlich gestorben, andere waren verkrüppelt und schlugen sich als Bettler und Diebe durch. Sie lebten am Rande der Gesellschaft, stets in Gefahr, ganz herauszufallen und im Nichts zu verschwinden. Was vielleicht das Schlimmste war: nicht zu sterben, sondern aufzuhören zu leben. Die meisten jedoch hatten sie gar nicht mehr ausfindig machen können. Ihre Spuren schienen sich auf immer verloren zu haben.

Auf der anderen Seite gab es Überlebende wie Sir Alistair Munroe. Munroe hatte das Regiment als Naturforscher begleitet, um im Auftrag Seiner Majestät Tier- und Pflanzenreich der Kolonien zu erkunden. Die Wyandot-Indiander hatten bei ihrem Angriff natürlich keinen Unterschied gemacht zwischen Soldaten und Zivilisten. Munroe war mit Jasper zusammen gefangen genommen worden und hatte dasselbe erleiden müssen wie alle anderen, ehe sie schließlich gegen ein Lösegeld freigekommen waren. Allein bei dem Gedanken an damals lief es Jasper eiskalt den Rücken hinunter. Er hielt seine Stute an, um ein paar Sänftenträger vorbeizulassen. Nicht jeder, der in Gefangenschaft geraten und in einem Gewaltmarsch durch die endlosen, moskitoverseuchten Wälder Amerikas getrieben worden war, hatte Folter und Strapazen überlebt. Und wer überlebt hatte, war nicht als der zurückgekehrt, der er einst gewesen war. Manchmal war es Jasper, als hätte er einen Teil seiner Seele in diesen finsteren Wäldern verloren …

Er riss sich zusammen und ließ Belle auf den weiten Platz von Lincoln Inn Fields traben. Das Haus, auf das er zuhielt, war ein hoher, eleganter Ziegelbau mit weißem Stuckwerk um Fenster und Türen. Er sprang ab und reichte die Zügel einem Burschen, ging die Treppe hinauf und klopfte. Wenig später führte der Butler ihn ins Studierzimmer.

„Vale!“ Matthew Horn erhob sich hinter seinem großen Schreibtisch und streckte die Hand aus. „Und das nur einen Tag nach Ihrer Hochzeit! Ich hätte nicht gedacht, Sie so bald zu sehen.“

Jasper gab ihm die Hand. Horn hatte die blasse Haut des

Rothaarigen und trug eine weiße Perücke. Seine Wangen waren stets leicht gerötet, Kinn und Kieferknochen waren ausgeprägt, fast wuchtig, als wollten sie ein Gegengewicht zu seinem zarten Teint schaffen. Seine Augen waren hellblau, doch von Wärme erfüllt, umkränzt von zahlreichen Lachfalten, obwohl Horn noch nicht einmal dreißig war.

„Ich bin ein Schuft, meine Frau so bald schon allein zu lassen", gestand Jasper, ließ Horns Hand los und trat zurück. „Aber die Sache duldet keinen Aufschub, fürchte ich."

„Bitte setzen Sie sich."

Jasper schlug seine Rockschöße zurück und ließ sich in einem Sessel gegenüber Horns Schreibtisch nieder. „Wie geht es Ihrer Mutter?"

Horn hob den Blick zur Decke, als könne er durch sie hindurch ins Zimmer seiner Mutter sehen. „Sie kann das Bett nicht mehr verlassen, aber ihr Geist ist ungebrochen. Wenn möglich, leiste ich ihr jeden Nachmittag beim Tee Gesellschaft. Sie interessiert sich brennend für den neuesten Klatsch."

Jasper lächelte.

„Bei den Eddings' hatten Sie Spinner's Falls erwähnt", kam Horn zur Sache.

„Ja. Erinnern Sie sich noch an Sam Hartley? Corporal Hartley? Er war Amerikaner, der uns als Tracker den Weg nach Fort Edward weisen sollte."

„Und?"

„Er war letzten September in London."

„Als ich gerade Italien bereist habe." Horn lehnte sich zurück und zog an der Klingelschnur. „Ich bedauere, ihn verpasst zu haben."

Jasper nickte. „Er hat mich aufgesucht, um mir einen Brief zu zeigen, der in seine Hände geraten war."

„Was für ein Brief?"

„Ein Brief, in dem die Route des achtundzwanzigsten Regiments von Quebec nach Fort Edward in allen Einzelheiten beschrieben wurde – einschließlich der Angabe, wann wir voraussichtlich Spinner's Falls passieren würden."

„Wie bitte?" Um Horns Augen lag mit einem Mal ein angestrengter Zug, und plötzlich erkannte Jasper, dass der junge Mann erwachsen geworden war. Wahrscheinlich hatte auch er seine Jugend an jenem schrecklichen Tag für immer verloren.

Jasper beugte sich vor. „Wir wurden verraten, unsere genaue Position an die Franzosen und ihre Verbündeten unter den Indianern weitergegeben. Das Regiment ist in einen Hinterhalt geraten und bei Spinner's Falls hingemetzelt worden."

Die Tür zu Horns Studierzimmer wurde geöffnet, und der Butler kam herein. „Sir?"

Horn blinzelte. „Ah … ja. Lassen Sie die Köchin den Tee nach oben schicken."

Der Butler verbeugte sich und verließ den Raum wieder.

Horn wartete, bis die Tür sich geschlossen hatte. „Aber wer sollte das getan haben?", fragte er dann. „Die Einzigen, die unsere Route kannten, waren die einheimischen Führer und die Offiziere." Er trommelte mit den Fingern auf den Schreibtisch. „Sind Sie sich ganz sicher? Hat Hartley Ihnen diesen Brief gezeigt? Vielleicht hat er sich ja geirrt."

Jasper schüttelte den Kopf. „Ich habe den Brief gesehen – ein Irrtum ist ausgeschlossen. Wir wurden verraten. Hartley und ich hielten zunächst Dick Thornton für den Verräter."

„Sie meinten, Sie hätten vor seiner Hinrichtung noch mit ihm gesprochen."

„Ja."

„Und?"

Jasper atmete tief durch. „Thornton hat geschworen, dass er nicht der Verräter war. Zugleich hat er angedeutet, es wäre einer der Männer gewesen, die von den Indianern gefangen genommen wurden. Also einer von uns."

Einen Moment lang starrte Horn ihn an, riss ungläubig die Augen auf, dann schüttelte er jäh den Kopf und lachte. „Warum sollte man einem Mörder wie Thornton glauben?"

Versonnen blickte Jasper auf seine Hände, die er zwischen

den Knien verschränkt hielt. Genau das hatte er sich auch ungezählte Male gefragt. „Thornton wusste, dass er sterben würde. Er hatte keinen Grund mehr, mich anzulügen."

„Ein Verrückter findet immer einen Grund."

Jasper nickte bedächtig. „Trotzdem ... Thornton wurde während der letzten Etappe als Gefangener in Ketten gehalten, er bildete die Nachhut. Vielleicht hat er dort etwas aufgeschnappt, etwas gesehen oder gehört, das uns anderen entgangen ist, weil wir vollauf damit beschäftigt waren, das Regiment zu führen."

„Mal angenommen, Sie nehmen Thorntons Andeutungen als die Wahrheit: Was folgern Sie daraus?"

Jasper betrachtete ihn schweigend.

Horn breitete die Hände aus. „Was? Sie glauben, *ich* hätte uns verraten, Vale? Glauben Sie, ich habe darum gebeten, gefoltert zu werden, bis ich mir die Seele aus dem Leib geschrien habe? Sie wissen von den Albträumen, die mich geplagt haben. Sie wissen ..."

„Schon gut", unterbrach Jasper sein Gegenüber. „Hören Sie auf. Natürlich glaube ich nicht, dass Sie ..."

„Wer dann?" Horn sah ihn an. Seine blauen Augen blitzten durch die Tränen hindurch. „Wer von uns sollte das gesamte Regiment verraten haben? Nate Growe? Sie haben ihm fast alle Finger abgeschnitten. Munroe? Sie haben ihm nur ein Auge ausgestochen – gewiss ein geringer Preis für den fürstlichen Lohn, den der Verrat ihm eingebracht hätte, was?" Er lachte bitter.

„Matthew ..."

„Oder St Aubyn? Oh nein, der ist ja tot. Aber vielleicht hat er sich einfach verschätzt und hat sich zum Lohn seiner Mühen am Marterpfahl verbrennen lassen. Oder ..."

„Halt den Mund, verdammt!" Jasper sprach leise, doch mit so schneidender Stimme, dass es Horns schreckliche Litanei augenblicklich zum Verstummen brachte. „Ich weiß. Ich weiß das doch alles, verdammt noch mal!"

Horn schloss die Augen, sammelte sich und sagte ruhig: „Dann wissen Sie auch, dass niemand von uns es gewesen sein kann.“

„Jemand muss es gewesen sein. Irgendjemand hat uns in den Hinterhalt laufen lassen und das Leben von vierhundert Männern auf dem Gewissen.“

„Verdammt“, fluchte Horn.

Just in diesem Augenblick kam ein Dienstmädchen herein und brachte ihnen das Tablett mit dem Tee. Beide Männer schwiegen, während sie auf einer Ecke des Schreibtisches alles bereitstellte. Leise schloss sie die Tür wieder hinter sich.

Jasper sah seinen alten Freund an, seinen Kameraden aus längst vergangenen Tagen.

Horn schob einen Stapel Papiere zur Seite. „Was soll ich tun?“

„Ich möchte, dass Sie mir helfen, den Verräter zu finden“, sagte Jasper. „Und mir helfen, ihn zu töten.“

Lord Vale kehrte erst spät zurück, lange nach dem Abendessen. Melisande wusste es deshalb so genau, weil auf dem Kaminsims des großen Salons diese schrecklich hässliche Uhr stand. Pummelige rosa Nymphen tollten in einer Manier um das Zifferblatt herum, die vermutlich sinnlich anregend sein sollte. Melisande schnaubte verächtlich. Wie wenig der Mann, der diese Uhr geschaffen hatte, von Sinnlichkeit wusste. Zu ihren Füßen lag Mouse, der die Ohren spitzte und sich aufsetzte, als er Lord Vale kommen hörte. Argwöhnisch schnüffelnd trottete er zur Tür.

Sorgsam zog Melisande einen Seidenfaden durch ihren Stickrahmen und betrachtete den perfekt gesetzten Petit-Point-Stich auf der Vorderseite des Stoffes. Mit Genugtuung stellte sie fest, wie ruhig und sicher ihre Finger zu Werke gingen. Vielleicht ließ die erschütternde Wirkung, die Vale auf sie hatte, langsam nach, je länger und öfter sie ihm ausgesetzt war. Der stetig sich steigernde Verdruss, der sich in den langen

Stunden des Wartens angestaut hatte, dürfte ein Übriges getan haben. Natürlich war sie sich seiner noch immer bis in die Fingerspitzen bewusst und sehnte sich nach seiner Gesellschaft, aber diese Empfindungen wurden von ihrem Verdruss mehr als aufgewogen. Seit der morgendlichen Szene im Frühstückszimmer hatte sie ihn nicht mehr zu Gesicht bekommen und auch keine Nachricht erhalten, dass er nicht zum Abendessen zurück sein würde. Er mochte ihre Verbindung als Zweckehe sehen, aber das hieß noch lange nicht, dass man alle Höflichkeit fahren lassen durfte.

Sie hörte ihren Gatten in der Halle mit dem Butler und den Lakaien reden. Nicht zum ersten Mal im Laufe dieses Abends fragte sie sich, ob er wohl gänzlich vergessen hatte, dass er nun verheiratet war. Oaks schien ein fähiger Mann zu sein. Vielleicht erinnerte er seinen Herrn ja an diesen Umstand.

Die hässliche Uhr auf dem Kaminsims schlug die Viertelstunde. Blechern hallte der Laut im Salon wider. Melisande runzelte gereizt die Stirn und setzte einen weiteren Stich. Der kleine, in Weiß und Gelb gehaltene Salon im hinteren Teil des Hauses war viel hübscher und behaglicher, aber hier saß sie näher der großen Halle, und genau deshalb hatte sie die langen Abendstunden in diesem Zimmer zugebracht. Lord Vale würde hier vorbeigehen müssen, wollte er zu seinen Räumen hinauf.

Und da kam er auch schon. Als die Tür des Salons sich öffnete, sprang Mouse erschrocken zurück und machte dann, so schmählich beim Rückzug ertappt, einen umso mutigeren Satz nach vorn und kläffte lautstark Lord Vales Knöchel an. Vale schaute in einer Weise auf Sir Mouse herab, die Melisande vermuten ließ, dass er den Hund am liebsten getreten hätte.

„Sir Mouse“, rief sie, um eine Tragödie zu verhindern.

Der Terrier kläffte ein letztes Mal, dann kam er zurückgetrottet und sprang neben sie aufs Sofa.

Jasper schloss die Tür hinter sich, trat näher und verbeugte sich. „Guten Abend, meine liebe Gemahlin. Ich bitte darum, meine Abwesenheit bei Tisch zu entschuldigen."

Pfff schnaubte Melisande still, neigte leicht den Kopf und deutete auf den Sessel ihr gegenüber. „Ich gehe davon aus, dass Sie von einer äußerst wichtigen Angelegenheit aufgehalten wurden, Mylord."

Jasper lehnte sich auf seinem Fauteuil zurück und legte ein Bein über das andere. „Dringlich, ja. Ob es wichtig war, weiß ich nicht. Mir schien es so, doch das wird sich zeigen." Nach diesen wenig aufschlussreichen Worten schnippte er sich ein Stäubchen vom Rockschoß.

Melisande setzte einen weiteren Stich. Ihr Gatte schien niedergeschlagen heute Abend; von seiner sonst so sprühenden Lebensfreude war nichts mehr zu spüren. Aller Ärger der letzten Stunden war vergessen, und sie fragte sich, was ihn wohl bedrückte.

Mit einem irritierten Stirnrunzeln betrachtete Jasper sie und Mouse. „Du weißt, dass das Sofa mit Satin bezogen ist?"

Mouse legte seinen Kopf auf ihren Schoß. Melisande strich ihm über die Nase. „Ich weiß."

Jasper schien noch mehr sagen zu wollen, überlegte es sich dann anders und ließ seinen Blick durch den Salon schweifen. Sie konnte förmlich spüren, dass er am liebsten aufgesprungen und auf und ab gegangen wäre, um seiner Unruhe Herr zu werden. Stattdessen begann er mit den Fingern auf den Armlehnen zu trommeln. Müde sah er aus, erschöpft, und nun, da aller Schalk aus seinen Augen gewichen war, auch älter.

Sie mochte ihn nicht so niedergeschlagen sehen, und ihr tat das Herz weh bei seinem Anblick. „Möchtest du einen Brandy?", fragte sie. „Oder etwas zu essen? Gewiss hat die Köchin noch etwas vom Abendessen aufgehoben."

Er schüttelte den Kopf.

Nachdenklich betrachtete sie ihn und war auf einmal verwirrt. Sie liebte diesen Mann, hatte ihn schon immer geliebt, doch eigentlich kannte sie ihn kaum. Sie wusste nicht einmal, was sie für ihn tun konnte, wenn er so niedergeschlagen und betrübt war wie jetzt. Schließlich senkte sie den Blick, runzelte die Stirn und schnitt das Ende ihres Fadens ab. Dann suchte sie aus ihrem Nähkorb eine Stickseide in der Farbe reifer Himbeeren heraus.

Jasper hörte auf, mit den Fingern zu trommeln und musterte ihre Handarbeit. „Sieht fast wie ein Löwe aus."

„Es soll ein Löwe sein", erwiderte sie ruhig und setzte den ersten Stich an der Zunge des Löwen.

„Ein bisschen ungewöhnlich, oder?"

Mit noch immer gerunzelter Stirn sah sie ihn an.

Leise Belustigung huschte über sein Gesicht. „Womit ich natürlich nicht sagen will, dass es keine gute Stickerei wäre. Doch, doch, sehr ... äh, hübsch."

„Danke."

Er trommelte weiter.

Sie stickte den Umriss der Löwenzunge und begann sie dann mit feinen, himbeerrot schimmernden Stichen zu füllen. Es war schön, hier mit ihm beisammenzusitzen, auch wenn sie beide nicht recht zu wissen schienen, was sie sagen oder tun sollten. Sie seufzte still. Vielleicht stellte sich solches Wissen ja im Laufe der Zeit ein.

Jasper hörte wieder auf zu trommeln. „Fast hätte ich es vergessen. Ich habe dir etwas mitgebracht." Er kramte in seiner Rocktasche.

Melisande legte ihren Stickrahmen beiseite, um eine kleine Schatulle entgegenzunehmen.

„Sozusagen als Entschuldigung dafür, dass ich dich heute Morgen so angeherrscht habe", fügte er hinzu. „Ich habe mich unmöglich aufgeführt. Geradezu wie ein Schuft und der schlechteste aller Ehemänner."

Melisande schmunzelte leise. „Ganz so schlimm war es nicht."

Er schüttelte den Kopf. „Es gehört sich einfach nicht, seine Gemahlin anzuschreien, als sei man von Sinnen, und ich versichere dir, dass ich derlei schon aus Prinzip nicht tue. Zumindest nicht, wenn ich meine morgendliche Tasse Tee bekommen habe."

Sie öffnete die Schatulle und fand kleine Granat-Ohrringe darin. „Wie hübsch."

„Gefallen sie dir?"

„Ja, danke."

Zufrieden nickte er und sprang auf. „Hervorragend. Dann wünsche ich dir jetzt eine gute Nacht."

Sie spürte seine Lippen auf ihrem Haar, und schon war er an der Tür, sah dann aber noch einmal über die Schulter zurück. „Du brauchst heute nicht auf mich zu warten."

Fragend hob sie eine Braue.

Er schien verlegen. „Ich meine, ich werde heute Nacht nicht zu dir kommen. Ist noch zu früh, oder? Nach der Hochzeitsnacht, meine ich. Ich wollte es dir nur sagen, damit du dir keine Sorgen machst. Schlaf gut, mein Schatz."

Sie senkte den Blick und musste sich auf die Lippen beißen, um die Tränen zurückzuhalten, doch er war schon zur Tür hinaus.

Melisande blinzelte ein paar Mal, betrachtete dann wieder die kleine Schatulle mit den Granat-Ohrringen. Sie waren wirklich hübsch, aber sie trug nie Ohrringe. Ihre Ohrläppchen waren nicht einmal durchstochen. Mit der Fingerspitze strich sie über einen der Edelsteine und fragte sich, ob er sie, Melisande, überhaupt schon einmal angesehen – sie wirklich angeschaut – hatte.

Behutsam schloss sie die Schatulle und legte sie in ihren Nähkorb. Dann suchte sie ihre Sachen zusammen und verließ den Salon, Mouse dicht auf den Fersen.

Da stand der Bettler auf, und auch ihm fielen seine Lumpen vom Leib, doch enthüllten sie ein schreckliches Geschöpf, halb Tier, halb Mann, das über und über mit schwarzen, stinkenden Schuppen bedeckt war.

„Zum Teufel soll ich mich scheren?“, zischte der Dämon, denn ein solcher konnte es nur sein. „Wollen wir doch sehen, wer hier wen verflucht!“

Und schon begann Jack zu schrumpfen. Arme und Beine wurden ihm so kurz, bis er gerade noch so groß war wie ein Kind. Zugleich wuchs seine Nase und bog sich hinab, bis sie fast sein Kinn berührte, welches wundersam lang geworden war und sich nach oben schwang.

Der Dämon brüllte vor Lachen und verschwand in einer Wolke schwefelstinkenden Rauchs. Einsam und allein stand Jack auf der Straße, und die Ärmel seiner Uniform schleiften im Staub …

[aus LACHENDER JACK]

Ah, köstlich“, meinte Jasper drei Tage später beim Abendessen. „Rinderbraten und Yorkshire Pudding – der Inbegriff englischer Kochkunst.“ Er traute seinen Ohren kaum. Hatte er jemals schon solchen Unsinn von sich gegeben?

Er nippte am Wein und musterte seine Gattin über den Rand seines Glases hinweg. Ob sie seine geistreich-kulinarische Bemerkung ebenso dämlich fand wie er? Doch wie immer hüllte sich das unergründliche Geschöpf in Höflichkeit.

„Die Köchin macht einen exzellenten Yorkshire Pudding“, murmelte sie.

Während der letzten Tage hatte er Melisande kaum zu Gesicht bekommen, und heute war das erste Mal, dass sie überhaupt zusammen zu Abend aßen. Und doch schalt sie ihn nicht seiner Nachlässigkeit, machte keine Szene oder ließ auch sonst nur irgendeine Gefühlsregung erkennen. Er stellte sein Weinglas ab und versuchte die Ursache seines Verdrusses zu ergründen. Genau das hatte er doch gewollt, oder? Eine genügsame Frau, die keine Szenen machte und sein Leben nicht durcheinanderbrachte. Er hatte sich das so gedacht – soweit er überhaupt vorausgedacht hatte –, dass sie sich bisweilen sehen und höflichen Umgang pflegen würden, dass er sie hin und wieder auf Bälle begleitete und sich, sobald er sie geschwängert hatte, in aller Diskretion eine Geliebte nahm. Und er befand sich auf bestem Wege, dieses Ziel zu erreichen.

Trotzdem schien es ihm seltsam unbefriedigend.

„Ach übrigens“, sagte er und schnitt in seinen Rinderbraten, „wir sind zu Lady Grahams Maskenball eingeladen. Gewiss keine sonderlich aufregende Angelegenheit, und Masken muss man obendrein noch tragen, wie der Name schon sagt. Mir wird unter meiner immer ganz heiß, und ich bekomme einen unüberwindlichen Niesreiz. Aber ich dachte, du hättest vielleicht Lust hinzugehen.“

Sie verzog leicht das Gesicht und griff nach ihrem Glas. „Danke der Nachfrage, aber ich denke eher nicht.“

„Ah“, machte er und versuchte, seine leise Enttäuschung zu überspielen. „Wenn die Maske das Problem ist, kann ich im Nu eine anfertigen lassen. Vielleicht eine goldene mit Federn und kleinen Juwelen um die Augen?“

Sie musste lächeln. „Lieber nicht. Ich sähe aus wie eine Krähe im Pfauenkleid.“

„Wie du meinst.“

„Ich hoffe, dass du dennoch hingehst“, sagte sie. „Ich möchte dir nicht den Spaß verderben.“

Er dachte an die endlosen, schrecklichen Abendstunden und wie er sie mit der Gesellschaft trunkener Fremder hinter sich zu bringen suchte. „Danke. Sehr aufmerksam von dir. Ich fürchte, der Versuchung eines Maskenballs nicht widerstehen zu können. Mag sein, dass es die Freude daran ist, sonst so gesetzte Gentlemen und Damen dabei zuzusehen, wie sie sich im

Schutz ihrer Maskerade zum Narren machen. Sehr albern, ich weiß, aber so sind sie nun mal, die kleinen Freuden."

Sie erwiderte nichts, sondern betrachtete ihn nur schweigend über den Rand ihres Glases hinweg. Eine feine Falte stand zwischen ihren Brauen. Vielleicht hatte er zu viel verraten.

„Du siehst ganz reizend aus heute Abend", bemerkte er, um sie rasch auf andere Gedanken zu bringen. „Das Kerzenlicht schmeichelt dir."

„Ich fasse es nicht", sagte sie und schüttelte den Kopf. „Da sitze ich hier mit einem von Londons berühmtesten Liebhabern, und er sagt mir, das Kerzenlicht schmeichele mir."

Belustigt zuckte es um seine Mundwinkel. „Asche auf mein Haupt, Mylady. Vielleicht sollte ich dir lieber Komplimente über deine Augen machen?"

Sie riss ihre Augen weit auf. „Sind sie schimmernde Seen, in denen sich meine Seele spiegelt?"

Er lachte überrascht. „Nun sei doch nicht so streng mit mir. Wie wäre es mit deinem bezaubernden Lächeln?"

„Nur zu, ehe es mir vergeht."

„Ich könnte ein Loblied auf deine göttliche Gestalt singen."

Spöttisch hob sie eine Braue.

„Dann preise ich eben deine unschuldige Seele."

„Du kennst meine Seele doch gar nicht, unschuldig oder nicht", entgegnete sie. „Du kennst *mich* nicht."

„Das sagtest du bereits." Er lehnte sich zurück und sah sie an. Sie wich seinem Blick aus, als bereue sie, ihn herausgefordert zu haben. Was ihn natürlich nur noch mehr reizte. „Aber du lässt mich auch nicht in deine Seele blicken."

Sie tat es mit einem Achselzucken ab. Eine Hand hatte sie an den Bauch gedrückt, mit der anderen drehte sie müßig ihr Glas.

„Vielleicht sollte ich ja die Geheimnisse meiner Gemahlin ergründen? Wir fangen mit etwas ganz Einfachem an", sagte er launig. „Was isst du gern?"

Gleichgültig deutete sie auf den Teller vor sich, auf dem Rinderbraten und Yorkshire Pudding kalt wurden. „Wie wäre es damit? Das schmeckt gut."

„Leicht machst du es mir nicht", fand er. Die meisten Damen seiner Bekanntschaft redeten leidenschaftlich gern über sich selbst – tatsächlich kannten sie kein schöneres Thema. Warum war es bei seiner Frau nicht genauso? „Ich meine, was isst du am liebsten?"

„Brathähnchen mag ich auch ganz gern. Wenn du möchtest, können wir das morgen Abend essen."

Er stützte die Arme auf den Tisch und beugte sich vor. „Melisande. Was ist dein allerliebstes Lieblingsessen?"

Sie zuckte die Schultern. „Darüber habe ich mir, ehrlich gesagt, noch nie Gedanken gemacht."

Herrje, war das schwer! Er ließ sich wieder in seinen Stuhl zurücksinken und versuchte, ihr auf die Sprünge zu helfen. „Schinkenspeck? Butterkekse? Weintrauben? Mohnkuchen? Weinschaumcreme?"

„Weinschaumcreme?"

„Es muss doch etwas geben, das du besonders gern magst. Oder nein – etwas, das du heiß und innig liebst. Wonach es dich mitten in der Nacht gelüstet. Wovon du beim Tee träumst, während du eigentlich der alten Dame zuhören solltest, die neben dir sitzt und dir von ihren Katzen erzählt."

„Wenn deine Theorie stimmt, müsstest du auch ein Lieblingsessen haben."

Welch durchschaubares Ablenkungsmanöver. Er lächelte milde und parierte es lässig. „Taubenpastete, gegrillter Schinkenspeck, Himbeertörtchen, saftige, reife Birnen, Beefsteak, frisch gebackene Butterkekse, Gänsebraten und jede Art von Käse."

Sie hob ihr Weinglas an die Lippen, trank jedoch nicht. „Du hast viel aufgezählt, doch nicht gesagt, was du am liebsten isst."

„Zumindest habe ich eine engere Auswahl."

„Vielleicht kannst du dich einfach nicht entscheiden." Ein leises Lächeln spielte um ihre Lippen, und zum ersten Mal fiel ihm auf, dass sie, wenngleich nicht voll und sinnlich, sehr elegant geschwungen und eigentlich ganz reizend waren. „Vielleicht kannst du dich nicht entscheiden, weil sie dir alle gleich viel und gleich wenig bedeuten."

Er setzte sich auf und neigte den Kopf. „Wollt Ihr mich leichtfertig nennen, teure Gemahlin?"

Sie lächelte. „Wer sich den Schuh anzieht ..."

Er lachte entrüstet. „Ich muss mir an *meinem* Tisch Verunglimpfungen von *meiner* Gemahlin anhören! Eine Chance bekommst du noch, diese Bemerkung zurückzunehmen."

„Das könnte ich nicht mit meinen Gewissen vereinbaren", gab sie sogleich zurück. Noch immer spielte dieses Lächeln um ihre Lippen. Am liebsten hätte er die Hand nach ihr ausgestreckt und ganz sacht mit dem Daumen ihre Lippen berührt. Um ihre Belustigung zu erspüren, sie am eigenen Leib zu erfahren. „Wie sollte man einen Mann denn nennen, der so viele Lieblingsspeisen hat, dass er sich nicht entscheiden kann? Der binnen eines Jahres zwei Verlobte gewinnt und auch wieder verliert?"

„Oh, keine Schläge unter die Gürtellinie!", rief er lachend.

„Einen Mann, den ich niemals denselben Rock zweimal habe tragen sehen", fuhr sie unbeirrt fort.

„Ah ..."

„Der mit jedem gut Freund ist, der ihm begegnet, und doch keinen wirklich guten Freund hat?"

Ihr Lächeln war verloschen, und auch ihm war das Lachen vergangen. Einst hatte er einen wirklich guten Freund gehabt. Reynaud St Aubyn. Aber Reynaud war bei Spinner's Falls umgekommen. Weshalb Vale seine Abende und Nächte nun inmitten von Fremden verbrachte, um nicht allein zu sein. Sie hatte natürlich recht, seine verteufelt schlaue Frau. Er war mit vielen bekannt, doch niemandem von Herzen verbunden.

Jasper schluckte, dann sagte er leise: „Und was soll schlechter daran sein, eine Vielzahl von Vorlieben zu haben, als vor lauter Angst nicht einmal eine Wahl treffen zu können?"

Sie stellte ihr Weinglas ab. „Die Unterhaltung gefällt mir nicht mehr."

Schweigen senkte sich zwischen sie.

Seufzend schob er schließlich seinen Stuhl zurück. „Wenn du mich bitte entschuldigen würdest?"

Melisande nickte, und er stand auf. Als er aus dem Zimmer ging, hatte er kurz das Gefühl, damit seine Niederlage einzugestehen. Aber nein, sagte er sich, das war keine Niederlage. Es war lediglich ein kurzer Rückzug, um sich erneut zum Angriff zu wappnen. Völlig legitim. Eine sehr kluge Strategie, wie einem die besten Generäle bestätigen würden.

Sie war nahe daran gewesen, an diesem Abend zu viel preiszugeben. Zu viel von ihren Gefühlen für Jasper.

Melisande presste sich die Hand an den Unterleib, während Sally ihr mit der Bürste durchs Haar fuhr. Dass jemand, insbesondere aber ihr Gatte, Interesse daran hatte, ihre Seele zu ergründen, war sehr verführerisch. Seine ganze Aufmerksamkeit war heute Abend einzig auf sie gerichtet gewesen. Wenn sie nicht aufpasste, könnte sie sich daran gewöhnen. Einmal zuvor, mit Timothy, waren ihre Gefühle beinahe mit ihr durchgegangen, und fast wäre es ihr Ruin gewesen. Ihre Liebe war stark und unverbrüchlich. So zu lieben war kein Segen, es war ein Fluch. Solch unnatürlich starker Gefühle fähig zu sein, musste eine Anomalie des Geistes sein. Nicht Wochen oder Monate, nein, *Jahre* hatte sie gebraucht, um über den Verlust Timothys hinwegzukommen. Diesen Schmerz wollte sie nie vergessen, er sollte ihr stete Erinnerung sein, was passieren konnte, wenn sie sich von ihren maßlosen Gefühlen leiten ließe. Zurückhaltung war oberstes Gebot, wollte sie nicht den Verstand verlieren.

Nur daran zu denken, ließ sie erschauern, und schon fuhr abermals stechender Schmerz durch sie. Ein lauernder Schmerz tief in ihrem Bauch, wie ein Knoten, der sich immer fester zusammenzog. Melisande klammerte sich an den Rand ihres Toilettentisches. Seit fünfzehn Jahren ertrug sie allmonatlich diesen Schmerz, weshalb wahrlich kein Grund bestand, sich davon aus der Ruhe bringen zu lassen.

„Ihr Haar ist so schön, wenn Sie es offen tragen, Mylady“, sagte Sally hinter ihr. „So schönes langes Haar.“

„Schön braun“, meinte Melisande.

„Nun ja, das wohl“, gab Sally zu. „Aber ein wirklich schönes Braun. Wie die Farbe von Eichenholz, wenn es gut gealtert ist. So ein warmes, weiches Blondbraun.“

Melisande warf ihrer Kammerzofe einen zweifelnden Blick im Spiegel zu. „Kein Grund, mir zu schmeicheln.“

Sally erwiderte ihren Blick entgeistert. „Aber wenn es doch stimmt, Mylady? Das ist dann doch keine Schmeichelei. Also, wenn es stimmt. Und es stimmt ja. Mir gefällt auch, wie Ihr Haar sich so weich um Ihr Gesicht wellt, wenn ich das sagen darf. Schade, dass Sie es nicht immer offen tragen können.“

„Das hätte gerade noch gefehlt“, sagte Melisande trocken. „Ich als alte Baumnymphe.“

„Damit kenne ich mich nicht aus, Mylady, aber …“

Melisande schloss die Augen, als ein neuerlicher Schmerz einschoss.

„Haben Sie sich wehgetan, Mylady?“

„Nein“, sagte Melisande. „Alles in Ordnung.“

Ihre Zofe schien wenig überzeugt. Natürlich würde sie sich denken können, was das Problem war, kümmerte sie sich doch um Melisandes Wäsche. Aber Melisande wollte niemanden, auch nicht die harmlose Sally, etwas so Vertrauliches wissen lassen.

„Soll ich Ihnen einen heißen Stein bringen, Mylady?“, fragte Sally zaghaft.

Fast hätte Melisande das arme Mädchen angefahren, es doch endlich gut sein zu lassen, aber schon kam der nächste Schmerz angeschossen, und sie nickte stumm. Etwas Wärme könnte vielleicht helfen.

Nachdem die Zofe aus dem Zimmer geeilt war, schleppte

Melisande sich zum Bett. Sie kroch unter die Decke und spürte, wie der Schmerz mit langen Fangarmen Hüften und Schenkel packte. Mouse kam aufs Bett gesprungen und robbte sich heran, bis sein Kopf an ihrer Schulter lag.

„Oh, Sir Mouse", seufzte sie und streichelte ihm die Nase. Verzückt leckte er ihr die Finger. „Du bist mein treuester Kavalier."

Sally kam mit einem heißen Ziegelstein zurück, der in weiches Flanell gehüllt war. „Hier, Mylady", sagte sie und schob den Stein unter die Bettdecke. „Mal sehen, ob das was bringt."

„Danke." Melisande zog sich den Stein an den Bauch und hielt ihn fest umschlungen. Schon nahte die nächste Welle heran. Sie biss sich auf die Lippen, um nicht vor Schmerz zu stöhnen.

„Kann ich Ihnen sonst noch was bringen?" Sichtlich besorgt stand Sally an ihrem Bett und rang hilflos die Hände. „Vielleicht einen heißen Tee mit Honig? Oder noch eine Decke?"

„Nein." Melisande bemühte sich, freundlich zu klingen. Ihre kleine Zofe war wirklich ein Schatz. „Danke, aber das wäre alles."

Sally knickste und zog die Tür leise hinter sich zu.

Melisande schloss die Augen und versuchte, nicht auf die Schmerzen zu achten. Sie spürte, wie Mouse unter die Decke krabbelte und seinen warmen, kleinen Körper an ihre Hüften schmiegte. Er seufzte zufrieden, dann war es still im Zimmer. Melisande ließ ihre Gedanken schweifen, versuchte, sich vorsichtig umzudrehen und stöhnte, als ihr ganzer Bauch sich zusammenkrampfte.

Es klopfte einmal kurz an die Verbindungstür, dann kam Lord Vale hereingeschlendert.

Oh nein, dachte Melisande und schloss die Augen. Warum musste er ausgerechnet diesen Abend wählen, um seine ehelichen Pflichten wieder aufzunehmen? Seit der Hochzeitsnacht hatte er Distanz gewahrt – vermutlich, damit sie sich erholen könne –, und nun kam er ausgerechnet heute, wo sie ihn ganz unmöglich empfangen konnte. Und wie sollte sie ihm das sagen, ohne nicht vor Scham im Erdboden zu versinken?

„Ah, schon im Bett?“, begann er.

Weiter kam er nicht, denn Mouse schoss unter der Bettdecke hervor, sprang auf Melisandes Hüfte und bellte lautstark.

Erschrocken wich Jasper zurück; Mouse verlor im Eifer des Gefechts das Gleichgewicht und stieß mit einer Pfote in Melisandes Bauch, die vor Schmerz laut stöhnte.

„Hat er dir wehgetan?“ Jasper trat näher, die Stirn in besorgte Falten gelegt, was Mouse nur dazu veranlasste, so heftig zu bellen, dass er mit jedem Mal einen kleinen Satz in die Luft machte.

„Sei still, Mouse“, stöhnte Melisande.

Jasper musterte Mouse mit kühlem Blick. Dann schnappte er sich den Hund, packte ihn mit einer so plötzlichen, unerwarteten Bewegung beim Nackenfell, dass ihr keine Zeit zu widersprechen blieb, und sperrte ihn kurzerhand ins Ankleidezimmer. Nachdem er die Tür fest hinter dem wild kläffenden Mouse geschlossen hatte, trat er wieder ans Bett und sah seine Frau stirnrunzelnd an.

„Was ist los?“

Sie schluckte und war etwas verschnupft, dass er ihr Mouse einfach so weggenommen hatte. „Nichts.“

Das ließ ihn nur strenger die Stirn runzeln. „Lüg mich bitte nicht an. Dein Hund hat dir doch gerade etwas getan. Sag mir einfach ...“

„Es war nicht Mouse.“ Sie schloss die Augen, denn sie konnte ihn bei dem nachfolgenden Geständnis unmöglich ansehen. „Ich ... ich habe ... meine Regel.“

Auf einmal war es so still, dass sie sich fragte, ob er den Atem anhielt. Vorsichtig öffnete sie die Augen.

Jasper starrte sie an, als habe sie sich in einen gepökelten Hering verwandelt. „Deine ... ah ... verstehe.“

Er ließ seinen Blick durchs Zimmer schweifen, als hoffe er auf eine Eingebung.

Melisande wünschte, sie könne vom Erdboden verschwinden. Sich einfach in Luft auflösen.

„Ähm …“ Jasper räusperte sich. „Brauchst du irgendetwas?“

„Nein, nichts. Danke.“ Sie zog das Kissen an sich und hätte am liebsten ihr Gesicht darin vergraben.

„Gut. Na dann …“

„Oder doch …“

Sie hatte im selben Augenblick gesprochen wie er. Er verstummte, sah sie an und bedeutete ihr dann mit galanter Geste zu sprechen.

Melisande räusperte sich. „Könntest du … könnte Mouse vielleicht wieder herauskommen?“

„Aber ja, gewiss.“ Er ging zum Ankleidezimmer und öffnete die Tür einen Spalt.

Mouse kam herausgeschossen, wetzte aufs Bett und begann abermals Lord Vale anzukläffen, als hätte es die kurze Episode im Ankleideraum nicht gegeben. Ihr Gatte sah es mit sichtlichem Verdruss, trat ans Bett und nahm den kleinen Hund ins Visier. Mouse stemmte alle viere fest ins Plumeau und knurrte leise.

Jasper hob eine Braue und sah Melisande an. „Du entschuldigst, aber es wäre am besten, das gleich auf der Stelle zu klären.“

Wieder packte er ganz plötzlich zu, aber diesmal schloss er seine Hand um Mouses Schnauze. Auch der Hund schien überrascht, denn er quiekte, was er sonst nie tat.

Melisande wollte sich gerade entrüsten, doch Jasper brachte sie mit einem Blick zum Schweigen. Gut, sagte sie sich, es ist sein Haus. Und letztlich war er nun einmal ihr Ehemann.

Die Hand noch immer um Mouses Schnauze geschlossen, beugte sich Jasper über den kleinen Hund und schaute ihm tief in die Augen. „*Nein.*“

Hund und Herr starrten sich eine Weile an, Jasper schüttelte Mouse einmal fest, dann ließ er ihn los. Mouse setzte sich an Melisande geschmiegt und leckte sich die Schnauze.

Nun richtete Jasper seinen Blick wieder auf sie. „Gute Nacht."

„Gute Nacht", murmelte sie.

Und dann verließ er ihr Zimmer.

Mouse robbte näher und drückte seine Nase an ihre Wange.

Sie kraulte ihm den Kopf. „Weißt du, das hattest du wahrlich verdient."

Mouse schnaufte leise und stieß mit der Pfote an die Bettdecke. Sie hob die Decke ein wenig an, damit er darunterkrabbeln und seinen Platz an ihrem Rücken wieder einnehmen konnte.

Dann schloss sie die Augen. *Männer.* Wie konnte es sein, dass Lord Vale im Laufe der Jahre unzählige Geliebte gehabt hatte und doch nicht zu wissen schien, was er mit seiner Gemahlin anfangen sollte? Sie hatte sehr zurückgezogen gelebt, aber die Gerüchte waren ihr dennoch zu Ohren gekommen. Sie hatte immer gewusst, wann er sich eine neue Geliebte genommen oder eine Affäre gehabt hatte. Jedes Mal hatte sich ein winziger, scharfer Splitter in ihr Herz gebohrt, hatte sich still und leise immer tiefer eingegraben, bis sie den Schmerz kaum noch gespürt hatte. Und nun hatte sie ihn – *endlich* – ganz für sich, und da stellte sich heraus, dass er über das Feingefühl eines Elefanten verfügte.

Melisande drehte sich um und knuffte das Kissen, was Mouse mit einem leisen Grollen zur Kenntnis nahm. Das war wirklich Ironie des Schicksals! Den Mann ihrer Träume zu bekommen und dann feststellen zu müssen, dass er ein gefühlloser Klotz war. Aber er konnte unmöglich ein so schlechter Liebhaber sein, wie es den Anschein hatte, denn wie hätte er dann bei den Damen des *ton* seinen legendären Ruf errungen? Manche waren über Monate bei ihm geblieben, und die meisten dieser Frauen waren Damen von Welt, raffinierte Geschöpfe, die sich ihre Liebhaber aussuchen konnten. Frauen, die Dutzende Männer hatten.

Der Gedanke ließ sie innehalten. Vielleicht war genau das

der Grund. Ihr Gatte war an erfahrene Liebhaberinnen gewöhnt. Konnte es sein, dass er wirklich nicht wusste, was er mit ihr anfangen sollte? Oder – schrecklicher Gedanke! – wollte er sich seine Leidenschaft für eine Geliebte aufsparen und wohnte seiner Frau nur bei, um mit ihr Kinder zu zeugen? In diesem Fall wäre es ja geradezu Verschwendung, unnötige Anstrengungen darauf zu verwenden, dass sie im ehelichen Bett auf ihre Kosten kam.

Finster starrte Melisande vor sich hin. Wenn sich nicht bald etwas änderte, würde sie eine Ehe führen, die ohne Liebe *und* ohne sinnliche Freuden war. Auf die Liebe konnte sie gut verzichten – *musste* sie gar verzichten, wenn sie nicht den Verstand verlieren wollte. Vale ihre wahren Gefühle zu offenbaren, schien ihr ebenso undenkbar wie vom Dach zu springen. Aber das hieß noch lange nicht, dass sie auch auf Leidenschaft verzichten wollte. Wenn sie es geschickt anstellte, könnte sie ihren Mann wohl dazu verführen, ihr ein befriedigendes Ehebett zu bereiten, ohne dass er je von ihrer beschämenden Liebe zu ihm erfuhr.

Jedes Mal überfiel ihn beim Anblick von Matthew Horn ein vages Gefühl der Schuld, wie Jasper am folgenden Nachmittag wieder einmal bewusst wurde, als sie Seite an Seite im Hyde Park ausritten. Jasper musste an seinen alten, durchgelegenen Strohsack denken und fragte sich, ob auch Matthew Horn solch eine geheime Bürde trug und sich ihrer schämte. Auf die eine oder andere Weise schienen sie alle, die sie Spinner's Falls überlebt hatten, schwer daran zu tragen. Er tätschelte Belle leicht den Hals und schob den Gedanken beiseite. Diese Dämonen waren seinen Nächten vorbehalten.

„Ich habe Ihnen noch gar nicht meine Glückwünsche zu Ihrer Hochzeit ausgesprochen“, sagte Horn. „Ich hätte nicht gedacht, dass ich das noch mal erleben würde.“

„Da waren Sie nicht der Einzige“, erwiderte Jasper.

Melisande war noch immer nicht aufgestanden, als er das

Haus verlassen hatte, und er vermutete, dass sie den Tag wohl im Bett verbringen werde. Er war in solchen Frauenangelegenheiten nicht sonderlich bewandert. Zwar hatte er zahlreiche Liebschaften gehabt, doch war derlei nie zur Sprache gekommen, da er die Damen meist nur dann gesehen hatte, wenn es ihnen gelegen kam. So eine Ehe verlangte doch viel größere Mühen als gedacht.

„Mussten Sie der armen Dame die Augen verbinden, um sie zum Altar zu bekommen?", fragte Horn.

„Ganz im Gegenteil: Sie war mehr als willens, mir ihre Hand zu geben." Jasper warf seinem Begleiter einen kurzen Blick zu. „Allerdings wollte sie eine Hochzeit im kleinsten Kreis. Sonst wären Sie natürlich eingeladen worden."

Horn grinste. „Keine Ursache. Außer für das glückliche Paar sind Hochzeiten meist recht langweilige Angelegenheiten, wenn Sie verzeihen, dass ich das so sage."

„Schon gut", sagte Jasper und neigte den Kopf.

Sie führten ihre Pferde an einer stehenden Kutsche vorbei. Ein hagerer Mann saß verdrießlich da und kratzte sich unter der Perücke, während seine Begleiterin sich herabbeugte, um mit zwei Damen zu plaudern, die sich im Park ergingen. Jasper und Horn zogen den Hut, als sie passierten. Der Gentleman erwiderte den Gruß zerstreut, die Damen knicksten, steckten dann die Köpfe wieder zusammen und tuschelten aufgeregt.

„Haben Sie selbst Pläne in dieser Hinsicht?", erkundigte sich Jasper.

Fragend sah Horn ihn an.

„Heiraten", sagte Jasper und deutete vielsagend auf die kleinen Grüppchen von Frauen, deren Kleider wie bunte Farbtupfen im Grün des Parks leuchteten.

Horn grinste. „So läuft es immer."

„Was?"

„Sowie ein Mann frisch verheiratet ist, versucht er seine Freunde in dieselbe Falle zu locken."

Leicht irritiert hob Jasper die Brauen.

Horn ließ sich nicht davon beeindrucken. „Als Nächstes werden Sie mich irgendeinem Geschöpf mit fahlem Teint und Silberblick vorstellen und mich wissen lassen, wie mein Leben sich wundersam zum Besseren wenden würde, wenn ich mich für immer binde."

„Nun da Sie es sagen", meinte Jasper, „ich hätte da eine Cousine … Sie ist fast vierzig, verfügt aber über beträchtlichen Besitz und gute Verbindungen."

Horn bedachte ihn mit einem Blick stummen Entsetzens.

Jasper schmunzelte.

„Spotten Sie nur. Aber erst letzten Monat hatte ich ein ganz ähnliches Angebot." Horn schüttelte sich.

„Ist diese widernatürliche Abneigung gegen das schöne Geschlecht der Grund dafür, dass Sie so häufig den Kontinent bereisen?"

„Nein, natürlich nicht." Horn verneigte sich galant im Sattel, als eine Kutsche mit älteren Damen vorbeifuhr. „Ich habe Italien und Griechenland bereist, um mir die antiken Ruinen anzusehen und Skulpturen zu sammeln."

„Ich wusste gar nicht, dass Sie Kunstliebhaber sind", zeigte Jasper sich überrascht.

Horn quittierte es mit einem Achselzucken.

Jasper sah, dass sie fast am Ende des Parks angelangt waren. „Haben Sie Nate Growe gefunden?"

Horn schüttelte den Kopf. „Nein. In dem Kaffeehaus, in dem ich ihn mal zu sehen gemeint hatte, wusste man nichts von ihm. Vielleicht war es gar nicht Growe. Es ist Monate her. Ich kann mich damals auch getäuscht haben. Tut mir leid, Vale."

„Keine Ursache. Immerhin haben Sie es versucht."

„Wer bleibt dann noch?"

„Nicht viele. Wir waren acht Gefangene: Sie, ich, Alistair Munroe, Maddock, Sergeant Coleman, John Cooper und Growe", zählte Jasper auf und runzelte die Stirn. „Wen habe ich vergessen?"

„Captain St Aubyn."

Jasper schluckte. Auf einmal war ihm Reynaud wieder ganz gegenwärtig – seine wachen, schwarzen Augen, dieses offene, herzliche Lächeln, das so rasch verschwinden konnte, wie es gekommen war. „Natürlich. Captain St Aubyn. Cooper hat den Marsch nicht überlebt, Coleman ist den Misshandlungen im Camp erlegen, ebenso St Aubyn, und kurz darauf ist auch Maddock an den Folgen seiner Verletzungen gestorben. Wer bleibt uns als Überlebende?"

„Sie, ich, Munroe und Growe", resümierte Horn. „Das sind alle. So kommen wir aber nicht weiter. Munroe will nicht mit Ihnen reden, und Growe ist spurlos verschwunden."

„Verdammt." Jasper starrte vor sich auf den Weg und dachte nach. Es musste doch etwas geben, das er übersehen hatte …

Horn seufzte. „Sie meinten doch selbst, dass Thornton wahrscheinlich gelogen hat. Vielleicht sollten Sie es einfach aufgeben, Vale."

„Das kann ich nicht."

Er musste die Wahrheit herausfinden. Er wollte wissen, wer sie verraten hatte – und warum. Zu viele Männer, *seine* Männer, hatten bei Spinner's Falls ihr Leben gelassen, als dass man die Sache auf sich beruhen lassen, alles einfach vergessen könnte. Er würde nie vergessen, das war gewiss. Als er sich umsah, fragte er sich, was all diese Leute, die hier lustwandelten, ausritten, miteinander plauderten, was sie wohl wussten in ihren samtenen und seidenen Kleidern, mit ihren gemessenen Schritten und eleganten Verneigungen und Knicksen – ob diese Leute auch nur ahnten, was in einem Wald am anderen Ende der Welt geschehen war? Einem Flecken Erde, der so dicht bewaldet war, dass kaum Licht durch die Baumkronen drang und die Stille jeden Schreckensschrei schluckte? Manchmal, spät in der Nacht, fragte er sich, ob all das vielleicht nur ein entsetzlicher Traum gewesen war, ein Fieberwahn, den er vor vielen Jahren gehabt hatte und dem er noch immer nicht entrinnen konnte. Hatte er wirklich mit angesehen, wie sein

Regiment hingemetzelt, seine Männer wie Vieh abgeschlachtet wurden, man den Kommandeur vom Pferd gezerrt und fast enthauptet hatte? War St Aubyn wirklich ans Kreuz genagelt worden? Auf einem Scheiterhaufen angebunden und in Flammen aufgegangen? Manchmal mischten sich nachts Traum und Wirklichkeit, sodass er kaum noch wusste, was Wirklichkeit war und was Trug.

„Vale …"

„Sie meinten, dass die Offiziere unsere Route gekannt haben", sagte Jasper.

Horn sah ihn geduldig an. „Ja?"

„Dann konzentrieren wir uns also auf die Offiziere."

„Sie sind alle tot, bis auf uns beide."

„Vielleicht sollten wir mit den Angehörigen sprechen – mit Freunden, ihren Familien. Möglich, dass einer von ihnen etwas in einem Brief erwähnt hatte."

Nun sah Horn ihn fast mitleidig an. „Sergeant Coleman war praktisch Analphabet. Ich wage zu bezweifeln, dass er Briefe nach Hause geschrieben hat."

„Und was ist mit Maddock?"

Horn seufzte schwer. „Ich weiß es nicht. Aber da er Lord Hasselthorpes Bruder ist, nehme ich an …"

Jasper fuhr herum. „Was sagen Sie da?"

„Er war Lord Hasselthorpes Bruder", wiederholte Horn. „Wussten Sie das nicht?"

„Nein." Jasper schüttelte den Kopf. Er war letzten Herbst erst bei Hasselthorpe zu Gast gewesen und hatte nicht die leiseste Ahnung gehabt, dass er mit Maddock verwandt und sogar sein Bruder gewesen war.

„Ich kann mir nicht vorstellen, dass er etwas weiß", sagte Horn. „Hasselthorpe war damals auch in den Kolonien, so hatte ich zumindest gehört, doch er diente in einem ganz anderen Regiment."

„Trotzdem. Ich will versuchen, mit ihm zu reden."

„Wie Sie meinen." Sie waren am Ende des Weges und am

Eingang des Parks angelangt. Horn ließ sein Pferd anhalten. Besorgt sah er Jasper an. „Viel Glück, Vale. Lassen Sie es mich wissen, wenn ich irgendetwas für Sie tun kann."

Jasper nickte und reichte Horn zum Abschied die Hand, ehe ihre Wege sich trennten. Seine Stute begann unruhig zu werden und kaute auf der Trense, als er Horn noch eine Weile hinterhersah. Dann wandte Jasper sich heimwärts und versuchte, die schrecklichen Bilder zu verdrängen, die er auf einmal wieder ganz deutlich vor sich sah. Vielleicht wäre Melisande ja mittlerweile aufgestanden und zu einem kleinen Wortgefecht bereit. Mit seiner spitzzüngigen Frau zu scherzen erwies sich als überraschend unterhaltsamer Zeitvertreib.

Doch zu Hause angekommen teilte Oaks ihm mit, dass die Viscountess ausgegangen sei. Jasper nickte nur, gab dem Butler seinen Dreispitz und ging nach oben.

Seltsam. Seit nicht einmal einer Woche lebte sie nun hier, und doch war ihre Gegenwart bereits im ganzen Haus zu spüren. Weder hatte sie die Räume umgestaltet, noch alle Dienstboten nach eigenem Gutdünken ersetzt, und trotzdem schien sie sich das Haus angeeignet zu haben. Es zeigte sich in Kleinigkeiten. Der flüchtige Hauch ihres Neroli-Parfüms im kleinen Salon, das Feuer, das dort nun ständig brannte, ein Faden gelber Seide, den er kürzlich auf dem Teppich gefunden hatte. Fast war es, als würde man mit einem Gespenst leben. Oben angekommen, ging er zu seinen Gemächern, hielt dann aber inne, als er an ihrer Tür vorbeikam. Ehe er sich versah, hatte er den Knauf gedreht und war in ihr Zimmer getreten.

Der Raum wirkte, als wäre er gar nicht bewohnt. Vorhänge und Draperien waren vor dem Einzug der neuen Viscountess natürlich gereinigt und der Teppich ausgeklopft worden, wie es sich gehörte. Das Mobiliar hingegen war dasselbe, das auch schon seine Mutter genutzt hatte: derselbe hohe, immer etwas düster anmutende Schrank, Frisierkommode und Stuhl, Sessel vor dem Kamin. Zum ersten Mal wurde ihm bewusst, dass seine Frau überhaupt keine eigenen Möbel mitgebracht hatte.

Er ging zum Schrank und warf einen Blick hinein. Tristfarbene Kleider, wohin das Auge blickte. Ihr Bett war ordentlich gemacht – keine Spitzendecke darauf, kein Duftkissen, das ihm eine persönliche Note gegeben hätte. Auf dem Nachttisch nur eine Kerze, keine Haarnadeln, keine Bettlektüre, nichts. Er trat an die Frisierkommode, auf der eine fein vergoldete, mit Perlmutt besetzte Bürste lag. Vorsichtig fuhr er mit den Fingern durch die Borsten, fand jedoch kein einziges Haar. In einer kleinen Porzellanschale lagen ihre Haarnadeln, daneben stand eine hübsche kleine Schatulle aus Elfenbein, in der sie ihren Schmuck aufbewahrte: ein paar Broschen, eine Perlenkette und die Granat-Ohrringe, die er ihr geschenkt hatte. Er schloss die Schatulle wieder. In der Schublade der Kommode fand er nur Spitzen und Bänder und noch mehr Haarnadeln. Leise schob er die Lade wieder zu und sah sich um. Irgendetwas musste sie doch haben, das ihr wichtig war, das nur ihr gehörte. Einen kleinen Schatz, der Erinnerungen barg und ihr viel bedeutete.

Wenn ja, dann hatte sie ihn gut versteckt. Er ging hinüber zur Kommode und zog die oberste Schublade auf, in der sich sorgsam gefaltete Wäsche fand. Jasper strich mit den Fingern über das Linnen. Ein leichter Orangenduft stieg ihm in die Nase. Dasselbe in der zweiten Schublade, ebenso in der dritten. Doch in der untersten Schublade wurde er endlich fündig; etwas war unter der Wäsche versteckt. Er hockte sich hin und besah es sich: eine alte Tabaksdose aus schlichtem Blech, nicht größer als sein Daumen lang war. Woher hatte sie die? Gewiss nicht von ihrem Vater oder ihren Brüdern. So die Gentlemen denn überhaupt Tabak schnupften, dürften sie elegantere Behältnisse vorziehen.

Als er die Dose umdrehte, hörte er es darin klappern. Er ließ den Deckel aufspringen und fand einen silbernen Knopf, ein kleines Porzellanhündchen und ein getrocknetes Veilchen. Er starrte auf den Knopf, nahm ihn schließlich heraus. Es musste seiner sein – das eingravierte *V* ließ keinen Zweifel daran –, aber er wüsste nicht, wo sie ihn herhatte, wann er ihn verloren haben könnte. Verwundert legte er ihn zurück. Warum hob sie einen seiner Knöpfe auf und versteckte ihn unter ihrer Wäsche? Ehrlich gesagt hatte er nicht die leiseste Ahnung, was ihr diese Dinge bedeuteten. Waren sie ihr wichtig? Oder hatte sie sie nur aus einer Laune heraus aufgehoben? Seine Frau hatte recht: Er wusste nichts von ihr.

Jasper schloss die kleine Tabaksdose wieder und legte sie zurück unter die Wäsche. Er schob die Schublade zu, stand auf und sah sich im Zimmer um. Hier würde er nichts finden. Die einzige Möglichkeit, etwas über seine Frau zu erfahren, war wohl die persönliche Erkundung.

Er nickte, um seinen Entschluss zu bekräftigen, und verließ ihr Zimmer.

Schrecklich war es, doch was blieb Jack anderes übrig, als seinen Weg fortzusetzen? Nachdem er einen weiteren Tag gelaufen war, gelangte er zu einer prächtigen Stadt. Als er durch das Tor trat, starrten die Leute ihn an und lachten. Eine Schar Jungen folgte ihm und spottete laut johlend über seine lange Nase und sein geschwungenes Kinn.

Jack warf sein Bündel zu Boden, stemmte die winzigen Hände in die Hüften und schrie: „Haltet Ihr mich für eine Witzfigur?"

Da vernahm er hinter sich abermals Lachen, doch diesmal war es lieblich und sanft. Als Jack sich umdrehte, erblickte er die schönste Frau, die er je gesehen hatte, mit prächtigem goldenem Haar und rosigen Wangen.

Sie beugte sich zu ihm hinab und sagte: „Ich halte Euch für das witzigste Männchen, das ich je gesehen habe. Wollt Ihr mit mir kommen und mein Hofnarr sein?"

Und so kam es, dass Jack der Hofnarr der Königstochter wurde …

[aus LACHENDER JACK]

Am nächsten Morgen saß Melisande wie immer um halb neun bei pochierten Eiern, Brötchen und heißer Schokolade am Frühstückstisch. Alles wie gehabt. Doch dann geschah etwas Ungewöhnliches. Ihr Gatte zeigte sich im Frühstückszimmer.

Melisande, die gerade ihre Tasse zum Mund führte, verharrte auf halbem Weg und warf einen verstohlenen Blick auf die Porzellanuhr, die auf der Anrichte stand. Nein, sie hatte sich nicht in der Zeit geirrt. Es war genau zwei Minuten nach halb neun.

Schließlich trank sie einen Schluck Schokolade und setzte die Tasse sorgsam auf der Untertasse ab, froh, dass ihr die

Hände nicht zitterten in seiner Gegenwart. „Guten Morgen, Mylord."

Jasper lächelte, wobei die beiden Falten um seinen Mund sich auf eine Weise vertieften, die sie schon immer äußerst berückend gefunden hatte. „Guten Morgen, liebste Gemahlin."

Mouse spähte unter ihren Röcken hervor, und einen kurzen Augenblick maßen Hund und Herr einander. Dann gab Mouse sich geschlagen und trat den Rückzug an.

Ihr Gatte schlenderte zur Anrichte und runzelte die Stirn. „Kein gebratener Speck", stellte er fest.

„Ich esse für gewöhnlich keinen." Melisande winkte den Lakaien von der Tür herbei. „Die Köchin soll für Seine Lordschaft Speck bereiten, Eier, gebratene Nierchen, Toast und eine Kanne frisch aufgebrühten Tee. Und etwas von ihrer vorzüglichen Orangenmarmelade."

Der Lakai verneigte sich und verließ den Raum.

Jasper nahm ihr gegenüber Platz und grinste. „Mir fehlen die Worte, meine Liebe. Du weißt, was ich morgens esse."

„Natürlich weiß ich das." Schließlich hatte sie ihn jahrelang beobachtet. „Das gehört doch zu den Pflichten einer Ehefrau."

„Pflichten", murmelte er und kräuselte die Lippen, als errege das Wort sein Missfallen. „Gehört es folglich auch zu den Pflichten des Ehemannes zu wissen, was seine Frau gern isst?"

Da Melisande gerade einen Bissen pochiertes Ei im Mund hatte, konnte sie nichts erwidern und runzelte nur die Stirn.

Er nickte wissend. „Doch, doch, wahrscheinlich. Weshalb ich von nun an auch ganz aufmerksam sein werde. Pochierte Eier, Brötchen mit Butter, heiße Schokolade. Kein Honig und keine Marmelade, wie ich sehe."

Sie schluckte herunter. „Nein. Im Gegensatz zu dir mache ich mir nicht viel aus Marmelade."

Er lehnte sich zurück und betrachtete sie träge aus türkisblauen Augen. „Zugegeben, ich bin eine richtige Naschkatze. Marmelade, Honig, Rübensirup – lecker. Worauf auch immer, ich könnte es einfach so ablecken."

„So?“, fragte sie scheinbar ungerührt, doch allein seine Worte ließen ihr ganz warm im Bauch werden. Oh, dieser durchtriebene Mann!

„Allerdings. Soll ich dir all das aufzählen, was ich gern mit Sirup bestreichen würde?“, fragte er unschuldig.

„Jetzt nicht, danke.“

„Schade.“

Sie sah ihn an. Natürlich freute sie sich, dass er sich zu ihr gesellt hatte, sehr sogar. Aber wie seltsam gestimmt er war. Lümmelte da auf seinem Stuhl herum und betrachtete sie, ein feines Lächeln auf seinen geschwungenen Lippen. Was hatte er vor? „Hast du heute Morgen einen Termin?“, fragte sie.

„Nein.“

„Ich habe noch nie erlebt, dass du vor elf aufgestanden bist.“

„Wohl wahr, aber du bist auch noch nicht mal eine Woche mit mir verheiratet. Vielleicht stehe ich ja für gewöhnlich immer vor neun auf. Oder bin schon früh um fünf munter und rege.“

Sie spürte, wie ihre Wangen sich röteten. „Bist du das?“

„Nein.“

„Warum bist du dann heute schon auf?“

„Vielleicht hat es mich einfach nach meinem Marmeladenbrötchen gelüstet.“

Sie warf ihm einen zweifelnden Blick zu.

Er erwiderte ihren Blick in recht beunruhigender Manier. „Oder mir stand der Sinn danach, in Gesellschaft meiner reizenden Gemahlin zu frühstücken.“

Ungläubig sah sie ihn an. Sollte sein plötzliches Interesse ihr Anlass zu Freude oder zu Sorge sein? „Warum …“

Zwei Mädchen kamen herein und brachten sein Frühstück, weshalb sie die Frage verschluckte. Sie schwiegen beide, während die Mädchen alles anrichteten und sich mit einem fragenden Blick vergewisserten, ob alles nach ihren Wünschen sei. Melisande nickte, und die Mädchen entfernten sich.

„Warum …“

Just im selben Moment hatte auch er etwas sagen wollen, worauf sie beide abermals verstummten, ehe er ihr bedeutete zu sprechen.

„Oh nein, bitte fahre fort“, sagte Melisande.

„Ich wollte mich nur erkundigen, welche Pläne du für den heutigen Tag hast.“

„Eigentlich wollte ich meine Großtante besuchen, Miss Rockwell“, sagte sie, während sie ihm Tee eingoss.

Er butterte gerade seinen Toast und sah auf. „Eine Tante mütterlicherseits?“

„Nein, die Schwester der Mutter meines Vaters. Sie ist recht betagt, und wie ich hörte, soll sie letzte Woche gestürzt sein.“

„Die Arme. Ich werde dich begleiten.“

Sie blinzelte. „Wie bitte?“

Er nahm einen großen Bissen knusprigen Toast und kaute, wobei er den Finger hob und ihr bedeutete zu warten. Sie sah ihm zu, wie er kaute, schluckte und mit einer halben Tasse Tee nachspülte.

„Autsch, heiß“, murmelte er. „Ich glaube, ich habe mir die Zunge verbrannt.“

„Es kann nicht dein Ernst sein, mich zu meiner Tante Rockwell begleiten zu wollen“, platzte Melisande heraus.

„Aber ja doch, es ist mein Ernst.“

„Meine *alte*, gebrechliche Tante, die …“

„Ich hatte schon immer ein Faible für alte Damen. Eine unverbesserliche Schwäche von mir, ich gebe es zu.“

„Du würdest umkommen vor Langeweile.“

„Wie könnte ich, wenn ich doch in deiner Gesellschaft bin, liebste Gemahlin?“, säuselte er und setzte dann etwas ernster hinzu: „Es sei denn, du wünschst nicht, dass ich dich begleite.“

Sie sah ihn an. Wie ein großer, zufriedener Kater saß er da und aß mit Unschuldsmiene seinen gebratenen Speck. Doch seine grünblauen Augen funkelten. Warum nur hatte sie das Gefühl, ihm geradewegs in die Falle gegangen zu sein? Weshalb wollte er ausgerechnet ihre Großtante besuchen? Und wenn er der Kater war, war sie dann die kleine braune Maus? Warum wurde ihr bei dem Gedanken, für diesen Kater das Mäuschen zu spielen, schon wieder ganz warm?

Oh, wie töricht sie war! „Natürlich nicht. Es würde mich sehr freuen, wenn du mich begleitest", murmelte sie, denn es war die einzig mögliche Antwort auf seine Frage.

Er grinste. „Vortrefflich. Wir nehmen meinen Phaeton." Und damit biss er mit lautem Krachen in seine zweite Scheibe Toast.

Melisande beäugte ihn argwöhnisch. Irgendetwas hatte ihr Gatte vor, da war sie sich ganz sicher.

Es hätte schlimmer kommen können, dachte Jasper frohgemut, als er mit den Zügeln seines Phaetons manövrierte. Sie hätte auch ... Hmmm. Nun ja, ehrlich gesagt gab es kaum Schlimmeres als Besuche bei betagten, altjüngferlichen Tanten. Doch egal. Gleich heute früh hatte er Pynch losgeschickt, um in Erfahrung zu bringen, ob Lord Hasselthorpe in der Stadt weilte, und wenn ja, wo Jasper ihn antreffen könnte. Bis dahin hatte er keine dringlichen Angelegenheiten zu erledigen. Das Wetter war herrlich, er fuhr seinen funkelnagelneuen Phaeton, und neben ihm saß seine reizende Gemahlin – und jetzt konnte sie ihm einmal nicht entwischen, es sei denn, sie spränge vom Wagen, was sie gewiss nicht tun würde. Und das hieß: Früher oder später würde sie mit ihm reden müssen.

Verstohlen sah er sie von der Seite an. Kerzengerade saß sie auf der Bank des Phaetons, ihr Rücken berührte nicht einmal das dunkelrote Lederpolster. Ihre Miene wirkte gelassen, ihre Hand indes war wieder fest um die Sitzlehne geklammert. Wenigstens stand ihr nicht mehr dieser schmerzliche Ausdruck in den Augen, den er am vorvergangenen Abend gesehen hatte, als sie unpässlich zu Bett gelegen hatte. Er sah beiseite. Selten war er sich so unfähig vorgekommen, so nutzlos wie an jenem Abend. Zwar hatte er ihren Schmerz gesehen, ihn geradezu selbst gespürt, aber nichts dagegen ausrichten können.

Wie gingen andere Männer mit diesen unerwarteten Seiten der Ehe um? Verfügten sie über geheimes Wissen? Ein Wundermittel, mit dem sich Frauenleiden zu Leibe rücken ließ? Oder taten sie einfach so, als ob nichts sei?

Er fuhr langsamer und ließ eine schnatternde Schar Frauen die Straße überqueren. „Es scheint dir heute schon besser zu gehen“, meinte er.

Sie erstarrte, und sofort war ihm klar, dass er das besser nicht gesagt hätte. „Ich weiß nicht, wovon Sie sprechen, Mylord.“

„Natürlich weißt du es.“ Er warf ihr einen vielsagenden Blick zu.

„Mir geht es bestens, danke der Nachfrage.“

Er sollte es nicht tun, aber er konnte einfach nicht anders. „Vorgestern Abend ging es dir alles andere als gut, und gestern habe ich dich nur flüchtig gesehen.“

Sie presste die Lippen zusammen.

„Ist es immer so?“, fragte er und runzelte besorgt die Stirn. „Ich meine, ich weiß, dass es jeden Monat kommt, aber ist es immer so schmerzhaft? Und wie lange dauert es eigentlich?“ Plötzlich kam ihm noch ein Gedanke. „Oder war es schlimmer als sonst, weil wir …“

„Oh mein Gott“, murmelte sie. Und fügte dann so rasch und leise hinzu, dass er sich ihr zuneigen musste, um sie zu verstehen: „Es geht mir bestens, vielen Dank. Ja, es kommt jeden Monat, aber nur für ein paar Tage und die … die Schmerzen sind nach ein oder zwei Tagen vorbei.“

„Wirklich?“

„Ja, wirklich.“

„Wie lange dauert es genau?“

Sie warf ihm einen entnervten Blick zu. „Warum, um alles in der Welt, willst du das wissen?“

„Weil, liebstes Weib“, sagte er geduldig, „ich dann weiß, wann ich Eure Gemächer wieder beehren kann.“

Diese Bemerkung ließ sie ein paar Minuten verstummen, bis

sie schließlich sagte: „Gewöhnlich fünf Tage."

Er zog die Brauen zusammen. Dies war der dritte Tag. Was hieß, dass er ihr erst wieder in der über*über*nächsten Nacht beiwohnen konnte – vorausgesetzt, es lief wie „gewöhnlich", was immer das hieß. Wenn er ehrlich war, freute er sich schon darauf. Das erste Mal war für eine Dame nie sehr vergnüglich, so hatte er zumindest gehört. Er wollte ihr zeigen, wie schön es sein konnte. Und plötzlich sah er sich ihre kühle Fassade sprengen, sah sie den Kopf in Ekstase zurückwerfen, ihr Mund weich und verletzlich …

Ein lockender Gedanke, bei dem er unbehaglich hin- und herrutschte. Ein paar Tage musste er noch warten. „Danke, dass du es mir gesagt hast. Wirklich Pech, oder? Ich meine, hat das jede Dame?"

Sie wandte sich um und starrte ihn an. „Was?"

„Na ja, du weißt schon", sagte er achselzuckend. „Hat jede Dame dabei so starke Schmerzen oder ist es …"

„Ist es denn zu fassen?", murmelte sie, entweder zu sich selbst oder zu den Pferden, denn sonst war niemand in Hörweite. „Ich weiß, dass du die letzten Jahre nicht in einer Höhle zugebracht hast. Warum stellst du mir solche Fragen?"

„Weil du jetzt meine Frau bist. Ich könnte mir vorstellen, dass jeder Mann wissen will, was da mit seiner Frau geschieht."

„Das wage ich doch sehr zu bezweifeln", gab sie zurück.

„Ich zumindest will es wissen", beharrte er und lächelte still. Zugegeben, das Sujet ihrer Konversation war vielleicht etwas … ungewöhnlich, aber er amüsierte sich prächtig.

„Warum?"

„Weil du meine Frau bist", wiederholte er schlicht und wusste auf einmal, dass es so war und nicht anders sein konnte. Wusste in tiefster Seele, dass es die *Wahrheit* war. „Meine Frau, die ich lieben und ehren, schützen und vor Leid bewahren soll. Wenn etwas dir solchen Schmerz bereitet, möchte ich … nein, ich *muss* es wissen."

„Aber du wirst nichts daran ändern können."

Er tat es mit einem Achselzucken ab. „Trotzdem. Verhehle deinen Schmerz nicht vor mir."

„Ich werde Männer nie begreifen", murmelte sie leise.

„Stimmt, wir sind schon eine komische Spezies", meinte er vergnügt. „Es ist wirklich sehr gütig von dir, dich mit mir abzugeben."

Sie verdrehte die Augen und beugte sich vor, wobei sie unbewusst ihre Hand auf seinen Arm legte. „Hier müssen wir abbiegen. Das Haus meiner Tante ist in dieser Straße."

„Dein Wille sei mir Befehl, liebste Gemahlin." Er lenkte die Pferde in besagte kleine Straße und war sich ihrer Hand auf seinem Arm sehr bewusst. Als sie ihre Hand kurz darauf fortzog, wünschte er sie sich sogleich zurück.

„Hier ist es", sagte sie, und er ließ die Pferde vor einem bescheidenen Stadthaus anhalten.

Er band die Zügel fest und sprang vom Wagen. Doch so sehr er sich auch eilte, bis er zu ihrer Seite gelangt war, war sie bereits aufgestanden und machte Anstalten, selbst von dem hohen Sitz herabzuklettern.

Entschlossen fasste er sie um die Taille und sah ihr in die Augen. „Wenn du gestattest."

Es war nicht als Frage gemeint gewesen, dennoch neigte sie in stiller Zustimmung den Kopf. Sie war groß, doch feingliedrig. Ihre Taille konnte er mit beiden Händen fast umspannen. Mit Leichtigkeit hob er sie hoch, wobei ein erregendes Prickeln durch seinen Körper schoss. Wie er sie so hielt, hoch über seinem Kopf, war sie ganz in seiner Macht.

Sie blickte auf ihn hinab und furchte finster die Brauen, wenngleich er spürte, wie sie zitterte. „Könntest du mich jetzt bitte herunterlassen?"

Er grinste. „Natürlich."

Langsam ließ er sie herunter, genoss es noch einen Augenblick, sie so völlig in der Hand zu haben. Er wusste, dass er dieses Gefühl bei ihr nur selten haben würde. Sowie ihre Füße wieder den Boden berührten, trat sie zurück und strich ihre Röcke glatt.

Dann warf sie ihm einen tadelnden Blick zu. „Meine Tante ist ziemlich schwerhörig, und sie mag Männer nicht besonders. Nur, dass du es weißt."

„Ah, gut." Er reichte ihr seinen Arm. „Das dürfte interessant werden."

Sie brummelte Unverständliches, und als sie ihre Hand in seine Armbeuge legte, spürte er wieder dieses erregende Prickeln. Vielleicht hatte er morgens aber auch einfach zu viel Tee getrunken und war ein wenig überreizt.

Sie gingen die Treppe hinauf, und er schlug den lange schon nicht mehr polierten Messingklopfer gegen die Tür. Dann warteten sie.

Nach einer Weile meinte Jasper: „Du sagtest, sie wäre taub, aber sind ihre Bediensteten auch taub?"

Gereizt schürzte sie die Lippen, was auf ihn genau den gegenteiligen Effekt hatte. Am liebsten hätte er sie geküsst. „Sie sind nicht taub, aber auch schon recht betagt und …"

Die Tür öffnete sich einen Spalt, und ein wässriges Auge spähte heraus. „Ja?"

„Lord und Lady Vale für Miss …" Jasper drehte sich zu Melisande um und flüsterte: „Wie hieß sie noch gleich?"

„Miss Rockwell", sagte sie kopfschüttelnd und wandte sich direkt an den Butler. „Wir würden gern meine Tante besuchen."

„Ah, Miss Fleming", schnaufte der alte Mann. „Kommen Sie rein, kommen Sie ruhig rein."

„Lady Vale", sagte Jasper laut.

„Wie?", fragte der Butler und hielt sich die Hand ans Ohr.

„Lady Vale", brüllte Jasper. „Meine Frau."

„Ja, Sir, gewiss, Sir." Der Mann ließ die Tür offen und schlurfte einen düsteren Korridor hinab.

„Ich glaube nicht, dass er mich verstanden hat", meinte Jasper.

Melisande schüttelte nur den Kopf und trat ins Haus.

Ihre Tante musste entweder eine tiefe Abneigung gegen Kerzen haben oder aber sie konnte im Dunkeln sehen, denn im Haus war es stockfinster.

Jasper kniff die Augen zusammen. „Wo ist er jetzt hin?"

„Hier entlang." Melisande ging voraus, als wisse sie genau, wohin sie mussten.

Und tatsächlich: Nachdem sie eine Weile durch düstere Korridore gegangen, um ein paar Ecken gebogen und etliche Stufen hinaufgestiegen waren, kamen sie zu einer Tür – und dahinter schien Licht!

„Wer ist da?", ertönte eine gereizte Stimme aus dem Zimmer.

„Miss Fleming und ein Gentleman, Ma'am", erwiderte der betagte Butler.

„Lady Vale", schrie Jasper, als sie eintraten.

„Was?" Eine zierliche alte Dame saß aufrecht auf einem Liegesofa, umgeben von viel weißer Spitze, Rüschen und Bändern. Sie hielt sich ein langes Hörrohr aus Messing ans Ohr, das sie nun in ihre Richtung schwenkte. „Was?"

Jasper beugte sich vor und sprach in den geschwungenen Trichter. „Sie ist jetzt Lady Vale."

„Wer?" Sichtlich mit ihrer Geduld am Ende, ließ Miss Rockwell das Hörrohr sinken. „Melisande, mein Schatz, wie schön, dich zu sehen, aber wer ist dieser Gentleman? Er behauptet, eine Lady zu sein. Da kann doch was nicht stimmen."

Jasper spürte, wie ein ersticktes Lachen die schmale Gestalt seiner Gattin erbeben ließ, und wurde von dem wilden Drang erfasst, sie zu küssen, beherrschte sich aber, wenngleich mit Mühe.

„Das ist Lord Vale", erklärte Melisande. „Mein Mann."

„Was du nicht sagst." Die alte Dame schien von der Neuigkeit nicht sonderlich angetan. „Und warum bringst du ihn mit hierher?"

„Ich wollte Sie kennenlernen", mischte Jasper sich ein, der es leid war, dass man über ihn sprach, als sei er nicht da.

„Was?"

„Ich habe mir sagen lassen, dass es hier den besten Kuchen der ganzen Stadt gibt", brüllte er.

„Nicht so laut, junger Mann!“ Die alte Dame riss den Kopf zurück, dass die Bänder ihrer Haube nur so flatterten. „Wo haben Sie denn das gehört?“

„Oh, überall“, erwiderte Jasper nonchalant. Er ließ sich auf einem Sofa nieder und zog seine Frau neben sich. „Stimmt es etwa nicht?“

Die alte Dame schürzte die Lippen auf eine Weise, die er mittlerweile von Melisande kannte. „Nun, meine Köchin backt durchaus guten Kuchen.“

Sie nickte dem Butler zu, der etwas überrascht schien, davongeschickt zu werden.

„Fantastisch.“ Jasper lehnte sich zurück und schlug die Beine übereinander. „Und jetzt erzählen Sie mal, was meine Frau als Kind so alles angestellt hat.“

„Lord Vale!“, rief Melisande.

Er sah sie an. Ihre Wangen schimmerten rosig, ihre Augen waren weit aufgerissen. Sie war reizend, ganz reizend.

Er beugte sich zu ihr vor. „Jasper.“

Sie schürzte die Lippen.

Sein Blick flog zu ihrem Mund, dann sah er wieder hoch und begegnete dem ihren. „Jasper.“

Sie öffnete die Lippen, weich, verletzlich, leise zitternd – und welch ein Glück, dass seine Rockschöße seinen Schoß bedeckten.

„Jasper“, flüsterte sie.

Und in diesem Moment wusste er, dass es um ihn geschehen war. Er war verloren – blind, taub und heillos verloren –, doch es scherte ihn nicht. Er würde alles geben, um diese Frau zu ergründen. Er wollte ihre tiefsten, verborgensten Geheimnisse erforschen und ihre Seele entblößen. Und wenn er ihre Geheimnisse kannte, wenn er wusste, was sie tief in ihrem Herzen verborgen hielt, würde er alles daran setzen, würde sein Leben geben, es zu beschützen.

Sie war sein zu lieben und zu ehren, zu schützen und vor Leid zu bewahren.

Es war schon weit nach Mitternacht, als Melisande ihren Gatten an jenem Abend nach Hause kommen hörte. Sie war in ihrem Zimmer eingeschlummert, doch als gedämpfte Stimmen aus der Halle nach oben drangen, war sie mit einem Schlag wieder hellwach. Immerhin hatte sie auf seine Rückkehr gewartet. In gespannter Vorfreude setzte sie sich auf. Mouse steckte das schwarze Näschen unter der Bettdecke hervor und gähnte, dass seine rosa Zunge sich aufrollte.

Sie stupste ihm die Nase. „Du bleibst hier."

Dann stand sie auf und griff nach ihrem Morgenmantel, der neben dem Bett über einem Stuhl hing. Er war schlicht geschnitten, ohne all den Tand wie Schleifen und Rüschen, und von einem dunklen Violett. Melisande zog ihn über ihr feines Batisthemd und erschauerte unter der sinnlichen Schwere des Seidenbrokats. Die schimmernde Seide war über und über mit feiner, roter Stickerei versehen und changierte bei jeder Bewegung von Violett zu Rot, von Rot zu Violett. Melisande trat an ihre Frisierkommode, tupfte sich Parfüm auf den Hals und erbebte leise, als ein kühler Tropfen zwischen ihren Brüsten hinabrann. Der Duft bitterer Orangen erfüllte die Luft.

Dergestalt gewappnet ging sie zu der Zwischentür und öffnete sie. Dahinter lagen Vales Räume, in die sie sich noch nie vorgewagt hatte. Neugierig sah sie sich um. Als Erstes fiel ihr Blick auf das riesige Bett aus dunklem, fast schwarzem Holz, darauf Linnen von einem tiefen, satten Rot, das nicht minder düster wirkte. Als Zweites bemerkte sie Pynch, den Kammerdiener ihres Gatten, der soeben den Hausmantel seines Herrn auf dem Bett ausgelegt hatte, nun zurücktrat und riesengleich und reglos mitten im Zimmer stand.

Melisande hatte bislang kaum ein Wort mit dem Kammerdiener gewechselt. Sie hob das Kinn und sah ihn an. „Das wäre alles, Pynch."

Doch Pynch rührte sich nicht. „Mylord wird mich brauchen, um sich zu entkleiden."

„Nein", sagte sie ruhig, „das wird er nicht."

In den Augen des Kammerdieners blitzte etwas auf, das ihr wie Belustigung scheinen wollte. Dann senkte er den Blick und empfahl sich.

Melisande spürte, dass ihre Schultern vor Erleichterung hinabfielen. Die erste Hürde war genommen. Jasper mochte sie an diesem Morgen überrascht haben, heute Abend würde sie sich revanchieren.

Sie ließ ihren Blick durchs Zimmer schweifen und stellte fest, dass im Kamin ein helles Feuer loderte und eine Unzahl von Kerzen brannte. Es war fast taghell im Raum. Leicht hob sie die Brauen angesichts dieser Verschwendung, dann schlenderte sie umher und löschte etliche Kerzen, bis nur mehr anheimelndes Dämmerlicht den Raum erfüllte. Der Geruch warmen Wachses und Kerzenrauchs hing in der Luft, doch darunter lag ein anderer, weitaus aufregender Duft. Melisande schloss die Augen und atmete tief ein. *Vale*. Sandelholz und Zitronenöl, Brandy und Zigarren.

Kaum hatte sie ihre flatternden Nerven ein wenig beruhigt, als auch schon die Tür aufging. Jasper kam herein und streifte im Gehen bereits seinen Rock ab.

„Haben Sie nach heißem Wasser geschickt?“, fragte er und warf den Rock über einen Stuhl.

„Ja.“

Er fuhr herum, seine Miene seltsam ausdruckslos, die Augen leicht zusammengekniffen. Wäre sie nicht eine sehr, sehr mutige Frau, dann wäre sie wohl zurückgewichen, so groß und imposant, so reglos stand er da, so finster starrte er sie an.

Doch dann lächelte er. „Meine Gemahlin. Verzeih, aber dich hatte ich hier nicht erwartet.“

Sie nickte stumm, da sie ihrer Stimme nicht traute. Eine seltsam schaudernde Erregung hatte sie erfasst, und sie wusste, dass sie sehr vorsichtig sein musste, damit ihre Gefühle sich nicht Bahn brachen und sie preisgab, was er niemals wissen sollte.

Er ging zum Ankleidezimmer und warf einen Blick hinein.

„Ist Pynch nicht hier?“

„Nein.“

Er nickte, schloss dann die Tür des Ankleideraums.

Sprat war derweil zur anderen Tür hereingekommen und brachte einen großen dampfenden Wasserkrug. Ihm auf den Fersen folgte ein Dienstmädchen mit einem silbernen Tablett, auf dem sich Brot, Käse und Obst fanden.

Die beiden Bediensteten setzten ihre Lasten ab, und Sprat wandte sich fragend an Melisande: „Mylady?“

Sie nickte. „Das wäre alles.“

Die beiden marschierten wieder hinaus, dann herrschte Schweigen.

Jasper blickte von dem Speisetablett auf und sah sie an. „Woher wusstest du es?“

Es war ein Leichtes für sie gewesen, den Bediensteten zu entlocken, dass ihr Gatte für gewöhnlich noch eine kleine Mahlzeit einnahm, wenn er spät nach Hause kam. Deshalb tat sie seine Frage mit einem Achselzucken ab und schlenderte zu ihm hinüber. „Ich will doch deinen Tagesablauf nicht durcheinanderbringen.“

Er blinzelte. „Das ist sehr … äh …“

Wie es schien, hatte er den Faden verloren – möglicherweise, weil sie begonnen hatte, seine Weste aufzuknöpfen. Sie konzentrierte sich ganz darauf, die flachen Messingknöpfe durch die schmalen Knopflöcher zu bekommen, und merkte, wie seine Nähe ihren Atem dahinfliegen ließ. So nah, wie sie ihm war, konnte sie seine Körperwärme durch sämtliche Stoffschichten hindurch spüren. Ein schrecklicher Gedanke kam ihr: Wie viele Frauen vor ihr hatten wohl schon das Vergnügen gehabt, ihn auszukleiden?

Sie sah auf, begegnete dem Blick seiner türkisblauen Augen. „Ja?“

Er räusperte sich. „Ähm, ja … sehr aufmerksam von dir.“

„Ja, nicht wahr?“ Sie hob die Brauen und widmete sich wieder ganz den Knöpfen. War er heute Abend bei einer anderen Frau gewesen? Er war bekanntlich ein Mann mit starken Bedürfnissen, und sie war derzeit nicht in der Lage, diese zu befriedigen. Genügte das schon, damit er sich anderweitig umtat? Sie mochte gar nicht daran denken. Erst als auch der letzte Knopf geöffnet war, sah sie ihn wieder an. „Bitte."

Er hob die Arme, damit sie ihm die Weste von den Schultern streifen konnte. Sie spürte seinen Blick auf sich, als sie begann, seine Krawatte aufzubinden. Sein Atem streifte ihr Haar, und sie roch Wein. Sie wusste nicht, wo er die Abende verbrachte. Wahrscheinlich trieb er sich in der Stadt herum und tat, was Gentlemen des Abends eben so taten: spielen, trinken, vielleicht auch huren. Unwillkürlich schlossen sich ihre Finger bei diesem Gedanken fester um sein Krawattentuch, und da endlich wurde ihr klar, was sie plagte: Eifersucht. Damit hätte sie nun wahrlich nicht gerechnet. Schließlich hatte sie schon immer gewusst, noch ehe sie ihn geheiratet hatte, wer er war – *was* er war. Sie hatte geglaubt, sich mit dem Wenigen zufriedengeben zu können, was er zu geben ihr bereit war. Andere Frauen sollten sie nicht kümmern. Sie würde sie einfach ignorieren.

Doch wie sich nun zeigte, konnte sie das nicht. Und sie wollte es auch nicht. Sie wollte ihn – ganz und gar.

Nachdem sie sein Krawattentuch beiseitegelegt hatte, begann sie sein Hemd aufzuknöpfen. Seine Wärme drang durch den dünnen Stoff, umfing ihre Finger. Der wunderbar männliche Geruch seiner Haut stieg ihr in die Nase. Melisande atmete ein, schnüffelte verstohlen. Sie roch Sandelholz und Zitronenölseife.

Über ihr brummelte er: „Du brauchst nicht …"

„Doch."

Als sie auch den letzten Knopf geöffnet hatte, beugte er sich vor, und sie zog ihm das Hemd über den Kopf. Dann richtete er sich wieder auf, und im ersten Moment verschlug es ihr den Atem. Er war ein hochgewachsener Mann – selbst sie reichte ihm gerade einmal bis ans Kinn –, und Brust und Schultern waren entsprechend proportioniert. Breit waren sie, doch sehr schlank. Wenn er sein Hemd trug, konnte man ihn fälschlicherweise für hager halten; nun, da er sein Hemd ausgezogen hatte, kam man nicht mehr in Versuchung, so etwas auch nur zu denken. Lange, schlanke Muskeln spannten sich an Schultern und Armen. Sie wusste, dass er beinah jeden Tag ausritt, und wenn dies das Ergebnis war, konnte sie solch sportiven Eifer nur befürworten. Seine Brust war leicht behaart, sein Bauch straff und glatt. Und die dünne, fein behaarte Linie, die sich von seinem Nabel abwärts zog, war wohl das Sinnlichste, was sie je gesehen hatte. Am liebsten wäre sie mit den Fingern darübergestrichen, wollte der feinen Linie dorthin folgen, wo sie in seinen Breeches verschwand.

Melisande riss sich von dem betörenden Anblick los und sah auf. Er musste sie die ganze Zeit beobachtet haben. Seine Wangen waren schmal und eingefallen, die Falten um seinen Mund so deutlich wie nie. Meist hatte sein Gesicht etwas Komisches, seine Miene etwas Joviales, doch nun fand sich keine Spur seines üblichen Lachens. Um seine Lippen lag ein harter, fast grausamer Zug.

Sie holte tief Luft und deutete auf den Stuhl hinter ihm. „Setz dich. Bitte."

Seine Brauen hoben sich, doch er setzte sich. Fragend sah er von dem Krug heißen Wassers zu ihr. „Willst du dich auch noch als Barbier betätigen?"

Sie tunkte ein Tuch ins warme Wasser. „Vertraust du mir?"

Er beäugte sie so argwöhnisch, dass sie sich das Lachen verkneifen musste. Ohne eine Miene zu verziehen, legte sie ihm das Tuch aufs Gesicht. Von Sprat hatte sie erfahren, dass Jasper gern abends ein Bad nahm und sich zur Nacht rasieren ließ. Ihm bei seinem Bad zur Hand zu gehen, war vielleicht etwas verfrüht, aber rasieren konnte sie ihn. Als ihr Vater zum Ende seines Lebens bettlägerig gewesen war, war sie die Einzige, die er noch mit einem Rasiermesser in seine Nähe ließ. Seltsam eigentlich, da er ihr nie sonderlich viel Zuneigung gezeigt hatte.

Sie trat an die Kommode, auf der Pynch alles bereitgelegt hatte, nahm sich das Rasiermesser und prüfte vorsichtig die Klinge mit dem Daumen. „Du schienst sehr unterhaltsam zu finden, was meine Tante heute Nachmittag über mich erzählt hat."

Das Rasiermesser lässig in der Hand, schlenderte sie zu ihm zurück.

Er nahm sich das feuchte Tuch vom Gesicht und warf es auf den Tisch. „Besonders gefallen hat mir die Geschichte, als du dir mit vier Jahren die Haare abgeschnitten hast."

„So?" Sie legte das Messer auf den Tisch und nahm sich ein kleines Tuch, tunkte es in die Seifenschale und begann sein Gesicht einzureiben, bis es ordentlich schäumte. Der Duft von Zitronenöl und Sandelholz erfüllte das Zimmer.

„Mmmm." Er schloss die Augen und ließ den Kopf zurücksinken. Wie ein Kater, der sich streicheln lässt, dachte sie. Ein großer, zufrieden schnurrender Kater. „Und die Geschichte mit der Tinte."

Sie hatte sich mit Tinte Bilder auf den Arm gemalt und war einen Monat lang tätowiert herumgelaufen.

„Es freut mich, dir Quell solcher Freude gewesen zu sein", meinte sie.

Eines seiner strahlend blauen Augen öffnete sich argwöhnisch.

Lächelnd legte sie das Rasiermesser an seinen Hals, hielt inne und sah ihn an. „Ich habe mich schon oft gefragt, wohin du abends so gehst."

„Ich ..."

„Ah, ah." Sie legte ihm den Finger an die Lippen, spürte seinen Atem warm auf ihrer Haut. „Du willst doch nicht, dass ich dich schneide, oder?"

Er machte den Mund wieder zu, kniff die Augen leicht zusammen.

Vorsichtig setzte sie zum ersten Streich an. Das Geräusch des über seine Haut schabenden Messers klang unglaublich laut in der Stille des Zimmers. Mit einer routinierten Bewegung schüttelte sie den Schaum von der Klinge und setzte abermals an. „Ich habe mich gefragt, ob du dich mit Frauen triffst, wenn du ausgehst."

Wieder wollte er etwas erwidern, doch sie zog sanft seinen Kopf nach hinten und fuhr an seinem Unterkiefer entlang. Sie sah ihn schlucken, und wie sein Adamsapfel sich in seinem kräftigen Hals auf und ab bewegte, doch ein Blick in seine Augen verriet ihr, dass er keine Angst hatte. Ganz im Gegenteil.

„Ich mache nichts Besonderes", ließ er sie wissen, während sie das Messer abwischte. „Bälle, Soireen, irgendwelche Veranstaltungen. Du könntest mich ruhig begleiten. Wenn mich nicht alles täuscht, hatte ich dir angeboten, morgen Abend mit mir auf Lady Grahams Maskenball zu gehen."

„Hmmm." Seine Worte linderten ein wenig die Eifersucht, die in ihrer Brust brannte. Was auch gut war, denn sein Kinn verlangte all ihre Aufmerksamkeit. So viele kleine Krümmungen und Vertiefungen, die nur darauf warteten, der scharfen Klinge in die Quere zu kommen. Geselligkeiten, wo man elegant plaudern und sich zeigen musste, waren nicht ihr Fall. Gesellschaften, auf denen man ständig lächeln und flirten musste und nie um eine geistreiche Antwort verlegen sein durfte. Diese Art der unverbindlichen Konversation war nie ihre Stärke gewesen, und sie hatte sich längst damit abgefunden, dass sich daran nichts ändern würde. Als er den Maskenball erwähnt hatte, war ihr die Entscheidung leichtgefallen. Ja, sie hatte nicht einmal darüber nachdenken müssen.

„Du könntest mit mir kommen", murmelte er, fast ohne seine Lippen zu bewegen. „Mich abends begleiten."

Sie blickte auf ihre Hände hinab. „Oder du könntest mit mir zu Hause bleiben."

„Nein." Er verzog die Lippen zu einem traurigen, selbstironischen Lächeln. „Mein Wesen ist viel zu wankelmütig, als dass Abende vor dem heimischen Kamin mich lange amüsieren könnten. Ich brauche Menschen um mich, Plauderei und Gelächter."

Also all das, was ihr zuwider war. Gereizt schwenkte sie das Messer im heißen Wasser.

Er räusperte sich. „Aber ich treffe mich nicht mit anderen Frauen, wenn ich ausgehe, liebste Gemahlin."

„Nein?" Sie sah ihm tief in die Augen, während sie das Messer sanft über seine Wange zog.

„Nein." Er erwiderte ihren Blick, klar und aufrichtig.

Sie schluckte und legte das Messer beiseite. Seine Wangen waren glatt und geschmeidig, nur am Mundwinkel war noch eine feine Seifenspur. Vorsichtig wischte sie sie mit dem Daumen fort.

„Das freut mich", flüsterte sie, ihre Stimme auf einmal ganz rau. Sie beugte sich über ihn, ließ ihre Lippen dicht an seinem Mund verharren. „Gute Nacht."

Dann hauchte sie einen flüchtigen Kuss auf seine Lippen. Sie spürte, wie er die Arme nach ihr ausstreckte, und entzog sich ihm geschwind.

7. KAPITEL

Die Prinzessin dieser prächtigen Stadt ward Immerschön genannt, und wiewohl Prinzessin Immerschön schöner war, als ein Mann es sich je erträumen konnte, mit Augen wie funkelnde Sterne und einer Haut so glatt wie Seide, war sie auch eine furchtbar hochmütige junge Dame und hatte noch keinen Mann gefunden, den zu heiraten sie bereit gewesen wäre. Der eine war ihr zu alt, der andere zu jung. Manch einer sprach zu laut, und nicht wenige kauten mit offenem Mund. Da die Prinzessin bald ihren einundzwanzigsten Geburtstag beging, verlor ihr Vater, der König, allmählich die Geduld. Und so verkündete er, dass zu Ehren des Festtages der Prinzessin einige Mutproben veranstaltet würden und der Sieger Immerschön zur Frau haben solle …

[aus LACHENDER JACK]

Nach diesem Zwischenspiel war Melisande am nächsten Morgen recht enttäuscht, abermals allein beim Frühstück zu sitzen. Vale hatte das Haus bereits wegen irgendeiner wahrscheinlich unglaublich wichtigen, aber nicht näher ausgeführten Angelegenheit verlassen, und sie hatte sich damit abgefunden, ihren eigenen Betätigungen nachzugehen und ihn erst spät am Abend wiederzusehen.

Und so hatte sie sich mit der Haushälterin und der Köchin besprochen, hatte einen leichten Lunch zu sich genommen und war ein wenig einkaufen gegangen, ehe sie zur Gartenparty ihrer Schwiegermutter aufgebrochen war, wo dann alles ganz anders kam als erwartet.

„Ich wüsste nicht, wann mein Sohn jemals einen meiner Nachmittagssalons besucht hätte“, sann die Dowager Viscountess nach. „Es muss Ihr Einfluss sein, der ihn hergelockt hat. Wussten Sie, dass er hier sein würde?“

Melisande schüttelte den Kopf. Ihr Verstand musste den

Umstand noch verdauen, dass ihr Gatte sich auf einer nach seinem Ermessen gewiss langweiligen Gartenparty blicken ließ. Das dürfte nicht seine übliche Art sein, den Nachmittag zu verbringen, und der bloße Gedanke raubte ihr den Atem in freudiger Erwartung, wenngleich sie ihr Bestes gab, Ruhe und Fassung zu bewahren.

Sie und ihre Schwiegermutter saßen im großen Stadtgarten der Witwe, der in voller sommerlicher Pracht stand. Die ältere Lady Vale hatte Tische und Stühle auf der Terrasse aufstellen lassen, damit ihre Gäste den herrlichen Tag draußen genießen konnten. In kleinen Gruppen saß man beisammen oder schlenderte umher. Die meisten der Gäste waren jenseits der fünfzig und in Ehren ergraut.

Jasper stand bei drei älteren Herren am anderen Ende der Terrasse. Melisande schaute zu ihm hinüber und sah, wie ihr Gatte den Kopf zurückwarf und laut über etwas lachte, was einer der Gentlemen gesagt hatte. Beim Anblick seines langen, kräftigen Halses zog sich ihr Herz zusammen. Niemals, auch in hundert Jahren nicht, würde sie es müde werden, ihn anzusehen, wenn er so ausgelassen lachte.

Rasch wandte sie den Blick ab, damit niemand sie dabei ertappte, wie sie ihn anschmachtete. „Ihr Garten ist wunderschön, Mylady."

„Danke", sagte ihre Schwiegermutter. „Das sollte er auch sein, bei den Heerscharen von Gärtnern, die ich beschäftige."

Melisande lächelte hinter ihrer Teetasse. Schon vor der Hochzeit hatte sie Jaspers Mutter sehr gemocht. Die Dowager Viscountess war klein und zierlich; neben ihr wirkte ihr Sohn wie ein Riese. Dennoch konnte sie ihn mit einem einzigen vielsagenden Blick an seinen Platz verweisen, wie sie im Übrigen mit jedem Gentleman zu verfahren pflegte. Lady Vale trug ihr schon leicht ergrautes Haar zu einem schlichten Knoten gefasst, der ihr wie eine Krone auf dem Scheitel saß. Ihr Gesicht war ebenmäßig und rund, die Züge weich und denen ihres Sohnes gar nicht ähnlich. Nur ihre Augen glichen genau den seinen, waren von demselben leuchtenden Türkisblau. In ihrer Jugend war sie eine gerühmte Schönheit gewesen, und noch immer strahlte sie jenes Selbstbewusstsein aus, das attraktiven Frauen eigen ist.

Lady Vale begutachtete das weiß und rosa verzierte Gebäck, das zwischen ihnen auf dem Tisch stand. Sie beugte sich ein wenig vor, und Melisande dachte, sie wolle sich eine der Süßigkeiten nehmen, doch dann sah die alte Dame wieder beiseite und ließ ihren Blick über den Garten schweifen.

„Ich war so froh, als Jasper Sie statt Mary Templeton geheiratet hat", sagte Lady Vale. „Das Mädchen ist hübsch, aber überaus sprunghaft. Sie hat nicht das Temperament, meinen Sohn zu handhaben. Binnen eines Monats wäre er ihrer überdrüssig geworden." Die Dowager Viscountess senkte vertraulich die Stimme. „Ich glaube ja, dass er einzig in ihren Busen verliebt war."

Melisande musste sich beherrschen, nicht einen verstohlenen Blick auf ihre eher flache Brust zu werfen.

Beschwichtigend tätschelte Lady Vale die Hand ihrer Schwiegertochter und meinte: „Machen Sie sich mal keine Sorgen. So ein Busen ist vergänglich. Kluge Konversation hingegen nicht, wenngleich die wenigsten Gentlemen je zu dieser Erkenntnis gelangen dürften."

Melisande blinzelte und überlegte, was sie darauf erwidern sollte. Aber vielleicht bedurfte es ja gar keiner Antwort.

Nun streckte Lady Vale doch die Hand nach einem der süßen Kuchen aus, überlegte es sich dann wieder anders und hob stattdessen ihre Tasse. „Haben Sie schon gehört, dass Miss Templetons Vater ihr seinen Segen gegeben hat, diesen Pfarrer zu heiraten?"

Melisande schüttelte den Kopf. „Nein, davon weiß ich nichts."

Die Dowager Viscountess setzte ihre Tasse wieder ab, ohne auch nur einen Schluck getrunken zu haben. „Der arme Mann. Sie wird ihm das Leben ruinieren."

„Aber nein, das glaube ich nicht“, meinte Melisande zerstreut, hatte Jasper sich doch soeben von den drei Gentlemen verabschiedet und kam nun geradewegs zu ihnen herübergeschlendert.

„Warten Sie es ab, sie wird es tun.“ Unvermittelt ließ die Dowager Viscountess ihre Hand vorschnellen, schnappte sich ein rosa Törtchen und legte es auf ihren Teller. Dann starrte sie es einen Augenblick düster an, ehe sie sich wieder Melisande zuwandte. „Mein Sohn braucht Herzenswärme, doch keine Sanftheit. Er ist nicht mehr derselbe, seit er aus den Kolonien zurückgekehrt ist.“

Melisande blieb nur wenig Zeit, das Gehörte zu verdauen, denn schon war Jasper bei ihnen.

„Liebste Gemahlin und liebste Mutter, seid mir gegrüßt.“ Er verbeugte sich galant und meinte zu seiner Mutter: „Dürfte ich meine Angetraute für einen kleinen Rundgang durch Euren reizenden Garten entführen? Ich wollte ihr die schönen Schwertlilien zeigen.“

„Ich wüsste nicht weshalb, mein Guter, da sie längst verblüht sind“, erwiderte seine Mutter trocken. „Aber geh nur. Ich glaube, ich werde mal Lord Kensington fragen, was er über den Skandal im Königshaus weiß.“

„Zu gütig, Ma’am.“ Jasper reichte Melisande seinen Arm.

Sie erhob sich und hörte derweil ihre Schwiegermutter leise hinter sich brummeln.

Melisande lächelte still, als ihr Mann sie zu einem sonnenbeschienenen Kiesweg führte. „Deine Mutter glaubt, ich hätte dich vor einem verheerenden Schicksal mit Miss Templeton bewahrt.“

„Ich verneige mich in Ehrfurcht vor dem gesunden Menschenverstand meiner Mutter“, sagte Jasper vergnügt. „Keine Ahnung, was ich jemals an Miss Templeton fand.“

„Deine Mutter meinte, der Busen der jungen Dame hätte es dir wohl angetan.“

„Aha.“ Sie spürte seinen Blick auf sich, hielt den ihren aber weiter geradeaus gerichtet. „Wir Männer sind schwache Geschöpfe", meinte er, „leicht zu verwirren und noch leichter auf Abwege zu führen. Mag sein, dass ein prächtiger Busen mir tatsächlich meinen sonst so klaren Verstand vernebelt hat."

„Hmmm." Sie musste an die lange Reihe seiner verflossenen Geliebten denken. Hatten sie allesamt prächtige Brüste gehabt?

Er neigte sich ihr zu, sodass sein Atem ihr Ohr streifte und sie erschauern ließ. „Ich wäre nicht der Erste, der törichterweise der Fülle den Vorzug vor der schönen Form gäbe und nach großen, süßen Kuchen greift, wenn knusprige, kleine Brötchen in Wahrheit doch viel mehr nach meinem Geschmack sind."

Sie wandte den Kopf und sah ihn an. Seine Augen funkelten, und ein feines Lächeln spielte um seine Lippen. Auch ihr fiel es schwer, eine ernste Miene zu wahren. „Hast du meine Gestalt gerade mit Backwerk verglichen?"

„Mit knusprigem, köstlichem Backwerk", stellte er klar. „Das sollte ein Kompliment sein."

Sie sah beiseite, um ihr Lächeln zu verbergen. „Wenn du das sagst."

Als sie um eine Ecke bogen, blieb er unvermittelt vor einem Büschel grüner Blätter stehen. „Und sieh nur hier: Die schönen Schwertlilien meiner Mutter, leider verblüht."

Sie betrachtete die breitlappigen Blätter. „Das ist eine Pfingstrose. Dort drüben ...", sie zeigte auf einige Pflanzen mit langen, schwertförmigen Blättern, die etwas weiter den Weg hinab standen, „... das sind Schwertlilien."

„Was du nicht sagst. Bist du sicher? Woran erkennst du das, wenn sie keine Blüten tragen?"

„An der Form der Blätter."

„Unglaublich. Das grenzt ja fast an Hellseherei." Er betrachtete erst die Pfingstrose, dann die Schwertlilie. „Kein sehr erhebender Anblick ohne Blüten, was?"

„Deine Mutter sagte bereits, dass sie verblüht sind."

„Stimmt auch wieder", murmelte er und führte sie weiter, einen anderen Weg entlang. „Welch wundersame Talente hältst du noch vor mir verborgen? Kannst du vielleicht sogar singen wie eine Nachtigall? Es war schon immer mein Traum, einmal ein Mädchen zu heiraten, das ganz betörend singen kann."

„Du hättest fragen sollen, ehe wir geheiratet haben", erwiderte sie nüchtern. „Ich singe höchstens wie ein Spatz."

„Eine Enttäuschung, die ich mit Contenance tragen werde."

Sie warf ihm einen verstohlenen Blick zu und fragte sich, was er vorhatte. Er suchte auf einmal ihre Gesellschaft, ließ seinen Charme sprühen – fast konnte man meinen, er hofiere sie. Welch abwegiger Gedanke. Warum sollte er sie jetzt umwerben, da sie seine Frau war? Vielleicht sah er ja mehr in ihr, als tatsächlich vorhanden war. Das wäre eine Erklärung – wenngleich eine, die ihr Angst machte. Denn wenn sie zu hoffen begann und sich einredete, dass er sie tatsächlich begehrte, würden Schmerz und Enttäuschung noch schrecklicher sein, sollte er sich eines Tages von ihr abwenden.

„Vielleicht kannst du ja tanzen", spann er den Faden weiter. „Kannst du tanzen?"

„Natürlich."

„Das beruhigt mich. Und wie sieht es mit dem Pianoforte aus? Kannst du Klavier spielen?"

„Nicht sehr gut, fürchte ich."

„Oh je. All meine Träume von kammermusikalischen Kaminabenden sind zerstoben. Aber ich habe deine Stickerei gesehen, sie war gut. Kannst du zeichnen?"

„Ein wenig."

„Und malen?"

„Ja."

Abermals waren sie zu einer Wegbiegung gelangt. Im Schatten einer lauschigen Rosenlaube stand eine Bank. Jasper zückte sein blütenweißes Taschentuch, säuberte den Sitz und bedeutete ihr, sich zu setzen.

Zögernd nahm sie Platz, wachsam und gewappnet gegen

allen Überschwang des Gefühls, der sie befallen mochte. Sie betrachtete die schönen Rosen und sah ihn eine der Blüten brechen.

„Autsch!“, rief er und steckte sich den Daumen in den Mund. Wahrscheinlich hatte er sich an einer Dorne gestochen.

Als sie sah, wie er seine Lippen um den Daumen schloss, musste sie schwer schlucken und wandte schnell den Blick ab. „Geschieht dir nur recht, wenn du die Rosen deiner Mutter abbrichst.“

„Das ist es mir wert“, sagte er, viel zu nah. Er hatte eine Hand auf die Bank gestützt und beugte sich über seine Frau. Ein Hauch Sandelholz mischte sich in den Duft der Rosen. „Von Dornen gestochen zu werden macht es umso reizvoller, die Blüte zu erlangen.“

Sie sah ihn an. Sein Gesicht war dem ihren so nah, seine Augen von einer so exotischen Farbe, wie man sie in England kaum je in der Natur finden würde. Doch ihr war, als sähe sie eine tiefe Traurigkeit darin. „Warum tust du das?“

„Was?“, fragte er unschuldig und strich mit der Rose über ihre Wange. Die sanfte Berührung der Blütenblätter jagte ihr wohlige Schauer über den Rücken.

Sie schloss ihre Hand um seine und hielt sie fest, spürte seine Hand kräftig und warm unter ihren Fingerspitzen. „Das. Du führst dich auf, als hofiertest du mich.“

„Tue ich das?“, fragte er und verharrte reglos, seine Lippen kaum eine Handbreit von den ihren entfernt.

„Ich bin bereits deine Frau. Es gibt keinen Grund mehr, um mich zu werben“, flüsterte sie und hörte das leise Flehen in ihren Worten.

Seine Hand noch immer in der ihren, strich er mit der Rosenblüte sanft über ihre leicht geöffneten Lippen.

„Oh doch“, sagte er, „es gibt sehr wohl einen Grund.“

Ihr Mund hatte genau dieselbe Farbe wie die Rose.

Jasper beobachtete, wie die Blütenblätter ihre Lippen streiften. So süß, so sinnlich, so sanft. Er wollte diesen Mund unter dem seinen spüren, ihn vereinnahmen, in Besitz nehmen. Fünf Tage hatte sie gesagt, womit genau noch einer blieb. Es galt Geduld zu haben.

Ihre Wangen waren leicht gerötet, ihre Augen groß und glänzend, doch dann verlor sich ihr Blick, und sie senkte die Lider. Sie war so empfindsam, reagierte schon auf den geringsten Reiz. Er fragte sich, ob ein Kuss allein sie kommen ließe. Der gestrige Abend war eine Offenbarung gewesen. Dieses sinnliche Geschöpf, das einfach in sein Schlafgemach marschiert und kurzerhand das Kommando übernommen hatte, war der Traum eines jeden Mannes. Wo hatte sie solch raffiniertes Spiel gelernt? Wie Quecksilber war sie gewesen: schillernd, geheimnisvoll, nicht zu fassen, als er nach ihr greifen wollte.

Und doch war sie ihm vor jenem Tag in der Sakristei nicht aufgefallen. Wie töricht er war. Töricht und blind. Gott sei Dank! Denn was ihm nicht aufgefallen war, dürfte auch all den anderen Männern verborgen geblieben sein, die auf unzähligen Bällen und Soireen achtlos an ihr vorbeigegangen waren, sich nie die Mühe gemacht hatten, genauer hinzusehen. Gut so, sagte er sich, denn jetzt war sie sein.

Sein allein.

Er musste sich beherrschen, dass sein Lächeln nicht wölfisch wurde. Wer hätte gedacht, dass es so erregend sein könnte, seiner eigenen Frau nachzustellen? „Es ist mein gutes Recht, um dich zu werben, dich zu hofieren. Immerhin hatten wir vor der Hochzeit kaum Gelegenheit dazu. Warum dann nicht jetzt?“

„Warum überhaupt?“, fragte sie leise.

„Warum nicht?“ Wieder neckte er sie mit der Rose, zog mit der Blüte ihre Unterlippe herab, bis die zarte, feuchte Haut im Innern sich enthüllte. Seine Lenden spannten sich beim bloßen Anblick. „Sollte ein Mann seine Gemahlin nicht kennen, sie ehren und sich zu eigen machen?“

Jäh schlug sie die Augen auf. „Ich bin dir zu eigen?"

„Rechtlich schon", erwiderte er sanft. „Ansonsten wäre ich mir nicht so sicher. Was meinst du?" Er ließ die Blume sinken, damit sie ungehindert sprechen konnte.

„Ich glaube nein." Mit der Zunge fuhr sie sich kurz über die Unterlippe, wo die Rose sie eben berührt hatte. „Und ich weiß nicht, ob es dir je gelingen wird."

Ihr offener Blick war eine Herausforderung.

Er nickte. „Mag sein, aber das soll mich nicht davon abhalten, mich stetig zu bemühen."

Sie runzelte die Stirn. „Ich weiß nicht ..."

Sanft legte er ihr seinen Daumen an die Lippen. „Welche anderen Talente hast du mir noch verschwiegen, liebste Gemahlin? Welche Geheimnisse verbirgst du vor mir?"

„Ich habe keine Geheimnisse." Bei jedem Wort streiften ihre Lippen seinen Daumen wie in einem Kuss. „Such nur, du wirst keine finden."

„Du lügst", sagte er ruhig. „Und ich wüsste gern weshalb."

Sie senkte die Lider, verbarg ihm ihren Blick. Stattdessen spürte er die warme, feuchte Berührung ihrer Zunge an seinem Daumen.

Ihm stockte der Atem. „Hat man dich dann vielleicht einst in einsamer Wildnis gefunden, von schönem Wuchs und vollendeter Gestalt? Ein Feenwesen, fremd und fantastisch, ein elfengleiches Geschöpf, das jeden Mann faszinieren muss?"

„Mein Vater war ein ganz normaler Engländer. Über Feen und Elfen hätte er nur den Kopf geschüttelt."

„Und deine Mutter?"

„Sie stammte aus Preußen und war noch prosaischer als er." Sie seufzte leise, liebkoste seine Haut mit ihrem Atem. „Ich bin kein fremdes Märchenwesen, sondern eine ganz normale Engländerin, wie es sie dutzendfach gibt."

Dutzendfach? Das wagte er doch zu bezweifeln.

Zärtlich streichelte er ihre Wange, dann ließ er seine Hand sinken. „Bist du in London aufgewachsen oder auf dem Land?"

„Meist auf dem Land, wenngleich wir mindestens einmal im Jahr in London zu Besuch waren."

„Und hattest du Spielkameraden? Liebe Freundinnen, mit denen du getuschelt und gekichert hast?"

„Emeline." Sie suchte seinen Blick, und er sah die Verletzlichkeit in ihren Augen.

Emeline lebte jetzt in Amerika. „Du vermisst sie", vermutete er.

„Ja."

Gedankenverloren hob er die Rose, strich damit sacht über Melisandes Hals und versuchte, sich an Einzelheiten aus Emelines Kindheit zu erinnern. „Aber hattest du sie nicht erst kennengelernt, als du fast schon mit der Schule fertig warst? Unser Familiensitz grenzt an den ihren, und ich kannte sie und Reynaud von Kindesbeinen an. Ich würde mich an dich erinnern, wärest du damals schon mit ihr befreundet gewesen."

„Würdest du das?" Stille Wut blitzte in ihren Augen auf, doch sie fuhr rasch fort, ehe er etwas zu seiner Verteidigung erwidern konnte. „Ich habe sie kennengelernt, als ich einmal zu Besuch in der Gegend war. Da muss ich vierzehn oder fünfzehn gewesen sein."

„Und davor? Mit wem hast du gespielt? Mit deinen Brüdern?" Er hielt seinen Blick auf die Rose gerichtet, strich mit der Blüte über ihr Schlüsselbein, dann tiefer.

Sie zuckte die Achseln. Zwar kitzelte die Rose auf ihrer Haut, aber sie stieß sie nicht beiseite und ließ ihn gewähren. „Meine Brüder waren älter als ich. Als ich alt genug war, um mit ihnen spielen zu können, waren sie bereits im Internat."

„Dann warst du also ganz allein." Er suchte ihren Blick, hielt ihn fest und liebkoste mit der Rose ihr Dekolleté.

Sie biss sich auf die Lippe. „Ich hatte eine Kinderfrau."

„Was nicht dasselbe ist wie Spielkameraden", murmelte er.

„Nein, das vielleicht nicht", gab sie zu.

Als sie tief Luft holte, hoben ihre Brüste sich der Rose entgegen. Oh glückliche Blume!

„Du warst ein ruhiges Kind“, sagte er, denn er wusste, dass es so war.

Trotz der Geschichten, die er gestern von ihrer Tante gehört hatte, wusste er, dass sie ein ruhiges, zurückhaltendes Kind gewesen sein musste. Ein stilles Kind. Sie hielt mit ihren Worten an sich, mit ihren Gefühlen und allen Regungen. Ihre Bewegungen waren beherrscht, trotz ihrer Größe war sie unauffällig, leicht zu übersehen. Nie erhob sie die Stimme, sprach stets sanft und ruhig, und in Gesellschaft hielt sie sich zurück. Was war in ihrer Kindheit geschehen, dass sie so darauf bedacht schien, nicht aufzufallen?

Er neigte sich ihr näher zu. Obwohl sie von lieblichem Rosenduft umfangen waren, konnte er den würzigen Geruch bitterer Orangen ausmachen. Ihren Duft. „Du warst ein Kind, das seine innersten Wünsche und Gedanken vor der Welt verborgen hat.“

„Woher willst du das wissen? Du kennst mich doch gar nicht.“

„Nein“, gab er zu. „Aber ich will dich kennenlernen. Ich will dich so gut verstehen, bis dein Denken mir so vertraut ist wie mein eigenes.“

Sie holte tief Luft und wich fast furchtsam zurück. „Ich werde nicht …“

Doch er legte ihr den Finger an die Lippen, nahm ihn gleich wieder fort und setzte sich auf. Auf dem Weg, den sie gerade gekommen waren, nahten Stimmen heran. Und im nächsten Moment schon bog ein weiteres Paar um die Ecke.

„Oh, verzeihen Sie“, entschuldigte sich der Gentleman just in dem Augenblick, als Jasper ihn als Matthew Horn erkannte. „Vale“, sagte dieser überrascht. „Mit Ihnen hätte ich hier nicht gerechnet.“

Jasper verneigte sich mit leiser Ironie. „Ich habe es seit jeher lehrreich gefunden, mich im Garten meiner Mutter zu ergehen. So habe ich meiner Gattin eben erst den Unterschied zwischen einer Pfingstrose und einer Schwertlilie erläutern können.“

Hinter sich vernahm er einen Laut, der durchaus ein leises Schnauben sein mochte.

Matthews Augen weiteten sich. „Dann ist das also Ihre Frau?“

„Allerdings.“ Jasper drehte sich um und begegnete Melisandes unergründlichem Blick. „Liebes, dürfte ich dir Matthew Horn vorstellen, einst wie ich Offizier im achtundzwanzigsten Regiment. Horn, meine Gattin, Lady Vale.“

Melisande reichte ihm die Hand, Matthew Horn ergriff sie und beugte sich darüber. Alles ganz sittsam und anständig, aber dennoch hatte Jasper das Gefühl, seine Hand auf Melisandes Schulter legen zu müssen, damit kein Zweifel daran blieb, wessen Frau sie war.

Matthew trat zurück. „Dürfte ich Ihnen Miss Beatrice Corning vorstellen? Miss Corning, Lord und Lady Vale.“

Jasper beugte sich seinerseits über die Hand der reizenden Begleiterin und musste sich ein Lächeln verkneifen. Das dürfte erklären, was Matthew hier machte. Seine Beweggründe waren den seinen ganz ähnlich. Er war hinter einer Frau her.

„Leben Sie in London, Miss Corning?“, erkundigte er sich höflich.

„Nein, Mylord“, erwiderte sie. „Gewöhnlich lebe ich bei meinem Onkel auf dem Land. Wahrscheinlich kennen Sie ihn, denn meines Wissens sind wir Nachbarn. Er ist der Earl of Blanchard.“

Das Mädchen sagte noch irgendetwas anderes, doch Jasper hörte es nicht mehr. Blanchard war Reynauds Titel gewesen – der, den er beim Tod seines Vaters hätte erben sollen. Nur dass er da längst tot gewesen war. Bei Spinner’s Falls von den Wyandot gefangen genommen und grausam dahingemetzelt.

Jasper richtete seinen Blick auf die junge Frau und betrachtete sie zum ersten Mal genauer. Sie plauderte mit Melisande, ihre Miene offen und ehrlich. Sie wirkte frisch und unverdorben, eine Unschuld vom Lande, ihr Haar weizenfarben, ihre Augen ein sanftes Grau, auf den Wangen winzige Sommersprossen. Obwohl sie keinen eigenen Titel hatte, wagte Matthew sich reichlich hoch hinaus, sollte er sie denn ernstlich hofieren. Die Horns waren eine alte Familie, trugen jedoch keinen Titel. Die Linie der Blanchards hingegen reichte Jahrhunderte zurück, ihr Stammsitz war ein weitläufiges, feudales Anwesen. Hatte das Mädchen nicht eben gesagt, dass es für gewöhnlich dort lebte?

In Reynauds Zuhause.

Jasper spürte, wie sich ihm die Brust zusammenschnürte, und er wandte den Blick von Miss Cornings Gesicht. Das Mädchen traf keine Schuld. Als Reynaud vor sechs Jahren am Flammenkreuz gestorben war, hatte es vermutlich noch die Schulbank gedrückt. Die junge Dame konnte ja nichts dafür, dass ihr Onkel den Titel geerbt hatte. Oder dass sie nun auf dem Anwesen lebte, das Reynauds Geburtsrecht gewesen war. Dennoch ertrug er ihren Anblick nicht länger.

Er unterbrach die kleine Plauderei, indem er Melisande seinen Arm reichte. „Komm“, sagte er. „Wir haben doch nachher noch eine Verabredung.“

Mit einer Verbeugung verabschiedete er sich von Matthew und Miss Corning. Ohne Melisande ansehen zu müssen, war er sich bewusst, dass sie ihn die ganze Zeit beobachtete – neugierig, fragend, gespannt –, selbst dann noch, als sie ihre Hand auf seinen Arm legte. Sie wusste natürlich, dass es keine Verabredung gab. Etwas spät fiel ihm ein, dass er bei der Ergründung ihrer Geheimnisse Gefahr lief, auch die seinen preiszugeben – die weitaus düsterer waren. Und das durfte niemals geschehen.

Jasper legte seine Hand auf ihre. Es war eine Geste, die einem Gatten angemessen war, geschah jedoch rein instinktiv. Sie entsprang dem Bedürfnis, seine Frau festzuhalten, damit sie nicht vor ihm davonlief. Er konnte ihr nicht von Reynaud erzählen und was in den weiten, dunklen Wäldern Amerikas geschehen war, er konnte ihr nicht erzählen, wie seine Seele damals zerbrochen war, konnte ihr sein schlimmstes Versagen und seinen größten Kummer nicht gestehen. Aber er konnte sie festhalten, sie halten und bewahren.

Und genau das würde er tun.

„… und da stand er schön blöd da, wie ihm der Hintern so aus der Hose hing!“ Mrs Moore, Lord Vales Haushälterin, schloss ihre Erzählung mit einem kräftigen Schlag auf den Küchentisch. *Rummms.*

Die drei Hausmädchen fingen ausgelassen an zu kichern, die beiden Lakaien am Ende des Tisches stießen sich gegenseitig an, Mr Oaks ließ ein tiefes Lachen ertönen, und selbst die Köchin, die sonst immer etwas verkniffen dreinblickte, wagte ein Lächeln.

Sally Suchlike grinste. In Lord Vales Haushalt ging es ganz anders zu als bei Mr Fleming. Es gab mehr als doppelt so viele Bedienstete, aber unter der Führung von Mr Oaks und Mrs Moore herrschte eine viel freundlichere, fast familiäre Atmosphäre. Ein paar Tage, nachdem sie hier angefangen hatte, hatte Sally sich schon mit Mrs Moore und der Köchin angefreundet – die gar nicht so streng, sondern einfach nur schüchtern war –, und ihre Befürchtungen, von den anderen nicht gemocht oder akzeptiert zu werden, hatten sich rasch verflüchtigt.

Sally pustete in ihren dampfenden Tee. Lord und Lady Vale hatten eben zu Abend gegessen, nun war Essenszeit bei den Bediensteten. „Und verraten Sie uns noch, was dann passiert ist, Mrs Moore?“

„Tja …“, begann die Haushälterin, die offensichtlich hell erfreut war, mit ihrer unanständigen Geschichte fortfahren zu können.

Doch weit sollte sie nicht kommen, denn Mr Pynch betrat die Küche. Schlagartig schien Mr Oaks ernüchtert, die beiden Lakaien verstummten und setzten sich ordentlich hin, eines der Hausmädchen kicherte nervös und bekam dafür von einer anderen einen Hieb in die Seite, Mrs Moore errötete. Sally seufzte. Mr Pynch war wie ein Eimer schmutzigen Themsewassers, der über den Köpfen der anderen ausgeschüttet wurde: kalt und unerfreulich.

„Kann ich etwas für Sie tun, Mr Pynch?“, erkundigte sich der Butler.

„Nein, danke“, sagte Pynch. „Ich komme wegen Miss Suchlike. Die Herrin verlangt nach ihr.“

Sein steifes Gebaren entlockte dem Hausmädchen abermals ein Kichern. Sie hieß Gussy und gehörte zu jenen Mädchen, die dauernd kicherten. Doch als Pynch seinen kalten, grünen Blick auf sie richtete, verstummte sogar sie.

Alter Spielverderber, dachte Sally. Sie stieß sich von dem langen Küchentisch ab und stand auf. „Nun, dann haben Sie vielen Dank, Mrs Moore, für diese wirklich amüsante Geschichte.“

Mrs Moores Wangen röteten sich vor Freude.

Sally lächelte kurz in die Runde, ehe sie sich an Pynchs Fersen heftete. Er hatte natürlich nicht auf sie gewartet.

Auf halber Höhe der Hintertreppe holte sie ihn schließlich ein. „Warum müssen Sie immer so unausstehlich sein?“

Er drehte sich nicht um und stieg unbeirrt Stufe um Stufe nach oben. „Ich weiß beim besten Willen nicht, was Sie meinen, Miss Suchlike.“

Sie verdrehte die Augen und eilte ihm keuchend hinterher. „Sie essen nie mit den anderen, und wenn Sie sich doch mal blicken lassen, machen Sie jede Unterhaltung platt – wie Pferd, das sich auf eine Katze pflanzt.“

Auf einem Treppenabsatz angelangt, blieb er so unvermittelt stehen, dass sie in ihn hineinrannte und fast rückwärts die Treppe heruntergefallen wäre.

Er drehte sich um und packte sie ohne zu Zögern beim Arm. „Ein sehr anschauliches Bild, Miss Suchlike, doch glaube ich, dass Sie allzu vertraulich mit den anderen Bediensteten sind.“

Er ließ sie los und ging weiter.

Sally musste sich sehr beherrschen, seinem breiten Rücken nicht die Zunge herauszustrecken. Denn leider hatte Mr Pynch recht. Als Kammerzofe stand sie über den anderen Bediensteten. Allenfalls noch Mr Oaks und Mrs Moore waren ihres Ranges. Was wohl hieß, dass sie ebenfalls auf die fröhliche Tischgesellschaft der anderen verzichten und über ihr ausgelassenes Gelächter die Nase rümpfen sollte. Dumm nur, dass sie dann kaum noch jemanden zum Reden hätte. Mr Pynch mochte ja damit zufrieden sein, wie ein Einsiedler zu leben; *sie* nicht.

„Würde Ihnen auch nicht schaden, wenigstens mal freundlich zu sein“, murmelte sie, als sie den Flur vor den Gemächern der Herrschaft erreicht hatten.

Er seufzte. „Miss Suchlike, ein junges Mädchen wie Sie kann wohl kaum …“

„So jung bin ich nun auch wieder nicht“, stellte sie klar.

Belustigt sah er sie an. Gemessen daran, wie steif und hölzern er sonst dreinschaute, war es fast, als lachte er sie aus.

Empört stemmte sie die Hände in die Hüften. „Ich werde bald zwanzig, nur dass Sie es wissen.“

Seine Mundwinkel zuckten.

Grimmig sah sie ihn an. „Und wie alt sind Sie, Großväterchen?“

Auf seine unvergleichlich eingebildete Art hob er eine Braue. „Zweiunddreißig.“

Sie taumelte zurück, gab sich schockiert. „Oh mein Gott! Ein Wunder, dass Sie sich noch auf den Beinen halten können – in Ihrem Alter.“

Er schüttelte nur den Kopf über ihr törichtes Treiben. „Kümmere dich jetzt lieber um deine Herrin, mein Kind.“

Nun konnte sie sich nicht länger beherrschen und streckte ihm die Zunge heraus, bevor sie sich in Lady Vales Schlafgemach flüchtete.

Melisande verbarg die zitternden Hände in ihren bauschigen Röcken, als sie sich am späten Abend auf Lady Grahams Maskenball einfand. Sie hatte all ihren Mut aufbringen müssen, um überhaupt zu kommen. Tatsächlich hatte sie sich erst in allerletzter Minute dazu entschlossen; hätte sie noch länger darüber nachgedacht, dann hätte sie gewiss hundert gute Gründe gefunden, die dagegen sprächen. Sie hasste diese Art von Geselligkeit. Es war heiß und eng und voller Menschen, die lachten, tratschten, glotzten – und sie auszuschließen schienen. Aber es war Jaspers Terrain. Wollte sie ihm beweisen, dass sie ein würdiger Ersatz für seine endlos lange Reihe raffinierter Gespielinnen war, musste sie sich ihm wohl oder übel in seinem ureigenen Revier stellen.

Nervös strich sie über ihren Rock und versuchte, sich zu beruhigen. Dass es ein Maskenball war, half ein wenig. Sie trug eine Halbmaske aus einem so dunkelvioletten Samt, dass sie fast schwarz wirkte. Zwar verbarg die Maske nicht, wer sie war – das war schließlich auch nicht Sinn der Sache –, doch gab sie ihr ein gewisses Maß an Selbstvertrauen. Melisande holte tief Luft und sah sich um. Überall maskierte Damen und Herren, laut und lachend und allesamt darauf aus, zu sehen und gesehen zu werden. Manche der Herren trugen lange Maskenmäntel, doch die Damen bevorzugten farbenprächtige Ballkleider und begnügten sich mit einer Halbmaske.

Melisande hatte sich in einen Umhang aus dunkelvioletter Seide gehüllt und barg ihr Gesicht in der weiten Kapuze, als sie sich durch die Menge drängte und nach ihrem Mann Ausschau hielt. Seit der Gartenparty am Nachmittag hatte sie ihn nicht mehr gesehen. Ihre Wege hatten sich getrennt, als sie aufgebrochen waren – er zu Pferde, sie in der Kutsche. Nachdem sie Mr Pynch diskret ausgefragt hatte, wusste sie immerhin, dass ihr Gatte einen schwarzen Umhang trug, womit er sich hier indes in guter Gesellschaft fand. Fast alle Herren waren in Schwarz gewandet. Eine Dame rauschte an ihr vorbei, rempelte sie an und warf einen verächtlichen Blick über die Schulter.

Kurz war Melisande versucht davonzulaufen, fort aus diesem Saal voller lauter, ausgelassener Menschen. Sie könnte ihr

Vorhaben einfach aufgeben und in der wartenden Kutsche Zuflucht suchen. Aber wenn Jasper es bei seinem nachmittäglichen Versuch, ihr nachzustellen, geschafft hatte, Heerscharen alter Damen zu trotzen, dann könnte sie wohl auch die Schrecken eines Ballsaals aushalten, um seiner Fährte bei Nacht zu folgen.

Auf einmal hörte sie sein Lachen. Sie drehte sich um, und da sah sie ihn. Lord Vale überragte die anderen fast um Haupteslänge. Er war von einigen souverän lächelnden Herren und der einen oder anderen kokett kichernden Dame umgeben. Schöne, selbstsichere Menschen, die sich ihrer Stellung in der Welt absolut gewiss waren. Wie konnte sie sich anmaßen, zu ihnen zu stoßen? Würden diese Menschen sie nicht nach einem einzigen Blick mit einem verächtlichen Lachen abtun?

Gerade wollte sie sich umdrehen und in die Stille ihrer Kutsche flüchten, als eine der Damen, eine schöne Blondine mit rot gepuderten Wangen und einem üppigen Busen, ihre Hand auf seinen Arm legte. Melisande erkannte sie. Es war Mrs Redd, Jaspers einstige Geliebte.

Lord Vale war ihr Gatte, ihr Geliebter, ihre *Liebe*. Melisande ballte die Hände zu Fäusten und marschierte entschlossen auf die Gruppe zu.

Auf halbem Weg zu ihm bemerkte Jasper sie und hielt inne. Sie begegnete seinem Blick, seinen hinter der schwarzen Halbmaske blau glänzenden Augen, und bannte ihn mit dem ihren. Auf einmal schienen die anderen Gäste zurückzuweichen, teilte sich die Menge vor Melisande, bis sie direkt vor ihm stand.

„Ist das nicht unser Tanz, Mylord?“, fragte sie mit vor Aufregung rauer Stimme.

„Seid gegrüßt, liebe Gemahlin.“ Er verbeugte sich vor ihr. „Verzeiht mir meine unverzeihliche Vergesslichkeit.“

Er bot ihr seinen Arm, und sie triumphierte still, dass er die andere so bereitwillig stehen ließ. Schweigend geleitete er sie durch die Menge. Jede Regung seiner Muskeln konnte sie spüren, als ihre Hand auf seinem Arm lag. Seine Nähe raubte ihr den Atem. Auf der Tanzfläche angelangt, nahmen sie ihre Plätze ein. Er verneigte sich, sie knickste. Dann machten sie ein paar Schritte aufeinander zu, trennten sich wieder, doch sein Blick ruhte die ganze Zeit auf ihr.

Als der Tanz sie erneut zusammenbrachte, sagte er leise: „Ich hatte nicht zu hoffen gewagt, dich hier zu sehen."

„Nein?" Hinter ihrer Maske hob sie die Brauen.

„Du scheinst dem Tag hold zu sein."

„Bin ich das?"

Sie wurden wieder getrennt, was ihr Zeit gab, über seine wunderlichen Worte nachzusinnen. Als sie wieder aufeinandertrafen, legte sie ihre Handfläche an seine, während sie im Halbkreis schritten. „Vielleicht verwechselst du Gunst mit Gewohnheit."

Seine Augen blitzten hinter der Maske auf. „Inwiefern?"

„Meine Geselligkeit beschränkt sich auf den Tag, du bevorzugst die Nacht – aber das heißt nicht, dass du der Nacht mehr zugetan wärst als dem Tag oder ich dem Tag mehr als der Nacht."

Eine steile Falte grub sich zwischen seine Brauen.

„Vielleicht", flüsterte sie, „vergnügst du dich lieber nachts, weil du es so gewohnt bist, liebst aber insgeheim den Tag."

Fragend neigte er den Kopf, als sie nebeneinander herschritten. „Und du, liebste Gemahlin?"

„Vielleicht ist mein Reich ja in Wahrheit die Nacht."

Sie glitten auseinander und folgten eine Weile den Figuren des Tanzes, bis sie wieder zusammenfanden und die Berührung seiner Hand sie wohlig erschauern ließ.

Er lächelte, als wisse er genau, was er mit ihr anstellte. „Und was würdest du mit mir tun, meine Herrin der Nacht?" Sie umschritten einander, berührten sich nur an den Fingerspitzen. „Würdest du mir den Weg weisen? Mich führen? Oder mich verführen? Mich das Wissen der Nacht lehren?"

Sie trennten sich, tauchten inmitten der Tanzenden ein, doch sie ließ ihn nicht einen Moment aus den Augen, deren grünblauer Glanz sie fesselte. Als er wieder zu ihr stieß, neigte er sich zu ihr und flüsterte: „Sag, meine Schöne, würdest du es wagen, einen Sünder wie mich zu verführen?“

Ihr Atem flog rasch dahin, das Herz flatterte ihr in der Brust, frohlockte in freudiger Erregung, doch ihre Miene war ruhig und gefasst. „Ist das wirklich die Frage?“

„Welche Frage wäre dir lieber?“

„Würdest du dich von mir verführen lassen?“

Als der Tanz ein Ende fand und die Musik verstummte, blieben sie stehen. Melisande sah ihm noch immer in die Augen, sank zu einem Knicks nieder und erhob sich wieder, wobei sie ihren Gatten nicht aus den Augen ließ.

Er nahm ihre Hand, hauchte einen Kuss darauf und murmelte: „Oh ja, das würde ich.“

Sowie er sie von der Tanzfläche führte, fanden sie sich von Gesellschaft umringt.

Ein Mann in rotem Kapuzenmantel pirschte sich an Melisande heran. „Wer ist dieses göttliche Geschöpf, Vale?“

„Meine Frau“, erwiderte der leichthin und manövrierte Melisande auf die andere Seite. „Und ich wäre Ihnen sehr verbunden, Fowler, wenn Sie dies stets in Erinnerung behalten.“

Fowler lachte trunken, und jemand anderes machte eine launige Bemerkung, auf die Jasper ebenso launig etwas erwiderte, doch Melisande verstand inmitten all des Trubels kein Wort. Zu sehr war sie sich der erhitzten Leiber bewusst, die sie von allen Seiten bedrängten, der lüsternen, ungnädigen oder einfach nur neugierigen Blicke. Mrs Redd war verschwunden – hoffentlich für immer. Es war geschafft, was Melisande sich für den Abend vorgenommen hatte: Sie hatte ihren Gatten aufgespürt, hatte mit ihm getanzt und jetzt wollte sie nur noch nach Hause.

Für ihn jedoch schien der Abend gerade erst zu beginnen. Er fasste sie beim Ellbogen und führte sie zielstrebig durch die Menge.

„Wohin gehen wir?“, fragte Melisande.

„Ich dachte …“ Zerstreut sah er sie an. „Lord Hasselthorpe ist soeben gekommen, und ich wollte etwas mit ihm besprechen. Es macht dir doch nichts aus, oder?“

„Nein, natürlich nicht.“

Sie waren bei einigen Gentlemen angelangt, die sich am Eingang des Saals zusammengefunden hatten. Hier ging es ganz offensichtlich ernster und gediegener zu als bei dem ausgelassenen Grüppchen, in dessen Gesellschaft sie ihren Mann vorhin angetroffen hatte.

„Hasselthorpe!“, rief Jasper. „Welch glücklicher Zufall, Sie hier zu treffen.“

Lord Hasselthorpe drehte sich um, und Melisande fand, dass er nicht so recht zu wissen schien, wer da etwas von ihm wollte. Doch Jasper reichte ihm einfach die Hand, was den anderen zwang, ihn ebenso zu begrüßen, wenngleich sein Blick wachsam, sogar etwas argwöhnisch auf ihrem Gatten ruhte. Hasselthorpe war ein unscheinbarer Mann von mittlerer Größe. Seine Augen waren von schweren Lidern verhangen, um den Mund hatten sich tiefe Falten eingegraben. Seine Miene war ernst, wie es sich für einen führenden Vertreter des Parlaments gehörte. Neben ihm stand der Duke of Lister, ein großgewachsener, stattlicher Mann mit grauer Perücke. Eine schöne blonde Frau hielt sich in einigen Schritt Entfernung im Hintergrund. Melisande wusste, dass es Mrs Fitzwilliam war, Listers langjährige Geliebte. Ganz allein und etwas verloren stand sie da und machte nicht gerade den Eindruck, als genieße sie den Ball.

„Vale“, sagte Hasselthorpe bedächtig. „Und das ist Ihre reizende Gemahlin?“

„Das ist sie, in der Tat“, sagte Jasper. „Wenn ich mich recht entsinne, sind Sie der Viscountess bereits letzten Herbst auf Ihrem Landsitz begegnet.“

Hasselthorpe murmelte höfliche Unverbindlichkeiten und beugte sich über Melisandes Hand. Sein Blick blieb indes auf

Jasper gerichtet, und Melisande hatte das Gefühl, als nähme er sie gar nicht wahr, als wäre sie überhaupt nicht anwesend. Nun schaute auch sie ihren Gemahl an und sah verwundert, wie ernst er auf einmal war. Irgendetwas ging zwischen den beiden Männern vor sich, das sie zwar spürte, aber nicht benennen konnte. Irgendeine sichtlich ernste Angelegenheit, dessen war sie sich gewiss.

Melisande lächelte und legte Jasper die Hand auf den Arm. „Ich fürchte, ein wenig ermüdet zu sein, Mylord. Wären Sie furchtbar enttäuscht, wenn ich nach Hause fahren würde?"

Er wandte sich ihr zu, und sie sah ihn heftig mit sich ringen, doch dann warf er einen kurzen Blick auf Lord Hasselthorpe und alle widerstreitenden Gefühle wichen aus seiner Miene. Die Sache war entschieden. Galant beugte er sich über ihre Hand. „Doch, ich bin zutiefst enttäuscht, meine Liebe, aber ich will dich natürlich nicht aufhalten."

„Dann gute Nacht, Mylord." Sie knickste vor den beiden Gentlemen. „Euer Gnaden. Mylord."

Die Gentlemen verbeugten sich und murmelten eine höfliche Erwiderung.

Rasch reckte sie sich vor und flüsterte Jasper ins Ohr: „Nur noch eine Nacht, Mylord."

Dann wandte sie sich ab. Doch als sie sich durch die Menge drängte, hörte sie ganz deutlich zwei Worte aus dem Gespräch der Männer heraus.

Spinner's Falls.

8. KAPITEL

Nun, es lässt sich denken, was nach des Königs Verkündigung geschah. Aus allen vier Himmelsrichtungen reisten mutige Männer in das kleine Königreich. Manche von ihnen waren Prinzen mit einer Entourage von Wachen, Höflingen und Lakaien. Manche waren arme Ritter in arg zerbeulten Rüstungen, die hier ihr Glück versuchen wollten. Einige wenige kamen gar zu Fuß; Bettler und Diebe, deren Hoffnung gering war. Aber sie alle hatten eins gemein: Jeder von ihnen glaubte, dass er gewinnen und die schöne Königstochter heiraten würde …

[aus LACHENDER JACK]

Für eine Herrin der Nacht war seine Frau reichlich früh auf. Jasper stand vor dem Frühstückszimmer und versuchte, sich den Schlaf aus den Gliedern zu schütteln. Zugegeben, sie hatte den Ball früh verlassen, aber früh hieß in diesem Fall immer noch nach Mitternacht. Wie konnte es angehen, dass sie jetzt schon frisch und munter beim Frühstück saß? Er hingegen war noch eine Stunde länger geblieben und hatte vergebens versucht, sich bei Lord Hasselthorpe Gehör zu verschaffen. Hasselthorpe fand allein den Gedanken, das Regiment seines Bruders könne von einem Spion der Franzosen verraten worden sein, vermessen – und er hatte seinen Zweifeln lautstark Ausdruck verliehen. Woraufhin Jasper beschlossen hatte, ein paar Tage verstreichen zu lassen, ehe er abermals mit dem Mann zu reden versuchte.

In dem verzweifelten Bemühen, zumindest wach zu wirken, riss er nun die Augen weit auf und betrat das Frühstückszimmer. Und da saß sie, allem Anschein nach hellwach, den Rücken kerzengerade, das Haar zu einem schlichten Knoten aufgesteckt, der Blick aus hellbraunen Augen kühl und gefasst.

Er verbeugte sich. „Guten Morgen, liebe Gemahlin."

Wenn er sie jetzt so betrachtete, käme er nie auf den Gedanken, sie könne die mysteriöse Frau im dunkelvioletten Kapuzenmantel von voriger Nacht gewesen sein. Vielleicht hatte er ja alles nur geträumt, eine verführerische Vision gehabt. Wie sonst ließe sich erklären, dass zwei so unterschiedliche Frauen in ein und demselben Leib lebten?

Doch als sie ihn ansah, meinte er einen flüchtigen Blick auf seine Herrin der Nacht zu erhaschen, die dort irgendwo hinter all dieser Gelassenheit lauerte. Sie nickte verhalten. „Guten Morgen."

Ihr kleiner Hund kam unter ihren Röcken hervor und starrte ihn böse an. Jasper starrte zurück, bis das Tier sich wieder unter ihren Stuhl verzog. Es konnte ihn ganz offensichtlich nicht leiden, aber zumindest war jetzt klargestellt, wer der Herr im Haus war.

„Hast du gut geschlafen?", erkundigte er sich und schlenderte ans Buffet.

„Ja", erwiderte sie hinter ihm. „Und du?"

Blicklos starrte er auf den Teller mit Heringen, die eben so blicklos zurückstarrten, und dachte an seinen armseligen Strohsack auf dem Boden des Ankleideraums. „Wie ein Toter."

Das stimmte auch, wenn man davon ausging, dass die Toten mit einem Messer unter dem Kissen schliefen und sich die ganze Nacht unruhig wälzten. Er spießte einen Hering auf die Gabel und beförderte ihn auf seinen Teller.

Als er an den Tisch zurückkehrte, lächelte er Melisande an. „Hast du heute schon etwas vor?"

Argwöhnisch sah sie ihn an. „Ja, aber nichts, was dich interessieren könnte."

Diese Bemerkung war natürlich erst recht dazu angetan, sein Interesse zu wecken. Er nahm ihr gegenüber Platz. „Oh, das klingt aber vielversprechend."

Sie nickte und goss ihm Tee ein. „Ein paar Einkäufe mit meinem Mädchen erledigen."

„Fantastisch!", rief er.

Irritiert sah sie ihn an. Vielleicht hatte er es mit seiner Begeisterung doch ein wenig übertrieben.

„Du möchtest mich gewiss nicht dabei begleiten." Es war keine Frage, sondern eine Feststellung, und für sie schien die Angelegenheit damit erledigt. Sie presste die Lippen zusammen und schaute ihn an.

Was sie wohl sagen würde, wenn sie wüsste, dass er ihre gestrenge Miene unglaublich erregend fand? Natürlich wäre sie entsetzt. Pikiert würde sie sein. Doch dann musste Jasper wieder an die Verführerin von gestern Abend denken, die ihm ohne mit der Wimper zu zucken Anzügliches zugeflüstert hatte. Vielleicht wäre sie ja doch nicht entsetzt. Aber welche der beiden war wirklich seine Frau? Die spröde Dame, die er bei Tage zu sehen bekam, oder die Abenteurerin der Nacht?

Erst einmal wartete sie jetzt auf seine Antwort. „Ich wüsste nichts Schöneres, als den Morgen mit Einkäufen zu verbringen", sagte er und grinste.

„Und ich wüsste keinen Mann, der das jemals von sich behaupten würde."

„Dann kannst du dich aber glücklich schätzen, mit mir verheiratet zu sein."

Darauf erwiderte sie nichts und goss sich stattdessen noch eine Tasse Kakao ein.

Er brach ein Brötchen entzwei und begann es zu buttern. „Es war eine Freude, dich gestern auf dem Ball zu sehen."

Kaum merklich versteifte sie sich. Hätte er das jetzt nicht sagen sollen, ihre nächtlichen Umtriebe nicht erwähnen dürfen?

„Ich bin deinem Freund Matthew Horn gestern das erste Mal begegnet", lenkte sie ab. „Kennt ihr euch schon lange?"

Ah, so lief das also. Sie versuchte, ihre Nachtseite zu ignorieren. Sehr interessant.

„Wir kennen uns aus der Armee und waren damals gute Freunde, haben uns seitdem aber auseinandergelebt."

„Du sprichst nie von deiner Zeit in der Armee."

Er zuckte die Schultern. „Das ist sechs Jahre her."

Sie ließ ihn nicht aus den Augen. „Wie lange standest du in Diensten?"

„Sieben Jahre."

„Und du warst Offizier?"

„Ganz genau."

„Dann warst du auch im Krieg."

Wieder keine Frage, sondern eine Feststellung. Er wusste nicht, ob er darauf antworten sollte. Sollte er ihr etwa vom Krieg in den Kolonien erzählen, von Schweiß und Blut und den Schreien der Sterbenden? Dem Kanonendonner, dem Rauch und der Asche, den Leichen auf den Schlachtfeldern?

Er trank einen Schluck Tee, um den sauren Geschmack loszuwerden, der in ihm aufstieg. „Ich war bei der Eroberung von Quebec dabei. Eine Geschichte, mit der ich eines Tages unsere Kinder und Enkel zu beeindrucken hoffe."

Sie sah beiseite. „Aber Lord St Aubyn ist nicht in der Schlacht um Quebec umgekommen."

„Nein." Er lächelte grimmig. „Hältst du das für ein bekömmliches Thema für den Frühstückstisch?"

Sie zeigte sich unbeeindruckt. „Sollte eine Frau denn nicht alles über ihren Mann wissen?"

„Meine Zeit in der Armee ist bestimmt nicht alles, was mich ausmacht."

„Nein, aber recht viel, wie mir scheint."

Was sollte er dazu sagen? Sie hatte natürlich recht. Und sie schien es zu wissen, musste es irgendwie erfahren haben, wenngleich er nicht wüsste, dass er ihr je Anlass zu derlei Vermutungen gegeben hätte. Sie wusste, dass er als ein anderer zurückgekehrt war, dass die Ereignisse in den Wäldern Amerikas für immer Narben hinterlassen und ihn zu einem Schatten seiner selbst gemacht hatten. Sah man es ihm an, wie ein Teufelsmal? Und was sah sie noch alles? Wusste sie womöglich auch um seine größte, schwerste Schuld?

Nein, das konnte nicht sein. Durfte nicht sein. Wenn sie es wüsste, stünde Verachtung in ihrer Miene. Er senkte den Blick und brach noch ein Stück von seinem Brötchen ab.

„Vielleicht möchtest du mich ja doch lieber nicht begleiten?“, kam es liebenswürdig von seiner Gemahlin.

Er blickte auf. Durchtriebenes Geschöpf. „So leicht schlägst du mich nicht in die Flucht.“

Ihre Augen weiteten sich kaum merklich. Vielleicht war ihm sein Lächeln etwas zu breit geraten, vielleicht hatte sie gesehen, was dahinter in dunklen Tiefen lauerte. Aber tapfer war sie, das musste man ihr lassen. Fast noch unerschrockener als er.

„Dann erzähl mir davon“, sagte sie. „Von der Armee.“

„Da gibt es nicht viel zu erzählen“, log er. „Ich war Captain im achtundzwanzigsten Infanterieregiment.“

„Genau wie Lord St Aubyn“, stellte Melisande fest. „Habt ihr das Offizierspatent gemeinsam erworben?“

„Ja, haben wir.“ Jung waren sie gewesen, und verdammt draufgängerisch. Und dumm. Am meisten hatte ihn die schneidige Uniform interessiert.

„Ich habe Emelines Bruder nie kennengelernt“, sagte Melisande. „Zumindest nicht richtig. Ein- oder zweimal habe ich ihn kurz gesehen. Wie war er so?“

Er schluckte den Rest seines Brötchens hinunter und versuchte Zeit zu schinden, während er an Reynauds schiefes Grinsen und seine dunklen, lachenden Augen dachte. „Reynaud wusste, dass er eines Tages den Earlstitel erben würde. Sein ganzes Leben war eine Vorbereitung auf diesen Tag.“

„Was meinst du damit?“

Er zuckte die Schultern. „Als Kind war er ungewöhnlich ernst. Die Bürde der Verantwortung lastet schwer auf einem Mann, selbst in ganz jungen Jahren. Richard war genauso.“

„Dein großer Bruder“, murmelte sie.

„Ja. Er und Reynaud waren sich sehr ähnlich.“ Schmerzlich verzog er den Mund bei der Erinnerung. „Reynaud hätte sich *ihn* zum Freund wählen sollen, nicht mich.“

„Aber vielleicht hat Reynaud in dir etwas gesehen, das ihm selbst fehlte.“

Jasper neigte bedächtig den Kopf. Die Vorstellung, dass er über erstrebenswerte Eigenschaften verfügte, die Richard, sein perfekter älterer Bruder, nicht besessen hatte, schien lächerlich, wenngleich verlockend. „Zum Beispiel?"

Sie hob die Brauen. „Lebensfreude?", schlug sie vor.

Er starrte sie an. Sah sie wirklich auch nur einen Hauch von Lebensfreude in der leeren Hülle, die von ihm geblieben war? „Vielleicht."

„Sehr wahrscheinlich sogar. Du warst ein Freund, der es faustdick hinter den Ohren hatte und mit dem es nie langweilig wurde. Wie hätte er dir widerstehen sollen?"

„Das kannst du doch gar nicht wissen", stieß er hervor. „Du kennst mich doch überhaupt nicht."

„Nein?" Sie stand auf. „Du wärst vermutlich überrascht, wenn du wüsstest, wie gut ich dich kenne. In zehn Minuten also?"

Was? Er blinzelte irritiert. „Was in zehn Minuten?"

Sie lächelte nachsichtig. Vielleicht hatte sie ja ein Faible für Männer, die schwer von Begriff waren. „In zehn Minuten breche ich zum Einkaufen auf."

Und damit huschte sie hinaus und ließ ihn ein wenig verwirrt, aber auch sehr gespannt zurück.

Melisande stand an der Kutsche und besprach sich gerade mit Sally, als Jasper kurz darauf aus dem Haus geeilt kam. Hurtig sprang er die Treppe herunter und schlenderte dann zu ihnen herüber.

„Fertig?", fragte Melisande.

Er breitete die Arme aus. „Ich stehe ganz zu deiner Verfügung, teure Gemahlin." Er nickte Sally zu. „Sie können gehen."

Ihre kleine Kammerzofe wurde rot und sah Melisande besorgt an. Für gewöhnlich begleitete Sally sie bei ihren Einkäufen, um sie bei der Auswahl der Kleider zu beraten und die Pakete zu tragen. Auch Jasper sah sie an und schien nur darauf zu warten, dass sie widersprechen würde.

Melisande lächelte schmal und nickte ihrer Zofe zu. „Vielleicht kannst du derweil die Stopfarbeit erledigen."

Sally knickste artig und verschwand ins Haus.

Als Melisande sich wieder ihrem Mann zuwandte, beäugte der Mouse, welcher sich an ihre Röcke schmiegte.

Ehe er auch noch den Hund fortschicken konnte, sagte sie: „Sir Mouse ist mein treuer Begleiter."

„Aha."

Sie nickte, da diese Angelegenheit nun geklärt war, und stieg auf den Kutschentritt. In Fahrtrichtung ließ sie sich nieder, und Sir Mouse sprang neben sie aufs Polster. Jasper nahm ihr gegenüber Platz und streckte seine Beine seitwärts aus. Ehe er eingestiegen war, hatte die Kutsche sehr geräumig – geradezu riesig – gewirkt, doch nun war aller Raum von Männerknien und Ellenbogen eingenommen.

Er klopfte ans Dach und sah sie dann an, um zu bemerken, wie sie missmutig seine Beine betrachtete. „Stimmt etwas nicht?"

„Nein, nein. Alles in Ordnung."

Sie schaute zum Fenster hinaus. Es war seltsam, auf so engem Raum mit ihm eingepfercht zu sein. Irgendwie zu vertraulich. Und genau das war seltsam. Sie hatte diesem Mann beigewohnt, hatte erst gestern Abend mit ihm getanzt. Nicht zu vergessen die Dreistigkeit, mit der sie ihm sein Hemd ausgezogen und ihn rasiert hatte. Doch all das war nachts geschehen, bei Kerzenschein. Nachts fielen ihr viele Dinge leichter. Die Dunkelheit machte ihr Mut. Vielleicht war sie ja wirklich die Herrin der Nacht, wie er sie genannt hatte. Und wenn ja, was war dann er? Herr des Tages?

Sie beobachtete ihn verstohlen. Meist war er tagsüber mit ihr zusammen. Stellte ihr beim hellen Schein des Tages nach. Nachts mochte er auf Bälle und in Spielhöllen gehen, aber tagsüber versuchte er, ihre Geheimnisse zu ergründen. Vielleicht weil er spürte, dass sie sich schwächer, verletzlicher fühlte?

Oder weil er dann stärker war?

Oder vielleicht beides?

„Begleitet es dich überall hin?“

Jäh aus ihren Gedanken gerissen, sah sie ihn fragend an. „Wie bitte?“

Er deutete mit dem Kinn auf Mouse, der sich neben ihr auf dem Sitz zusammengerollt hatte.

„Sir Mouse ist ein *Er*, kein *Es*“, stellte sie klar. „Und ja, ich nehme ihn überallhin mit, wo es ihm gefallen könnte.“

Jaspers Brauen schossen in die Höhe. „Der Hund geht gern Einkaufen?“

„Er fährt gern in der Kutsche.“ Sie streichelte Mouses weiches Näschen. „Hattest du nie ein Haustier?“

„Nein. Oder doch, als ich klein war, hatten wir eine Katze, aber die kam nie, wenn ich sie gerufen habe, und wenn ihr etwas nicht passte, hat sie die Krallen ausgefahren und einen gekratzt. Wenn ich mich recht entsinne, hat ihr ziemlich oft etwas nicht gepasst.“

„Wie hieß sie denn?“

„Katze.“

Sie sah ihn an. Seine Miene war ernst, doch in seinen blauen Augen blitzte der Schalk.

„Und du?“, erkundigte er sich liebenswürdig. „Hattest du als Kind Haustiere, liebe Gemahlin?“

„Nein.“ Abrupt wandte sie sich ab und sah zum Fenster hinaus. Sie hatte nicht die geringste Lust, sich in Erinnerungen an ihre einsame Kindheit zu verlieren.

Er schien ihren Unwillen zu spüren, über diese Zeit zu sprechen, und drängte sie ausnahmsweise nicht weiter. Einen Moment schwieg er, dann meinte er leise: „Eigentlich war es Richards Katze.“

Gespannt sah sie ihn an.

Er grinste schief, als sei er über sich selbst belustigt. „Mutter mochte eigentlich keine Katzen, aber Richard war ein kränkliches Kind, und als er eines der kleinen Kätzchen aus den Stallungen mitgebracht hatte … nun ja, da hat sie wohl mal eine Ausnahme gemacht", schloss er achselzuckend.

„Um wie viele Jahre war dein Bruder älter als du?", fragte sie sanft.

„Zwei Jahre."

„Und wie alt war er, als er starb?"

„Noch keine dreißig." Nun lächelte er nicht mehr. „Er war schon immer schwach gewesen – blass und dünn, oft außer Atem –, aber während ich in den Kolonien war, hat er schweres Fieber bekommen und sich niemals mehr ganz davon erholt. Erst ein Jahr nach meiner Rückkehr habe ich Mutter überhaupt je wieder lächeln sehen."

„Das tut mir leid."

Er winkte ab. „Es ist lange her."

„Dein Vater war da bereits tot, oder?"

„Ja."

Sie sah ihn an, wie er da so lässig in der Kutsche lümmelte und ganz beiläufig vom vorzeitigen Tod seines Bruders und dem seines Vaters sprach. „Es muss schwer für dich gewesen sein."

„Obwohl Richard so oft krank war, wäre mir nie der Gedanke gekommen, ich könnte eines Tages den Titel erben. In der Familie sind alle davon ausgegangen, dass er zumindest lang genug leben würde, um einen Erben zu zeugen." Unvermittelt sah er sie an und zog leicht belustigt den Mundwinkel hoch. „Sein Körper mag schwach und anfällig gewesen sein, aber mein Bruder hatte einen starken Willen. Ganz gleich, wie schlecht es ihm ging, er hielt sich wie ein Viscount. Er verstand es, Menschen für sich einzunehmen, sie zu führen. Auf sein Wort wurde gehört."

„Darin seid ihr euch ähnlich", erinnerte sie ihn ruhig.

Er schüttelte den Kopf. „Du kanntest ihn nicht. Was das angeht, reiche ich nicht annähernd an ihn heran. Oder an Reynaud."

Das konnte sie nur schwer glauben. Lord Vale mochte sich

häufig über sich selbst lustig machen, Witze reißen und den Narren spielen, aber andere hörten auf sein Wort. Wenn er einen Raum betrat, war seine Präsenz spürbar. Sowohl Männer als auch Frauen wurden von ihm angezogen, kreisten um ihn wie um eine kleine Sonne. Das würde sie ihm gern sagen und ihm gestehen, wie sehr auch sie ihn bewunderte, aber die Furcht, zu viel von ihren Gefühlen preiszugeben, ließ sie schweigen.

Die Kutsche fuhr nun langsamer, und als Melisande aus dem Fenster schaute, sah sie, dass sie bereits in der Bond Street waren.

Der Schlag wurde geöffnet, Jasper sprang heraus und reichte ihr seine Hand, um ihr beim Aussteigen behilflich zu sein. Sie stand auf und spürte, wie seine Finger sich kräftig und warm um die ihren schlossen. Anmutig stieg sie aus, und Mouse sprang ihr hinterher. Die Straße war von eleganten Ladengeschäften gesäumt; vornehme Damen und Herren schlenderten an den Schaufenstern vorbei.

„Wohin soll es gehen, liebstes Weib?“, fragte Jasper und reichte ihr seinen Arm. „Du führst, und ich folge.“

„Erst mal hier entlang“, erwiderte Melisande. „Ich wollte ein wenig Schnupftabak kaufen.“

Sie spürte, wie er sie ansah. „Hältst du es etwa wie unsere Königin und frönst diesem extravaganten Laster?“

„Oh nein.“ Schon der Gedanke ließ sie die Nase krausen, ehe sie sich entsann, wo sie war und ihre Miene zur Mäßigung zwang. „Er ist für Harold. Zum Geburtstag schenke ich ihm immer eine kleine Dose seines Lieblingstabaks.“

„Da kann Harold sich aber glücklich schätzen.“

Fragend sah sie ihn an. „Warum? Frönst *du* etwa diesem Laster?“

„Nein.“ Seine blauen Augen waren voller Wärme, als er sie anblickte. „Ich bezog mich auf sein Glück, eine so treu sorgende Schwester zu haben. Hätte ich geahnt, dass …“

Doch ein scharfes Bellen von Mouse schnitt ihm das Wort

ab. Melisande fuhr herum und sah den Terrier auf die belebte Straße rennen.

„Mouse!“, rief sie und machte einen Schritt zur Seite. Sie durfte ihn nicht aus den Augen verlieren.

„Warte!“ Jasper packte sie beim Arm und hielt sie zurück.

Sie versuchte sich loszureißen. „Lass mich! Er wird sich etwas tun.“

Jasper zog sie just in dem Augenblick von der Straße zurück, als ein schwerer Brauereikarren vorbeirumpelte. „Besser er als du.“

Auf der anderen Straßenseite hörte sie Schreie, lautes Knurren, und dann Mouse, der völlig hysterisch kläffte.

Sie drehte sich zu Jasper um, legte ihre Hand an seine Brust und versuchte, ihm ihre Verzweiflung begreiflich zu machen. „Aber Mouse …“

Ihr Gatte brummelte Unverständliches, dann meinte er: „Bleib hier, ich hole den kleinen Köter.“

Er ließ einen Fuhrkarren vorbei, setzte dann über die Straße. Jetzt konnte Melisande den Terrier auch sehen, drüben auf der anderen Straßenseite – und das Herz blieb ihr stehen. Ihr kleiner Liebling hatte sich mit einer riesigen Dogge angelegt. Noch während Melisande wie gelähmt dastand, hatte die Dogge Mouse abgewehrt und schnappte wütend nach ihm. Mouse sprang zurück und entkam nur knapp. Doch dann stürzte er sich wieder vor, unerschrocken wie immer. Etliche Jungen und Männer waren stehen geblieben, um sich den Kampf anzusehen, einige feuerten die Dogge an.

„Mouse!“, rief Melisande. Diesmal hielt sie nach Kutschen, Karren und Pferden Ausschau, ehe sie über die Straße zu ihrem Mann eilte. „Mouse!“

Jasper gelangte bei den Hunden an, just als die Dogge sich Mouse endlich geschnappt hatte. Den kleinen Terrier fest in der Schnauze, begann sie ihn kräftig hin und her zu schütteln. Melisande sah es mit Grausen. Sie spürte einen Schrei des Entsetzens in sich aufsteigen, doch kein Laut kam ihr über die

Lippen. Kaum auszudenken, wenn die Dogge Mouse das Genick brach!

Und dann griff Jasper ein und hieb mit den Fäusten auf das Maul der Dogge. Leise knurrend wich der große Hund zurück, ließ jedoch nicht von seiner Beute ab.

„Aus!“, schrie Jasper. „Lass ihn los, du Teufelsbrut!“

Wieder schlug er auf den Hund ein, während Mouse sich wie wild im Griff seines Gegners wand. Beides zusammen musste zu viel gewesen sein, denn jäh ließ die Dogge Mouse fallen. Kurz sah es so aus, als wolle sie sich stattdessen auf Jasper stürzen, doch der verpasste ihr einen kräftigen Tritt in die Flanken, und damit war es entschieden. Die Dogge sah zu, dass sie davonkam – sehr zur Enttäuschung der geifernden Menge. Mouse wollte die Verfolgung aufnehmen, aber Jasper packte ihn beim Nacken.

„Oh nein, du kleiner Idiot. Du bleibst hier.“

Zu Melisandes Entsetzen wand Mouse sich aus Jaspers Griff und hieb seine kleinen, scharfen Zähne in dessen Hand.

„Nein, Mouse!“ Entsetzt streckte sie die Hand nach ihrem Hund aus.

Doch Jasper hielt sie zurück. „Nicht. Er rast vor Zorn und könnte dich auch beißen.“

„Aber …“

Mit Mouse an der Hand, der sich noch immer in ihn verbissen hatte, drehte er sich um und sah sie an. Seine Augen schimmerten dunkel, sein Blick war entschlossen und unerbittlich, ganz anders als sie es von ihm kannte, das Gesicht finster und zerfurcht, ohne jede Spur von Belustigung. So, dachte sie plötzlich, muss er ausgesehen haben, wenn er in die Schlacht gezogen ist.

Seine Stimme war klar und kalt. „Hör zu, Melisande. Du bist meine Frau, und ich lasse nicht zu, dass dir etwas geschieht. In dieser Angelegenheit darf es keine Nachsicht geben, auch wenn ich dich damit gegen mich aufbringe.“

Sie schluckte und nickte benommen.

Einen Moment noch sah er sie an und schien gar nicht zu merken, dass ihm das Blut von der Hand troff. Schließlich nickte er brüsk und meinte: „Gut. Dann tritt zurück und misch dich bitte nicht in das ein, was ich tun muss."

Sie trat zurück und verschränkte die Hände vor sich, damit sie nicht in Versuchung geriete, rettend nach Mouse zu greifen. Sie liebte diesen Hund, obwohl sie natürlich wusste, dass er ein launisches kleines Biest war, das von niemandem außer ihr gemocht wurde. Mouse gehörte ihr, *nur* ihr, und er erwiderte ihre abgöttische Liebe. Aber Lord Vale war nun einmal ihr Gatte und sie durfte seine Autorität nicht infrage stellen – auch wenn das bedeutete, Mouse zu opfern.

Jasper schüttelte Mouse. Der knurrte, ließ aber nicht von ihm ab. Daraufhin schob Jasper ihm seinen Daumen ins Maul, ganz tief, bis der Hund würgte und losließ. Dann schloss er seine Hand fest um die Hundeschnauze.

„Komm", sagte er zu Melisande, den Hund in beiden Händen. Sowie die Aussicht auf Blut und Gemetzel geschwunden war, hatte sich auch die Menge zerstreut. Jasper führte seine Frau zurück zur Kutsche.

Einer der Lakaien sah sie kommen und eilte ihnen entgegen. „Sind Sie verletzt, Mylord?"

„Nicht weiter schlimm", sagte Jasper. „Gibt es einen Korb oder eine Kiste in der Kutsche?"

„Unter dem Bock steht ein Korb."

„Hat er einen Deckel?"

„Ja, Sir, sogar einen sehr stabilen."

„Dann holen Sie ihn bitte."

Der Lakai eilte zurück zur Kutsche.

„Was hast du vor?", fragte Melisande.

Jasper sah sie kurz an. „Nichts Schlimmes. Er muss nur eingesperrt werden, bis er sich ein bisschen abgeregt hat."

Mouse hatte zu knurren aufgehört. Ab und an machte er noch einen heftigen Versuch, sich ihm zu entwinden, aber Jasper hatte ihn fest im Griff.

Als sie bei der Kutsche ankamen, hatte der Lakai den Korb bereits hervorgeholt und den Deckel geöffnet.

„Sowie er drin ist, machen Sie den Deckel wieder zu“, sagte Jasper. „Fertig?“

„Jawohl, Mylord.“

Im Nu war es geschehen: der Lakai mit schreckensgroßen Augen, Mouse wie wild um seine Freiheit ringend, Jasper mit grimmiger Entschlossenheit. Und dann war ihr geliebter Sir Mouse eingesperrt und sprang so wütend im Korb herum, dass der Lakai ihn kaum halten konnte.

„Verstauen Sie ihn wieder unter dem Bock“, wies Jasper den Diener an, dann nahm er Melisande beim Arm. „Lass uns nach Hause fahren.“

Mochte sein, dass sein Verhalten sie befremdet, sie gar gegen ihn aufgebracht hatte, aber es hatte sich eben nicht vermeiden lassen. Jasper beobachtete seine Gemahlin, wie sie ihm in der Kutsche gegenübersaß, den Rücken kerzengerade, die Schultern gestrafft, den Kopf kaum merklich gesenkt, da sie den Blick auf ihren Schoß gerichtet hielt. Ihre Miene gab nichts preis. Eine schöne Frau war sie ja nicht – wie ein Teil von ihm kalt resümierte. Zudem kleidete sie sich so trist und unscheinbar, als setze sie alles daran, nicht aufzufallen oder rasch wieder vergessen zu werden. Er hatte eindeutig schönere Frauen gehabt. Sie war unscheinbar, gewöhnlich.

Und doch arbeitete sein Verstand fieberhaft, plante den nächsten Angriff auf die uneinnehmbare Festung ihrer Seele. Vielleicht war es ja eine Art Wahn, die von ihm Besitz ergriffen hatte und ihn trieb. Er war von ihr fasziniert, wie von einer Zauberfee, die gekommen war, um ihn mit sich in eine andere Welt zu locken.

„Woran denkst du?“, fragte sie, ihre Stimme wie ein Kiesel, der in den Strom seiner Gedanken geworfen wurde.

„Ich hatte mir gerade überlegt, ob du wohl eine Fee bist“, erwiderte er.

„Nicht schon wieder“, seufzte sie und verdrehte die Augen.

„Doch, mein Herz, genau das dachte ich.“

Sie sah ihn an, ihre hellbraunen Augen unergründlich. Dann senkte sie den Blick auf seine Hand. Sowie sie in der Kutsche gewesen waren, hatte er sich die Bisswunde mit seinem Taschentuch verbunden.

„Tut es noch weh?“

Er schüttelte den Kopf, wenngleich seine Hand zu pulsieren begonnen hatte. „Keine Sorge, nicht weiter schlimm.“

Doch sie blickte noch immer auf seine Hand und runzelte besorgt die Stirn. „Wenn wir zu Hause sind, möchte ich, dass Mr Pynch sie dir ordentlich bandagiert. Hundebisse können sehr hässlich sein. Sag ihm, dass er die Wunde gründlich auswaschen soll.“

„Ganz wie du wünschst.“

Sie schaute aus dem Fenster und verschränkte die Hände im Schoß. „Es tut mir leid, dass Mouse dich gebissen hat.“

„Hat er das schon einmal bei dir gemacht?“

Entgeistert sah sie ihn an.

„Ob er dich schon mal gebissen hat, möchte ich wissen.“ Wenn ja, würde Jasper das kleine Biest töten lassen.

Ihre Augen weiteten sich noch mehr. „Nein. Oh nein, natürlich nicht. Zu mir ist Mouse immer sehr lieb und zutraulich. Um ehrlich zu sein, hat er noch nie jemanden gebissen.“

Jasper lächelte trocken. „Dann sollte ich mich wohl geehrt fühlen, der Erste gewesen zu sein.“

„Was hast du jetzt mit ihm vor?“

„Ihn eine Weile schmoren lassen.“

Alle Regung wich aus ihrem Gesicht. Er wusste, wie viel dieser Köter ihr bedeutete; sie hatte ihn ihren treuen Begleiter genannt. Vielleicht war er ja ihr einziger und bester Freund auf dieser Welt.

„Wo hast du ihn eigentlich her?“, wollte Jasper wissen.

Sie schwieg so lange, dass er schon meinte, sie würde ihm nicht antworten.

Schließlich seufzte sie. „Er gehörte zu einem Wurf Welpen in den Stallungen meines Bruders. Der Stallmeister wollte sie allesamt ertränken – er meinte, sie hätten schon genügend Rattenfänger. Er hatte alle Welpen in einen Sack geworfen und den Stallburschen losgeschickt, einen Eimer Wasser zu holen. Ich kam gerade in den Hof, als die Welpen aus dem Sack entwischten. Sie rannten in alle Richtungen davon, und die Männer setzten ihnen schreiend nach und versuchten, die armen, verschreckten Tiere wieder einzufangen. Mouse kam zu mir gerannt und hat sich sofort in den Saum meines Rocks verbissen."

„Und da hast du beschlossen, den kleinen Kerl zu retten", schloss Jasper.

„Was hätte ich sonst tun sollen?", meinte sie achselzuckend. „Harold war allerdings nicht gerade begeistert."

Nein, das konnte er sich vorstellen. Ihr behäbiger Bruder war gewiss nicht erfreut gewesen, diese kläffende kleine Promenadenmischung im Haus zu haben. Aber Melisande hatte seine Einwände sicher schlicht ignoriert und getan, wonach ihr der Sinn stand. Der arme Harold hatte es wohl schließlich aufgegeben und sich gefügt. Jasper stellte fest, dass seine Frau erschreckend entschlossen sein konnte, wenn sie sich einmal etwas in den Kopf gesetzt hatte.

„Wir sind da", sagte sie.

Schon? Er warf einen flüchtigen Blick aus dem Fenster und sah, dass sie tatsächlich vor seinem Haus angekommen waren.

„Der Lakai wird Mouse ins Haus bringen", erklärte er und suchte ihren Blick, um ihr zu verstehen zu geben, dass er in dieser Angelegenheit nicht mit sich reden ließe. „Lass ihn nicht heraus und rühr ihn nicht an, bis ich es dir sage."

Sie nickte, ihre Miene so kühl und gelassen, dass sie einer Königin würdig gewesen wäre. Dann stieg sie aus, ohne auf seine Hilfe zu warten, und schritt langsam die Treppe zum Haus hinauf; erhobenen Hauptes, die Schultern gestrafft, den

Rücken gestreckt. Jasper fand diesen Rücken geradezu berückend aufreizend.

Irritiert runzelte er die Stirn, sprang dann leise fluchend aus der Kutsche und folgte seiner Frau. Er dürfte diese Schlacht gewonnen haben, so viel stand fest. Doch warum kam es ihm dann so vor, als hätte er eine schmachvolle Niederlage erlitten?

9. KAPITEL

Prinzessin Immerschön stand auf den Zinnen des Schlosses und sah den Strom ihrer Verehrer eintreffen. Neben ihr stand Jack, der Hofnarr. Sie hatte ihn recht lieb gewonnen, und er begleitete sie stets. Um über die Zinnen blicken zu können, war er auf einen Mauervorsprung geklettert, denn er war gerade einmal halb so groß wie die Prinzessin.

„Ach herrje", seufzte die Prinzessin.

„Was betrübt Euch, holde Maid?", fragte Jack.

„Oh, lieber Narr, ich wünschte, mein Vater würde mich einen Mann nach meinem Geschmack wählen lassen", sagte die Prinzessin. „Aber das dürfte wohl kaum geschehen, was?"

„Eher heiratet der Hofnarr die schöne Königstochter", erwiderte Jack …

[aus LACHENDER JACK]

Mouse bellte.

Melisande zuckte zusammen, als Sally ihr abends das Haar frisierte. Schwach nur war es zu hören, da der Laut aus den Tiefen des Hauses kam, doch er ging ihr durch und durch. Vale hatte den Hund in einen kleinen Vorratsraum im Keller gesperrt. Kaum hatte die Tür sich hinter ihm geschlossen, hatte Mouse zu bellen begonnen – wahrscheinlich weil ihm in dem Moment klar geworden war, dass es nicht nur ein Scherz war und er so bald nicht wieder herausgelassen würde. Das war am späten Vormittag gewesen, und seitdem bellte er praktisch ununterbrochen. Hin und wieder verstummte er kurz, als lausche er, ob Rettung nahe, und wenn sich nichts rührte, fing er wieder an. Mit jedem Mal schien das Bellen lauter zu werden.

„Ganz schön laut der Kleine", meinte Sally. Sonderlich zuzusetzen schien es ihr indes nicht.

Vermutlich machte es niemanden so viel aus wie Melisande. „Er mag es nicht, eingesperrt zu sein."

„Tut ihm bestimmt mal ganz gut." Sally steckte ihr noch eine Nadel ins Haar und trat dann zurück, um ihr Werk zu begutachten. „Mr Pynch meint, er wäre schon halb wahnsinnig von dem Gekläffe."

Das Mädchen klang, als freue es sich darüber, dass der Kammerdiener um den Verstand gebracht wurde.

Fragend hob Melisande eine Braue. „Ist Lord Vale schon zurückgekehrt?"

„Ja, Mylady. Vor ungefähr einer halben Stunde." Sally begann aufzuräumen.

Melisande stand auf und ging im Zimmer umher. Ganz unvermittelt hörte Mouse zu bellen auf. Gespannt hielt sie den Atem an.

Dann fing er erneut an.

Jasper hatte ihr zwar verboten, zu ihrem Hund zu gehen, aber wenn das so weiterging, würde sie es dennoch tun. Sie konnte Mouses Not kaum noch ertragen.

Es klopfte.

Sie fuhr herum. „Herein."

Jasper öffnete die Tür. Lange mochte er noch nicht zu Hause sein, aber aus seinem feuchten Haar schloss sie, dass er bereits Zeit gefunden hatte, sich zu waschen und umzukleiden. „Guten Abend, liebe Gemahlin. Hättest du Lust, mich zu unserem Gefangenen zu begleiten?"

Sie strich sich die Röcke glatt und nickte. „Ja, bitte."

Er trat beiseite, und sie eilte ihm voraus nach unten. Mit jedem Schritt wurde das Bellen lauter.

„Ich möchte dich um einen Gefallen bitten", sagte Jasper.

„Und der wäre?"

„Dass du dich gleich zurückhältst und den Hund mir überlässt."

Sie presste die Lippen zusammen. Mouse war launisch und hatte stets nur ihr gehorcht. Was, wenn der Terrier Jasper wieder biss? Ihr Gatte schien ein besonnener, wohlwollender Mann, aber sie konnte sich des Gefühls nicht erwehren, dass hinter der freundlichen Fassade Abgründe lauerten.

„Melisande?"

Sie drehte sich um. Er war auf der Treppe stehen geblieben und wartete auf ihre Antwort. Sein Gesicht lag im Dunkel, doch seine türkisblauen Augen leuchteten.

Sie gab sich einen Ruck und nickte. „Ganz wie du wünschst."

Da kam er auch die restlichen Stufen herunter, nahm sie bei der Hand und führte sie zu den Küchenräumen.

Die Gesindegänge waren eng und düster, die Küche hingegen riesig. Eine ins Mauergewölbe gesetzte Feuerstelle dominierte den Raum auf einer Seite, zwei Fenster an der Rückseite des Hauses ließen Licht herein – zumindest bei Tage. Im Augenblick brannten Kerzen, um das abendliche Dunkel zu erhellen.

Die Köchin, drei Küchenmädchen, einige Lakaien und der Butler waren mit den Vorbereitungen für das Abendessen ihrer Herrschaft beschäftigt. Als eben diese nun hereinkam, ließ die Köchin den Rührlöffel in die brodelnde Suppe fallen, und alle standen wie erstarrt da. Unter ihnen hallte Mouses Gebell im Kellergewölbe wider.

„Mylord …", setzte Oaks an.

„Lassen Sie sich nicht bei der Arbeit stören", sagte Jasper. „Ich wollte nur dem Hund meiner Gemahlin einen Besuch abstatten. Ach ja … Pynch."

Der Kammerdiener hatte sich von einem Stuhl am Herdfeuer erhoben.

„Haben Sie einen leckeren Happen Fleisch gefunden?", fragte Jasper.

„Jawohl, Mylord", entgegnete Pynch. „Die Köchin war so freundlich, mir etwas von dem Rindfleisch von gestern Abend zu geben." Er reichte seinem Herrn ein kleines, in ein Taschentuch gewickeltes Bündel.

Melisande räusperte sich.

Jasper sah sie an. „Ja, meine Liebe?“

„Falls das für Mouse ist … er mag lieber Käse“, meinte sie entschuldigend.

„Wenn du das sagst, dann soll es so sein.“ Jasper wandte sich zur Köchin, die noch immer reglos neben der Suppe verharrte. „Haben Sie vielleicht ein Stück Käse für mich?“

Die Köchin knickste. „Gewiss, Mylord. Annie!“, rief sie. „Hol mal den Laib Käse aus der Kammer.“

Eines der Küchenmädchen huschte davon und kam mit einem runden Käselaib zurück, der fast größer war als ihr Kopf. Sie setzte ihn auf dem großen Holztisch ab und schlug vorsichtig das Tuch zurück.

Die Köchin schnappte sich ein scharfes Messer und schnitt ein Stück heraus. „Ist das so recht, Mylord?“

„Perfekt, Mrs Cook.“ Jasper grinste charmant, und die Wangen der Köchin färbten sich rosig. „Ich stehe für immer in Ihrer Schuld. Wenn Sie mir nun Ihren Keller zeigen wollen, Mr Oaks?“

Der Butler ging ihnen voran durch die Vorratskammer zu einer Tür, hinter der eine Treppe hinab ins Kellergewölbe führte.

„Stoß dir nicht den Kopf“, sagte Jasper zu Melisande. Er selbst musste gebückt gehen, um die paar Stufen hinabsteigen zu können. „Danke, Oaks. Wir finden uns jetzt zurecht.“

Der Butler wirkte erleichtert, in die behagliche Küche zurückkehren zu können. Feucht und kühl war es im Keller, die Wände von Regalen gesäumt, auf denen reichlich Speis und Trank gelagert wurden. In einer Ecke war eine kleine Holztür, hinter der Mouse eingesperrt war. Sowie er Schritte auf der Treppe vernommen hatte, hatte er zu bellen aufgehört. Melisande konnte sich vorstellen, wie er hinter der Tür stand, den Kopf lauschend zur Seite geneigt.

Jasper sah Melisande an und legte den Finger an die Lippen.

Sie nickte und presste die Lippen fest zusammen.

Er grinste und öffnete die Tür einen Spaltbreit. Sogleich reckte sich ein schwarzes Näschen heraus. Jasper ging in die

Hocke und brach ein Bröckchen Käse ab.

„So, Sir Mouse“, murmelte er und hielt ihm den Käsehappen hin. „Habt Ihr über Eure Sünden nachgedacht?“

Das Näschen zuckte kurz, dann nahm Mouse ganz, ganz vorsichtig den Käse aus Jaspers Hand und verschwand wieder.

Melisande hätte erwartet, dass ihr Gatte die Tür jetzt ganz öffnen und sich Mouse schnappen würde, doch er wartete einfach, hockte da auf dem blanken Steinboden, als hätte er alle Zeit der Welt.

Und siehe da: Kurz darauf erschien das schwarze Näschen wieder und schnupperte. Diesmal hielt Jasper den Käse außer Reichweite des Hundes.

Gespannt hielt Melisande den Atem an. Mouse konnte schrecklich stur sein. Andererseits liebte er Käse geradezu abgöttisch. Der Terrier stupste die Tür mit der Schnauze auf. Hund und Herr beäugten sich einen Moment, dann kam Mouse herausgetrottet und nahm sich auch den zweiten Happen von Jasper, zog sich dann aber rasch zurück, kehrte ihm den Rücken zu und schlang den Käse hinunter. Den dritten Leckerbissen hielt Jasper ihm nicht mit ausgestreckten Fingern hin, sondern legte ihn sich auf die flache Hand. Doch nach einer Weile kam Mouse herangepirscht und holte sich, wenngleich etwas zögerlich, auch dieses Stück.

Als er das nächste Mal kam, strich Jasper dem Hund sanft über den Kopf. Mouse schien es nicht zu stören, vielleicht bemerkte er es in seinem Käseglück nicht einmal. Nun zog Jasper eine lange Lederleine aus seiner Rocktasche, das eine Ende zu einer Schlaufe gebunden. Als Mouse das nächste Mal ankam, legte er ihm die Leine um den Hals. Dann gab es den Rest des Käses.

Als alles aufgefressen war, ließ Mouse sich von Jasper den kleinen Hundeleib kraulen. Schließlich stand Jasper auf und klopfte sich einmal kurz auf den Schenkel. „Na, dann komm.“

Damit drehte er sich um und ging nach oben. Mouse warf Melisande einen verdatterten Blick zu, doch da er sich am anderen Ende der Leine fand, blieb ihm kaum etwas anderes übrig, als seinem Herrn zu folgen.

Nicht minder verwundert schüttelte Melisande den Kopf und folgte den beiden hinauf. Den Hund dicht auf den Fersen, ging ihr Gatte durch die Küche zur Hintertür, wo er die Leine lang genug ließ, damit Mouse im Garten sein Geschäft verrichten konnte.

Dann holte er die Leine wieder ein und lächelte Melisande an. „Wollen wir zu Tisch gehen?"

Sie brachte nur ein stummes Nicken zustande. Ihr Herz floss über vor Dankbarkeit. Jasper hatte Mouse gebändigt, hatte ihm gezeigt, wer sein Herr war, und all das, ohne dem Hund auch nur ein Haar zu krümmen. Sie kannte nur wenige Männer, die sich diese Mühe machen würden, geschweige denn, das Tier nicht einmal zu schlagen. Was er eben getan hatte, bedurfte der Geduld, es brauchte Klugheit und einiges an Mitgefühl – und das, obwohl der Hund ihn heute Morgen gebissen hatte. Würde sie Jasper nicht längst lieben, so täte sie es nun.

Mouse lag unter dem Tisch, zu Jaspers Füßen. Die Leine hatte Jasper sich ums Handgelenk gewickelt. Immer dann, wenn das Tier zu seiner Herrin zu gelangen versuchte, hatte es einen kleinen Ruck gegeben. Mittlerweile hatte Mouse es aufgegeben, lag einfach da, den Kopf zwischen den Pfoten, und stieß ab und an einen abgrundtiefen Seufzer aus. Jasper lächelte still. Er verstand schon, warum Melisande das kleine Biest so abgöttisch liebte. Mouse war wirklich ein Charakterhund.

„Wirst du heute Abend noch ausgehen?", fragte Melisande von der anderen Seite des Tisches.

Sie betrachtete ihn über den Rand ihres Weinglases hinweg, ihr Blick unergründlich.

„Vielleicht", meinte er achselzuckend.

Dann widmete er sich wieder seinem Roastbeef. Ob sie sich fragte, warum er so viele Abende nicht zu Hause war? Warum er so oft erst in den frühen Morgenstunden nach Hause kam? Oder hielt sie ihn einfach für einen nichtsnutzigen Trunkenbold? Welch ernüchternder Gedanke. Zumal er sich nicht einmal besonders amüsierte auf den Bällen, in den Spielhöllen, wo immer er sich die Nächte um die Ohren schlug. Er konnte nur die Stille der Nacht nicht ertragen.

„Du könntest auch zu Hause bleiben", sagte Melisande.

Er sah sie an. Mit ausdrucksloser Miene erwiderte sie seinen Blick, brach dann bedächtig ein Stück Brot entzwei und butterte es.

„Möchtest du das?", fragte er.

Sie hob die Brauen, ohne von ihrem Brot aufzusehen. „Vielleicht."

Er spürte, wie sein Bauch sich bei diesem einen, leise neckenden Wort zusammenzog. „Und was würden wir den ganzen Abend machen, liebste Gemahlin, wenn ich hier bei dir bliebe?"

Sie zuckte die Schultern. „Oh, da wüsste ich einiges."

„Und das wäre?"

„Wir könnten Karten spielen."

„Mit nur zwei Spielern? Ein bisschen langweilig, oder?"

„Schach oder Dame?"

Er hob nur die Brauen.

„Wir könnten reden", sagte sie leise.

Versonnen trank er einen Schluck Wein. Bei Tage stellte er ihr nach, wollte ihre Geheimnisse ergründen, aber aus irgendeinem Grund behagte ihm der Gedanke nicht, den ganzen Abend mit ihr zu verbringen und zu *reden*. Nachts suchten seine Dämonen ihn heim. „Worüber möchtest du reden?"

Ein Lakai kam herein, brachte eine Platte mit Käse und frischen Erdbeeren und stellte sie zwischen ihnen auf den Tisch. Melisande rührte sich nicht, saß wie immer kerzengerade da, hielt die Schultern gestrafft, aber Jasper war es, als neige sie sich ihm kaum merklich zu, käme ihm ein wenig entgegen. „Du könntest mir von deiner Jugend erzählen."

„Oh je, da ist nicht besonders viel passiert …“, müßig fuhr er mit dem Finger über den Rand seines Glases, „… abgesehen von dem einen Mal, als Reynaud und ich fast auf dem Anwesen der St Aubyns ertrunken wären.“

„Dann erzähl mir davon.“

„Wir waren in einem kritischen Alter“, begann Jasper. „Elf, um genau zu sein. Es war der Sommer, bevor wir aufs Internat kamen.“

„Aha“, meinte sie, suchte sich eine Erdbeere aus und legte sie sich auf ihren Teller. Es war weder die größte noch die schönste Erdbeere, aber sie war wunderbar rot und reif. Sachte strich sie mit dem Finger darüber, als genieße sie die Vorfreude, sich die Beere gleich auf der Zunge zergehen zu lassen.

Jasper sah es und nahm einen Schluck Wein. Auf einmal war ihm die Kehle wie ausgedörrt. „Zunächst einmal muss ich gestehen, dass ich an besagtem Nachmittag meinem Lehrer ausgebüxt war.“

„Ausgebüxt?“, wiederholte sie und drehte die Erdbeere auf ihrem Teller.

Wie gebannt betrachtete er ihre Finger und stellte sie sich an ganz anderer Stelle vor. „Mein Hauslehrer war nicht mehr der Jüngste, und wenn ich genügend Vorsprung hatte, hatte er keine Chance, mich einzuholen.“

„Der arme Mann“, sagte sie und biss in die Erdbeere.

Jasper stockte der Atem und jeder klare Gedanke verflüchtigte sich. Dann räusperte er sich, doch es brachte wenig, seine Stimme klang immer noch heiser. „Ja, also, ich war ihm ausgebüxt, was ja gar nicht mal schlimm gewesen wäre, wenn Reynaud sich nicht auch vor seinen Stunden gedrückt hätte.“

Sie schluckte herunter. „Warum das?“

„Wir hatten verabredet, uns am Teich der St Aubyns zu treffen. Leider.“

„Leider?“

Die Erinnerung ließ ihn zusammenzucken. „Weil wir ein Floß bauen wollten.“

Sie hob die Brauen, zarte, blassbraune Schwingen.

Er spießte sich mit dem Messer ein Stück Käse auf und aß es. „Wie sich zeigen sollte, ist es schwerer als gedacht, aus herabgefallenen, halbmorschen Ästen und einem Stück Schnur ein Floß zu bauen. Vor allem, wenn man erst elf ist."

„Ich ahne eine Tragödie." Ihre Miene war ernst, doch ihre Augen lachten ihn an.

„In der Tat." Er nahm sich eine Erdbeere und drehte sie am Stiel zwischen den Fingern hin und her. „Stunden später waren wir von oben bis unten nass und verdreckt, waren völlig außer Atem und verschwitzt, doch mächtig stolz, denn irgendwie hatten wir es geschafft, ein Vehikel zu bauen, das einen Meter im Quadrat maß, wenngleich es alles andere als quadratisch war."

Sie biss sich auf die Lippe, als müsse sie sich das Lachen verkneifen. „Und dann?"

Die Erdbeere noch immer in der Hand, stützte er die Ellbogen auf den Tisch und sah sehr feierlich drein. „Im Nachhinein muss man sagen, dass unser Floß vermutlich auch ohne Last nicht seetüchtig gewesen wäre. Selbstverständlich ist uns der Gedanke, es auszuprobieren, *ehe* wir damit über den Teich setzten, gar nicht gekommen."

Nun lächelte sie, versuchte nicht länger, das Lachen zurückzuhalten, und er war froh darum. Diese Frau aus der Fassung zu bringen, sie dazu zu bringen, ihrer Freude Ausdruck zu verleihen, war keine leichte Sache. Das eigentliche Wunder war indes, wie viel Freude es *ihm* bereitete, sie so vergnügt zu sehen.

„Es kam, wie es kommen musste." Er beugte sich vor und hielt die Erdbeere an ihren lächelnden Mund. Ihre blassrosa Lippen teilten sich, und sie biss hinein. Seine Lenden spannten sich, und er konnte kaum den Blick von ihrem Mund nehmen, als sie kaute. „Wir erlitten sofort Schiffbruch. Wahrscheinlich konnten wir dankbar sein, dass unser Floß so untauglich war."

Sie schluckte. „Warum?"

Er warf den Erdbeerstiel fort und verschränkte die Arme vor sich auf dem Tisch. „Weil wir noch nicht weit gekommen waren. Ungefähr einen halben Meter vom Ufer entfernt sind wir gesunken. Wir sind mitten im Schilf gestrandet, wo das Wasser uns nur bis zur Hüfte reichte."

„Das war es schon?"

Er musste schmunzeln. „Das wäre es gewesen, wäre Reynaud nicht dummerweise in einem Gänsenest gelandet."

Mitfühlend verzog sie das Gesicht. „Oh je."

Er nickte gewichtig. „Allerdings. Der Gänserich hat sich ziemlich über den ungebetenen Besuch echauffiert. Laut schnatternd hat er uns bis nach Vale Manor verfolgt. Und da wartete auch schon mein Hauslehrer auf uns und hat mir mit dem Rohrstock eins übergezogen, dass ich eine Woche lang nicht sitzen konnte. Seitdem mag ich Gänse am liebsten gebraten."

Einen Moment hielt er ihren Blick gefangen, ihre lachenden, braunen Augen. Im Zimmer war es ganz still geworden, die Diener irgendwo draußen im Flur. Jasper konnte jeden Atemzug hören, spürte die Zeit stillstehen, als er in die Augen seiner Frau blickte. Er meinte, an einen Scheideweg gelangt zu sein – an einen Wendepunkt in seinem Leben, der ihm neue Sichtweisen eröffnete, neue Gefühle –, was genau, wusste er nicht, doch es war zum Greifen nah. Er musste nur den einen, entscheidenden Schritt wagen.

Doch Melisande war es, die den Bann brach. Sie schob ihren Stuhl zurück und stand auf.

„Haben Sie vielen Dank für diese ausgesprochen amüsante Geschichte, Mylord", sagte sie und ging zur Tür des Speisezimmers.

Jasper blinzelte. „Willst du mich denn schon verlassen?"

Sie blieb stehen und hielt ihm ihren aufreizenden, aufrechten Rücken zugewandt. „Ich hatte eigentlich gehofft, dass du mich nach oben begleitest." Sie warf einen kurzen Blick über die Schulter – ernst, geheimnisvoll und allenfalls ein bisschen kokett. „Meine Regel ist vorüber.“

Leise schloss sie die Tür hinter sich.

Kaum hatte sie die Tür des Speisezimmers hinter sich geschlossen, vernahm Melisande verhaltenes Fluchen, gefolgt von Gebell. Sie lächelte. Gewiss hatte Jasper vergessen, dass er Mouses Leine ums Handgelenk gebunden hatte. Rasch eilte sie die Treppe hinauf, warf jedoch nicht einen Blick zurück. Das Herz pochte ihr wild in der Brust; sie wusste, dass er ihr folgen würde. Der Gedanke ließ sie nur noch schneller eilen, und wenig später hatte sie auch schon den oberen Korridor erreicht.

Schwere Schritte stürmten hinter ihr die Treppe hinauf, kamen geschwind näher. Er schien immer zwei Stufen auf einmal zu nehmen. Völlig außer Atem, und das nicht nur vom schnellen Laufen, gelangte sie bei ihrem Zimmer an. Sie stieß die Tür auf, fand das Zimmer leer und eilte zum Kamin. Erst da drehte sie sich um.

Kurz darauf kam Jasper hereingeschlendert.

„Was hast du mit Mouse gemacht?“ Sie bemühte sich, ruhig zu klingen.

„Ihn einem der Lakaien gegeben“, sagte er knapp und schloss die Tür hinter sich ab.

„Verstehe.“

Als er sich wieder umdrehte, hielt er inne und sah sie mit leicht zur Seite geneigtem Kopf an. Er schien darauf zu warten, dass sie den nächsten Schritt tat.

Melisande holte tief Luft und ging zu ihm. „Gewöhnlich schläft er bei mir.“

Sie streifte ihm seinen Rock von den Schultern.

„Hier, in diesem Zimmer?“

„In meinem Bett.“ Sorgsam hängte sie den Rock über einen Stuhl.

Er runzelte die Stirn. „Was du nicht sagst.“

„Was ich nicht sage“, wiederholte sie mit weicher Stimme, löste seine Krawatte und legte sie über den Rock. Die Hände bebten ihr, als leide sie am Schüttelkrampf.

„In deinem Bett."

„Ja." Sie knöpfte seine Weste auf.

Er streifte sie sich ab und ließ sie zu Boden fallen. Melisande sah es mit leisem Missfallen, beließ es dann dabei und wandte sich seinem Hemd zu.

„Man sollte meinen …" Dann verstummte er, schien in Gedanken abzuschweifen.

Sie zog ihm das Hemd über den Kopf und sah ihn an. „Ja?"

Er räusperte sich. „Vielleicht sollten wir uns setzen."

„Warum?" Diesmal sollte es nicht wieder so ablaufen wie in ihrer Hochzeitsnacht. Mit den Fingerspitzen berührte sie seine Brust, strich über seinen Bauch, genoss es einfach, seine warme, nackte Haut zu spüren.

„Ah …" Er holte scharf Luft und zog den Bauch ein.

Sie war derweil bei seinen Breeches angelangt und tastete nach den Knöpfen.

„Moment."

„Du meinst, wir sollen es langsamer angehen lassen?", fragte sie ihn sanft und ließ die Knöpfe einen nach dem anderen durch die schmalen Knopflöcher schlüpfen.

„Nun ja …"

„Ja?" Seine Hose klaffte auf.

„Ah …"

„Oder nein?" Sie schob ihre Hand in seine Leibwäsche und fand ihn so heiß und erregt, als warte er nur auf sie. Wohlige Vorfreude breitete sich in ihr aus. Heute Nacht würde sie ihn haben – und zwar so, wie *sie* es wollte.

„Nein", stieß er hervor und schloss gepeinigt die Augen.

„Gut", murmelte sie. „Das sehe ich genauso."

Damit fasste sie auch mit der anderen Hand in seine Breeches.

Einen Moment schwankte er wie benommen, stemmte dann beide Beine fest auf den Boden.

Sie freute sich ihrer Entdeckungen. Seltsamerweise war sie

auf einmal ganz ruhig, auch die Hände zitterten ihr nicht mehr, nun, da sie – endlich! – den verborgensten, intimsten Teil seines Körpers berührte. Sie spürte sich krausendes Haar ihre Finger kitzeln, füllte ihre Hände mit seinem harten, erhitzten Fleisch. Sie umfing ihn mit der linken Hand und erkundete ihn mit der rechten. Samtweiche Haut, darunter granitharter Muskel. Mit der Fingerspitze strich sie über die feinen, leicht erhabenen Äderchen, die breite, geschweifte Kuppe, empfindsame Haut auf empfindsamer Haut, erspürte den winzigen, feucht benetzten Schlitz, verrieb das Feuchte in kleinen Kreisen und drückte ihn dabei sacht mit der anderen Hand.

„Oh Gott“, flehte Jasper. „Du lässt mich schwach werden, liebste Gemahlin.“

Sie lächelte, ein stilles Lächeln weiblichen Triumphs, und reckte sich, seinen Schaft noch immer in der Hand, auf die Zehenspitzen. „Küss mich. Bitte.“

Er riss die Augen weit auf und starrte sie mit entrücktem Blick an. Dann packte er sie bei den Armen, beugte sich über sie und küsste sie, feucht und begierig, verzweifelt in seinem Verlangen – genau so, wie sie es wollte. Sie gurrte vor Wonne und rieb ihn kräftig. Stöhnend stieß er seine Zunge in ihren Mund, seinen Schwanz in ihre Hände. Sie saugte an seiner Zunge. Sie spürte seine Hände auf ihrem Hintern, spürte ihn beide Backen packen. Reinste, rohe Lust jagte durch ihren Leib.

Plötzlich wich er zurück, rang keuchend nach Atem. „Liebste, Süße, vielleicht sollten wir …“

Nein. Sie packte seine Breeches, zog sie ihm über die Hüften hinab. Dann betrachtete sie sein prächtiges entblößtes Geschlecht. Der Anblick allein bewirkte, dass sich all ihre Muskeln lustvoll zusammenzogen.

„Melisande …“

Stolz und prall ragte er vor ihr auf. Sie berührte ihn mit dem Daumen an der kleinen, empfindsamen Kerbung zwischen Kopf und Schaft. „Was?“

„Möchtest du nicht …?“

Sie hob den Blick zu ihm. Ihr Gatte schaute recht benommen drein.

„Nein“, beschied sie und beugte sich vor, um seine linke Brustwarze zu lecken.

Er bäumte sich auf und zog sie so heftig an sich, dass sie sich kaum noch rühren konnte und ihren Preis schweren Herzens loslassen musste.

Sie legte ihm die Hände flach auf die Brust und drängte ihn zurück zu einem der beiden Stühle, die am Kamin standen. Nachdem er einen Schritt gestolpert war, bückte er sich ungeduldig und entledigte sich seiner Breeches und seiner Leibwäsche, ließ Schuhe und Strümpfe folgen. In all seiner göttlichen Pracht sank er auf dem Stuhl nieder und merkte mit einem Mal, dass sie noch immer bekleidet war.

„Aber …“

„Schsch.“ Sachte legte sie ihm den Finger an den Mund, spürte den feuchten Hauch seines Atems, die samtweiche Berührung seiner Lippen.

Er verstummte, und sie trat einen Schritt zurück, zog langsam die Schnüre ihres Kleides auf, und er sah ihr gebannt zu. Ganz still war es auf einmal, kein Laut war zu hören außer seinem Atem und dem leisen Knistern des Feuers, in dessen warmem Schein sein stattlicher Körper besonders gut zur Geltung kam. Seine breiten Schultern ragten beiderseits über die Lehne des Stuhls hinaus, die zierlichen Armlehnen hielt er so fest umschlossen, als bedürfe es all seiner Kraft, sich zu beherrschen. Die Anspannung ließ die kräftigen Muskeln an seinen Armen schwellen. Und weiter unten …

Melisande hielt den Atem an, als sie aus ihren Röcken stieg. Zwischen seinen muskulösen Schenkeln ragte angriffslustig seine Männlichkeit empor. Der bloße Anblick ließ ihr die Knie weich werden, ihren Schoß erglühen und sie dahinschmelzen. Sie begegnete seinem Blick, und nun stierte er gar nicht mehr benommen drein. Eindringlich, sehr konzentriert war sein

Blick auf sie gerichtet, und nicht die Spur eines Lächelns lag auf seinen sonst so ausdrucksvollen Lippen.

Sie holte tief Luft und ließ ihr Korsett zu Boden fallen. Zart und hauchdünn wie Libellenflügel schmiegte die Chemise sich an ihren Leib. Jasper wollte aufstehen, doch sie hielt ihn zurück, legte ihm die Hand auf die Schulter und setzte das Knie neben seine Hüften auf den Stuhl.

„Wenn du gestattest", flüsterte sie.

Sie hörte mit Freuden, dass er sich räuspern musste. „Aber gern."

Sie nickte zufrieden und hob den Saum ihrer Chemise, ehe sie auf den Stuhl stieg. Behutsam ließ sie sich rittlings auf ihm nieder, ließ dann die Chemise wieder hinab und setzte sich. Im ersten Moment war sie wie berauscht davon, die Hitze seiner harten Schenkel an ihrem nackten Hintern zu spüren. Sein Körperhaar kitzelte sie an den intimsten Stellen.

Dann lächelte sie und schlang ihre Arme um seinen Hals. „Würdest du mich wohl küssen?"

„Mein Gott, ja", stöhnte er.

Fest zog er sie an sich, umfing sie mit seinen starken Armen. Fast hätte sie angefangen zu kichern, so herrlich war es, so wunderbar, endlich in dieser Weise von ihm gehalten zu werden. Doch als sein Mund den ihren fand, verging ihr das Lachen. Er küsste sie mit der Gier eines Hungernden, als wäre sie sein erster Bissen Brot seit Langem. Verlangend bewegte sein Mund sich auf ihrem, rang keuchend nach Atem, knabberte an ihren Lippen. Seine Hände gruben sich so fest in ihren Rücken, in ihre Schultern, dass sie sich fragte, ob sie die Male seiner Berührungen auch noch am nächsten Morgen an sich tragen würde.

Sie hob sich ein wenig von ihm, brachte sich näher an seinen Schaft. Er erstarrte, seinen Mund noch immer auf dem ihren, wartete ab und ließ sie gewähren. Sie rutschte so weit vor, bis seine Männlichkeit fest zwischen ihrer beider Leiber gefangen war. Dann begann sie sich langsam zu bewegen. Die runde Spitze schob sich zwischen ihre Schenkel, und sie rieb ihre Perle daran. So köstlich war es, dass ihre Lider sich flatternd senkten.

Er riss sich von ihrem Mund los und versuchte, zwischen sie zu fassen.

„Nein." Im Nu hatte sie die Augen wieder geöffnet und bedachte ihn mit strengem Blick. Dann rieb sie sich abermals an ihm.

Seine Wangen waren erhitzt, seine Lippen feucht. Die tiefen Falten um seinen Mund traten deutlich hervor, gaben seinem Gesicht etwas Finsteres, Unerbittliches.

Sie schürte ihre Lust, bis sie feucht und bereit war, hielt seinen Blick gebannt und verwahrte sich dagegen, dass er ihr Einhalt gebieten könnte.

Doch das tat er nicht. Stattdessen hob er seine Hände und umfing ihre Brüste. „Tu es, Melisande. Jetzt."

Sie hockte sich auf die Knie und drängte sich an ihn. Ihr Atem flog. Er beobachtete sie, schloss Daumen und Zeigefinger um ihre Brustspitzen und kniff zu. Mit einem lauten Keuchen bäumte sie sich auf. In wilder Verzückung packte sie seinen Schaft und hielt ihn fest, rieb sich an ihm, berührte auch sich selbst, ihren Schoß, heiß und geschwollen unter ihren fiebrigen Fingern. Sie stellte sich vor, wie ihr intimster Punkt scharlachrot an ihm erblühte, rieb ihre Perle kreisend an seiner prallen runden Spitze. Sie biss sich auf die Lippen, keuchte, kämpfte sich ihrem Ziel entgegen.

Dann beugte er sich vor, umschloss ihre Brustspitze mit seinem warmen feuchten Mund, und da war es um sie geschehen. Rasend vor Lust barst sie entzwei. Ihre Chemise klebte nass auf ihrer Haut, wo seine Zunge ihre Brust leckte, wo seine Lippen sich um die Spitze schlossen und daran saugten. Sie beobachtete ihn aus schmalen Augen, erschauerte heftig und warf den Kopf zurück, erbebte an ihm, schwebte noch immer zwischen Himmel und Erde, längst nicht bereit zurückzukehren.

Seine Hände, eben noch so hart, strichen nun besänftigend

über ihren Rücken. Sie erschauerte in seinen Armen, spürte indes, wie ihr Atem sich beruhigte, wenngleich das Verlangen, ihn in sich zu spüren, ungebrochen war, sogar dringlicher wurde. Er rutschte ein wenig nach vorn, fasste sie um die Taille und hob sie scheinbar mühelos hoch. Sie sah auf und begegnete seinem Blick, der unergründlich auf ihr ruhte. Dann drängte er sich an sie, in sie, schob sich immer weiter vor und ließ sie abermals vor Wonne erschauern. Sie neigte ihr Becken und senkte sich auf ihn, bis sie auf ihm saß und er sie ganz erfüllte. Mann und Frau, Gatte und Gemahlin.

Noch immer sahen sie einander in die Augen, hielten einander mit Blicken gebannt, und sie fragte sich, was er wohl dachte: ob er überrascht war, erfreut – oder alles andere als erfreut. Schockiert. Vielleicht dachte er aber auch gar nichts, war keines klaren Gedankens mehr fähig. Sein Mund war vor Anstrengung verzogen, fast verzerrt, seine Augen schmal. Ein Schweißtropfen rann ihm die Wange hinab. Vielleicht brauchte er nicht mehr zu denken. Vielleicht fühlte er nur noch.

Und das wollte sie auch. Sie beugte sich vor, leckte den Schweißtropfen ab, schmeckte Salz und Mann – ihren Mann. Mit den Händen umfing sie sein Gesicht, biss zärtlich seine Unterlippe. Er stöhnte, packte sie fester um die Taille und hob sie hoch, bis er fast aus ihr herausglitt, und ließ sie wieder auf sich sinken.

Das Herz sang ihr in der Brust. Sie wollte lachen und ihr Glück hinausschreien. Schwerelos flog sie dahin, frei – endlich frei – und vereint mit dem Mann, den sie liebte. Als er sie das nächste Mal auf sich sinken ließ, ließ sie die Hüften kreisen, worauf er sich mit einem leisen Fluch ihren liebevollen Bissen entzog und sich mit einer Dringlichkeit unter ihr zu bewegen begann, sich aufbäumte und so heftig in sie stieß, als wolle er sie brandmarken.

Sie packte seine Schultern und hielt sich fest. Ihre Beine waren weit gespreizt, ihr Brüste wippten im wilden Takt seiner Stöße, der Mund stand ihr offen, drängte sich keuchend an sein

Gesicht, küsste, leckte, biss. Unerbittlich, unermüdlich spürte sie ihn in sich.

Bis auf einmal all seine Muskeln sich spannten. Wild warf er den Kopf hin und her, biss die Zähne zusammen, erstarrte, und sie spürte den heißen Strom seines Samens in sich. Er bäumte sich auf, bäumte sich noch einmal auf, und atmete dann so tief aus, als wolle aller Atem seinen Körper verlassen.

Sie bedeckte sein Gesicht mit Küssen, sein Kinn, seinen Hals, beobachtete ihn, ihren Gatten, wie er sich von ihrem Liebesspiel erholte. Langsam entspannten sich seine Muskeln. Seine Hände fielen von ihrer Taille, sein Kopf ruhte matt auf der Lehne des Stuhls. Und noch immer küsste sie ihn. Seinen Hals, seine Ohren, seine Schultern. Zarte, hingehauchte Küsse. *Jasper, Jasper, Jasper.* Sie konnte nicht laut sagen, was ihr Herz sang, doch sie konnte ihren Mund sprechen lassen. Sein Körper glühte, seine Brust war schweißfeucht unter ihren Händen. Sie roch den Duft ihrer vereinten Leiber. Es fühlte sich so gut und richtig an wie noch nie etwas zuvor. All die Bruchstücke ihres Lebens – ihrer Welt – fügten sich auf einmal zusammen, bildeten ein harmonisches Ganzes, fanden Frieden.

So könnte es ewig bleiben.

Doch schon rührte er sich unter ihr und zog sich aus ihr zurück. Der Verlust war schmerzlich, fast hätte sie empört aufgeschrien, doch sie hielt sich zurück und frohlockte, als er sie hochhob und hinüber zum Bett trug. Behutsam legte er sie nieder und küsste sie zärtlich auf den Mund. Und dann … wandte er sich ab und verschwand durch die Verbindungstür in seine Gemächer.

Er sah nicht einmal mehr, wie sie die Arme nach ihm ausgestreckt hatte.

10. KAPITEL

Am Tag, da die Mutproben beginnen sollten, fanden sich Hunderte, vielleicht gar Tausende hoffnungsfroher Männer vor den Schlossmauern ein. Dem König war eine Tribüne errichtet worden, sodass alle ihn sehen und hören konnten. Und dort droben stand nun der König und erklärte den Verehrern der Prinzessin, was sie erwartete. Es sollte der Mutproben drei an der Zahl geben, damit der, welcher die Prinzessin gewönne, sich auch gründlich erprobt hätte. Die erste Aufgabe bestand darin, einen bronzenen Ring zu finden und ihn der Prinzessin zu überbringen. Dieser Ring lag am Grunde eines kalten, tiefen Sees. Und in diesem See lebte eine riesige Schlange …

[aus LACHENDER JACK]

Ganz allein wachte Melisande in ihrem Bett auf. Oder fast allein. Sally musste Mouse irgendwann in der Nacht in ihr Zimmer gelassen haben, denn der kleine Hund hatte sich am Fußende des Bettes zusammengerollt. Einen Moment lag sie ganz still, starrte hinauf an den seidenen Betthimmel und versuchte, ihre Gefühle zu ordnen. Das Liebesspiel der letzten Nacht war wunderbar gewesen – zumindest hatte sie das geglaubt. Hatte Jasper sie danach verlassen, weil ihr forsches Gebaren ihm zuwider gewesen war? Oder weil es ein rein körperlicher Akt für ihn war und er keine Notwendigkeit sah, danach zu bleiben und bei ihr zu liegen? Und war es nicht genau das, was sie gewollt hatte? Sich mit Jasper den ehelichen Freuden hingeben, ohne dass ihre unnatürlich starken Empfindungen ins Spiel kämen? Melisande schnaubte frustriert. Wie es schien, wusste sie selbst nicht mehr, was sie überhaupt wollte.

Am Fußende des Bettes reckte und streckte sich Mouse, das Hinterteil in die Höhe gereckt. Dann kam er auf leisen Pfoten übers Plumeau getapst und stupste ihr gegen die Hand.

„Und was meinst du dazu, Sir Mouse?“, fragte ihn Melisande, als sie ihn hinter den Ohren kraulte. „Frisst du ihm jetzt aus der Hand?“

Mouse schüttelte sich, dann sprang er vom Bett, trottete zur Tür und tat sein Anliegen kund, indem er mit der Pfote am Holz kratzte.

Seufzend warf Melisande die Bettdecke zurück. „Na schön. Vermutlich finde ich ohnehin keine Antwort auf meine Fragen, wenn ich hier im Bett liegen bleibe.“

Sie klingelte nach Sally, und während sie auf das Mädchen wartete, wusch sie sich mit dem empfindlich kalten Wasser, das noch im Krug auf der Kommode stand. Dann ließ sie sich geschwind von ihrer Zofe ankleiden und sprang gleich darauf mit Mouse die Treppe hinunter. Nachdem sie den Hund in Sprats Hände gegeben hatte, ging sie zum Frühstückszimmer und wappnete sich, ihrem Gatten entgegenzutreten.

Doch das Frühstückszimmer war leer. Einen Moment blieb Melisande ungläubig auf der Schwelle stehen. Der Tisch war abgeräumt, doch ein paar versprengte Krümel verrieten ihr, dass Jasper bereits gefrühstückt hatte und wieder fort war. Sie biss sich auf die Lippe. Warum hatte er nicht auf sie gewartet?

„Soll ich heiße Schokolade bringen lassen, Mylady?“, fragte Sprat hinter ihr, der bereits mit Mouse zurückgekehrt war.

„Ja, bitte“, murmelte sie, ohne nachzudenken. Doch dann überlegte sie es sich anders und fuhr so unvermittelt herum, dass der arme Lakai erschrocken zusammenzuckte. „Nein, lassen Sie stattdessen die Kutsche vorfahren, ja?“

Sprat schien verwirrt. „Jawohl, Mylady.“

„Und sagen Sie Sally, sie soll in der Halle auf mich warten.“

Der Lakai verbeugte sich und ging. Melisande trat an die Anrichte, wo Brötchen und Aufschnitt bereits serviert waren. Sie wickelte ein wenig Proviant in eine Serviette und begab sich zurück in die Halle. Sir Mouse hechelte aufgeregt hinter ihr her.

Sally wartete bereits auf sie. Gespannt blickte sie ihr entgegen. „Wollen Sie ausfahren, Mylady?“

„Ich dachte mir, ein Spaziergang im Park wäre doch schön“, erwiderte Melisande munter. Sie schaute hinab auf Mouse, der artig bei Fuß saß und sie mit Unschuldsaugen ansah. „Sprat, wir nehmen wohl besser Sir Mouses Leine mit.“

Der Lakai eilte zurück in die Küche, um die Hundeleine zu holen, und bald darauf saßen Hund und Frauchen nebeneinander in der Kutsche und fuhren in Richtung Hyde Park.

„Ein herrlicher Tag, nicht wahr, Mylady?“, bemerkte Sally. „Strahlend blauer Himmel und Sonnenschein. Nur Mr Pynch meckert mal wieder rum. Wir sollten uns besser dran erfreuen, solange es hält, hat er gemeint, denn bald würde es wieder regnen.“ Das Mädchen runzelte die Stirn und schwieg einen Moment. „Der sagt andauernd schlechtes Wetter vorher. Mr Pynch, meine ich.“

Belustigt musterte Melisande ihre Zofe. „Scheint mir einer von der verdrießlichen Sorte.“

„Verdrießlich?“

„Düsteren Gemüts und schlechter Laune.“

Die Miene des Mädchens hellte sich auf. „Ach, gar nicht mal, aber so furchtbar eingebildet ist er. Schaut auf alle herab und meint, er wäre was Besseres, wenn Sie wissen, was ich meine.“

„Ah ja.“ Melisande nickte. „Rühmt sich seines Ranges.“

„Ganz genau, Mylady!“, rief Sally. „Er tut so, als wüsste er sowieso alles besser. Als ob man dümmer wäre als er, nur weil man jünger ist.“

Daraufhin versank Sally abermals in stummes Brüten über den anmaßenden Kammerdiener. Melisande sah es mit Staunen. Für gewöhnlich war Sally ein fröhliches, ausgeglichenes Mädchen. So verstimmt und gereizt hatte Melisande sie noch nie erlebt – und schon gar nicht wegen eines kahlköpfigen Kammerdieners, der wohl ein Dutzend Jahre älter war als sie.

„Da ist schon der Hyde Park“, riss Sally sie aus ihren Gedanken.

Melisande warf einen Blick aus dem Fenster und stellte fest, dass sie bereits in den Park einfuhren. Es war noch früh, und zu dieser Stunde war es angenehm ruhig im Park. Nur ein paar Reiter waren zu sehen, ein oder zwei Kutschen und ein paar vereinzelte Gestalten, die sich in der Ferne ergingen.

Langsam rollte der Wagen aus. Der Schlag wurde geöffnet, ein Lakai spähte herein. „Ist es hier recht, Mylady?“

Sie hatten bei einem kleinen Ententeich gehalten. Melisande nickte. „Sehr schön. Sagen Sie dem Kutscher, er soll hier warten, während wir spazieren gehen.“

„Jawohl, Mylady.“ Der Lakai half erst Melisande aus der Kutsche, dann Sally. Mouse kam hinterhergesprungen und hob sogleich das Bein an einem Busch.

Melisande räusperte sich. „Wollen wir hinab zum See gehen?“

„Wohin immer Sie wünschen, Mylady“, kam es von Sally, die ihr mit einigen Schritten Abstand folgte.

Melisande seufzte. Es war natürlich schicklich und weithin üblich, dass die Kammerzofe nicht neben, sondern hinter ihrer Herrin ging, aber einem vertraulichen Gespräch war dies nicht gerade zuträglich. Doch der Tag war zu schön, um sich über derlei Petitessen zu ärgern, und so schritt sie forsch aus. Warum zu Hause sitzen und auf ihren Gatten warten, der ganz offensichtlich auch tat, was ihm beliebte? Nein, sie würde diesen Tag genießen, sich ihres kleinen Spaziergangs erfreuen und nicht einen Gedanken an Lord Vale verschwenden oder darüber nachgrübeln, warum er beim Frühstück nicht auf sie gewartet hatte.

Nur leider musste Melisande feststellen, dass solche Gelassenheit schwer zu erlangen war, wenn man mit Mouse unterwegs war. Der Terrier zog an der Leine, grub seine robusten Beinchen ins Gras und kämpfte sich ungeduldig voran. So fest zog er, dass er sich mit der Lederschlinge schier erdrosselte.

„Was soll denn das, törichter Terrier?“, murmelte Melisande, während Mouse hechelte und japste. „Hör doch einfach auf zu ziehen.“

Mouse horchte beim Klang ihrer Stimme nicht einmal auf,

so sehr war er in sein vergebliches Ringen mit der geflochtenen Lederleine verstrickt.

Melisande sah sich seufzend um. Der Park war beinah menschenleer. In einiger Entfernung, am Ufer des Ententeichs, stand eine Frau mit zwei Kindern. Mouse mochte Kinder sehr und würde den beiden gewiss nichts tun. Melisande bückte sich und nahm ihm die Leine ab.

Sofort senkte der Hund die Nase ins Gras, schnüffelte und rannte wie von Sinnen im Kreis herum.

„Mouse“, rief Melisande.

Er blieb stehen, spitzte die Ohren und sah sie an.

Sie lächelte. „Sehr gut.“

Der Hund wedelte mit dem Schwanz und sprang wieder davon, um einen Baumstamm zu beschnuppern.

„Da freut sich aber einer, was, Mylady?“, rief Sally hinter ihr.

„Ja“, meinte Melisande. „Er hat auch lange keinen richtigen Auslauf mehr gehabt.“

Jetzt, wo Mouse nicht mehr wie ein Verrückter an ihr zog, konnte sie ganz in Ruhe umherschlendern. Sie wickelte die mitgebrachten Brötchen aus der Serviette und bot Sally eines an.

„Danke, Mylady.“ Die kleine Zofe knickste.

Melisande spazierte umher und aß beim Gehen. Ab und an kam Mouse angerannt, schnappte sich einen Happen, den sie ihm hinhielt, und schon war er wieder weg, um neue Entdeckungen zu machen. Vom See her war jetzt das Lachen der Kinder zu hören und etwas leiser die Stimme der Frau, die sie begleitete. Die Kinder hockten am Ufer, die Frau stand etwas abseits, aber noch nah genug, um ihre Schützlinge gut im Blick zu haben. Eines der Kinder stocherte mit einem langen Stock im Matsch herum, das andere schaute zu.

Da sichtete Mouse ein Entenpaar, das am Ufer entlangwatschelte, und mit einem verzückten Bellen stürmte er los. Ente und Erpel suchten flügelschlagend das Weite, doch das konnte Mouse nicht abhalten. Töricht wie er war, sprang der kleine

Terrier hoch in die Luft und schnappte hinter den beiden her, als glaube er ernstlich, fliegende Enten fangen zu können.

Die beiden Kinder beobachteten das Schauspiel, und eines jubelte lauthals. Was Mouse natürlich sogleich als Einladung auffasste; die Enten waren vergessen, und er wetzte los, um seine neuen Freunde zu begrüßen. Melisande folgte ihm gemächlich. Als sie näher kam, sah sie, dass es ein Junge und ein Mädchen waren. Der Junge mochte fünf oder sechs sein, das Mädchen vielleicht acht. Der Junge trug einen schönen, adretten Anzug und schlang verzückt seine Arme um Mouse. Melisande zuckte kurz zusammen. Sie mochte gar nicht daran denken, was Matsch und Hund mit den Kleidern des Kleinen anrichteten. Das Mädchen zeigte weniger Überschwang, was ein Segen war, denn sie trug ein makellos weißes Kleid.

„Ma'am! Wie heißt der Hund, Ma'am?“, rief der Junge, sowie er sie kommen sah. „Ist das Ihrer? So ein schöner Hund!“

„Du sollst nicht so schreien“, tadelte ihn seine Schwester.

Melisande lächelte das Mädchen an. „Er heißt Mouse, und ja, er ist wirklich ein schöner Hund.“

Mouse spitzte kurz die Ohren, dann grub er seine Schnauze in den Uferschlamm.

Melisande wusste nicht so recht weiter. Sie hatte kaum Erfahrung mit Kindern, aber gewiss gab es Fragen, die man gemeinhin auch Kindern stellte. „Und wie heißt du?“, fragte sie das Mädchen.

Das Mädchen wurde rot und senkte den Blick. „Abigail Fitzwilliam“, flüsterte sie.

„Ah“, machte Melisande und ließ ihren Blick zu der Frau schweifen, die demnach die Mutter der Kinder war. Nun, aus der Nähe, erkannte sie die andere. Sie hatte sie kürzlich erst auf dem Maskenball gesehen: Helen Fitzwilliam, die Mätresse des Duke of Lister. Der Herzog war ein mächtiger Mann, aber ungeachtet dessen, wie viel Macht und Einfluss ein Mann hatte, seine Geliebte galt dennoch als nicht gesellschaftsfähig. Sie lächelte Helen Fitzwilliams Tochter an. „Ich bin Lady Vale. Es freut mich, dich kennenzulernen, Abigail."

Das Mädchen starrte noch immer auf seine Schuhspitzen.

„Abigail", mahnte eine leise Frauenstimme. „Mach bitte einen Knicks vor der Dame."

Das Mädchen machte einen etwas ungelenken, doch allerliebsten Knicks, und Melisande drehte sich nach Mrs Fitzwilliam um. Sie war eine schöne Frau, mit golden schimmerndem Haar, großen blauen Augen und einem anmutig geschwungenen Mund. Obwohl etwas älter als Melisande, würde sie noch immer jede Frau, gleich welchen Alters, in den Schatten stellen. Kein Wunder eigentlich, dass der Duke of Lister sich eine so umwerfend schöne Frau zur Geliebten nahm.

Sie sollte weitergehen, sollte die Kurtisane keines Blickes, geschweige denn eines Wortes würdigen. Mrs Fitzwilliams stolzer Zurückhaltung nach zu urteilen, schien diese genau das zu erwarten. Melisande richtete den Blick wieder auf das kleine Mädchen, das noch immer starr zu Boden schaute. Wie oft hatte sie schon miterlebt, dass man ihre Mutter geschnitten hatte?

Höflich neigte Melisande den Kopf. „Ich bin Melisande Renshaw, Viscountess Vale."

Auf Mrs Fitzwilliams Gesicht zeigte sich Verwunderung, dann Dankbarkeit, ehe sie in einen tiefen Knicks sank. „Es ist mir eine Ehre, Sie kennenzulernen, Mylady. Ich bin Helen Fitzwilliam."

Melisande erwiderte den Knicks, und als sie sich wieder aufrichtete, fand sie den Blick des Mädchens auf sich gerichtet. Abigail lächelte. „Und wie heißt dein Bruder?"

Das Mädchen sah über die Schulter, wo sein Bruder am Wasser hockte und mit einem Stock in irgendetwas herumstocherte, das von Mouse eifrig beschnüffelt wurde. Melisande konnte nur hoffen, dass er es sich nicht in den Kopf setzte, sich gleich noch im Schlamm zu wälzen.

„Das ist Jamie", sagte Abigail. „Er mag alles, was stinkt."

„Mmm", meinte Melisande. „So wie Mouse."

„Darf ich mal gucken, Mutter?“, fragte das Mädchen.

„Ja, aber mach dich bitte nicht genauso schmutzig wie dein Bruder“, sagte Mrs Fitzwilliam.

Abigail schien beleidigt. „Natürlich nicht.“

Vorsichtig ging sie schauen, was ihr Bruder und der Hund spielten.

„Sie ist ein hübsches Mädchen“, bemerkte Melisande. Eigentlich war es ihr ein Gräuel, sich mit Fremden unterhalten zu müssen, aber sie ahnte, dass die andere es als Affront auffassen würde, wenn sie schwieg.

„Ja, nicht wahr?“, meinte Mrs Fitzwilliam. „Als ihre Mutter sollte ich es vermutlich gar nicht bemerken, aber ich finde sie wunderbar. Die beiden sind meine Augensterne, der Sinn meines Lebens.“

Melisande nickte. Sie wusste zwar nicht genau, wie lange Mrs Fitzwilliam schon Listers Geliebte war, aber mit großer Wahrscheinlichkeit waren es seine Kinder. Welch seltsames Schattenleben die Mätresse eines Mannes doch führte! Lister war verheiratet und hatte mit seiner Frau ein weiteres halbes Dutzend Söhne und Töchter, die allesamt schon aus dem Haus waren. Das war seine *richtige*, seine legitime Familie. Ob er Jamie und Abigail überhaupt als seine Kinder anerkannt hatte?

„Sie lieben den Park“, fuhr Mrs Fitzwilliam fort. „Sooft es mir möglich ist, komme ich mit ihnen her, was leider nicht oft genug der Fall ist, denn ich bin ungern hier, wenn viele Leute da sind.“

Sie sagte es nüchtern ohne jedes Selbstmitleid.

„Wie kommt es wohl, dass kleine Jungs und Hunde so versessen auf Matsch sind?“, sann Melisande nach. Abigail hielt sich artig zurück, aber Jamie war aufgesprungen und stampfte gerade kräftig in den Schlamm, dass es nur so spritzte. Mouse bellte begeistert.

„Der Gestank?“, vermutete Mrs Fitzwilliam.

„Oder der Dreck?“

Kreischend sprang Abigail zurück, als ihr Bruder abermals

in den Matsch hüpfte.

„Um ihre Schwestern zu vergraulen?“

Melisande schmunzelte. „Das könnte Jamies Faszination erklären, doch nicht die von Mouse.“

Sie ertappte sich dabei, dass sie diese Frau gern zum Tee einladen würde. Mrs Fitzwilliam war ganz anders, als sie gedacht hatte. Sie heischte nicht nach Mitgefühl, schien nicht sonderlich mit ihrem Schicksal zu hadern, und sie hatte Humor. Sie würde eine wunderbare Freundin abgeben.

Aber ach, undenkbar natürlich, eine Konkubine zum Tee einzuladen.

„Wie ich hörte, sind Sie frisch verheiratet“, sagte Mrs Fitzwilliam. „Darf ich meine Glückwünsche aussprechen?“

„Danke“, murmelte Melisande und runzelte die Stirn, sowie sie an Jasper erinnert wurde und daran, wie er gestern Nacht von ihr gegangen war.

„Oft denke ich, dass es nicht leicht sein kann, mit einem Mann zusammenzuleben“, sagte Mrs Fitzwilliam. „Ich meine, *richtig* zusammenzuleben.“

Melisande warf ihr einen kurzen Blick zu.

Mrs Fitzwilliam errötete. „Ich hoffe, ich habe Sie nicht brüskiert.“

„Oh nein, keineswegs.“

„Es ist nur so, dass Männer bisweilen sehr verschlossen sein können“, fuhr sie leise fort. „Sie halten einen auf Distanz, als wollten sie gar nicht, dass man an ihrem Leben teilhat. Aber vielleicht täusche ich mich ja und nicht alle Männer sind so?“

„Das kann ich nicht beurteilen“, sagte Melisande. „Ich habe nur den einen.“

„Natürlich.“ Mrs Fitzwilliam blickte zu Boden. „Doch manchmal frage ich mich, ob ein Mann und eine Frau einander überhaupt nah sein können. Im geistigen Sinne, meine ich. Die Unterschiede zwischen den Geschlechtern sind so groß, nicht wahr?“

Melisande verschränkte die Hände. Ihr erschien Mrs Fitzwilliams Sicht der Dinge recht abgeklärt, zynisch sogar, und ein Teil von ihr – der vernünftige, prosaische Teil – wollte ihr zustimmen. Doch etwas in ihr wehrte sich heftig dagegen. „Gewiss wird es nicht immer so sein, oder? Ich kenne Ehepaare, die sehr glücklich miteinander sind, die einander lieben und sich so nah sind, dass sie die Gedanken des anderen lesen können."

„Und haben Sie so eine Verbindung zu Ihrem Gatten?", fragte Mrs Fitzwilliam. Von jeder anderen hätte Melisande diese Frage als ausgesprochen zudringlich empfunden, aber Mrs Fitzwilliam schien ehrlich interessiert.

„Nein", erwiderte Melisande wahrheitsgemäß. „Lord Vale und ich führen keine solche Ehe."

Und war das nicht genau das, was sie wollte? Einmal zuvor hatte sie geliebt und war bis in die Tiefen ihrer Seele verletzt worden. Solchen Schmerz wollte – nein, *konnte* – sie nicht noch einmal ertragen. Als sie sich dessen bewusst wurde, befiel sie eine Traurigkeit, die ihr plötzlich alles klein und nichtig erscheinen ließ. Nie würde sie wahres Eheglück kennen, nie eine dieser beneidenswerten Ehen führen, die auf Liebe und gegenseitigem Verständnis gründeten.

„Ah ja", sagte Mrs Fitzwilliam nur, dann standen sie wieder schweigend da und sahen den Kindern und Mouse zu.

Nach einer Weile wandte Mrs Fitzwilliam sich mit einem Lächeln zu ihr um, einem so umwerfend schönen Lächeln, dass Melisande der Atem stockte. „Haben Sie vielen Dank dafür, dass die beiden mit Ihrem Hund spielen durften."

Als Melisande gerade etwas erwidern wollte, hörte sie es hinter sich rufen: „Meine liebe Gemahlin! Welch Freude, Sie hier anzutreffen."

Sie drehte sich um und sah Jasper in Begleitung eines anderen Mannes in ihre Richtung reiten.

Melisande war so sehr in das Gespräch mit der anderen Frau vertieft gewesen, dass sie Jasper erst bemerkte, als er sie angerufen hatte. Während er und Lord Hasselthorpe näher heranritten, wandte die Frau sich ab und schlenderte gemächlich davon. Jasper erkannte sie dennoch. Sie nannte sich Mrs Fitzwilliam und war seit bald zehn Jahren die Mätresse des Duke of Lister.

Was war in Melisande gefahren, mit einer Halbweltdame zu reden?

„Ihre Gemahlin pflegt interessanten Umgang“, bemerkte Lord Hasselthorpe. „Manch jungvermählte Dame meint, es würde ihr einen Hauch von Extravaganz verleihen, an den Grenzen der Respektabilität zu wandeln. Sie sollten Ihre Gattin beizeiten eines Besseren belehren, Vale.“

Eine schneidende Erwiderung lag Jasper auf der Zunge, doch er verkniff sie sich, nachdem er gerade eine geschlagene Stunde darauf verwandt hatte, sich bei Hasselthorpe Gehör zu verschaffen.

Also biss er die Zähne zusammen und sagte: „Ich werde es mir merken, Mylord.“

„Tun Sie das“, erwiderte Hasselthorpe und ließ sein Pferd anhalten, ehe sie Melisande erreicht hatten. „Gewiss möchten Sie die Sache in Ruhe mit Ihrer Gemahlin klären, weshalb ich Sie hier verlassen werde. Sie haben mir viel zu bedenken gegeben.“

„Heißt das, Sie wollen uns helfen, den Verräter zu finden?“, insistierte Jasper.

Hasselthorpe zögerte. „Ihre Theorie klingt vernünftig, Vale, aber ich möchte nichts überstürzen. Sollte sich herausstellen, dass mein Bruder wirklich durch irgendeinen feigen Verräter umgekommen ist, können Sie auf meine Hilfe bauen. Aber ich möchte mir die Angelegenheit gern in Ruhe durch den Kopf gehen lassen.“

„Gut“, sagte Jasper. „Dürfte ich dann morgen bei Ihnen vorsprechen?“

„Lieber übermorgen“, entgegnete Hasselthorpe.

Jasper nickte, wenngleich ihm jeder Aufschub ein Gräuel

war. Er gab dem anderen zum Abschied die Hand und ritt dann zu Melisande hinüber. Sie hatte sich umgedreht und blickte ihm entgegen, die Hände vor der Taille gefaltet, den Rücken kerzengerade wie immer. Nichts deutete auf die Frau hin, die ihn die Nacht zuvor so meisterlich verführt hatte. Kurz verspürte er den Impuls, sie bei den Schultern zu packen und zu schütteln, ihre Fassade zu durchbrechen, ihren Rücken zu beugen.

Natürlich tat er nichts dergleichen; man machte seiner Frau nicht in aller Öffentlichkeit eine Szene – auch dann nicht, wenn sie soeben mit einer Person zweifelhaften Rufs geplaudert hatte.

Stattdessen lächelte er und rief ihr entgegen: „Welch eine Freude, dich zu sehen, mein Herz. Machst du einen Spaziergang?"

Als Mouse ihn erblickte, trennte er sich von einem kleinen, schlammverschmierten Jungen, kam angewetzt und kläffte lauthals Jaspers Stute an. Dieser Hund hatte wirklich ein Spatzenhirn! Glücklicherweise war Belle ein gutmütiges Geschöpf und schnaubte den kleinen Terrier nur an, der ihr wild vor den Hufen herumsprang.

„Mouse", sagte Jasper streng. „Sitz."

Wundersamerweise tat der Hund, wie ihm geheißen und pflanzte sich ins Gras.

Jasper sprang aus dem Sattel und sah Mouse an. Der Terrier wedelte mit dem Schwanz. Jasper schaute ihn so lange an, bis Mouse den Kopf senkte und so heftig mit dem Schwanz wedelte, dass sein ganzes Hinterteil hin und her wackelte. Den Kopf fast im Gras robbte er sich an Jasper heran, die Schnauze zu einem unterwürfigen Grienen verzogen.

„Ach, du meine Güte", murmelte Jasper. So wie das Tier sich hier aufführte, könnte man glatt meinen, er habe es geschlagen.

Mouse nahm es als Erlaubnis aufzuspringen, kam herbeigetrottet und setzte sich erwartungsvoll zu Jaspers Füßen.

Hinter sich vernahm Jasper ein ersticktes Lachen. Aus den

Augenwinkeln sah er, dass Melisande sich die Hand vor den Mund hielt. „Ich glaube, er mag dich“, meinte sie.

„Schön, aber mag ich ihn?“

„Darauf kommt es doch gar nicht an.“ Sie kam herbeigeschlendert. „Er mag dich, und damit hat es sich.“

„Hmmm.“ Jasper betrachtete Mouse, der gespannt den Kopf zur Seite geneigt hatte, als warte er auf Anweisungen. „Na, lauf schon.“

Der Hund bellte einmal und rannte dann in weitem Bogen um Jasper, Melisande und das Pferd herum.

„Man sollte meinen, er würde mich *nicht* mögen, nachdem ich ihn im Keller eingesperrt habe“, überlegte Jasper laut.

„So sind Hunde nun einmal“, meinte sie achselzuckend und hob einen Stock auf. „Hier.“

Jasper beäugte den Stock. Er war schlammverkrustet. „Sehr aufmerksam, Mylady. Ich weiß kaum, was ich sagen soll.“

Sie verdrehte die Augen. „Der ist doch nicht für dich. Du sollst ihn für Mouse werfen.“

„Warum?“

„Weil er gerne Stöckchen jagt“, erklärte sie so geduldig, als wäre er ein etwas begriffsstutziges Kind.

„Aha.“ Er nahm den Stock. Sofort blieb Mouse stehen und spitzte die Ohren. Jasper warf den Stock so weit er konnte und ertappte sich dabei, vor seiner Gemahlin angeben zu wollen.

Freudig rannte Mouse dem Stock hinterher, stürzte sich darauf und schüttelte ihn wütend hin und her. Dann trottete er hinab zum See.

Jasper runzelte die Stirn. „Sollte er ihn nicht eigentlich zurückbringen?“

„Ich habe nicht gesagt, dass er gern apportiert – nur dass er gern Stöckchen jagt.“

Jasper schaute seine Frau an. In der frischen Morgenluft hatten ihre sonst so blassen Wangen einen rosigen Schimmer bekommen; ihre Augen funkelten vergnügt, weil sie ihn ausgetrickst hatte, und sie sah … reizend aus. Sehr, sehr reizend.

Er schluckte, ehe er ein Wort herausbekam. „Soll das heißen, dass ich meinen schönen Stock nie wiedersehen werde?“

Vom anderen Ufer des Teichs kam ein lautes *Knack!*, als Mouse sich durch seine Beute biss.

Melisande sah bedauernd drein. „Vermutlich willst du ihn jetzt ohnehin nicht mehr zurückhaben.“

„Er frisst den doch nicht, oder?“

„Bislang hat er es noch nie getan.“

„Ah.“ Und dann wusste er auf einmal nicht mehr, was er sagen sollte – was ihm äußerst selten passierte. Er würde ja gern erfahren, worüber sie mit Mrs Fitzwilliam gesprochen hatte, wusste aber beim besten Willen nicht, wie er die Frage formulieren sollte. *Hast du dich von einer Kurtisane in der Kunst der Verführung unterweisen lassen?* war vielleicht etwas unelegant. Er sah sich um und stellte fest, dass Mrs Fitzwilliam und ihre Kinder den Park verlassen hatten. Zumindest konnte er sie nirgends mehr sehen.

„Warum hast du beim Frühstück nicht auf mich gewartet?“, fragte sie in das Schweigen hinein.

Inzwischen schlenderten sie um den See; Jasper führte das Pferd am Zügel. „Kann ich nicht genau sagen. Ich dachte nur, dass nach letzter Nacht …“

Was? Dass sie lieber allein sein wollte? Nein, das stimmte nicht. Viel eher brauchte *er* Zeit für sich allein. Doch was sagte das über ihn?

„Habe ich Abscheu in dir geweckt?“, fragte sie.

Das brachte ihn so sehr aus der Fassung, dass er stehen blieb und sie ansah. Wie, um alles in der Welt, kam sie denn auf solch eine Idee? Allein die Frage ließ eine tiefe Verletzung der Seele erahnen. „Nein! Nein, natürlich nicht, mein Herz. Du könntest niemals Abscheu in mir wecken, selbst wenn du es noch so sehr versuchtest.“

Die Brauen leicht zusammengezogen, betrachtete sie sein Gesicht. Sie schien ergründen zu wollen, ob er log.

Er neigte sich ihr zu und flüsterte: „Du faszinierst mich, verführst mich, du weckst mein Verlangen, aber meinen Abscheu? Niemals, mein liebstes Weib, niemals."

Sie atmete kurz auf, doch als sie sprach, klang ihre Stimme so leise, dass er sie kaum verstand. „Aber es war nicht das, was du erwartet hattest."

Er dachte daran, wie zielstrebig und gefasst sie die Nacht zuvor zu Werke gegangen war. Ihre kühlen Finger auf seiner erregten Männlichkeit, ihre ernste, konzentrierte Miene hätten ihn beinahe auf der Stelle kommen lassen.

„Nein", sagte er heiser. „Es war nicht das, was ich erwartet hatte. Aber Melisande ..."

Ein Schuss hallte vom anderen Ende des Parks her. Instinktiv zog Jasper Melisande in seine Arme. Mouse begann wie verrückt zu bellen. Sie hörten Schreie und das panische Wiehern eines Pferdes, doch was tatsächlich geschehen war, blieb hinter einer kleinen Waldung verborgen.

„Was war das?", fragte Melisande.

„Ich weiß es nicht", murmelte Jasper.

Ein Gentleman kam ohne Hut und sichtlich in Eile auf einem großen, schwarzen Ross aus der Richtung des Aufruhrs herangaloppiert.

Jasper stellte sich schützend vor Melisande. „He!", rief er den Mann an. „Sie da! Was ist denn passiert?"

Der Mann riss so heftig an den Zügeln, dass der Rappe stieg. „Keine Zeit. Ich muss einen Arzt holen."

„Hat man auf jemanden geschossen?"

„Ein Mordversuch", rief der Mann und trat seinem Pferd in die Flanken. „Jemand hat versucht, Lord Hasselthorpe zu töten!"

„Warum sollte jemand Lord Hasselthorpe erschießen wollen?", fragte Melisande später am Abend. Jasper hatte sie in die Kutsche verfrachtet und nach Hause beordert, ehe er zum Ort des Geschehens geritten war. Bis nach dem Abendessen war er fortgeblieben, weshalb nun die erste Gelegenheit war, etwas in Erfahrung zu bringen.

„Ich weiß nicht", erwiderte er. Er war in ihre Gemächer gekommen und ging rastlos auf und ab wie ein eingesperrtes Tier. „Vielleicht war es einfach nur ein Unfall. Irgendein Idiot, der Schießübungen gemacht hat."

„Im Hyde Park?"

„Was weiß denn ich?" Jasper hatte die Stimme erhoben und sah Melisande entschuldigend an. „Verzeih. Sollte jemand allen Ernstes versucht haben, ihn zu töten, dann war er ein verdammt schlechter Schütze. Hasselthorpe ist mit einem Streifschuss am Arm davongekommen. Verletzungen dieser Art habe ich im Krieg zuhauf gesehen. Solange die Wunde sich nicht entzündet, dürfte er sich bald davon erholt haben."

„Das erleichtert mich", sagte Melisande. Sie setzte sich in einen der Lehnstühle am Kamin – genauer gesagt in jenen, auf dem sie sich gestern geliebt hatten –, und musterte ihren Gatten. „Du sprichst fast nie über den Krieg."

„Ach nein?", erwiderte er zerstreut. Er stand neben ihrer Frisierkommode und stocherte in einer Schale mit Haarnadeln herum. Über Hemd und Breeches trug er einen schwarzrot gemusterten Hausmantel. „Da gibt es auch nicht viel zu erzählen."

„Nein? Immerhin warst du sechs Jahre in der Armee, oder?"

„Sieben", murmelte er und trat an ihren Schrank, riss die Türen auf und spähte hinein, als hoffe er zwischen ihren Kleidern Antworten auf all seine Fragen zu finden.

„Weshalb bist du überhaupt zur Armee gegangen?"

Er drehte sich um und starrte sie einen Moment entgeistert an.

Dann blinzelte er und lachte. „Um ein Mann zu werden. Zumindest hatte mein Vater das im Sinn. Er meinte, ich sei zu träge, zu verweichlicht. Und da man meiner zu Hause nicht bedurfte …", er tat es mit einem gleichgültigen Achselzucken ab, „… warum dem Sohn dann nicht ein Patent erwerben, um sich nützlich zu machen?"

„Und dein bester Freund Reynaud St Aubyn hat seines zur selben Zeit erworben?“

„Oh ja. Wir waren ganz außer uns vor Freude, uns dem achtundzwanzigsten Infanterieregiment anschließen zu können. Friede sei mit ihm.“ Er schloss die Schranktüren wieder und trat ans Fenster, um weiter vor sich hinzubrüten.

Vielleicht sollte sie es dabei belassen. Ihn nicht weiter bedrängen und seine Geheimnisse ruhen lassen. Aber das wollte sie nicht. Sie wollte alles über ihn wissen, fand jeden Teil seines Lebens faszinierend – insbesondere das, was er vor ihr zu verbergen suchte. Seufzend stand sie auf. Über ihrer Chemise trug sie eine Stola aus schwerem Satin, die sie sich nun von den Schultern streifte und sorgsam auf den Stuhl legte.

„Hat dir das Leben in der Armee gefallen?“, fragte sie ruhig.

Sein Spiegelbild im dunklen Fenster verriet ihr, dass er sie beobachtete. „Kommt darauf an. Manche Männer haben sich über alles beschwert: das Essen, die Zelte, das Marschieren. Aber bisweilen war es auch vergnüglich. Abends am Lagerfeuer sitzen, Erbsbrei mit Speck essen.“

Während sie ihm zuhörte, zog sie ihre Chemise aus. Er verstummte jäh. Nackt wie sie war, trat sie zu ihm und legte ihm die Hände auf den Rücken. Seine Muskeln waren steinhart, als wären sie zu Granit geworden.

„Und die Schlachten?“

„Die reinste Hölle“, murmelte er.

Sie strich mit den Händen über seinen breiten Rücken, spürte der Vertiefung der Wirbelsäule nach, den kräftigen Muskeln. *Die reinste Hölle.* Sie wollte zu ihrem Mann vordringen, der diese Hölle durchgemacht hatte. „Warst du bei vielen Schlachten dabei?“

„Bei einigen.“ Er seufzte und senkte den Kopf, als sie ihre Daumen in seine Lendenmuskeln grub.

„Zieh das aus“, sagte sie und gab ihm einen leichten Klaps auf die Schulter.

Er streifte seinen Hausmantel ab, entledigte sich seines

Hemdes, doch als er sich umdrehen wollte, hielt sie ihn entschieden zurück, drückte stattdessen die Daumen zu beiden Seiten der Wirbelsäule in seinen Rücken, ließ sie feste kreisen, bis er den Kopf stöhnend wieder senkte und sich mit den Händen auf die Fensterbank stützte.

„Du warst in Quebec“, sagte sie leise.

„Das war eigentlich die einzig richtige Schlacht. Die anderen waren kleine Scharmützel. Manche waren vorüber, kaum dass sie begonnen hatten.“

„Und Spinner's Falls?“

Er zog die Schultern hoch, als hätten sie ihn geschlagen, sagte jedoch kein Wort. Sie wusste, dass es bei Spinner's Falls zu einem Massaker gekommen war. Als die Nachricht gekommen war, dass Reynaud in Gefangenschaft gestorben sei, hatte sie Emeline getröstet. Sie könnte jetzt einfach weiterdrängen, denn offensichtlich hatte sie seinen wunden Punkt gefunden. Aber so grausam wollte sie dann doch nicht sein. Es war ihr unerträglich, ihn so leiden zu sehen. Sie wollte den alten Wunden nicht noch neue hinzufügen.

Und so nahm sie ihn bei der Hand und führte ihn zum Bett. Stumm stand er da und rührte sich nicht, als sie ihn seiner restlichen Kleider entledigte – wobei sich zeigte, dass längst nicht alles an ihm so ungerührt war. Sie drängte ihn zurück aufs Bett und stieg neben ihm hinein. Auf den Ellenbogen gestützt, strich sie ihm sacht über die Brust. Sie war so dankbar, diesen wunderbaren, herrlichen Mann jetzt ganz für sich zu haben.

Es war ein Geschenk. Ein wahres Geschenk des Himmels.

Sie beugte sich über ihn und bedeckte seinen Leib mit weichen, feuchten Küssen, leckte an den Rippen entlang, knabberte an seiner Hüfte. Über ihr brummelte er etwas, wollte ihr vielleicht Einhalt gebieten oder aber sie ermutigen. Sie wusste es nicht, und es war ihr auch gleich. Das Ziel stand ihr vor Augen. Sie berührte ihn sacht mit der Fingerspitze, strich der Länge nach hinauf und hinab. Dann beugte sie sich über ihn und küsste zärtlich die Spitze, aus der ein kleiner Lusttropfen quoll.

Er hob ihr die Hüften entgegen, vergrub die Hände in ihrem Haar und zog sie zurück. „Nicht. Das brauchst du nicht zu tun. Ich habe es nicht verdient."

Verdient war eine interessante Wortwahl. Sie würde es sich merken und ein andermal darüber nachdenken.

Jetzt jedoch leckte sie sich die Lippen, kostete seinen Geschmack und sagte: „Ich will es aber. Ich will dich." Sie wollte ihm Frieden bringen, soweit ihr das möglich war.

Kurz ließ er locker, aus Überraschung vielleicht, und sie nutzte die Gelegenheit und beugte sich über ihn. Als sie sein steifes Glied in den Mund nahm, gruben sich seine Hände wieder fester in ihr Haar, doch das sollte sie jetzt auch nicht mehr abhalten.

Sie saugte an der Spitze, eine salzige Pflaume in ihrem Mund, und strich mit der Hand versonnen den Schaft hinab. Viel Übung hatte sie nicht darin, doch ihn schien es nicht zu kümmern. Er murmelte Unverständliches und hob abermals die Hüften. Sie lächelte still und ließ seinen Schwanz mit einem leisen *Plopp* aus ihrem Mund gleiten. Dann strich sie sacht mit den Zähnen über den fleischigen Kopf, rieb ihn rascher weiter unten. Hart und unnachgiebig war er, hart und bereit und …

Da stemmte Jasper sich auf einmal hoch und wälzte sich auf sie. Und dann war er über ihr, groß und bedrohlich, seine Miene düster, seine Stimme nicht minder, als er knurrte: „Haltet Ihr mich für Euer Spielzeug, Mylady?"

Sie öffnete sich ihm weit, stemmte die Füße ins Plumeau und reckte ihm die Hüften entgegen. Verlangend rieb sie sich an ihm, sah ihn verzückt die Augen schließen.

„Vielleicht", flüsterte sie. „Vielleicht ist dein Schwanz ja mein liebstes Spielzeug. Und vielleicht möchte ich mein Spielzeug jetzt in meiner …"

Doch der Rest ihrer Worte ging in einem heiseren Keuchen unter, als er mit einem einzigen Stoß tief in sie eindrang.

„Lüsternes Weib“, presste er zwischen den Zähnen hervor. „*Mein* lüsternes Weib.“

Sie war so berauscht vor Verlangen, dass sie nur lachen konnte. Sie stemmte ihre Hüfte hoch, sodass er noch fester stoßen musste, um auf ihr zu bleiben. Lachend ließ sie ihr Becken kreisen und drängte sich an ihn, spürte seinen Schweiß zwischen ihre Brüste tropfen. Er packte sie bei den Hüften und hielt sie fest, preschte mit einem irrsinnigen Tempo voran. Sterne blitzten hinter ihren weit aufgerissenen Augen, sie warf den Kopf zurück und keuchte in Ekstase, klammerte sich an seine schweißglänzenden Schultern und spürte die feuchte Hitze ihres Leibes ausströmen und lachte noch immer, als sie in heller Verzückung zum Gipfel gelangte.

Erst als er in ihren Armen erschauerte, klärte sich ihr Blick wieder, und sie sah, dass sein Gesicht über ihr starr, eine Maske unendlicher Trauer war.

11. KAPITEL

Nun machten alle Männer sich auf die Suche nach dem bronzenen Ring, und Prinzessin Immerschön kehrte seufzend in ihre Gemächer zurück. Jack fand derweil ein stilles Ecklein und öffnete seine Tabakdose. Und was sollte er wohl darin finden? Genau das, was er brauchte: eine Rüstung aus Nacht und Wind und das schärfste Schwert der Welt. Jack hüllte seine verkümmerte Gestalt in die wundersame Rüstung und schnappte sich das Schwert. Und husch! *Und* hui! *Schon stand er am Ufer eines Sees. Gerade als er sich fragen wollte, ob es wohl besagter See sei, tauchte eine riesige Schlange aus den dunklen Tiefen auf. Und welch eine Schlacht sich dann entspann! Die Schlange war wirklich riesig und Jack wahrlich winzig, aber dafür hatte er das schärfste Schwert der Welt, und die wundersame Rüstung war auch nicht zu verachten. Am Ende war die Schlange tot und der Ring in Jacks Hand …*

[aus LACHENDER JACK]

Allem Anschein nach, so sinnierte Jasper am folgenden Morgen, habe ich die Wollust in Person geheiratet. Ein sinnlich lockendes Weib war seine Frau, lüstern und schamlos. Er konnte sein Glück kaum fassen. Als er mit seinem Brummschädel in der Sakristei gesessen und sich ihren Antrag angehört hatte, hätte er sich niemals träumen lassen, dass sie ihm im Ehebett solche Freuden bescheren würde.

Wenngleich diese freudvollen Wonnen nicht erklären konnten, weshalb er zu dieser Stunde schon im Sattel saß und davonpreschte, fort von seinem Heim, nachdem er wieder einmal ohne seine Gemahlin gefrühstückt hatte. Fast mutete es wie Feigheit an. Doch während sein Körper hingerissen war von ihrer Sinnlichkeit, fragte sein Verstand sich kühl, woher sie ihr Wissen hatte. Sie musste mindestens einen Liebhaber vor ihm gehabt haben – möglicherweise sogar mehr –, und dieser Gedanke schien ihm unerfreulich genug, ihn nicht weiter verfolgen zu wollen. Allein die Vorstellung, dass ein anderer sie lehren, ihr zeigen könnte, wie sie mit ihrem süßen, warmen Mund …

Er knurrte finster. Ein vorbeigehender Kaminfeger warf ihm einen besorgten Blick zu und ging rasch seines Weges.

Zeit, sich den Gedanken aus dem Kopf zu schlagen. Jasper zog die Schultern hoch und schlug den Kragen auf, um den kalten Nieselregen abzuwehren. Mit dem guten Wetter war es erst einmal wieder vorbei; an diesem Morgen herrschte in London der übliche graue Dunst. Jasper musste wieder an letzte Nacht denken, wie ihre Gestalt sich im Dunkel des Fensters gespiegelt und sie sich die Chemise vom ranken, schlanken Leib gestreift hatte. Blass hatte sie ausgesehen, wie aus einer anderen Welt, das hellbraune Haar bis zu den Hüften herabwallend.

Wahrscheinlich hielt sie ihn für einen Feigling oder – schlimmer noch – einen Trottel, als er danach einfach davongestürmt war, ohne ihr auch nur Gute Nacht zu wünschen. Die Nacht hatte er dann auf seinem Strohsack verbracht. Er war wirklich ein Idiot. Aber diese Augen … Wie sie ihn angesehen hatte, als sie seine Brust küsste und ihn nach Spinner's Falls fragte. Gott, sie hatte ja keine Ahnung, *was* sie geheiratet hatte. Vielleicht war sein unrühmlicher Abgang doch nicht das Schlechteste gewesen. Wozu ihr Hoffnung auf mehr geben, wenn er es einfach nicht in sich hatte, mehr zu *sein*.

Er verstand sich selbst nicht mehr. Als er aufsah, stellte er fest, dass er bereits bei Matthew Horns Haus angelangt war. Ein Glück – so hatte es wenigstens mit dem sentimentalen Sinnieren ein Ende.

Jasper sprang aus dem Sattel und warf einem Burschen die Zügel zu, dann eilte er die Treppe hinauf, klopfte und fand sich kurz darauf schon in der Bibliothek, wo er auf den Hausherrn wartete.

Gerade hatte er sich über ein schweres, recht angestaubtes

Exemplar gebeugt, als sich Horns Stimme von der Tür her vernehmen ließ. „Auf der Suche nach leichter Lektüre?“

„Eher habe ich mich gefragt, wer wohl eine Geschichte des Kupferbergbaus lesen will.“ Jasper sah grinsend auf.

Horn verzog das Gesicht. „Mein Vater. Hat ihm nur leider nichts genützt. Die Mine, in die er investiert hatte, erwies sich als Fehlschlag.“ Er kam hereingeschlendert, ließ sich in einen Sessel fallen und das Bein über der Armlehne baumeln. „Die Horns sind nicht gerade für ihr finanzielles Gespür bekannt.“

„Was für ein Pech auch“, meinte Jasper mit mitfühlender Miene.

Horn tat es mit einem Achselzucken ab. „Tee? Für Whiskey dürfte es vielleicht noch etwas früh sein.“

„Nein, danke.“ Jasper trat vor eine gerahmte Weltkarte und versuchte, Italien darauf zu finden.

„Sie sind wieder wegen Spinner's Falls hier, hab ich recht?“, fragte Horn.

„Hmmm“, machte Jasper, ohne sich umzudrehen. „Haben Sie gehört, was Hasselthorpe zugestoßen ist?“

„Im Hyde Park angeschossen. Man spricht von einem Mordversuch?“

„Ja. Und das kurz nachdem Hasselthorpe sich bereit erklärt hatte, mir zu helfen.“

Darauf folgte kurzes Schweigen, dann lachte Horn ungläubig. „Sie glauben doch nicht etwa, dass zwischen beidem ein Zusammenhang besteht?“

Jasper zuckte mit den Schultern. Sicher war er sich nicht, aber es war schon ein merkwürdiger Zufall.

„Ich bin ja weiterhin der Ansicht, dass Sie sich Spinner's Falls aus dem Kopf schlagen sollten“, sagte Horn ruhig.

Jasper erwiderte nichts. Wenn er das so einfach könnte, hätte er es längst getan.

Horn seufzte. „Na schön, ich habe darüber nachgedacht.“

Jasper drehte sich um und sah ihn an. „Wirklich?“

Horn zuckte die Achseln. „Na ja, immer mal wieder. Was ich nicht verstehe, ist, weshalb einer von uns das Regiment überhaupt verraten haben sollte. Wozu? Welchen Nutzen könnte jemand davon gehabt haben, zumal wenn er dann mit allen anderen auch gefangen genommen wurde? Gute Gelegenheit, sich um Kopf und Kragen zu bringen, oder was?"

Jasper schnaubte genervt. „Der Verräter dürfte kaum beabsichtigt haben, sich gefangen nehmen zu lassen. Wahrscheinlich hatte er gehofft, ungeschoren davonzukommen, sich aus den Gefechten herauszuhalten."

„Wir, die wir gefangen genommen wurden, haben aber allesamt hart gekämpft."

„Stimmt auch wieder", meinte Jasper leichthin und wandte sich wieder der Karte zu.

„Welchen Grund könnte er dann gehabt haben, sein Regiment zu verraten und unser aller Leben aufs Spiel zu setzen? Wissen Sie was, alter Junge? Ich glaube, Sie sind auf dem Holzweg. Es gab gar keinen Verräter. Spinner's Falls war einfach Pech. Schlicht und einfach verdammtes Pech."

„Kann sein." Jasper trat so dicht an die Karte, dass seine Nasenspitze fast das Pergament berührte. „Aber ich wüsste einen ziemlich guten Grund, uns zu verraten."

„Und der wäre?"

„Geld." Jasper gab die Suche nach Italien schließlich auf und wandte sich von der Karte ab. „Die Franzosen waren bereit, für Informationen zu zahlen. Das dürfte allgemein bekannt gewesen sein."

„Ein Spion?" Matthews dunkle Brauen schossen in die Höhe. Besonders überzeugt schien er nicht.

„Warum nicht?"

„Weil wir den Bastard gelyncht hätten, wenn das herausgekommen wäre", erwiderte Matthew und sprang dann von seinem Sessel auf, als könne er keinen Augenblick länger still sitzen.

„Umso mehr Grund, alles daran zu setzen, dass es nicht herauskommt“, entgegnete Jasper ruhig.

Matthew starrte aus dem Fenster.

„Hören Sie, mir gefällt die Vorstellung ebenso wenig wie Ihnen“, sagte Jasper. „Aber wenn wir verraten wurden und Hunderte von uns wegen der Gier eines einzigen Mannes gestorben sind, wenn wir durch diese Wälder marschieren mussten und …“ Den Rest brachte er nicht über die Lippen.

Jasper schloss die Augen, doch im Dunkeln sah er nur noch deutlicher, wie das glühende Holz sich ins Fleisch bohrte, hörte es zischen, roch den Gestank verbrannter Menschenhaut. Schnell öffnete er die Augen wieder. Matthew betrachtete ihn mit unergründlichem Blick.

„Wir müssen – *ich* muss – ihn finden, damit er seiner gerechten Strafe nicht entgeht. Er soll für seine Sünden zahlen“, erklärte Jasper.

„Was ist mit Hasselthorpe? Haben Sie ihn seit den Schüssen schon gesehen?“

„Er weigert sich, mich zu empfangen. Ich habe ihm heute Morgen eine Nachricht zukommen lassen und um einen Termin gebeten. Er hat umgehend geantwortet, dass er sich auf seinen Landsitz zurückziehen und in Ruhe genesen wolle.“

„Verdammt.“

„Allerdings.“ Jasper wandte sich ab und begann wieder über der Karte zu brüten.

„Sie müssen mit Alistair Munroe sprechen“, sagte Horn hinter ihm.

Jasper drehte sich um. „Glauben Sie, dass er der Verräter ist?“

„Nein.“ Matthew schüttelte den Kopf. „Aber er war dabei. Vielleicht erinnert er sich an etwas, das wir vergessen oder gar nicht bemerkt haben.“

„Ich habe versucht, schriftlich mit ihm in Kontakt zu treten. Aber er schreibt nicht zurück.“

Eindringlich sah Matthew ihn an. „Dann werden Sie wohl nach Schottland reisen müssen.“

Melisande sollte ihren Gatten erst beim Abendessen zu Gesicht bekommen. Den ganzen Tag hatte sie sich gefragt, ob er ihr aus dem Weg ging, ob etwas passiert sei, aber nichts schien darauf hinzudeuten, als er nun seine Erbsen mit der Gabel aufspießte und launig mit den Dienern scherzte.

„Und, wie war dein Tag?", erkundigte er sich beiläufig.

Bisweilen konnte er einem wirklich den letzten Nerv rauben. „Ich war bei deiner Mutter zum Lunch."

„Aha", sagte er nur und bedeutete dem Lakaien, ihm Wein nachzuschenken.

„Es gab gefüllte Artischocken und Schinken."

„Artischocken." Er schüttelte sich. „Ich weiß nie, wie ich die Dinger essen soll."

„Man schabt die Blätter mit den Zähnen aus. Ganz einfach."

„Blätter!", rief er. „Wer isst schon Blätter?" Anscheinend war es eine rhetorische Frage, denn er fuhr sogleich fort: „Würde mir nicht im Traum einfallen. Wahrscheinlich hat eine Frau dieses Zeug entdeckt."

„Die alten Römer haben auch schon Artischocken gegessen."

„Dann eben eine Römerin. Sie hat ihrem armen, togagewandeten Gatten einen Teller mit leckeren Artischockenblättern hingestellt und gesagt: ‚Hier mein Schatz, lang kräftig zu.'"

Wider Willen musste Melisande über die Fantastereien ihres Mannes lächeln. „Gut möglich", meinte sie. „Aber die Artischocken bei deiner Mutter waren wirklich sehr lecker."

„Hmm", kam es wenig überzeugt von Jasper. „Vermutlich hat sie dir dazu noch Anekdoten aus meiner unrühmlichen Vergangenheit aufgetischt."

Melisande ließ sich eine Erbse munden. „Da vermutest du ganz richtig."

Er schnitt eine Grimasse. „Und?"

„Du scheinst dich als Säugling ziemlich oft erbrochen zu haben."

„Wenigstens *eine* schlechte Angewohnheit, die ich abgelegt habe", murmelte er.

„Und als du sechzehn warst, hast du mit einem Milchmädchen angebandelt."

„Stimmt, das hatte ich ganz vergessen", rief Jasper aufgeräumt. „Reizendes Mädchen. Agnes, wenn ich mich recht entsinne. Oder Alice? Vielleicht auch Arabella ..."

„Nun, *Arabella* wohl kaum", murmelte Melisande.

Er indes geriet ins Schwärmen. „Eine Haut wie Milch und Honig und so herrlich große ..."

„Füße?", erkundigte Melisande sich liebenswürdig.

„Unglaublich, wirklich. Ihre Füße." Seine Augen funkelten schelmisch.

„Pfff", schnaubte Melisande, doch sie musste sich ein Lächeln verkneifen. „Und, wie war dein Tag?"

„Ach, na ja." Jasper schob sich ein Stück Fleisch in den Mund und kaute in aller Ausführlichkeit, ehe er antwortete. „Ich war bei Matthew Horn. Du erinnerst dich? Das war der junge Mann auf der Gartenparty meiner Mutter."

„Ja, ich weiß."

„Du wirst es nicht glauben, aber er hat in seiner Bibliothek eine Weltkarte hängen, auf der Italien fehlt."

„Vielleicht hast du ja an der falschen Stelle geschaut."

„Aber nein." Er schüttelte den Kopf und trank etwas Wein. „So schwer kann das ja nicht zu finden sein. Links von Russland und oberhalb von Afrika. Ich bin mir sicher, es wäre mir aufgefallen."

„Vielleicht wurde die Karte von jemandem gemacht, der etwas gegen Rom hatte."

„Meinst du?" Er schien ernstlich darüber nachzusinnen. „Italien einfach so von der Weltkarte streichen?"

Sie zuckte mit den Schultern.

„Welch eine Idee! Wäre das schon eher geschehen, hätte ich nicht all die Jahre Latein lernen müssen."

„Aber nun hast du es gelernt, und gewiss hat es dich zu einem besseren Menschen gemacht."

„Hmmm." Jasper klang wenig überzeugt.

Melisande aß von den gekochten Möhrchen. Mmm, die waren wirklich lecker. Die Köchin hatte irgendetwas Süßes daran getan, vielleicht Honig. Sie würde daran denken müssen, der kleinen, verhuschten Frau mal wieder ein Kompliment zu ihrer Kochkunst zu machen. „Und worüber hast du mit Mr Horn noch gesprochen, außer über seine unvollständige Weltkarte?"

„Über einen alten Bekannten von uns, der in Schottland lebt."

Jasper trank von seinem Wein, seine Miene war schwer zu deuten. Melisande horchte auf. „Wie heißt er?"

„Sir Alistair Munroe. Er gehörte zum Regiment, war aber kein Soldat. Ein Naturforscher, der im Auftrag der Krone Flora und Fauna Amerikas katalogisieren sollte."

„Das klingt interessant", fand Melisande. „Gewiss ist er ein faszinierender Mann."

Jasper runzelte die Stirn. „Na ja, wenn man gern stundenlang über Farne redet."

Melisande nippte an ihrem Wein. „Ich mag Farne."

Die Falten auf Jaspers Stirn vertieften sich. „Wie dem auch sei, ich habe auf jeden Fall mit dem Gedanken gespielt, nach Schottland zu reisen und ihm einen Besuch abzustatten."

In der darauffolgenden Stille betrachtete Melisande Erbsen und Karotten, die auf ihrem Teller erkalteten. Wollte er schon wieder vor ihr weglaufen? Es gefiel ihr sehr, in seinem Haus zu leben und ihn in ihrer Nähe zu wissen. Selbst wenn er fast den ganzen Tag unterwegs war oder sich die Nächte um die Ohren schlug, so wusste sie doch, dass er nach ein paar Stunden zurückkäme. Einfach nur unter demselben Dach zu leben wie er, war ihr Seelentrost genug. Und nun sollte sie nicht mal mehr das haben.

Jasper räusperte sich. „Er lebt irgendwo nördlich von Edinburgh. Mit der Kutsche ist man da eine Woche unterwegs – oder länger, wenn die Straßen schlecht sind. Sehr vergnüglich dürfte die Reise nicht werden – zugige Gasthäuser, schlechtes

Essen, womöglich noch Straßenräuber."

Düster starrte er auf seinen Teller und piekste mit der Gabel im Fleisch herum.

Melisande schwieg und brachte auch keinen Bissen mehr herunter, denn der Hals war ihr wie zugeschnürt. Er wollte diese Reise machen, um einen Mann zu besuchen, den er, wenn ihr Eindruck sie nicht trog, weder besonders gut kannte noch sonderlich zu mögen schien. Warum?

„Aber all dem zum Trotz wollte ich fragen, ob du mich begleiten willst, liebste Gemahlin."

Sie war so sehr in ihre eigenen Gedanken versunken, dass sie erst gar nicht begriff, was er da sagte. Als sie ihn schließlich ansah, fand sie seinen Blick auf sich gerichtet, seine grünblauen Augen seltsam eindringlich. Tiefe Erleichterung machte sich in ihr breit.

„Wann wolltest du aufbrechen?", fragte sie.

„Morgen."

Sie konnte ihre Bestürzung nicht verhehlen. „So bald schon?"

„Ich muss etwas sehr Wichtiges mit Munroe besprechen. Das kann nicht länger warten." Er lehnte sich vor. „Du kannst auch Mouse mitnehmen. Wir sollten ihn nur an die Leine nehmen und darauf achten, dass er während der Aufenthalte in den Gasthäusern die Pferde nicht zu Tode erschreckt. Sehr komfortabel dürfte es nicht werden, und für dich vielleicht auch eher langweilig, aber …"

„Ja."

Er blinzelte verdutzt. „Was?"

„Ja", sagte Melisande und wandte sich lächelnd wieder ihrem Essen zu. „Ich würde gern mit dir kommen."

„Sie wollen nach Schottland reisen", verkündete der Lakai Bernie, als er eine Schüssel Erbsen zurück in die Küche brachte.

Sally Suchlike wäre fast der Löffel in ihre Suppe gefallen. *Schottland?* Dieses heidnische, barbarische Land? Es hieß, die Männer ließen sich dort so wüste Bärte stehen, dass man kaum ihre Gesichter sehen konnte. Zudem war allgemein bekannt, dass Schotten niemals badeten.

Die Köchin schienen ganz ähnliche Sorgen umzutreiben. „Und das, wo die beiden gerade mal frisch verheiratet sind“, seufzte sie, als sie die kleinen Zitronentörtchen aufs Tablett lud. „Ein Jammer ist das, wirklich ein Jammer.“

Sie bedeutete Bernie, das Tablett nach oben zu tragen, hielt ihn dann jedoch zurück. „Haben sie gesagt, wie lange sie fort sein werden?“

„Er hat es Mylady gerade erst eröffnet, aber es dürfte wohl Wochen dauern, oder?“ Der Lakai schnappte sich das Tablett und schulterte es behände. „Oder Monate. Und sie wollen sofort aufbrechen. Gleich morgen früh.“

Kaum war Bernie aus der Küche marschiert, brach eines der Mädchen in Tränen aus.

Auch Sally schluckte schwer. Die Kehle war ihr wie zugeschnürt. Sie würde mit Lady Vale nach Schottland reisen müssen. So war das nun einmal, wenn man Kammerzofe war. Plötzlich schien ihr ihre neue Stellung, die Verlockung des höheren Lohns, bei dem sie sogar etwas zurücklegen konnte – gar nicht mehr so berauschend. Sally schauderte. Schottland lag nicht nur am Ende der Welt, es *war* das Ende der Welt.

„Ruhig Blut, es gibt keinen Grund, sich so anzustellen“, erklang Mr Pynchs tiefe Stimme vom Herdfeuer, wo er wie jeden Abend seine Pfeife rauchte.

Zunächst meinte Sally, er weise mal wieder sie zurecht, aber er meinte wohl Bitsy, die noch immer heulte.

„So schlimm ist Schottland nun auch wieder nicht“, versicherte der Kammerdiener.

„Waren Sie denn schon mal in Schottland, Mr Pynch?“, fragte Sally. Sollte es der Fall sein und er war bei lebendigem Leib zurückgekehrt, konnte es so schlimm wahrlich nicht sein.

„Nein“, sagte Pynch und machte ihre Hoffnungen mit einem Schlag zunichte. „Aber in der Armee kannte ich einige Schotten, und die waren auch nicht anders als wir – nur dass sie ein bisschen komisch gesprochen haben.“

Sally starrte in ihre Rinderbrühe, die aus den Knochen des Rostbratens gekocht war, den die Köchin für die Herrschaften bereitet hatte. Es war eine wirklich gute Suppe, schmackhaft und kräftig. Bis eben hatte sie Sally ganz hervorragend gemundet. Aber nun drehte sich ihr beim Anblick der Fettschlieren, die auf der Suppe schwammen, schier der Magen um. Ein paar Schotten gekannt zu haben und nach Schottland zu reisen war ja wohl längst nicht dasselbe. Sally war fast schon wieder wütend auf Mr Pynch, weil er den Unterschied nicht selbst sah. Seine Schotten waren wahrscheinlich während ihrer Zeit in der Armee zivilisiert worden. Aber Schotten in ihrem angestammten Revier … Vielleicht hatten sie eine Vorliebe für zierliche blonde Mädchen aus London. Wilde Schotten würden sie nachts aus ihrem Bett rauben und schändlich missbrauchen – oder Schlimmeres.

„Jetzt mach dich mal nicht verrückt, Mädchen.“ Plötzlich war Mr Pynchs Stimme ganz nah.

Sally schaute auf und sah, dass der Kammerdiener ihr gegenüber am Tisch Platz genommen hatte. Während sie über ihrer Suppe gebrütet hatte, waren die anderen zurück an die Arbeit gegangen. Bitsy spülte noch immer schniefend das Geschirr ab. Niemand achtete auf Kammerdiener und Kammerzofe, die am äußersten Ende des langen Küchentischs saßen.

Mr Pynchs Augen funkelten und waren aufmerksam auf sie gerichtet. Nie zuvor war ihr aufgefallen, wie schön grün sie waren.

Der Kammerdiener stützte die Ellbogen auf den Tisch, in der einen Hand die lange, weiße Tonpfeife. „In Schottland braucht man sich wirklich vor nichts zu fürchten. Es ist dort auch nicht anders als anderswo.“

Sally rührte mit dem Löffel in ihrer Suppe herum. „Ich war in meinem ganzen Leben nicht weiter als bis Greenwich.“

„Ach nein? Wo sind Sie denn geboren?“

„Seven Dials“, sagte sie und sah ihn verstohlen an, um zu ergründen, ob er wieder seine verächtliche Miene aufsetzte. Seven Dials war berüchtigt.

Doch er nickte nur, zog an seiner Pfeife und blies den Rauch zur Seite, damit er ihr nicht in die Augen kam. „Haben Sie da noch Familie?"

„Nur meinen Pa." Sie krauste die Nase und gestand: „Zumindest hat er zuletzt noch da gelebt. Ich habe ihn seit Jahren nicht mehr gesehen."

„War er schlimm?"

„Es gab Schlimmere." Sie fuhr mit dem Finger um den Rand der Suppenschale. „Er hat mich nicht oft geschlagen, und wenn was da war, hat er mir auch immer zu essen gegeben. Aber ich musste da weg. Ich hatte das Gefühl, keine Luft zu bekommen."

Sie schaute ihn an, um zu sehen, ob er verstand, was sie meinte.

Wieder nickte er und zog an seiner Pfeife. „Und Ihre Mutter?"

„Ist bei meiner Geburt gestorben." Auf einmal schmeckte die Suppe wieder, und Sally aß einen ganzen Löffel voll. „Geschwister habe ich keine. Zumindest keine, von denen ich wüsste."

Versonnen nickte er und schien ganz zufrieden, ihr beim Essen zuzuschauen und dabei sein Pfeifchen zu rauchen. Um sie her eilten geschäftig die Bediensteten und gingen ihrer Arbeit nach, aber wenn die beiden Herrschaften bei Tisch saßen, konnten auch Sally und Mr Pynch sich ausruhen.

Erst als sie ihre Suppe fast aufgegessen hatte, sah sie wieder auf. „Und wo kommen Sie her, Mr Pynch?"

„Oh, von weit weg. Ich bin in Cornwall geboren."

„Wirklich?" Ungläubig starrte sie ihn an. Cornwall war fast so fern und unzivilisiert wie Schottland. „Das hört man Ihnen gar nicht an."

Er tat es mit einem Achselzucken ab. „Tja. Alle Männer in meiner Familie waren Fischer. Aber mich hatte die Wanderlust gepackt, und als eines Tages Soldaten mit ihren Trommeln und schnittigen Uniformen durch unser Dorf marschierten, bin ich gleich mitgezogen.“ Er verzog den Mundwinkel zu einem seltsam schiefen Lächeln. „Hat nicht lang gedauert, bis mir klar wurde, dass nicht alles in Seiner Majestät Armee so schön war wie die Uniformen.“

„Wie alt waren Sie da?“

„Fünfzehn.“

Sally schaute in ihren Suppenrest und versuchte, sich den großen, kahlschädeligen Mr Pynch als schlaksigen Fünfzehnjährigen vorzustellen. Es wollte ihr nicht gelingen. Er war zu sehr Mann, als dass er jemals ein Kind hätte sein können. „Haben Sie noch Familie in Cornwall?“

Er nickte. „Meine Mutter und ein halbes Dutzend Geschwister. Mein Vater ist gestorben, während ich in den Kolonien war. Davon habe ich aber erst erfahren, als ich zwei Jahre später nach England zurückgekehrt bin. Mam meinte, sie hätte bei einem Schreiber einen Brief aufsetzen und an mich schicken lassen, aber der ist nie bei mir angekommen.“

„Es muss sehr traurig gewesen sein, bei Ihrer Heimkehr festzustellen, dass Ihr Vater seit zwei Jahren tot war.“

„So ist nun mal der Lauf der Welt“, erwiderte er achselzuckend. „Kann man nichts machen.“

„Wahrscheinlich nicht.“ Sie zog die Stirn in Falten und musste wieder an die raubeinigen Schotten denken, mit ihren wild wuchernden Bärten.

„Kopf hoch, Mädchen.“ Mr Pynch hatte seinen Arm über den Tisch gestreckt und tippte ihr mit seinem langen, kräftigen Finger an die Hand. „In Schottland braucht man sich vor nichts zu fürchten. Und wenn doch, dann pass ich auf dich auf.“

Als er um Mitternacht noch immer nicht zu ihr gekommen war, machte Melisande sich auf die Suche nach ihrem Mann. Vielleicht war er auch einfach nur zu Bett gegangen und wollte ihre Nachtruhe vor der langen Reise nicht stören, obwohl sie sich das kaum vorstellen konnte. Aus seinen Gemächern war nichts zu hören. Wie dieser Mann genügend Schlaf fand, wenn er sich die Nächte um die Ohren schlug und dann noch vor ihr das Haus verließ, war ihr ein Rätsel. Vielleicht brauchte er ja gar keinen Schlaf.

Jedenfalls war sie es leid, noch länger auf ihn zu warten. Sie verließ ihr Zimmer – in dem noch immer heillose Unordnung herrschte, nachdem Sally in aller Eile gepackt hatte – und machte sich auf die Suche. In der Bibliothek war er nicht, und auch in keinem der Salons. Schließlich sah sie sich gezwungen, Oaks zu fragen, der ihr mitteilte, dass ihr Gatte ausgegangen sei. Es blieb ihr nur zu hoffen, dass der Butler nicht merkte, wie sie verlegen errötete. Warum hatte Jasper ihr nichts davon gesagt? Schön dumm stand sie nun da!

Am liebsten hätte sie in ihrer Wut gegen etwas getreten, aber wohlerzogene Damen taten derlei nicht – ja, sie wussten nicht einmal, was Wut war –, und so dankte sie Oaks höflich und ging wieder nach oben. Warum tat ihr Gatte das? Weshalb bat er sie, ihn nach Schottland zu begleiten, um ihr dann gleich wieder aus dem Weg zu gehen? Wie sollte das nur werden, wenn sie tagelang zusammen in der Kutsche saßen? Oder hatte er das gar nicht vor? Wollte er die Fahrt gemeinsam mit dem Gepäck auf dem Kutschendach zubringen? Seltsam war das alles, wirklich seltsam. Erst stellte er ihr tagelang nach, hofierte sie, und dann, gerade als sie meinte, sie wären einander nähergekommen, zog er sich auf einmal wieder zurück und verschwand.

Mit einem entnervten Schnauben wollte Melisande in ihr Schlafgemach zurückkehren, doch an der Tür zögerte sie. Vales Gemächer waren gleich nebenan. Und die Versuchung war einfach zu groß. Sie marschierte eine Tür weiter und machte sie auf. Das Zimmer war leer, doch Mr Pynch hatte ganze Arbeit geleistet: ordentlich gereiht lagen Hemden, Westen und Krawattentücher auf dem Bett bereit und warteten nur noch darauf, eingepackt zu werden. Leise schloss Melisande die Tür hinter sich.

Sie ging zum Bett und strich sacht über die dunkelrote Decke. Hier lag er also nachts, die langen Glieder weit von sich gestreckt. Ob er wohl auf dem Rücken schlief oder auf dem Bauch, das zerzauste Haar halb unter einem Kissen vergraben? Wahrscheinlich schlief er nackt, zumindest stellte sie sich das so vor. Doch sie wusste es nicht. Es war eine sehr intime Angelegenheit, an der Seite eines anderen einzuschlafen und wieder aufzuwachen. Im Schlaf war man so schutzlos, verletzlich, fast wieder ein Kind. Und nichts wünschte sie sich sehnlicher, als dass er ihr Bett teilen würde, dass er die ganze Nacht bei ihr bliebe und sich ihr von seiner verletzlichsten Seite zeigte.

Seufzend wandte sich sie um. Auf seiner Kommode stand eine gerahmte Miniatur seiner Mutter. In seiner Haarbürste hingen ein paar braune Haare, eines davon fast rot. Sie zog ihr Taschentuch aus dem Ärmel und barg die Haare vorsichtig darin, ehe sie es wieder einsteckte.

Dann trat sie an den Nachttisch und warf einen Blick auf das Buch, das darauf lag – eine Geschichte der englischen Könige –, ging dann hinüber ans Fenster und schaute hinaus. Wie auch von ihrem Zimmer, sah man hinaus in den Garten. Missmutig stand sie da und schaute sich um. Es lag noch so einiges herum – Kleider, Bücher, ein Stück Schnur, ein trockener Kiefernzapfen, Schreibfedern und Federmesser, daneben ein Tintenfass –, aber nichts davon verriet ihr viel über ihren Gatten. Wie dumm von ihr, hier heimlich herumzuschleichen und zu hoffen, mehr über Jasper zu erfahren. Sie konnte nur den Kopf über sich schütteln, doch dann fiel ihr Blick auf die Tür des Ankleideraums. Gewiss würde sich dort auch nichts finden, aber nun, wo sie schon einmal hier war …

Melisande öffnete die Tür. In dem kleinen Raum standen eine weitere Kommode, einige Kleiderständer, ein schmales Bett, und in einer Ecke lag ein dünner Strohsack an der Wand, und darauf eine Decke. Melisande stutzte. Seltsam. Warum denn ein Bett *und* ein Strohsack? Eines von beiden dürfte Mr Pynch doch wohl genügen. Und warum überhaupt ein Strohsack? Lord Vale hatte auf sie bislang den Eindruck eines großzügigen Dienstherrn gemacht. Weshalb dann ein so spartanisches Bett für seinen treuen Diener?

Sie trat in die Kammer, ging um das Bett herum und hockte sich neben den Strohsack, um das Lager näher in Augenschein zu nehmen. Eine fast heruntergebrannte Kerze stand auf dem Boden, ein Buch lag halb unter der achtlos hingeworfenen Decke verborgen. Sie sah sich nach dem Bett um, das überhaupt nicht den Anschein machte, als würde es benutzt. Die Matratze war nicht einmal bezogen. Melisande zog die Decke zurück und las den Titel des Buchs. Es war ein Gedichtband von John Donne. Einen Moment hielt sie inne, dachte, welch unerwartete Lektüre für einen Kammerdiener, dann sah sie das Haar auf dem Kissen. Es war dunkelbraun, fast rot.

Hinter ihr räusperte sich jemand.

Melisande fuhr herum und sah Mr Pynch in der Tür stehen, die Brauen erhoben. „Kann ich Ihnen behilflich sein, Mylady?“

„Nein.“ Melisande verbarg die zitternden Hände in ihren Röcken und war nur froh, dass es nicht Jasper war, der sie ertappt hatte. Wenngleich es schlimm genug war, sich vom Kammerdiener erwischen zu lassen, wie man die Habseligkeiten seines Gatten durchsuchte. Sie reckte das Kinn und rauschte an Pynch vorbei zur Tür, als ob nichts sei.

Doch etwas ließ sie zögern, und sie wandte sich noch einmal um. „Sie stehen schon einige Jahre in Diensten meines Gatten, nicht wahr, Mr Pynch?“

„So ist es, Mylady.“

„Hat er schon immer so wenig geschlafen?“

Der kahlköpfige Koloss nahm eines der Krawattentücher vom Bett und legte es feinsäuberlich zusammen. „Seit ich ihn kenne, ja.“

„Und wissen Sie, weshalb?“

„Manche Männer brauchen nicht viel Schlaf“, erwiderte der Diener.

Schweigend sah sie ihn an.

Sorgsam legte er das Tuch zurück, dann sah auch er sie endlich an. Er seufzte, als wisse er sich keinen anderen Ausweg. „Manche Soldaten schlafen nicht mehr so gut, wie sie noch vor dem Krieg geschlafen haben. Lord Vale … nun, er hat gern Gesellschaft. Vor allem nachts, wenn es dunkel ist.“

„Er fürchtet sich vor der Dunkelheit?“

Pynch richtete sich zu seiner ganzen, stattlichen Größe auf und zog düster die Brauen zusammen. „Ich habe während des Krieges eine Kugel ins Bein bekommen.“

Melisande blinzelte verwirrt über diesen plötzlichen Themenwechsel. „Das tut mir leid.“

Der Kammerdiener winkte ab. „War nicht so schlimm. Macht mir manchmal Probleme, wenn es regnet, aber damit kann ich leben. Damals, mitten in der Schlacht, sah das anders aus. Ich lag da und kam nicht mehr hoch, und über mir stand ein Franzose und wollte mir mit seinem Bajonett den Rest geben. Da kam Lord Vale herangeprescht. Zwischen ihm und mir stand eine Reihe Franzosen in Stellung, ihre Gewehre im Anschlag. Sie haben auf ihn geschossen, und ich weiß bis heute nicht, wie er sich im Sattel hat halten können, aber Lord Vale war nicht aufzuhalten. Er hat sie alle niedergemacht, Mylady. Als er mit ihnen fertig war, stand kein Mann mehr.“

Schaudernd rang Melisande nach Atem.

„Und da war es für mich entschiedene Sache, Mylady“, fuhr Pynch fort. „Für Lord Vale würde ich durch die Hölle gehen, wenn er mich darum bitten würde.“

„Ich danke Ihnen, dass Sie mir das erzählt haben, Mr Pynch“, sagte Melisande und öffnete die Tür. „Bitte richten Sie Lord Vale aus, dass ich morgen früh um acht zur Abreise bereit sein werde.“

Pynch verneigte sich. „Jawohl, Mylady.“

Melisande nickte kurz und ging hinaus, doch ein Gedanke wollte sie nicht loslassen. Die ganze Zeit, während Pynch ihr seine Geschichte erzählt hatte, hatte er zwischen ihr und der Tür des Ankleideraums gestanden – fast so, als würde er Wache halten.

12. KAPITEL

Als Jack nun ins Schloss zurückkehrte, tat er etwas sehr Sonderbares. Er schlüpfte wieder in sein Narrenkostüm und ging hinunter in die Schlossküche. Dort herrschte reges Treiben, denn das königliche Nachtmahl wurde gerade bereitet. Der Küchenmeister tobte, die Diener huschten umher, die Küchenmädchen polierten Teller, Gabeln und Gläser, die Köche und Küchenjungen schnitten und hackten, rührten und buken. Niemand bemerkte Jack, als er sich zu einem Jungen schlich, der am Feuer in einem Suppentopf rührte.

„Pssst", flüsterte Jack. „Ich gebe dir einen Silbertaler, wenn du mich die Suppe der Prinzessin rühren lässt."

Dieser Tausch gefiel dem Jungen natürlich sehr. Sowie er dem Topf den Rücken gekehrt hatte, ließ Jack den bronzenen Ring in die Suppe fallen …

[aus LACHENDER JACK]

Die Kutsche rumpelte durch eine tiefe Spurrille und schwankte. Melisande schwankte mit. Gleich am ersten Tag hatte sie gelernt, dass es die Reise weitaus erträglicher machte, wenn sie den Tücken der Landstraße nachgab, statt sich ihr zu widersetzen. Mittlerweile waren sie den dritten Tag unterwegs, und sie war schon recht geübt im Schwanken. Ganz sacht nur stieß ihre Schulter gegen Sally, die neben ihr eingenickt war. Mouse hatte sich auf ihrer anderen Seite zusammengerollt und schlief ebenfalls. Ab und an ließ der Hund ein leises Schnarchen vernehmen.

Melisande schaute zum Fenster hinaus. Sie schienen mitten im Nirgendwo zu sein. Blaugrüne Hügel erstreckten sich vor ihnen, zerteilt nur von Hecken und Bruchsteinmauern. Das Licht des Tages begann langsam zu schwinden.

„Sollten wir nicht längst da sein?", fragte sie ihren Gatten.

Jasper lümmelte auf dem Sitz ihr gegenüber, die Beine quer

durch den Kutschenraum gestreckt, sodass seine Füße beinah die ihren berührten. Er hielt die Augen geschlossen, antwortete aber prompt, womit sich ihre Vermutung bestätigte, dass er überhaupt nicht geschlafen hatte.

„Da hast du recht. In Birkham sollten wir zur Nacht absteigen, doch der Kutscher meinte, der Gasthof hätte geschlossen. Er wollte uns abseits der großen Fuhrstraße eine andere Bleibe suchen. Gute Idee, aber ich vermute, dass er sich verfahren hat."

Jasper öffnete ein Auge und spähte zum Fenster hinaus. Ihm schien es herzlich wenig auszumachen, dass es allmählich dunkel wurde und sie sich allem Anschein nach verfahren hatten.

„Er ist eindeutig vom Weg abgekommen", befand er. „Es sei denn, der Gasthof liegt mitten auf einer Kuhweide."

Melisande seufzte und legte das Märchen beiseite, das sie gerade übersetzt hatte. Fast war es fertig. Eine wunderliche Geschichte war es, die sich da aus ihrer Feder spann. Sie handelte von einem Soldaten, der in einen lustigen kleinen Wicht verwandelt wurde. Ein kleiner Wicht, der aber unglaublich mutig war. Nicht gerade der übliche Märchenprinz, aber im Grunde entsprach keines der Märchen in Emelines Buch den Erwartungen. Der Rest der Übersetzung würde nun auf jeden Fall bis morgen warten müssen. Es war inzwischen zu dunkel, um noch zu schreiben, geschweige denn zu lesen.

„Können wir nicht einfach umkehren?", fragte sie Jasper und schloss ihr Schreibpult. „Ein verlassener Gasthof ist immer noch besser, als mitten in der Landschaft zu stehen."

„Ausgesprochen richtig, liebe Gemahlin, aber ich fürchte, wir würden es vor Einbruch der Dunkelheit nicht mehr zurück nach Birkham schaffen. Besser, wir fahren einfach weiter."

Als sei damit alles geklärt, schloss er wieder die Augen.

Melisande schaute eine Weile aus dem Fenster und kaute gereizt auf ihrer Unterlippe. Mit Blick auf ihre schlummernde Zofe senkte sie die Stimme und versuchte es erneut. „Ich hatte Sally versprochen, dass wir nicht bei Nacht reisen würden. Sie hat London nie zuvor verlassen."

„Dann dürfte diese Reise sehr aufregend und lehrreich für sie sein", erwiderte Jasper, ohne auch nur die Augen zu öffnen. „Mach dir keine Sorgen. Kutscher und Lakaien sind bewaffnet."

„Pfff", schnaubte Melisande und verschränkte die Arme vor der Brust. „Wie gut kennst du diesen Mr Munroe eigentlich?"

Sie hatte schon die Tage zuvor herauszufinden versucht, weshalb ihr Mann ihn so dringend sprechen wollte. Wann immer sie Fragen gestellt hatte, hatte er das Thema gewechselt. Deshalb wollte sie nun eine andere Taktik wählen.

„*Sir* Alistair Munroe", murmelte er.

Selbst mit geschlossenen Augen schien er ihren entnervten Blick zu spüren. Ein Lächeln huschte über seine Lippen. „Für seine rühmlichen Dienste an der Krone zum Ritter geschlagen. Er hat ein Buch veröffentlicht, in dem er Flora und Fauna der Neuen Welt beschreibt. Nicht nur Pflanzen und Säugetiere übrigens, sondern auch Fische, Vögel und Insekten. Ein riesiges, unhandliches Ding, aber die Illustrationen sind sehr schön anzusehen. Handkolorierte Stiche nach seinen eigenen Skizzen. Der gute George war so beeindruckt, dass er Munroe zum Tee geladen hat – so habe ich zumindest gehört."

Melisande sann über das gewichtige Werk dieses Naturforschers nach, das ihm eine Privataudienz beim König eingebracht hatte. „Er muss viele Jahre in den Kolonien gewesen sein, um so viel Material zu sammeln. Hat er euer Regiment die ganze Zeit begleitet?"

„Nein. Er ist von Regiment zu Regiment gezogen, je nachdem, in welchem Gebiet sie gerade unterwegs waren. Beim Achtundzwanzigsten war er nur knapp drei Monate", sagte Jasper. „Er ist kurz vor dem Marsch auf Quebec zu uns gestoßen."

Ihr Gatte klang auf einmal schläfrig, was Melisande aufhorchen ließ. Zweimal schon hatte er sich in den Schlaf geflüchtet, als sie begonnen hatte, ihm Fragen zu stellen.

„Hast du während dieser Zeit mit ihm gesprochen? Wie war er so?"

Jasper schlug die Beine übereinander, ohne die Augen zu öffnen. „Oh, schottisch eben. Wortkarg. Aber mit einem messerscharfen Sinn für Humor. Daran erinnere ich mich noch gut. Sehr trockener Humor."

Daraufhin schwieg er eine Weile, und Melisande sah draußen die Hügel im violetten Schein der Dämmerung verschwinden.

Schließlich meinte Jasper versonnen: „Ich kann mich auch noch erinnern, dass er immer diesen großen Koffer bei sich hatte, mit Messing beschlagenes Leder. Spezialanfertigung. Darin waren Dutzende kleiner Fächer, alle mit Filz ausgeschlagen, sehr raffiniert. Er hatte ein ganzes Sortiment an Kästen und Phiolen fürs Getier, und Holzpressen in verschiedenen Größen, um Blumen und Blätter zu trocknen. Einmal hat er uns seine Schätze vorgeführt. Da hättest du einmal die gestandenen Soldaten sehen sollen – manche von ihnen seit Jahren in der Armee, die konnte nichts mehr schrecken oder erstaunen. Auf einmal standen sie mit großen Augen vor diesem Koffer und staunten wie kleine Jungen auf dem Jahrmarkt."

„Wie wunderbar das gewesen sein muss", sagte Melisande leise.

„Das war es, das war es." Seine Stimme klang seltsam weit weg in der zunehmenden Dämmerung.

„Vielleicht kann er mir seine Sammlung ja zeigen, wenn wir dort sind."

„Nein, kann er nicht", kam es aus der Düsternis auf der anderen Seite der Kutsche. „Beim Überfall der Indianer ist alles zerstört worden. Kästen und Gläser wurden zerschlagen, die über Jahre gesammelten Exemplare zertreten. Alles kaputt."

„Oh nein, wie furchtbar! Der arme Mann. Das muss entsetzlich für ihn gewesen sein, als er gesehen hat, was mit seiner Sammlung geschehen ist."

Keine Erwiderung von der anderen Seite der Kutsche.

„Jasper?“, fragte sie und wünschte, sie könnte sein Gesicht erkennen.

„Er hat es nicht gesehen.“ Seine Stimme klang schroff im Dunkel. „Munroe … Nun, er ist nie an den Ort des Massakers zurückgekehrt. Ebenso wenig wie ich. Ich habe erst Monate später erfahren, was mit dem Koffer geschehen ist.“

„Das tut mir so leid.“ Melisande wandte sich ab und starrte blicklos ins Dunkel hinaus. Sie wusste nicht einmal, um was es ihr leidtat – um den Koffer, die verlorenen Schätze, das Massaker, oder um die beiden Männer, die zwar überlebt, aber nie wieder sein sollten, wie sie einst gewesen waren. „Wie sieht er denn aus?“, fragte sie. „Ist er alt? Jung?“

„Ein bisschen älter als ich vielleicht.“ Jasper zögerte. „Du solltest aber wissen …“

Doch sie unterbrach ihn. „Sieh nur!“ Ihr war, als hätte sie draußen jemanden gesehen.

Dann zerriss ein Schuss die Nacht. Melisande zuckte zusammen. Sally fuhr mit einem kleinen Schrei aus dem Schlaf, und Mouse war im Nu auf den Beinen und bellte.

Von draußen ertönte eine laute, raue Stimme: „Stehen bleiben und alle aussteigen!“

Ruckelnd blieb die Kutsche stehen.

„Verdammt!“, fluchte Jasper.

Genau darum hatte Jasper sich seit Einbruch der Dämmerung gesorgt. Sie fanden sich mitten in einer für Straßenräuber berüchtigten Gegend und gaben ein prächtiges Ziel ab. Der Verlust seiner Geldbörse kümmerte ihn weniger, aber er wollte verdammt sein, wenn Melisande etwas geschah.

„Was …?“, setzte sie an, doch flugs legte er ihr die Hand auf den Mund. Klug und besonnen, wie sie war, verstand sie sofort, zog Mouse auf ihren Schoß und hielt ihm die Schnauze zu.

Die kleine Kammerzofe hatte sich die Faust an den Mund gedrückt und die Augen weit aufgerissen. Schreckensstarr saß sie da und gab keinen Laut von sich, aber Jasper hob dennoch kurz den Finger an die Lippen, wenngleich er bezweifelte, dass die beiden Frauen ihn im Dunkel der Kutsche überhaupt sehen konnten.

Warum hat der Kutscher den Pferden nicht einfach ordentlich die Peitsche gegeben? sann Jasper nach, während er seine Möglichkeiten erwog. Andererseits kannte der arme Mann das Gelände ja nicht. Wahrscheinlich hatte er Angst gehabt, die Kutsche im Dunkeln in den Graben zu setzen und sie alle umzubringen.

„Los, rauskommen!“, rief ein zweiter Räuber.

Es waren also mindestens zwei, vermutlich aber mehr. Er selbst konnte mit zwei Lakaien aufwarten, zwei Kutschern, dazu zwei Mann zu Pferde, einer davon Pynch. Sechs Mann also. Aber gegen wie viele Räuber?

„He, hört ihr nicht? Aussteigen!“, brüllte der Zweite wieder. Einer würde den Kutscher mit einer Waffe bedrohen, damit er nicht davonfuhr. Ein weiterer dürfte die Reiter abgefangen haben. Einem Dritten fiele es zu, sie ihrer Wertsachen zu entledigen, woraus folgte, dass es mindestens drei waren. Das wäre zu schaffen. Aber wenn es mehr waren …

„Verdammt! Raus mit euch, oder ich komm rein, und dann knallt's!“

Melisandes Mädchen entfuhr ein ersticktes Stöhnen; Mouse zappelte wild auf Melisandes Schoß, doch Jaspers unerschrockene Gemahlin hielt den Hund unerbittlich in ihrem Griff. Kein Laut kam ihr über die Lippen. Gewiefte Räuber würden die Diener einen nach dem anderen umlegen, aber wenn sie Glück hatten, war diese Bande ja dumm genug …

Der Schlag wurde aufgerissen, und ein Mann mit Pistole beugte sich herein. Jasper packte ihn beim Arm. Ein Schuss löste sich und durchschlug das gegenüberliegende Kutschenfenster. Die Zofe kreischte. Der Räuber stolperte und fiel vornüber in den Wagen. Jasper entwand ihm die Pistole.

„Nicht hinschauen“, sagte er zu Melisande und hieb dem

Mann den Kolben über den Schädel, dass das Schläfenbein zertrümmerte. Rasch schlug er noch einmal zu, und dann noch einmal. Fünfmal insgesamt, hart und heftig, nur um sicherzugehen, dass der Halunke auch wirklich tot war, dann ließ er die Pistole fallen. Schusswaffen waren ihm zuwider.

Von draußen kam ein Schrei, dann ein Schuss.

„Runter mit euch“, wies er Melisande und das Mädchen an. Eine Kugel könnte das Holz der Kutsche mühelos durchschlagen. Widerstandslos legte sie sich samt Zofe und Hund längs auf den Sitz.

Schnelle Schritte erklangen im Dunkel, kamen immer näher. Schützend stellte Jasper sich vor die Frauen und machte sich auf einen Angriff gefasst.

„Mylord!“ Pynchs rundes Gesicht tauchte am Schlag der Kutsche auf. „Alles in Ordnung, Mylord? Sind die Frauen …“

„Ja, so weit alles in Ordnung.“ Jasper drehte sich nach Melisande um und strich ihr im Dunkeln über Haare und Gesicht. „Alles in Ordnung, meine Liebste?“

„J…ja.“ Sogleich setzte sie sich auf, kerzengerade wie immer. Es wollte ihm schier das Herz zerreißen. Sollte ihr jemals etwas zustoßen und er sie nicht beschützen können …

Die kleine Zofe zitterte am ganzen Leib. Melisande ließ den Hund los und zog das Mädchen in ihre Arme, tätschelte ihm tröstend den Rücken. „Jetzt ist alles gut. Lord Vale und Mr Pynch haben uns gerettet.“

Mouse sprang auf den Kutschenboden und knurrte den toten Räuber an.

Pynch räusperte sich. „Einen haben wir erwischt und gefangen genommen. Der andere ist uns entkommen.“

Jasper sah sich den Toten genauer an. Schießpulver hatte eine Hälfte seines Gesichts geschwärzt. Jasper grinste. Sein Kammerdiener war schon immer ein hervorragender Schütze gewesen.

„Packen Sie mal kurz mit an und helfen Sie mir, den Vagabunden hier aus der Kutsche zu bekommen“, wies er Pynch an. „Melisande bleib bitte hier, bis wir uns vergewissert haben, dass die Luft rein ist."

Sie nickte und hob tapfer das Kinn.

Und obwohl Pynch und das Mädchen zuschauten, konnte er nicht anders, als sich über sie zu beugen und zu küssen. Erst jetzt wurde ihm bewusst, was alles hätte passieren können. Wäre es nur ein wenig anders gekommen, hätte er sie verlieren können.

Eilig kletterte Jasper aus der Kutsche. Es juckte ihn in den Fingern, mit dem Mann Bekanntschaft zu machen, der seine liebste Gemahlin in Gefahr gebracht hatte. Zunächst jedoch half er Pynch, den toten Räuber aus dem Wagen zu schleifen. Hoffentlich hatte Melisande nicht zu genau hingeschaut. Dem Mann waren Schläfe und Wangenbein zertrümmert. Kein schöner Anblick.

Mouse sprang hinter ihnen aus der Kutsche.

Nachdem der Räuber abgelegt war, richtete Jasper sich auf. „So, wo ist er?"

„Da drüben, Mylord." Pynch deutete zu einem Baum am Wegesrand, wo sich mehrere Diener über eine zusammengesunkene Gestalt beugten. Mouse folgte ihnen, die Nase laut schnüffelnd am Boden.

„Irgendjemand verletzt?", erkundigte Jasper sich derweil.

„Der Lakai Bob hat einen Streifschuss am Arm, kaum der Rede wert", erstattete Pynch Bericht. „Sonst niemand."

„Sind Sie sicher?" Im Dunkeln und inmitten all des Durcheinanders konnte es schnell passieren, dass leichtere Verletzungen zunächst unbemerkt blieben. „Haben Sie nachgesehen?"

Doch wem sagte er das? Pynch war ja selbst in der Armee gewesen. „Ja, Mylord."

Jasper nickte. „Gut gemacht. Sagen Sie einem der Lakaien, er soll mehr Laternen anzünden. Licht hat noch jedes Ungeziefer vertrieben."

„Jawohl, Mylord." Pynch marschierte zurück zur Kutsche.

„So, und wen haben wir da?", fragte Jasper, als er bei der kleinen Gruppe angekommen war.

„Einen der Räuber, Mylord", sagte Bob.

Er hielt sich ein blutbeflecktes Tuch an den rechten Oberarm gepresst, doch seine Hand war ruhig und die Pistole darin zielsicher auf den Gefangenen gerichtet. Pynch kam mit einer Laterne zurück, und sie betrachteten den am Boden liegenden Räuber. Jung war er, fast noch ein Kind, und blutete heftig aus der Brust. Mouse schnupperte an dem Jungen, verlor dann das Interesse und pinkelte an den Baum.

„Lebt er noch?", fragte Jasper.

„Gerade so", sagte Pynch ohne jede Gefühlsregung. Es dürfte sein Schuss gewesen sein, der den Jungen vom Pferd geholt hatte, doch er zeigte kein Bedauern.

Man musste indes bedenken, dass dieser Junge seinerseits eine Pistole auf sie gerichtet hatte. Er hätte Melisande treffen können. Jasper sah ein grausiges Bild vor sich, das Melisande zeigte, die anstelle des Jungen hier auf dem Boden lag. Melisande mit zerfetzter, blutender Brust. Melisande, die qualvoll keuchend in den letzten Zügen lag.

Er wandte sich ab. „Lasst ihn liegen."

„Nein."

Er blickte auf und sah Melisande von der Kutsche herbeikommen – obwohl er sie ausdrücklich gebeten hatte, im Wagen zu warten.

„Wie bitte?"

Sein Ton war eisig, doch sie ließ sich nicht einschüchtern. „Lass ihn uns mitnehmen, Jasper."

Ungläubig starrte er sie an. Im Schein der Laternen sah sie noch unwirklicher und zerbrechlicher aus als sonst. Zu zerbrechlich. „Er hätte dich töten können, mein Herz", sagte er sanft.

„Aber er hat es nicht getan."

Ihr Äußeres mochte zart und zerbrechlich wirken, doch ihr Wesen war ehern und unbezwingbar.

Den Blick fest auf sie gerichtet, nickte er. „Gut. Wickeln

Sie ihn in eine Decke, Pynch, und nehmen Sie ihn zu sich aufs Pferd."

Melisande runzelte die Stirn. „Aber wäre die Kutsche nicht …"

„Der kommt mir nicht in deine Nähe."

Ein Blick auf ihn zeigte ihr, dass er diesmal nicht mit sich reden ließe. Schweigend nickte sie.

Jasper sah Pynch an. „Seine Wunde verbinden Sie, wenn wir im Gasthaus angekommen sind. Ich möchte mich hier nicht länger als irgend nötig aufhalten."

„Jawohl, Mylord", sagte Pynch.

Dann ging Jasper zu seiner Gemahlin und nahm sie beim Arm; so warm und lebendig fühlte sie sich an. Er beugte sich vor und flüsterte ihr ins Ohr: „Das tue ich nur für dich, mein Herz. Nur für dich."

Sie blickte zu ihm auf, ihr Gesicht ein blasser Mond im Dunkel. „Nein, du tust es auch für dich. Es wäre nicht recht, ihn hier allein sterben zu lassen – ganz gleich, was er getan hat."

Er wollte sich jetzt nicht mit ihr streiten. Sollte sie ruhig glauben, dass ihn solche Gewissensfragen quälten. Er brachte sie zurück zur Kutsche, half ihr hinein, und als sie sicher und wohlbehalten saß, schloss er den Schlag hinter ihr. Selbst wenn der junge Straßenräuber noch ein paar Stunden lebte, konnte er Melisande nichts mehr zuleide tun. Und nur darauf kam es letztlich an.

Melisande seufzte, als sie spät am Abend die Tür ihres Zimmers hinter sich schloss. Jasper nahm bei ihren Übernachtungen stets zwei Zimmer, und so auch heute. Trotz der Aufregung des Überfalls, trotz des sterbenden Räuberjungen – der in ein Hinterzimmer gebracht worden war –, trotz der Tatsache, dass das kleine Gasthaus fast vollständig belegt war, fand Melisande sich wieder einmal einsam und allein auf ihrem Zimmer.

Sie trat an den Kamin, in dem ein kräftiges Kohlenfeuer brannte, das gewiss dem üppigen Trinkgeld zu verdanken war, mit dem ihr Gemahl die Wirtsfrau bedacht hatte. Die Flammen tanzten hell, doch Melisandes Finger waren kalt, und ihr wollte nicht warm werden. Ob die Bediensteten sich schon wunderten, dass ihre Herrschaft so bald nach der Hochzeit getrennte Zimmer nahm? Melisande empfand leise Scham. Fast war es, als würde sie als Gemahlin nicht genügen. Mouse sprang aufs Bett, drehte sich dreimal um sich selbst und ließ sich seufzend am Fußende nieder.

Wenigstens ersparte Sally sich jedwede Bemerkung zu diesem Arrangement. Ihre kleine Kammerzofe kleidete und entkleidete sie mit schier unerschöpflich guter Laune. Nur heute Abend, nach dem Überfall, hatte ihr sonst so sonniges Lächeln etwas bemüht gewirkt. Die Hände hatten ihr noch gezittert vom Schrecken, und nach fröhlichem Geplauder schien ihr auch nicht zumute gewesen zu sein. Melisande hatte sich des Mädchens erbarmt und es nach unten geschickt, damit es vor dem Zubettgehen noch etwas in den Magen bekam.

Und nun war Melisande wieder ganz allein. Viel Appetit hatte sie nicht gehabt, als die rundliche Wirtin ihnen das Abendessen serviert hatte. Schade eigentlich, denn das Schmorhuhn hatte köstlich ausgesehen, doch bei dem Gedanken, dass im Hinterzimmer der sterbende Junge lag, hatte sie kaum etwas herunterbekommen. So hatte sie sich bald entschuldigt und war auf ihr Zimmer gegangen. Jetzt jedoch wünschte sie, in der behaglichen Stube geblieben zu sein, die Jasper für sie reserviert hatte. Unschlüssig stand sie da, dann schüttelte sie den Kopf. Was brachte es denn, noch wach zu bleiben? Nun, da sie zur Nacht umgekleidet war, konnte sie ohnehin nicht mehr nach unten gehen. Also schlug Melisande die Bettdecke zurück, stellte erleichtert fest, dass die Laken sauber aussahen, und kletterte in das rustikale Bett. Sie zog sich die Decke bis zur Nasenspitze, kuschelte sich ein und blies die Kerze aus. Dann betrachtete sie die an der Decke tanzenden Schatten des Kaminfeuers, bis ihr die Lider langsam schwer wurden.

Ihre Gedanken begannen zu schweifen; sie ließ sich treiben.

Jaspers glühende Augen, sein unerbittlicher Blick, als er den Räuber in die Kutsche gezerrt hatte. Schmorhuhn und Klöße, für die sie als Kind ihre Köchin vergöttert hatte. Wie lange sie noch auf schlechten Straßen in der schwankenden Kutsche reisen müssten. Wann sie wohl die Grenze nach Schottland passierten. Immer unzusammenhängender wurden ihre Gedanken, bis sie schließlich in einen leichten Schlaf sank.

Dann auf einmal spürte sie etwas Warmes an ihrem Rücken. Mouse? Starke Arme, die sie umfingen, Lippen, die ihren Nacken streiften und nach Whiskey rochen.

„Jasper?“, murmelte sie, noch immer halb im Traum.

„Schsch“, flüsterte er.

Sein Mund öffnete sich über dem ihren, und er küsste sie innig, drang tief mit seiner Zunge in ihren Mund. Sie meinte Salz zu schmecken. Halb schlafend, halb wachend stöhnte sie, schwach und wehrlos. Sie ließ ihn ihre Chemise hochschieben, ließ sich von ihm ausziehen. Seine Hände waren auf ihren Brüsten, streichelten sie zärtlich, dann kniff er so fest in die Spitzen, dass es schmerzte.

„Jasper“, stöhnte sie.

Ihre Hände glitten über seinen Rücken. Er war nackt, seine Haut so heiß, als glühe sie. Sie spürte seine Muskeln sich regen, als er sich auf sie legte, sich zwischen ihre Schenkel schob.

„Schsch“, flüsterte er noch einmal.

Sie spürte sein Drängen, als er zu ihr fand.

Ihr Körper war weich und nachgiebig vom Schlaf und seinen Berührungen, aber sie war noch nicht so weit. Und so zog er sich wieder zurück und wiegte sich an ihr, langsam und bedächtig, jede kleine Bewegung ein sanfter Vorstoß, sich ihm weiter zu öffnen und ihn tiefer einzulassen. Mit den Händen fasste er unter ihre Knie und hob ihre Beine an, bis er ganz zwischen ihren Schenkeln geborgen war. Und wieder küsste er sie, strich sacht über ihre Brüste, quälte und erquickte sie zugleich.

Sie versuchte sich aufzubäumen, damit er sie noch fester berühre, doch weder hatte sie die Kraft dazu, noch ließ er sie. Er hatte die Zügel in der Hand, und er würde sie so lieben, wie es ihn verlangte. Ihr blieb nichts anderes, als sich ihm hinzugeben.

Und so vergrub sie die Hände in seinem Haar, klammerte sich an ihn und erwiderte jeden seiner Küsse mit inniger Hingabe.

Er stöhnte an ihrem Mund und begann die Hüften schneller zu bewegen. Sie spürte jeden seiner Stöße, spürte, wie ihr Schoß sich öffnete und er sie ganz erfüllte, als sie ihn wieder und wieder in sich aufnahm.

Dann riss er sich los von ihrem Kuss und hob seinen Kopf von ihr, während sein Atem rau und keuchend kam. Sie hörte es, hielt die Augen jedoch geschlossen, da sie nicht aus ihrem köstlichen Traumwandeln erwachen wollte. Auf einmal spürte sie seine Finger zwischen ihnen. Er suchte und fand, tastete mit starken, wissenden Fingern und drückte seinen Daumen fest auf die kleine Perle.

„Komm mit mir", flüsterte er, die Stimme heiser vor Verlangen. „Komm mit mir."

Nun endlich öffnete sie doch die Augen. Er musste eine Kerze mitgebracht haben, denn gedämpftes Licht beschien seine breiten Schultern, an denen sich die Muskeln spannten, sein erhitztes Gesicht, in das ihm einzelne wirre Haarsträhnen hingen. Der glühende Blick seiner türkisblauen Augen bohrte sich in ihre, bannte und berauschte sie.

„Komm mit mir", flüsterte er noch einmal.

Sein Daumen kreiste auf ihr, drückte und traf so trefflich. Sie lag unter ihm hingestreckt, war ihm ausgeliefert, und unablässig beschwor er sie: „Komm mit mir."

Wie könnte sie es ihm verwehren? Die Lust schwoll in ihr an, und am liebsten wollte sie ihr Gesicht vor ihm verstecken. Er beherrschte sie in einem Maße, wie sie es ihm nie zuvor bewilligt hatte. Er würde ihr zusehen. Er würde wissen, was sie vor ihm verborgen hielt.

„Komm mit mir." Er beugte sich über sie und leckte ihre Brustspitze.

Sie warf den Kopf zurück und schluchzte auf. Er fing den Laut mit seinem Mund auf, schluckte ihn, ein erster Preis seiner Mühen. Er drängte sich an sie und drückte sie tief ins Plumeau, hielt sie fest, als sie kam und jeder Schlag der Lust sie bis ins Mark erschütterte. Mit seinem Mund hielt er sie gebannt, mit seinen Hüften und diesem neckenden Daumen, der federleicht lockend über sie strich, sie um den Verstand brachte. Noch nie hatte sie solche Erfüllung gefunden, ein Glück, das schier schmerzte in seiner Intensität. Nach Atem ringend öffnete sie die Augen und sah, dass er längst nicht fertig war. Während sie in bebender Wonne gelöst lag, hatte er gerade erst begonnen. Er stemmte sich über ihr auf, ließ sie nicht einen Moment aus den Augen, als er in sie stieß, fest und unerbittlich. Den Mund in höchster Qual verzogen, die Augen starrend vor Lust – und noch etwas … anderem.

„Gott", stieß er stöhnend hervor. „Gott, Gott, *Gott*!"

Er warf den Kopf zurück und bäumte sich heftig auf. Sie sah ihn die Zähne blecken, als sein Leib ruckartig an ihrem erbebte. Sein Samen strömte in sie, warm und voller Leben. Eine ungeahnte, nie gekannte Freude erfüllte sie. Sie hatte ihm alles gegeben und alles von ihm bekommen.

Fast war es ein heiliger Akt.

Er hielt den Kopf noch immer zurückgeworfen, die Arme noch immer aufgestemmt, sein Gesicht war erhitzt, doch sein wirr zerzaustes Haar verbarg es vor ihr. Ein warmer Schweißtropfen fiel auf ihre linke Brust.

„Jasper", flüsterte sie und umfing sein Gesicht mit den Händen. „Jasper."

Mit einem Ruck zog er sich aus ihr zurück und stieg aus dem Bett. Er bückte sich nach seinem Hausmantel und warf ihn sich über. „Der Räuberjunge ist gestorben", sagte er und verließ das Zimmer.

13. KAPITEL

An jenem Abend brodelte die Gerüchteküche bei Hofe. Die Schlange war tot und der bronzene Ring verschwunden, doch niemand war gekommen, den Ring zu überbringen. Wer war der wackere Mann, der den Ring erbeutet hatte?

Beim Nachtmahl stand Jack wie stets neben dem Stuhl der Prinzessin, die ihn höchst sonderbar ansah, als sie sich setzte.

„Oh Jack!", rief sie. „Wo bist du nur gewesen? Dein Haar ist ganz nass."

„Ich habe mich mit einem kleinen silbrigen Fischlein getummelt", sagte Jack und schlug einen drolligen Purzelbaum.

Die Prinzessin lächelte und aß ihre Suppe. Doch welch eine Überraschung erwartete sie am Grunde ihres Suppenschälchens! Dort lag der bronzene Ring.

Hört, hört! Das sorgte natürlich für gehörigen Aufruhr, und der Küchenmeister wurde sogleich herbeigerufen. Der arme Mann wurde vor dem ganzen Hof befragt, doch er konnte sich nicht erklären, wie der Ring in die Suppe von Prinzessin Immerschön gelangt war. Schließlich musste der König den Küchenmeister ziehen lassen und ward nicht klüger als zuvor …

[aus LACHENDER JACK]

Nach letzter Nacht musste sie ihn für ein wild gewordenes Biest halten. Kein sonderlich bekömmlicher Gedanke, dachte Jasper und brütete düster über Brot und Eiern, die ihnen die Wirtsfrau zum Frühstück aufgetischt hatte. Das Essen war recht schmackhaft, doch der Tee war dünn und von minderer Qualität. Was ihm sogar gelegen kam, denn ihm war gerade jeder Anlass recht, heute Morgen verdrießlicher Laune zu sein.

Über seine Tasse hinweg musterte er verstohlen seine Gemahlin. Sie sah nicht aus wie eine Frau, über die nachts ein Wilder hergefallen war. Ganz im Gegenteil: Frisch und munter war sie, hielt sich tadellos wie immer und hatte das Haar ordentlich aufgesteckt. Aus unerfindlichem Grund verdross ihn das nur noch mehr.

„Hast du gut geschlafen?“, erkundigte er sich. Unverfänglicher konnte man ein Gespräch kaum eröffnen.

„Ja, danke“, erwiderte sie und verfütterte rasch ein Stück Brot an Mouse, der unter dem Tisch saß. Er wusste, dass sie das tat, wenngleich weder ihrer Miene noch ihrer Haltung etwas anzumerken war. Vielmehr hielt sie ihren Blick unverwandt auf ihn gerichtet. Doch gerade das verriet sie.

„Wir werden heute Schottland erreichen“, sagte er. „Morgen sollten wir in Edinburgh sein.“

„Oh“, sagte sie nur.

Er nickte und butterte sich eine Scheibe Brot, seine dritte. „Ich habe eine Tante in Edinburgh.“

„Wirklich? Davon hast du nie erzählt.“ Sie nippte an ihrem Tee.

„Nun ja, kann sein.“

„Ist sie Schottin?“

„Nein, ihr Mann war Schotte. Ihr erster Mann. Im Moment ist sie meines Wissens bei Nummer drei angelangt.“ Er legte sein Buttermesser auf dem Teller ab. „Mrs Esther Whippering heißt sie jetzt, und wir werden eine Nacht bei ihr verbringen.“

„Schön.“

„Sie ist nicht mehr die Jüngste, aber noch ziemlich auf Zack. Als ich klein war, hat sie mir mal ziemlich böse die Ohren lang gezogen.“

Melisande ließ ihre Teetasse auf halber Höhe verharren. „Warum das denn? Was hattest du wieder angestellt?“

„Gar nichts. Sie meinte nur, das wäre gut für mich.“

„Was gewiss stimmte.“

Er wollte gerade dazu ansetzen, seine jungenhafte Ehre zu

verteidigen, als etwas Kaltes, Feuchtes seine linke Hand berührte, die er im Schoß ruhen hatte.

Mit der Rechten hatte er gerade nach dem Buttermesser greifen wollen, nun ließ er es beinah fallen. „Mein Gott, was ist *das* denn?"

„Wahrscheinlich Mouse", sagte Melisande ungerührt.

„Was will er denn?"

„Dein Brot."

Entrüstet sah Jasper seine Frau an. „Das wird er aber nicht bekommen."

„Dann wird er so lange betteln, bis er es bekommt", erwiderte sie achselzuckend.

„Schlechte Manieren sollten nicht noch belohnt werden."

„Mmmm", machte Melisande nur und meinte dann: „Sollen wir die Wirtin bitten, uns Proviant einzupacken? Sie scheint eine ganz fähige Köchin."

Wieder stupste ihn etwas am Bein, pflanzte sich dann warm und schwer auf seinen Fuß. „Eine vortreffliche Idee. Gut möglich, dass wir gegen Mittag fernab aller Gasthäuser unterwegs sind."

Sie nickte und begab sich zur Tür des kleinen Speiseraums, um alles Nötige zu veranlassen.

Kaum hatte sie ihm den Rücken zugewandt, ließ Jasper einen Happen Ei unter dem Tisch verschwinden. Eine nasse, raue Zunge leckte ihm feinsäuberlich die Finger ab.

Als Melisande zurückkam, musterte sie ihn argwöhnisch, sagte jedoch kein Wort.

Eine halbe Stunde später waren die Pferde angeschirrt, die Kammerzofe saß zur Abwechslung vorn beim Kutscher auf dem Bock, Melisande und Mouse warteten bereits im Wagen, und Jasper wechselte noch ein paar Worte mit dem Wirt. Nachdem er dem Mann noch einmal gedankt hatte, sprang er in die Kutsche, klopfte ans Dach und setzte sich.

Melisande sah von ihrer Stickerei auf, als der Wagen sich mit einem Ruck in Bewegung setzte. „Was hast du zu ihm gesagt?"

Er schaute aus dem Fenster. Nebel waberte um die Hügel. „Zu wem?"

„Zum Wirt."

„Ich habe ihm für eine geruhsame, flohfreie Nacht gedankt."

Sie hob nur die Brauen und sah ihn an.

Er seufzte. „Ich habe ihm ein bisschen Geld gegeben, um den Jungen zu beerdigen. Und noch ein bisschen für all seine Mühen und die Scherereien, die wir ihm gemacht haben. Ich dachte mir, das wäre in deinem Sinne."

„Danke."

Er ließ sich in seinen Sitz sinken und streckte die Beine seitwärts. „Du hast ein weiches Herz, liebste Gemahlin."

Entschieden schüttelte sie den Kopf. „Nein, nur ein gerechtes."

„Ein gerechtes Herz, das bei einem Jungen weich wird, der dich ohne mit der Wimper zu zucken erschossen hätte."

„Das kannst du doch gar nicht wissen."

Er blickte hinaus auf die Berge. „Aber ich weiß, dass er gestern Nacht mit einer geladenen Pistole unterwegs war. Hätte er nicht davon Gebrauch machen wollen, hätte er sie nicht laden müssen."

Er spürte ihren Blick auf sich. „Warum hast *du* letzte Nacht nicht geschossen?"

„Wie hätte ich?", erwiderte er achselzuckend. „Als die Pistole des Räubers losging, war die Munition ja verbraucht."

„Mr Pynch hat mir heute Morgen gesagt, dass unter dem Sitz Pistolen liegen."

Zum Teufel mit Pynchs losem Mundwerk. Verstohlen sah er Melisande an, doch ihre Miene zeugte eher von Neugier als von Sorge.

Er seufzte. „Vermutlich sollte ich dir zeigen, wie sie funktionieren, damit du sie im Ernstfall auch benutzen kannst. Aber versprich mir um Gottes willen, sie nur dann zur Hand zu nehmen, wenn du davon Gebrauch machen musst. Und halte eine Pistole immer auf den Boden gerichtet, bis du schießt."

Sie hob die Brauen und wartete gespannt.

Er wechselte hinüber auf ihren Sitz und hob das dünne Polster von seinem. Darunter fand sich ein Fach mit Scharnierdeckel. Er klappte den Deckel hoch und deutete auf die beiden Pistolen. „Da sind sie."

Sie begutachtete die Waffen, und Mouse, der eben noch friedlich geschlummert hatte, sprang mit einem Satz vom Sitz, um sich gleichfalls einen Blick zu gönnen.

„Sehr schön", sagte Melisande, wandte sich dann von den Pistolen ab und sah ihn ganz offen an. „Und warum hast du letzte Nacht nicht von ihnen Gebrauch gemacht?"

Sanft stieß Jasper den Hund beiseite, ehe er den Deckel schloss, das Polster darüber breitete und sich wieder setzte. „Wenn du es unbedingt wissen willst: Weil ich eine unerklärliche Abneigung gegen Schusswaffen habe."

Verwundert hob sie die Brauen. „Das dürfte im Krieg ein gewisses Handicap gewesen sein."

„Oh nein, in der Armee habe ich oft genug mit Pistole oder Gewehr geschossen. Ich bin auch kein schlechter Schütze. Oder zumindest war ich das – seit meiner Rückkehr nach England habe ich ja keine Pistole mehr angerührt."

„Woher rührt deine Abneigung?"

Gedankenverloren rieb er mit dem Daumen der linken Hand über die Handfläche der rechten. „Ich mag es nicht, wie sie sich anfühlen, so kalt und schwer." Unvermittelt sah er sie an. „Wäre es erforderlich gewesen, hätte ich sie natürlich hervorgeholt. Niemals würde ich dein Leben aufs Spiel setzen, mein Herz."

Sie nickte. „Ich weiß."

Und dieser schlichte Satz erfüllte ihn mit einem Gefühl, das er schon eine ganze Weile nicht mehr empfunden hatte: Glück. Ungläubig sah er seine Frau an, die so sehr von seinem Können überzeugt schien, so sehr seines Mutes und seiner Tapferkeit gewiss war, dass er nur dachte: *Bitte, lieber Gott, lass sie niemals die Wahrheit herausfinden.*

Sie wünschte, Jasper schlicht sagen zu können, dass sie nicht länger von ihm getrennt schlafen wollte. Dieser Gedanke ging Melisande am Abend durch den Sinn, als sie abermals im Hof eines Gasthauses stand – diesmal eines recht großen – und den Stallburschen dabei zusah, wie sie die Pferde abschirrten. Jasper redete mit dem Wirt und besorgte ihnen ein Zimmer für die Nacht.

Oder vielmehr ihr.

Denn wie es aussah, war das Haus fast vollständig belegt; nur ein Zimmer schien noch frei. Doch statt es mit ihr zu teilen, gedachte Jasper im Gemeinschaftsraum zu nächtigen. Gott weiß, was der Wirt sich dabei dachte. Und die Bediensteten. Seufzend sah sie zu dem Lakaien hinüber, der Mouse an der Leine ausführte – oder vielmehr von Mouse ausgeführt wurde. Wie ein Verrückter zog der kleine Terrier am Leder, zerrte den armen Mann hinter sich her zu einem Pfosten, hob kurz das Bein und hechelte zum nächsten.

„Fertig, meine Liebe?"

Melisande sah auf und stellte fest, dass ihr Mann seine Verhandlungen mit dem Wirt beendet hatte.

Sie nickte und nahm seinen Arm. „Ja."

„Mouse wird dem Lakaien den Arm ausrenken", bemerkte Jasper, als sie hinüber zum Haus gingen. „Wusstest du, dass sie darum würfeln, wer ihn abends ausführt?"

„Der glückliche Gewinner darf ihn ausführen?", fragte sie, als sie das Hauptgebäude betraten.

„Nein, der Verlierer", erwiderte er und runzelte angesichts des Lärms, der ihnen entgegenschlug, irritiert die Stirn.

Aus dem Schankraum drang dröhnendes Gelächter. Es war ein altes Wirtshaus, mit schweren, geschwärzten Balken, welche die niedrige Decke trugen. Zahlreiche runde, auch schon recht betagte Tische standen über den Raum verteilt, ein kräftiges Feuer prasselte im Kamin. Alle Tische waren von Reisenden besetzt – zumeist Männer –, die beim Bier saßen und mit gutem Appetit ihr Abendessen verspeisten.

„Hier entlang“, sagte Jasper und führte sie auf der anderen Seite des Korridors in ein kleines Hinterzimmer. Gerade hatte sie sich gesetzt, als der Lakai Mouse zurückbrachte. Sofort kam der Terrier angetrottet und verlangte nach Streicheleinheiten. „Und, Sir Mouse, wie ergeht es Euch? Hattet Ihr einen erquicklichen Verdauungsspaziergang?“

„Fast hätte er ’ne Ratte gefangen, Mylady“, meldete der Lakai. „Drüben im Stall. Flink wie ein Wiesel, der Kleine.“

Melisande lächelte Mouse an und zauste ihm die Ohren. „Gut gemacht.“

Der Wirt kam mit einer Flasche Wein hereingeeilt, gefolgt von einem Mädchen, das den Hammeleintopf brachte. Eine Weile herrschte geschäftige Betriebsamkeit in dem kleinen Zimmer, ehe sie und Jasper wieder allein waren.

„Morgen …“, begann er, wurde jedoch vom Gegröle aus dem Schankraum unterbrochen.

Finster sah Jasper zur Tür. Dann schaute er Melisande über den Tisch hinweg an, die Brauen über seinen blaugrünen Augen zusammengezogen. „Du solltest deine Tür heute Nacht abschließen und dein Zimmer nicht mehr verlassen. Dieser Pöbel gefällt mir nicht.“

Melisande nickte. Wenn es möglich war, schloss sie immer die Tür ab oder stellte zumindest einen Stuhl davor. Zudem schlief Jasper ja auch meist gleich nebenan.

„Gestern Nacht war dein Zimmer nicht verschlossen“, erinnerte er sie.

Schweigend sah sie ihn an und fragte sich, ob auch er gerade an ihre leidenschaftliche Begegnung dachte. „Es gab kein Schloss.“

„Ich werde einem der Lakaien sagen, dass er vor deinem Zimmer schlafen soll.“

Danach beendeten sie ihre Mahlzeit in einvernehmlichem Schweigen. Als Melisande mit Mouse auf ihr Zimmer ging, war es schon nach zehn. Sally legte ihrer Herrin eine frische Chemise heraus und gähnte verstohlen. Das Zimmer war klein, aber sauber; es gab ein Bett und vor dem Kamin einen Tisch mit ein paar Stühlen. An der Wand neben der Tür hingen sogar zwei winzige Gemälde. Melisande trat näher und erkannte Pferde darauf.

„Wie war das Abendessen?“, fragte sie ihre Zofe und trat ans Fenster. Das Zimmer ging auf den Hof hinaus.

„Gut, Mylady“, erwiderte Sally. „Aber ehrlich gesagt mag ich Hammel nicht so besonders.“

„Nein?“, fragte Melisande zerstreut und begann ihr Kleid aufzuschnüren.

„Lassen Sie mich das machen, Mylady“, sagte Sally und eilte herbei. „Nein, ein gutes Stück Rindfleisch ist mir eindeutig lieber. Mr Pynch behauptet ja, dass er am liebsten *Fisch* isst. Haben Sie so was schon mal gehört?“

„Nun, die Geschmäcker sind eben verschieden, und so mag manch einer auch Fisch“, erwiderte Melisande diplomatisch und streifte sich das Kleid von den Schultern.

Sally sah skeptisch drein. „Mag sein, Mylady. Mr Pynch meint, das käme davon, dass er am Meer aufgewachsen ist. Dass er Fisch mag, meine ich.“

„Wo kommt Mr Pynch denn her?“

„Aus Cornwall, Mylady. Ganz schön weit weg, was? Aber man hört es ihm gar nicht an.“

Nachdenklich betrachtete Melisande ihre Zofe, während diese sie ihrer restlichen Kleider entledigte. Sie hätte geglaubt, dass Jaspers Kammerdiener zu alt und griesgrämig für ihre Sally wäre, aber nun plapperte das Mädchen andauernd von ihm. Da blieb nur zu hoffen, dass Mr Pynch nicht leichtfertig mit den Gefühlen ihrer kleinen Kammerzofe spielte. Melisande nahm sich vor, gleich morgen ein ernstes Wort mit ihrem Gemahl zu reden.

„So, Mylady“, verkündete Sally, als sie ihrer Herrin die Chemise überzog. „Wie hübsch Sie darin aussehen! Die Spitze steht Ihnen gut. Ich habe Ihnen eine Wärmflasche ins Bett gelegt und einen Krug Wasser bringen lassen. Auf dem Tisch stehen auch Wein und Gläser, falls Sie vor dem Zubettgehen noch etwas trinken wollen. Möchten Sie Ihr Haar geflochten haben?"

„Nein, das kann so bleiben", sagte Melisande. „Ich bürste es gleich selbst aus. Danke."

Das Mädchen knickste und ging zur Tür.

Da fiel Melisande noch etwas ein: „Ach ja, Sally …"

„Mylady?"

„Achten Sie darauf, in Hörweite unserer Diener zu schlafen. Lord Vale wollen die anderen Gäste nicht so recht gefallen."

„Mr Pynch haben sie auch nicht gefallen", erwiderte das Mädchen. „Aber er meinte, er würde heute Nacht ein Auge auf mich haben."

Melisandes Herz erwärmte sich so langsam für den Kammerdiener. Zumindest schien er sich um Sally zu sorgen und sie beschützen zu wollen. „Das freut mich. Gute Nacht."

„Nacht, Mylady. Schlafen Sie gut." Und damit verließ Sally das Zimmer.

Melisande goss sich ein wenig Wein aus der Karaffe ein, die auf dem Tisch stand, und nahm einen kleinen Schluck. Er konnte sich nicht an der Qualität messen, die sie nun aus den Vale'schen Weinkellern gewohnt war, schmeckte aber angenehm frisch und fruchtig. Geduldig zog sie eine Haarnadel nach der anderen aus dem Haar und legte sie ordentlich auf den Tisch.

Schließlich schüttelte sie ihr Haar und bürstete es aus. Von unten war ein lautes Krachen zu hören. Vorsichtig schlich sie zur Tür und lauschte, doch bald darauf legte sich der Lärm, die erhobenen Stimmen verstummten, und alles klang wie zuvor. Melisande bürstete ihr Haar fertig, trank noch einen Schluck Wein und ging zu Bett.

Eine Weile lag sie noch wach und sann darüber nach, ob Jasper heute Nacht zu ihr käme. Dann würde er den Wirt wohl um den Schlüssel zu ihrem Zimmer bitten müssen, denn nachdem Sally gegangen war, hatte sie abgeschlossen.

Irgendwann musste sie eingeschlafen sein, denn sie träumte von Jasper in der Schlacht, von Kanonenfeuer umgeben, doch es schien ihn nicht zu scheren, denn er lachte nur und weigerte sich, seine Pistole zur Hand zu nehmen. Sie rief ihn an, flehte ihn an, sich zu verteidigen. Heiße Tränen strömten ihr übers Gesicht, und dann wachte sie auf. Geschrei hatte sie geweckt, und heftige Schläge gegen die Tür ihres Zimmers. Jäh setzte sie sich auf, doch da barst schon die Tür, und vier trunkene Flegel kamen ins Zimmer gepoltert.

Schreckensstarr vor Entsetzen sah sie die Kerle an. Mouse sprang aus ihrem Bett und bellte.

„Ha, der hübschen Kleinen geben wir's!“, rief einer, doch dann sollte ein Wirbelwind ihn rücklings erfassen.

Jasper hatte sich auf den Mann gestürzt und hieb in stummer, schrecklicher Entschlossenheit auf ihn ein. Barfuß war er und nur in seinen Breeches. Er packte den anderen beim Schopf und rammte dessen Gesicht auf die Bodendielen. Blut spritzte.

Zwei der Trunkenbolde blinzelten nur verdattert ob dieses plötzlichen Gewaltausbruchs, aber der Dritte ging zum Angriff über. Doch noch ehe er auf Jasper eindreschen konnte, hatte Mr Pynch ihn sich geschnappt und in hohem Bogen hinaus in den Flur befördert. Ein schwerer Schlag ließ die Wände erbeben, und eines der kleinen Pferdebilder fiel herunter. Jasper erhob sich von dem reglos am Boden liegenden Mann und wandte sich den beiden anderen zu. Ein Schrei blieb Melisande in der Kehle stecken. Sie mochten betrunken sein, aber sie waren in der Überzahl, denn Mr Pynch war noch draußen im Flur beschäftigt.

Einer der beiden griente blöde. „War doch bloß Spaß.“

Jasper schlug ihm ins Gesicht. Der Mann taumelte unter der Wucht des Schlags und krachte zu Boden wie ein gefällter Baum. Als der andere sich still aus dem Staub machen wollte, packte Jasper ihn beim Revers, schleuderte ihn herum und rammte ihn mit dem Kopf voraus in die Wand. Nun fiel auch das zweite Pferdebildnis. Mouse stürzte sich darauf und verbiss sich in den Rahmen.

Jetzt tauchte Mr Pynch an der Tür auf.

Jasper, der noch immer keuchend über dem letzten Mann stand, blickte auf. „Draußen alles geregelt?“

Pynch nickte. Sein linkes Auge war rot unterlaufen und begann zuzuschwellen. „Ich habe die Lakaien geweckt. Sie werden den Rest der Nacht hier auf dem Flur verbringen, damit so etwas nicht noch mal vorkommt.“

„Wo steckt Bob?“, verlangte Jasper zu wissen. „Er sollte vor der Tür Wache halten.“

„Ich werde mich erkundigen, was los war“, sagte Pynch.

„Tun Sie das“, schnauzte Jasper ihn an. „Und sorgen Sie dafür, dass dieser Abschaum hier rausgeschafft wird.“

„Wird gemacht, Mylord.“ Pynch zog sich nach draußen zurück.

Nun endlich sah Jasper auch Melisande an. Sein Gesicht schien ihr wie das eines Wilden, Blut rann aus einer Wunde an der Wange. „Alles in Ordnung, meine Gemahlin?“

Sie nickte.

Doch er drehte sich um und hieb mit der Faust an die Wand. „Ich hatte dir versprochen, dass so etwas nicht passieren würde.“

„Jasper …“

„Gottverdammt!“ Er trat auf einen der gefallenen Flegel ein.

„Jasper.“

In diesem Augenblick kam glücklicherweise Mr Pynch in Begleitung der anderen Diener zurück. Sie schleiften die drei Männer aus dem Zimmer; keiner von ihnen wagte es, auch nur einen Blick in Melisandes Richtung zu werfen, die noch immer schreckensstarr im Bett saß, die Decke bis zum Kinn hochgezogen. Dann tauchte auch Bob wieder auf, kreidebleich im Gesicht und sichtlich verstört. Stammelnd versuchte er zu erklären, dass er kurz nach draußen gemusst hatte, weil ihm schlecht gewesen war. Jasper kehrte ihm den Rücken zu und ballte die Hände zu Fäusten. Melisande sah, wie Mr Pynch dem

Lakaien mit knapper Geste bedeutete, lieber zu verschwinden. Wie ein geprügelter Hund schlich der arme Bob davon.

Und dann war auf einmal Ruhe. Die Bediensteten waren gegangen, nur Jasper war geblieben und ging im Zimmer auf und ab wie ein Löwe im Käfig. Mouse bellte ein letztes Mal die Tür an und kam dann aufs Bett gesprungen, um sein Lob einzuheimsen. Melisande kraulte ihm die Ohren, ihre Aufmerksamkeit galt indes ihrem Gatten, der einen Stuhl gegen die Tür schob, da sie sich anders nicht mehr schließen ließ.

Melisande beobachtete ihn eine Weile, dann stieg sie seufzend aus dem Bett. Ihre nackten Füße tapsten auf den Holzdielen, als sie hinüber zum Tisch ging, um ihm ein Glas Wein einzuschenken.

Er kam zu ihr, nahm das Glas wortlos entgegen und kippte die Hälfte in einem Zug herunter.

Sie würde ihm gern sagen, dass es nicht seine Schuld war. Er hatte alles nur Mögliche getan. In weiser Voraussicht hatte er eine Wache postiert, und als das auch nichts genutzt hatte, war er gerade zur rechten Zeit gekommen und hatte Schlimmeres verhindert. Doch sie wusste, dass nichts ihn davon abbringen würde, sich Vorwürfe zu machen. Morgen vielleicht könnte sie mit ihm darüber reden, aber nicht jetzt.

Nach einer Weile trank er auch den Rest des Weins aus und stellte das Glas dann so vorsichtig ab, als habe er Angst, es zu zerbrechen. „Geh wieder ins Bett, mein Herz. Ich werde die Nacht über bei dir bleiben."

Während sie sich wieder zu Bett begab, ließ er sich auf einem der Stühle am Kamin nieder. Es war ein harter Holzstuhl, der nicht sonderlich bequem sein dürfte, doch Jasper schien es gleich. Er streckte die langen Beine von sich, verschränkte die Arme vor der Brust und blickte ins Feuer.

Wehmütig betrachtete Melisande ihn, wünschte, dass er bei ihr schlafen würde, dann schloss sie die Augen. Sie wusste, dass sie heute Nacht keinen Schlaf finden würde, aber wenn sie wach lag, würde er sich Sorgen machen, und so tat sie, als schliefe sie. Nach einer Weile hörte sie leises Murmeln an der Tür, dann das Scharren eines Stuhls auf den Dielen. Fast lautlos ging Jasper umher, dann war alles wieder still.

Melisande öffnete die Augen einen Spalt. Ihr Gatte lag auf einem Strohsack in der Ecke – einem Strohsack ganz ähnlich jenem, den sie zu Hause in seinem Ankleideraum gesehen hatte. Er lag auf der Seite, mit dem Rücken zur Wand. Reglos beobachtete sie ihn, bis sein Atem ganz ruhig und gleichmäßig kam. Dann blickte sie zur Decke und wartete.

Als sie es nicht mehr länger aushielt, krabbelte sie aus ihrem Bett und huschte auf Zehenspitzen zu ihm. Einen Moment blieb sie stehen, betrachtete Jasper, wie er da auf seinem notdürftigen Nachtlager schlief, dann stieg sie vorsichtig über ihn hinweg. Eigentlich hatte sie sich unbemerkt an ihm vorbeistehlen, sich zwischen ihn und die Wand legen wollen, doch kaum hatte sie ihren Fuß neben ihn auf den Strohsack gesetzt, schoss seine Hand hervor und packte sie beim Knöchel.

Jasper schaute zu ihr hoch, seine blaugrünen Augen fast schwarz im Dunkel des Zimmers. „Geh wieder ins Bett."

Vorsichtig kniete sie neben ihm nieder. „Nein."

Er ließ ihren Knöchel los. „Melisande …"

Sie überhörte seinen flehenden Ton, hob die Decke ein wenig an, um auch Platz darunter zu finden, und streckte sich an seinem Rücken aus.

„Verdammt", murmelte er.

„Schsch." Sie lag seinem breiten, starken Rücken zugewandt. Sachte strich sie über seine angespannte Flanke und rutschte noch näher, bis sie an ihn geschmiegt lag, sog den Duft seiner Haut ein, die Wärme seines Leibs. So warm und tröstlich war er, dass sie wohlig seufzte und ihr Gesicht zwischen seinen Schultern vergrub. Zunächst hatte er starr und reglos dagelegen, doch nun entspannte er sich ein wenig, als wolle er ihr diesen Augenblick stillen Glücks zugestehen. Sie lächelte. Ihr ganzes Leben hatte sie allein geschlafen. Jetzt nicht mehr.

Endlich war sie zu Hause angekommen.

Jasper wachte davon auf, dass zarte Frauenhände über seinen Rücken glitten, und seine erste Empfindung war Scham. Er schämte sich dafür, wie ein Bettler auf dem Boden zu schlafen, schämte sich, dass er nicht wie andere Männer ganz normal im Bett schlafen konnte. Am meisten schämte er sich dafür, dass sie nun sein Geheimnis kannte. Dann glitten ihre Hände tiefer, und Lust erfasste seinen Leib.

Er öffnete die Augen und stellte fest, dass es draußen noch dunkel war, das Feuer im Kamin längst erloschen. Für gewöhnlich würde er jetzt eine Kerze anzünden, aber im Moment störte ihn die Dunkelheit nicht. Ihre Hand strich über seine Hüfte, fasste nach seiner Männlichkeit. Jasper stöhnte vor Wonne. Ihre zarten kühlen Finger sein erhitztes Fleisch erkunden zu fühlen, war zu Träumen geschaffen, die einem einsame Nächte versüßen konnten. Sie strich über den kräftigen Kopf, schloss ihre Hand um den Schaft, fuhr langsam daran hinauf und hinab. Als sich ihre kleinen aufreizenden Brüste an seinen Rücken pressten, war es um seine Selbstbeherrschung geschehen. Das war mehr, als er so früh am Morgen ertragen konnte.

Er drehte sich auf den Rücken. „Steig auf mich, mein Herz."

Ihr Haar hing lang hinab, wallte um ihr Gesicht, und im schwachen Schein der letzten Glut des Kaminfeuers sah sie aus wie ein Feenwesen, das gekommen war, ihn von den Sterblichen fort in eine andere Welt zu locken. Sie setzte sich auf, schwang eines ihrer ranken, schlanken Beine über seine Hüften und nahm dann, kerzengerade und untadelig, auf seinem heftig pulsierenden Schwanz Platz.

„Nimm mich auf, liebste Gemahlin", murmelte er. „Nimm ihn in deinen lieben, lockenden Schoß."

Er meinte, sie im Dunkeln leicht die Stirn runzeln zu sehen – so wie man wohl beim Tee sein Missfallen über ein unschickliches Thema bekundete. Doch mittlerweile kannte er seine Frau. Bei Tage mochte sie sich noch so untadelig und wohlanständig geben, aber nachts – mit ihm allein – wurde sie zum wollüstigen Weib.

„Reite mich, mein Herz“, drängte er. „Reite mich, bis dein süßer Schoß auf meinem Schwanz weint. Reite mich, bis mein Samen dich erfüllt.“

Leise keuchend erhob sie sich über ihm. Er spürte ihre Hand um sich, dann ließ sie sich langsam herabsinken, und es hätte nicht viel gefehlt, und er hätte laut aufgeschrien. So warm, so weich, so fest hielt sie ihn umfangen, gab sich ihm hin. Er bäumte sich auf und packte ihren Hintern, um sie noch fester an sich zu ziehen.

Die Hände auf seiner Brust, glitt sie auf ihm dahin. Den Rücken gerade gestreckt, streifte ihr langes Haar bei jeder Bewegung sacht sein Gesicht. Sie ritt ihn, grub ihre Hüften in die seinen. Er wartete und hielt an sich, beobachtete jede Regung ihres wunderbar ernsten Gesichts, sah sie sich konzentriert auf die Lippe beißen. Die Augen hatte sie geschlossen, den Kopf leicht zurückgeworfen. Als er die Hand an ihre Brust hob, bäumte sie sich auf. Er kniff die feste kleine Knospe, quälte und liebkoste sie, bis ihren leicht geöffneten Lippen ein lautes Keuchen entfuhr. Erst dann ließ er nach, strich sacht über ihre Brust.

„Jasper“, stöhnte sie. „Jasper …“

„Ja, meine Liebste?“

„Berühr mich.“

„Aber ich berühre dich doch“, erwiderte er unschuldig, betont leichthin, obwohl er kaum noch an sich halten konnte.

Mit einem Ruck bewegte sie sich an ihm, ließ die Hüften kreisen, um ihn jeden klaren Gedankens zu berauben.

„Nicht da“, sagte sie schließlich. „Du weißt schon wo.“

Bedächtig schüttelte er den Kopf, schnippte sacht mit den Fingern an ihre Brustspitzen. „Du musst es schon sagen, mein Herz.“

Ein gequältes Schluchzen entrang sich ihr.

Welch süße Qual! Er sollte sich ihrer erbarmen, aber ach, er war ein elender Schuft und konnte nicht anders; er wollte die Worte von ihren süßen, sittsamen Lippen hören. „Sag es", flüsterte er.

„Oh Gott, Jasper", stieß sie hervor. „Berühr meine Muschi!"

Das genügte. Allein ihre Worte ließen ihm den ersten Strahl der Erlösung kommen. Keuchend rang er nach Atem, drückte den Daumen fest an ihren sich wild wiegenden Schoß, spürte, wie sein eigenes erregtes Fleisch sich in sie drängte. Es war zu viel; er konnte nicht länger an sich halten.

Wild bäumte er sich von seinem harten Lager auf und fing ihren Mund mit dem seinen ein, um seinen Schrei der Lust zu ersticken. Und dann kam er mit aller Macht, barst in ihr und ließ seine Seele auf sie regnen.

14. KAPITEL

Am nächsten Tag verkündete der König die zweite Aufgabe, die es zu erfüllen galt: einen silbernen Ring zu erbeuten, der auf einem Berg versteckt lag, welcher von einem bösen Troll bewacht wurde. Wieder wartete Jack, bis alle aufgebrochen waren, und öffnete dann sein kleines Tabakdöschen. Heraus kamen die Rüstung aus Nacht und Wind und das schärfste Schwert der Welt. Jack legte die Rüstung an und schnappte sich das Schwert. Und husch! *Und* hui! *Schon stand er vor dem bösen Troll, der seine Klinge blitzen ließ. Diesmal dauerte der Kampf ein wenig länger als beim ersten Mal, doch am Ende kam es auf dasselbe hinaus: Der Troll war tot und Jack hatte den silbernen Ring …*

[aus LACHENDER JACK]

Als Melisande am nächsten Morgen erwachte, hatte Jasper das Zimmer bereits verlassen. Sie strich mit der Hand über sein Kissen; es war noch warm, und sie sah die leichte Vertiefung, die ein Kopf hinterlassen hatte. Sie war allein, so wie all die anderen Morgen seit sie verheiratet war, doch diesmal war es anders, denn sie hatte letzte Nacht in seinen Armen gelegen. Sie hatte seinem Atem gelauscht, den ruhigen Schlag seines Herzens gehört, war gewärmt worden von seiner nackten Haut.

Einen Moment noch lag sie so da und lächelte versonnen, ehe sie aufstand und nach Sally rief. Eine halbe Stunde später war sie bereit und fand sich unten zum Frühstück ein; nur ihr Gatte war nirgends zu finden.

„Lord Vale ist ausgeritten, Mylady“, ließ ein sichtlich verlegener Lakai sie wissen. „Er meinte, er wäre zurück, wenn es Zeit wäre aufzubrechen.“

„Danke“, sagte Melisande und betrat das kleine Speisezimmer, um allein zu frühstücken. Ihm nachzusetzen brachte nichts. Irgendwann musste er ohnehin zurückkommen.

An diesem Tag beschloss ihr Gemahl, neben der Kutsche herzureiten, weshalb Melisande nur Sally zur Gesellschaft hatte, als es wieder einmal schwankend über Stock und Stein ging.

Am späten Nachmittag gelangten sie in Edinburgh an, und kurz nach fünf fuhren sie vor dem schicken Stadthaus von Jaspers Tante vor. Er öffnete den Kutschenschlag, und Melisande hatte ihre Hand kaum in die seine gelegt, als die Tante auch schon aus dem Haus geeilt kam, um sie willkommen zu heißen. Mrs Whippering war eine kleine, kompakte Dame in sonnengelbem Kleid. Sie hatte rosige Wangen, ein unerschütterliches Lächeln und eine ziemlich laute Stimme, die ständig im Einsatz war.

„Das ist Melisande, meine Gemahlin", stellte Jasper sie seiner Tante vor, als diese kurz innehielt, um nach Luft zu schnappen.

„Ich bin ja so erfreut, Sie kennenzulernen, meine Liebe!", jauchzte Mrs Whippering. „Aber bitte, Sie *müssen* mich Tante Esther nennen."

Melisande tat ihr den Gefallen.

Tante Esther strahlte und führte sie ins Haus, das anlässlich ihrer dritten Vermählung von Grund auf renoviert worden war. „Neuer Mann, neues Haus", verkündete sie an Melisande gewandt.

Jasper grinste nur.

Es war ein schönes Haus. Hoch auf einem von Edinburghs zahlreichen Hängen gelegen, war es aus hellem Sandstein erbaut und hatte klare, klassische Formen. Im Innern des Hauses bevorzugte Tante Esther weißen Marmor und schwarz-weiß geflieste Böden.

„Hier entlang", rief sie, als sie ihnen vorauseilte. „Mr Whippering freut sich ja schon so sehr darauf, euch beide kennenzulernen!"

Sie rauschte in einen Salon, dessen Wände in tiefem Rot gehalten waren. Zu beiden Seiten des in schwarzes Emaille und

Gold gefassten Kamins hingen riesige Früchtestillleben. Auf einem ebenfalls dunkelroten Sofa saß ein Mann, der so groß und hager war, dass er Ähnlichkeit mit einem knorrigen Spazierstock hatte. Er hatte einen gebutterten Muffin in der Hand, den er auf halbem Wege zu seinem Mund verharren ließ, als sie den Salon betraten.

Mit flatternden gelben Röcken eilte Tante Esther auf ihn zu. „*Keine* Muffins, Mr Whippering! Sie wissen doch, dass sie Ihrer Verdauung nicht bekommen."

Der arme Mann gab sich geschlagen, stand auf und ließ die Vorstellungen über sich ergehen. Er war sogar noch größer als Jasper, doch längst keine so stattliche Erscheinung. Sein Rock hing ihm schlaff um die Schultern. Aber er schien sehr nett zu sein, und als er sie beide über den Rand seiner halbrunden Augengläser hinweg musterte, lächelte er gutmütig.

„Das ist Mr Horatio Whippering, mein Gatte", verkündete Tante Esther stolz.

Mr Whippering verneigte sich vor Jasper und beugte sich dann über Melisandes Hand. Mit einem verschmitzten Funkeln in den Augen sah er zu ihr hoch.

Nachdem die Formalitäten geschafft waren, ließ Tante Esther sich aufs Sofa plumpsen. „Setzt euch, setzt euch", rief sie. „Jetzt müsst ihr mir erst einmal alles über eure Reise erzählen."

„Wir sind von Straßenräubern überfallen worden", kam Jasper ihrer Bitte dann auch freundlicherweise nach.

Melisande sah ihn an und hob eine Braue, doch er zwinkerte ihr zu.

„Nein!" Tante Esthers Augen wurden kugelrund, und sie wandte sich an ihren Gatten. „Hast du das gehört, Mr Whippering? Straßenräuber haben meinen Neffen und seine Gemahlin überfallen! Ist das zu fassen?" Kopfschüttelnd goss sie den Tee ein. „Nun, ich will hoffen, ihr habt sie vergrault."

„Eine meiner leichteren Übungen", gab Jasper sich bescheiden.

„Sie können sich glücklich schätzen, einen so starken und

mutigen Mann zu haben“, ließ Tante Esther Melisande wissen.

Melisande lächelte und mied Jaspers Blick, um nicht laut zu lachen.

„Solche Leute sollte man an den Strick knüpfen, wirklich wahr“, fuhr die Tante fort, während sie Jasper und Melisande ihre Tassen reichte, und auch ihrem Gatten, der allerdings ermahnt wurde: „Und keine Sahne – denk daran, was sie mit deiner Verdauung anstellt, mein Lieber.“ Dann lehnte sie sich mit einem Teller Muffins auf dem Schoß zurück und beschied: „Mein lieber Neffe, ich bin doch recht empört.“

„Warum das, liebe Tante?“, erkundigte sich Jasper. Er hatte sich den größten Muffin genommen, biss herzhaft hinein und krümelte sein Hemd voll.

„Na ja, diese überstürzte Heirat. Also, ich muss schon sagen … Es gibt wahrlich keinen Grund zu so unziemlicher Eile, es sei denn …“, sie beäugte die Eheleute scharf, „… es *gibt* einen Grund?“

Melisande blinzelte kurz, dann schüttelte sie den Kopf.

„Nein? Warum dann die Eile? Ich hatte gerade erst Nachricht erhalten, dass du mal wieder die Verlobte gewechselt hättest, und mit der nächsten Post … es war doch mit der nächsten Post, nicht wahr, Mr Whippering?“, fragte sie ihren Gatten. Der nickte, sichtlich vertraut mit seiner Rolle bei ihren Monologen. „Genau, das dachte ich mir doch“, fuhr Tante Esther fort. „Also, wie gesagt, gleich mit der nächsten Post kam dann ein Brief, in dem deine Mutter mir mitteilte, dass du geheiratet hättest. Mir blieb ja nicht mal Zeit, mir ein passendes Hochzeitsgeschenk zu überlegen, geschweige denn eine Reise nach London zu planen, und da frage ich mich schon, *warum* so überstürzt heiraten? Mr Whippering hat drei Jahre um mich geworben, nicht wahr, Mr Whippering?“

Ein pflichtschuldiges Nicken.

„Und selbst da habe ich ihn noch einmal weitere neun Monate warten lassen, damit wir vor der Hochzeit eine angemessene Verlobungszeit hatten. Ich kann mir wirklich nicht erklären, warum ihr so überstürzt geheiratet habt." Sie hielt kurz inne, um zu verschnaufen und einen Schluck Tee zu trinken. Mit grimmig gerunzelter Stirn musterte sie ihren Neffen.

„Aber Tante Esther, ich musste Melisande so rasch wie nur möglich heiraten", sagte Jasper mit Unschuldsmiene. „Ich hatte Angst, sie könne mir den Laufpass geben. Scharenweise hingen die Verehrer an ihr, ich musste die Kerle geradezu mit dem Stock abschütteln. Sowie sie mir ihr Wort gegeben hatte, habe ich zugesehen, sie schleunigst vor den Altar zu bekommen, damit kein anderer mir zuvorkommen konnte."

Er schloss seine haarsträubende Lügengeschichte mit einem unschuldig-charmanten Lächeln, das seine Wirkung nicht verfehlte.

Seine Tante klatschte verzückt in die Hände. „Recht hast du! Gut gemacht, mein Junge. Was bin ich froh, dass du so eine nette junge Dame erwischt hast. Sie macht mir einen vernünftigen und besonnenen Eindruck – das dürfte deine Torheit ausgleichen."

Theatralisch fasste Jasper sich ans Herz und schwankte auf seinem Stuhl. „Welch tödlicher Stoß, verehrte Tante."

„Papperlapapp", meinte diese. „Ein törichter Narr bist du – aber sind das nicht alle Männer, was Frauen anbelangt? Sogar mein lieber Mr Whippering."

Worauf sie alle Mr Whippering anschauten, der sein Bestes gab, närrisch und verwegen zu wirken. Fast wäre es ihm gelungen, hätte die auf seinem knochigen Knie balancierte Teetasse den gewünschten Effekt nicht beeinträchtigt.

„Na, jedenfalls wünsche ich euch eine lange und glückliche Ehe", verkündete Tante Esther und schob sich ein Stück Muffin in den Mund. „*Und* eine fruchtbare."

Bei der Andeutung von Kindern musste Melisande schlucken und starrte blicklos in ihre Tasse. Der Gedanke an ein kleines Wesen, das ihr und Jasper entsprungen war, der Gedanke daran, flaumweiches, rotbraunes Kinderhaar zu streicheln, zerriss sie fast vor Sehnsucht. Oh, wie herrlich es wäre, ein Kind zu haben!

„Danke, liebe Tante", sagte Jasper ernst. „Ich werde mich bemühen, mindestens ein Dutzend Sprösslinge zu zeugen."

„Ich weiß, dass du dich über mich lustig machst, aber die Bedeutung der Familie darf nicht unterschätzt werden. Eine Familie ist ein hohes Gut. Mr Whippering und ich haben des Öfteren darüber gesprochen, und wir sind beide der Ansicht, dass Kinder einen jungen Mann zur Räson bringen. Und dir, mein lieber Neffe, täten etwas Ruhe und Räson nur gut. Familie und Beständigkeit, das ist, was zählt. Oh je, da fällt mir ein, wie spät es ist …" Mit einem kleinen Schreckensschrei blickte sie zur Uhr auf dem Kaminsims. „Mr Whippering! Sieh nur, wie spät es ist! Warum hast du mir nichts gesagt?"

Mr Whippering schien nicht minder erschrocken.

Tante Esther versuchte, sich mit viel Schwung aus dem Sofa zu stemmen. Erschwert wurde dies von ihren weit ausladenden Röcken, ihrer Teetasse und dem Teller mit den Muffins. „Wir haben doch Gäste zum Dinner, und ich muss mich noch zurechtmachen. Oh, so helft mir doch!"

Mr Whippering stand auf und zog seine Gemahlin hoch.

Kaum auf den Beinen klingelte sie nach dem Mädchen. „Wir erwarten Sir Angus, und er ist so ein schrecklicher Pedant, immer auf die Minute pünktlich. Aber keine Sorge", vertraute sie Melisande an, „nach dem zweiten Glas Wein weiß er ganz köstliche Geschichten zu erzählen. So, und jetzt soll Meg euch euer Zimmer zeigen. Macht euch frisch, wenn ihr wollt, aber seht zu, dass ihr Punkt sieben Uhr wieder unten seid, denn da steht Sir Angus vor der Tür. Und irgendwie müssen wir ihm ja die Zeit vertreiben, bis die anderen Gäste eintreffen. Oh, ich habe ganz *reizende* Leute eingeladen!"

Aufgeregt klatschte sie in die Hände, und Mr Whippering strahlte sie innig an. Melisande stellte ihren Teller beiseite und stand auf, doch Tante Esther hatte derweil begonnen, ihr die Gäste aufzuzählen.

„Mr und Mrs Flowers – ich habe Sie neben Mr Flowers vorgesehen, denn er ist ein ganz Netter und versteht sich darauf, eine Dame zu unterhalten. Miss Charlotte Stewart, die stets den süffigsten Klatsch und Tratsch parat hat. Captain Pickering und Frau – er war bei der Marine, müssen Sie wissen, und was er da alles erlebt hat, das können Sie sich nicht vorstellen! Und dann habe ich noch – oh, da kommt Meg."

Ein Dienstmädchen hatte den Salon betreten und knickste.

Tante Esther eilte ihr entgegen. „Bring meinen Neffen und seine Frau auf ihr Zimmer – das *blaue* Zimmer, nicht das grüne. Das grüne ist zwar größer, aber das blaue ist viel wärmer. Im grünen zieht es", vertraute sie Melisande an und schüttelte sich. „Und nicht vergessen: Punkt sieben."

Jasper, der wohlweislich noch sitzen geblieben war und in aller Ruhe seine Muffins verzehrt hatte, erhob sich. „Keine Sorge, Tante. Um Punkt sieben werden wir wieder unten sein, sauber und adrett und zu allen Schandtaten bereit."

„Wunderbar!", freute sich seine Tante.

Melisande lächelte nur, denn vermutlich käme sie sowieso nicht zu Wort, und folgte dem Mädchen nach draußen.

„Oh, beinahe hätte ich es vergessen", rief Tante Esther. „Ich habe doch noch ein Paar eingeladen."

Melisande und Jasper drehten sich höflich um, um auch den Namen dieser Gäste zu hören.

„Mr Timothy Holden und seine Frau, Lady Caroline." Tante Esther strahlte übers ganze Gesicht. „Bevor sie hierher gezogen sind, haben sie in London gelebt, und ich dachte mir, das wäre eine schöne Überraschung für euch. Und Mr Holden ist ein richtig flotter Gentleman. Vielleicht kennt ihr ihn ja sogar?"

Und darauf wusste Melisande beim besten Willen nicht, was sie erwidern sollte.

Irgendetwas stimmt nicht mit Melisande, dachte Jasper später am Abend. Sie saß am unteren Ende der Speisetafel, zwischen dem netten Mr Flowers und dem pedantisch-pünktlichen Sir Angus, welcher bereits beim dritten Glas redselig machenden

Weins angelangt war. Melisande trug ein dunkelbraunes Kleid, dessen Oberteil und Ärmel mit kleinen grünen Blumen und Blättern bestickt waren. Schön sah sie aus, das blasse, ovale Gesicht freundlich und gelassen, das hellbraune Haar locker aufgesteckt. Wahrscheinlich bemerkte niemand außer ihm ihr Unbehagen.

Er nippte an seinem Wein und beobachtete seine Gemahlin, die eine Bemerkung von Mrs Flowers mit einem verhaltenen Lächeln bedachte. Vielleicht machte die Gesellschaft so vieler unbekannter Menschen sie befangen. Er wusste, welch schüchternes und zurückhaltendes Geschöpf seine Frau war, ein richtiges Feenwesen eben. Sie mochte keinen Trubel, keine Menschenmengen, hielt sich nicht gern auf Geselligkeiten auf. Somit war sie das genaue Gegenteil von Jasper, doch er konnte es verstehen, auch wenn er selbst niemals so sein würde. Er war ihre steife Zurückhaltung gewohnt, wenn sie gemeinsam ausgingen.

Aber diesmal schien ihr Unbehagen einen anderen Grund zu haben. Irgendetwas stimmte nicht, und es beunruhigte ihn, dass er nicht wusste, was los war.

Es war eine ausgesprochen angenehme Runde. Tante Esthers Köchin war fabelhaft, und die Tischgesellschaft somit sehr erfreut. Das schmale Speisezimmer war dezent beleuchtet und strahlte Behaglichkeit aus. Die Lakaien waren beflissen und geizten nicht mit dem Wein. Zu seiner Rechten saß Miss Stewart, eine Frau fortgeschrittenen Alters, mit rot gepuderten Wangen und einer üppigen, grau gepuderten Perücke. Jedes Mal, wenn sie sich Jasper zuneigte, wurde er in eine Wolke betörenden Patschulis gehüllt.

„Wie ich höre, sind Sie gerade erst aus London gekommen?", erkundigte sie sich.

„Ganz recht, Ma'am", erwiderte Jasper. „Über Berg und Tal sind wir geeilt, um rasch das lieblich-sonnige Edinburgh zu erreichen."

„Seien Sie froh, dass Sie nicht im Winter gekommen sind",

gab sie zurück. „Nach dem ersten Schnee ist hier kein Durchkommen mehr, wenngleich die Stadt im Winter auch sehr schön ist – schöner fast, wenn Dreck und Ruß unter einer dicken Schneeschicht verschwunden sind. Haben Sie sich schon das Schloss angeschaut?"

„Leider nein."

„Das sollten Sie, das sollten Sie." Miss Stewart nickte so eifrig, dass ihre Kinnfalten erbebten. „Großartig. Die meisten Engländer wissen die Schönheit Schottlands nicht zu schätzen."

Anscheinend schloss sie auch ihn damit ein, wenn er ihren vorwurfsvollen Blick richtig deutete.

Rasch schluckte Jasper einen Bissen des exzellenten Lammbratens herunter, den seine Tante hatte auftischen lassen. „Gewiss. Meine Gemahlin und ich waren schon während der Reise sehr von der Landschaft beeindruckt."

„Das will ich wohl meinen", triumphierte sie. „Die Holdens sind vor bald zehn Jahren hergezogen, und nicht einen Tag haben sie es bereut. Nicht wahr, Mr Holden?", wandte sie sich an besagten Gentleman, der ihr gegenübersaß.

Timothy Holden sah umwerfend gut aus – wenn man eine Schwäche für Männer mit zarten, flaumigen Wangen und roten Lippen hatte, was, den bewundernden Blicken bei Tisch nach zu urteilen, bei den meisten Frauen der Fall zu sein schien. Zu einer schneeweiße Perücke trug er einen roten Samtrock, der an den Manschetten grün und golden bestickt war.

Auf Miss Stewarts Frage hin neigte Holden galant das schöne Haupt und meinte: „Meine Gemahlin und ich genießen unseren Aufenthalt in Edinburgh sehr."

Dann sah er ans andere Ende des Tisches, doch befremdlicherweise schaute er nicht seine eigene Gemahlin an, sondern Jaspers.

Jasper quittierte es mit Argwohn und nippte an seinem Wein.

„Sogar die Gesellschaft ist erlesen", stimmte Lady Caroline ein.

Sie schien ein gutes Stück älter zu sein als ihr Gatte und schleppte einen ganzen Rattenschwanz an Titeln hinter sich her. Jasper witterte eine interessante Geschichte. Ihr blondes Haar war so hell, dass es fast weiß schien, und mit ihrer blassen, rosa angehauchten Haut wirkte sie so farblos wie ein Blatt Papier. Einzig ihre hellblauen Augen gaben der armen Frau ein wenig Farbe, doch aufgrund ihrer blassen Haut schienen sie leicht rotgerändert, was ihr alles in allem das Aussehen eines weißen Kaninchens gab.

„Zu dieser Jahreszeit ist unser Garten am schönsten", sagte sie. „Vielleicht mögen Sie und Lady Vale uns während Ihres Aufenthalts die Ehre Ihres Besuchs erweisen?"

Aus den Augenwinkeln sah Jasper, wie Melisande erstarrte. So still und reglos saß sie da, dass er sich fragte, ob sie überhaupt noch atmete.

Er lächelte höflich. „Ich bedauere sehr, Sie enttäuschen zu müssen, doch leider fahren wir bereits morgen weiter gen Norden, da ich einen alten Freund besuchen möchte."

„Oh, wen denn?", wollte Miss Stewart wissen.

Da Melisande sich wieder entspannte, wandte Jasper sich beruhigt seiner Nachbarin zu. „Sir Alistair Munroe. Kennen Sie ihn?"

Miss Stewart schüttelte entschieden den Kopf. „Natürlich habe ich schon von ihm gehört, aber ich kenne ihn nicht – zu meinem größten Bedauern."

„Hat ein wunderbares Buch geschrieben", ließ sich Sir Angus vom Ende des Tisches vernehmen. „Ganz unglaublich, behandelt alle Arten von Vögeln, Säugetieren, Fischen und Insekten. Sehr lehrreich."

„Aber sind Sie ihm denn je persönlich begegnet?", erkundigte sich Tante Esther.

„Nicht, dass ich wüsste."

„Da haben Sie es!", rief sie triumphierend und lehnte sich zufrieden zurück. „Ich kenne niemanden, der ihm je begegnet wäre – außer dir natürlich, mein lieber Neffe, und selbst du hast ihn doch seit Jahren schon nicht mehr gesehen, oder?"

Jasper schüttelte den Kopf. Nun war es an ihm, blicklos vor sich hinzustarren, während er sein Weinglas am Stiel hin und her drehte.

„Woher wollen wir eigentlich wissen, dass er noch lebt?", sinnierte Tante Esther weiter.

„Wie ich höre, korrespondiert er mit der Universität", bemerkte Mrs Flowers zu seiner Linken. „Ein Onkel von mir lehrt dort, und von ihm weiß ich, dass Sir Alistair großen Respekt genießt."

„Munroe ist einer der größten Gelehrten Schottlands", kam es von Sir Angus.

„Schön und gut", meinte Tante Esther, „aber warum bekommt ihn dann niemand zu Gesicht? Nie zeigt er sich in der Stadt. Ich weiß ganz genau, dass er früher oft zu Tischgesellschaften und Bällen eingeladen worden ist, aber er hat immer abgelehnt. Was verbirgt er wohl vor uns?"

„Narben", brummelte Sir Angus.

„Oh, aber das ist doch gewiss nur ein Gerücht", sagte Lady Caroline.

Mrs Flowers beugte sich so weit vor, dass ihr üppiger Busen der Soße auf ihrem Teller bedrohlich nahe kam. „Nein, ist es nicht. Ich habe gehört, dass er im Krieg in Amerika so schreckliche Narben davongetragen hat, dass er sein Gesicht hinter einer Maske verbergen muss, damit die Leute bei seinem Anblick nicht in Ohnmacht fallen."

„Dummes Geschwätz", schnaubte Miss Stewart.

„Nein, es ist wahr", beharrte Mrs Flowers. „Vor zwei Jahren hat die Tochter der Nachbarin meiner Schwester hier in Edinburgh einen Blick auf Sir Alistair erhascht, als er gerade das Theater verließ. Die Arme ist ohnmächtig geworden und hat danach mit so schwerem Fieber zu Bett gelegen, dass sie Monate gebraucht hat, um sich davon zu erholen."

„Scheint mir eine dumme Gans zu sein", befand Miss Stewart. „Ich glaube kein Wort davon."

Sichtlich verschnupft lehnte Mrs Flowers sich wieder zurück.

Tante Esther griff beschwichtigend ein. „Nun, mein Neffe sollte eigentlich wissen, ob Sir Alistair mit so schrecklichen Narben geschlagen ist oder nicht. Immerhin war er mit dem Mann zusammen im Krieg, nicht wahr, Jasper?"

Jasper merkte, wie seine Finger zu zittern begannen – Ausdruck des schrecklichen Elends, das ihn von innen zerfraß und das er stets zu verbergen suchte. Er ließ sein Weinglas los, aus Angst, es umzuwerfen, und verbarg hastig die Hand unter dem Tisch.

„Jasper?", fragte seine Tante besorgt.

Verdammt, jetzt schauten natürlich alle auf ihn. Seine Kehle war wie ausgedörrt, doch wagte er nicht, nach seinem Glas zu greifen.

„Ja", sagte er schließlich. „Ja, es stimmt. Sir Alistair Munroe hat Narben."

Als Jasper sich endlich von allen Gästen verabschiedet hatte, war er todmüde. Melisande hatte sich bereits kurz nach dem Essen aufs Zimmer zurückgezogen. Oben angekommen zögerte er. Wahrscheinlich war sie schon im Bett. Behutsam drehte er den Türknauf; er wollte sie nicht wecken. Doch als er leise eintrat, stellte er fest, dass sie nicht schlief. Sie kniete am Boden und bereitete ihm sein Nachtlager. Jasper wusste nicht, ob er lachen oder weinen sollte.

Als sie ihn hereinkommen hörte, sah sie auf. „Könntest du mir die Decke vom Bett reichen?"

Er nickte stumm, da er seiner Stimme nicht traute, ging zum Bett und zog die Decke herunter. Was musste sie nur von ihm denken? Er trat an den Kamin und reichte ihr die Decke.

„Danke." Sie bückte sich wieder und schlug die Decke ums Plumeau, um ihm eine notdürftige Matratze zu machen.

Ob sie fürchtete, einen Verrückten geheiratet zu haben? Er wandte den Blick ab und sah sich um. Das Zimmer war wirklich nicht groß, aber es war gemütlich. Die Wände waren blaugrau gestrichen, der Boden von einem verblichenen braun-rosa gemusterten Teppich bedeckt. Jasper trat ans Fenster, zog den Vorhang zurück und schaute hinaus, aber die Nacht war so finster, dass er nichts erkennen konnte. Er ließ den Vorhang zurückfallen. Sally musste bereits hier gewesen sein und ihr abendliches Werk verrichtet haben, denn Melisande war zur Nacht umgekleidet. Sie trug ein hübsches, spitzenbesetztes Hemd und hatte sich ein Tuch um die Schultern geschlagen.

Er streifte seinen Rock ab und begann seine Weste aufzuknöpfen. „Reizendes Dinner."

„Allerdings."

„Lady Charlotte war äußerst amüsant."

„Mmm."

Er zog sich die Krawatte vom Hals, hielt das Tuch dann in den Händen und starrte blicklos darauf. „Ich glaube, es hat mit der Armee zu tun."

Sie hielt inne. „Was?"

„Das." Er deutete mit dem Kinn auf das Matratzenlager, mied jedoch ihren Blick. „Wir haben unsere Marotten, all die Männer, die aus dem Krieg zurückgekehrt sind. Manche sind ausgesprochen schreckhaft, fahren schon beim geringsten Laut zusammen; andere können den Anblick von Blut nicht mehr ertragen. Viele leiden unter Albträumen. Und manche …", er holte tief Luft und schloss die Augen, „… manche können nicht mehr ungeschützt schlafen. Sie fürchten sich, dass sie im Schlaf angegriffen werden, wenn sie völlig schutzlos sind und … sich nicht wehren können. Sie müssen nachts mit dem Rücken zur Wand liegen, neben sich eine Kerze, damit sie die Angreifer sehen können, wenn sie kommen."

Er öffnete wieder die Augen und sah sie an. „Es ist wie ein Zwang. Man kommt einfach nicht dagegen an."

„Ich weiß", sagte sie.

Ihre Augen blickten so sanft und voller Güte, als hätte sie

nicht eben selbst gehört, dass ihr Mann nicht ganz bei Verstand war. Als sei nichts dabei, beugte sie sich wieder über sein Lager und strich die Decke glatt. Fast schien es, als wisse sie es wirklich, als verstehe sie ihn. Aber wie konnte sie? Und wie konnte sie es ertragen, dass ihr Gatte nicht Manns genug war und sich im Dunkeln fürchtete? Er konnte es ja selbst kaum ertragen.

Er goss sich Wein aus der Karaffe ein, die auf dem Tisch stand, trank einen Schluck und starrte eine Weile ins Kaminfeuer, bis ihm wieder einfiel, was ihm durch den Kopf gegangen war, ehe er das Zimmer betreten hatte.

Jasper stellte sein Glas ab und knöpfte seine Manschetten auf. „Du wirst mich für verrückt halten, aber als wir vorhin den Holdens vorgestellt wurden, kam es mir kurz so vor, als ob Timothy Holden erstaunt sei, dich zu sehen. Fast hatte ich den Eindruck, er würde dich von irgendwoher kennen."

Sie schwieg.

Er streifte sich die Weste ab, warf sie auf einen Stuhl und drehte sich nach Melisande um, die recht heftig ein Kissen aufklopfte. „Liebste Gemahlin?"

Als sie sich aufrichtete und ihn ansah, hielt sie das Kinn erhoben, den Rücken so kerzengerade und die Schulter gestrafft, als müsse sie vor ein Erschießungskommando treten. „Ich war mit ihm verlobt."

Er sah sie an. Hatte er es doch gewusst! Er hatte gewusst, dass etwas – *irgend*etwas – gewesen sein musste, aber von einer Verlobung hatte sie nie erzählt. Dumm von ihm, eigentlich. Da hätte er selbst drauf kommen können. Und nun, da er es wusste … Irritiert stellte er fest, dass er eifersüchtig war. Sie hatte einst einen anderen – Timothy Holden – heiraten wollen. Ob sie ihn geliebt hatte, den hübschen Timothy mit seinen roten Lippen und den flaumigen Wangen?

„Hast du ihn geliebt?", fragte er.

Nun sah sie ihn an, beugte sich dann wieder über die Bettstatt. „Es ist über zehn Jahre her. Ich war gerade mal achtzehn."

Bedächtig neigte er den Kopf zur Seite. Das war keine Antwort auf seine Frage. „Wo habt ihr euch kennengelernt?"

„Bei einer Tischgesellschaft, so wie heute Abend." Sie strich den Bezug des Kissens glatt. „Er saß neben mir und war sehr nett. Anders als andere Gentlemen hat er sich nicht von mir abgewandt, als ich nicht gleich mit ihm ins Gespräch kam."

Jasper zog sich sein Hemd über den Kopf. Zu diesen anderen Gentlemen zählte sie gewiss auch ihn.

Melisande legte das Kissen aufs Nachtlager. „Er ist mit mir im Park ausgefahren, hat auf Bällen mit mir getanzt – all das, was ein Gentleman so tut, wenn er einer Dame den Hof macht. Mehrere Monate hat er mich umworben, dann bei meinem Vater um meine Hand angehalten. Vater hat natürlich Ja gesagt."

Jasper setzte sich und zog sich Schuhe und Strümpfe aus. „Warum bist du dann nicht mit ihm verheiratet?"

Sie zuckte mit den Schultern. „Im Oktober hat er um mich angehalten, im Juni wollten wir heiraten."

Jasper merkte auf. Sie hatten auch im Juni geheiratet. Er erhob sich, trat zu ihr und streifte ihr das Tuch von den Schultern. Dann nahm er sie bei der Hand und legte sich mit ihr aufs Matratzenlager. Sie schmiegte sich an ihn und ließ ihren Kopf an seiner Schulter ruhen. Gedankenverloren fuhr er mit den Fingern durch ihr Haar. Komisch, wie viel komfortabler so ein spartanisches Lager war, wenn sie es mit ihm teilte.

„Ich hatte schon für meine Aussteuer eingekauft", sagte sie ruhig, und ihr Atem strich leicht über seine bloße Brust. „Die Einladungen waren verschickt, die Hochzeit geplant. Dann kam Timothy eines Tages zu mir und meinte, er würde eine andere Frau lieben. Natürlich habe ich ihn gehen lassen."

„Natürlich", knurrte Jasper.

Holden war ein mieses Schwein. Ein junges, verletzliches Mädchen zu betören und dann kurz vor der Hochzeit sitzen zu lassen, war eines Mannes unwürdig. Jasper streichelte seiner süßen Frau tröstend das Haar, als könne er so den Schmerz lindern, der ihr vor über zehn Jahren zugefügt worden war. Dann sann er über ihre Ehe nach, über ihr so unerwartet erfreuliches Ehebett.

Schließlich seufzte er. „Er war dein Liebhaber."

Er machte sich nicht die Mühe, es als Frage zu formulieren. Er wusste es. Dennoch überraschte es ihn, dass sie nicht versuchte, es abzustreiten.

„Ja, für eine Weile."

Ihm fiel sofort auf, dass ihre Stimme seltsam tonlos klang. Das wollte ihm nicht gefallen. „Er hat dich aber nicht genötigt, oder?"

„Nein."

„Oder dir auf andere Weise Gewalt angetan?"

„Nein, er war sehr zärtlich."

Jasper schloss die Augen. Mein Gott, es war kaum auszuhalten. Er hatte aufgehört, sie zu streicheln, und merkte, wie seine Hand sich in ihr Haar krallte.

Tief atmete er durch und ließ wieder locker. „Was ist es dann? Da ist doch noch etwas, das du mir nicht erzählst."

Sie schwieg so lange, dass er schon meinte, sich in blinder Eifersucht alles nur eingebildet zu haben. Vielleicht war ja nichts weiter gewesen.

Doch dann seufzte sie tief, ein abgrundtief verloren klingender Laut, und sagte: „Kurz nachdem er die Verlobung gelöst hatte, stellte ich fest, dass ich schwanger war."

15. KAPITEL

Als Jack mit dem silbernen Ring zurückkehrte, schlüpfte er rasch in sein Narrenkostüm und schlich sich dann hinunter in die Schlossküche. Wieder stand der Junge am Feuer und rührte die Suppe der Prinzessin. Wieder fragte Jack ihn, ob er den Rührlöffel gegen einen Silbertaler eintauschen wolle. Und plopp! *landete der silberne Ring in der Suppe, und ehe der Küchenmeister ihn hätte sehen können, war Jack auch schon wieder verschwunden. Er eilte die Treppe hinauf und fand sich an der Seite der Prinzessin ein.*

„Oh Jack!“, rief sie. „Wo bist du nur den ganzen Tag gewesen?“

„Hier und dort, mal nah, mal fort, meine schöne Prinzessin.“

„Und was ist mit deinem armen Arm geschehen?“

Jack blickte an sich hinab und sah, dass des Kobolds scharfe Klinge ihn am Arm getroffen hatte. „Oh, das“, meinte er. „Ich hatte mich heute zu Euren Ehren mit einer kampflustigen Kellerassel gemessen.“

Und dann hampelte Jack herum, bis der ganze Hofstaat brüllte vor Lachen …

[aus LACHENDER JACK]

Melisande spürte Jaspers Hand in ihrem Haar verharren. Würde er sie nun zurückweisen? Aufstehen und einfach davongehen? Oder würde er so tun, als hätte er ihre vernichtenden Worte nicht gehört und nie wieder davon sprechen? Sie hielt den Atem an und wartete.

Doch er strich ihr einfach wieder durchs Haar und meinte: „Erzähl mir davon.“

Und so schloss sie die Augen und erzählte ihm alles, erinnerte sich wieder an das, was damals gewesen war, an den Schmerz, der ihr schier das Herz gebrochen hatte. „Als mir morgens übel wurde, wusste ich gleich, was los war. Ich habe von Damen gehört, die sich monatelang nicht sicher waren, aber ich wusste es sofort."

„Hattest du Angst?" Seine tiefe Stimme klang ruhig und gefasst; es ließ sich schwer sagen, was ihm gerade durch den Kopf ging oder was er empfand.

„Nein. Oder doch", schränkte sie ein. „Am Anfang ein wenig, als ich mir meiner Umstände bewusst wurde. Aber sehr bald schon wusste ich, dass ich mein Kind behalten wollte, dass es mir eine Freude wäre, was auch immer sein würde."

Sie konnte sein Gesicht nicht sehen, merkte aber, wie seine Brust sich unter ihrer Hand gleichmäßig hob und senkte. In der kleinen Mulde am Brustbein krausten sich feine Härchen. Gedankenverloren strich sie mit dem Finger darüber und durchlebte noch einmal die freudvolle Erwartung von damals. So überwältigend war alles gewesen. Und so flüchtig.

„Hast du es deiner Familie gesagt?"

„Nein, ich habe es niemandem gesagt, nicht einmal Emeline. Ich glaube, ich hatte Angst, sie könnten mich zu etwas drängen, was ich nicht wollte. Dass sie mir das Kind wegnehmen würden." Sie holte tief Luft, um sich Mut zu machen. Wenn sie ihm jetzt nicht alles erzählte, würde sie vielleicht nie wieder die Kraft finden, darüber zu reden. „Ich hatte einen Plan. Solange man mir noch nichts ansehen würde, wollte ich bei meinem Bruder Ernest leben, und mich danach mit meiner alten Kinderfrau in ein Haus auf dem Lande zurückziehen. Dort wollte ich das Kind zur Welt bringen, und wir zögen es gemeinsam auf – meine Kinderfrau und ich. Im Nachhinein betrachtet war es ein dummer, ziemlich naiver Plan, aber damals schien er mir gut. Vielleicht war es auch einfach nur ein Wunschtraum, aus meiner Verzweiflung geboren."

Heiße Tränen rannen ihr über die Wangen, und sie wusste, dass er sie auf seiner Brust spüren würde. Doch es kümmerte sie nicht. Tränen erstickten ihr die Stimme, und sie brachte kaum noch ein Wort heraus, doch er streichelte ihr weiter das

Haar, und sie stellte fest, welch ein Trost ihr seine zärtliche Berührung war.

Sie schluckte und kam zum Ende ihrer traurigen Geschichte. „Ich hatte noch nicht lange bei Ernest gelebt, als ich eines Nachts aufwachte und Blut an den Schenkeln hatte. Fünf Tage habe ich geblutet, und danach war es vorbei. Mein Kind war tot."

Melisande verstummte. Ihre Gefühle überwältigten sie so sehr, dass ihr der Hals wie zugeschnürt war. Sie schloss die Augen und ließ ihren Tränen freien Lauf, spürte sie über ihre Schläfe und auf seine Brust strömen. Einmal schluchzte sie kurz auf, dann wurde sie ganz still, lag einfach nur da und bebte am ganzen Leib vor Kummer. Es war eine alte Wunde, die längst verheilt sein sollte, von Zeit zu Zeit jedoch immer wieder aufbrach und sich schrecklich frisch und schmerzhaft anfühlte. Völlig unvermittelt kam es bisweilen über sie – die Erkenntnis, dass sie einmal Leben in sich getragen hatte, ihr dieses Leben jedoch vorzeitig genommen worden war.

„Das tut mir leid", murmelte Jasper. „Es tut mir so leid, dass du dein Kind verloren hast."

Sie brachte noch immer kein Wort heraus und konnte nur nicken.

Behutsam hob er ihr Kinn an, damit er ihr Gesicht sehen konnte. Seine grünblauen Augen waren voller Gefühl. „Ich werde dir Kinder schenken, mein Herz. So viele du willst, das schwöre ich bei meiner Ehre."

Ungläubig sah sie ihn an. Sie schämte sich keineswegs für das, was geschehen war, was sie *getan* hatte, aber von ihrem Gatten hätte sie eher Missbilligung als Mitgefühl erwartet.

Und dann küsste er sie so liebevoll, dass es wie ein Versprechen zwischen ihnen war, ein heiliger Schwur. Jasper zog die Decke über sie beide, schlug sie sorgsam ein und drückte seine Frau sanft an sich. „Schlaf jetzt, liebste Gemahlin."

Seine Worte und seine zärtlichen Berührungen trösteten sie. Melisande schloss die Augen. Nun waren auch die letzten Tränen versiegt, und sie lag fast friedlich da. Ihre Wange an seine Brust geschmiegt, lauschte sie dem Schlag von Jaspers Herzen, seinem starken, steten Rhythmus, und ließ sich von ihm in den Schlaf tragen.

Der nächste Morgen zog trüb herauf; feiner Nieselregen fiel vom grauen Himmel. Nach einem herzhaften Frühstück schickte Tante Esther sie unter vielen Abschiedsworten und überschwänglichem Winken auf den Weg. Als sie Tante Esthers Haus hinter einer Kurve schließlich aus dem Blick verloren, wandte Melisande sich vom Fenster ab und sah zu Jasper hinüber.

„Wann werden wir bei Sir Aliastair eintreffen?“

„Noch heute, wenn wir gut vorankommen“, erwiderte Jasper. Wie immer hatte er die Beine quer über den Kutschenboden gestreckt und lümmelte lässig auf seinem Sitz, doch um den Mund hatte er einen missmutigen Zug. Was dachte er wohl jetzt von ihr? Als sie an diesem Morgen aufgestanden waren, sich angezogen und gefrühstückt hatten, hatte er sie nicht anders behandelt als sonst auch, doch ihr Geständnis musste ein Schock für ihn gewesen sein. Ein Mann rechnete wohl kaum damit, dass seine junge Braut sich dereinst einen Liebhaber genommen hatte und, schlimmer noch, von diesem geschwängert worden war.

Melisande sah wieder beiseite und starrte blicklos zum Fenster hinaus. Ihr Mann hatte es erstaunlich gut aufgenommen – doch was, wenn er seine Meinung änderte, je länger er darüber nachdachte? Würde das Wissen, dass sie in der Hochzeitsnacht nicht mehr unberührt gewesen war, nicht doch als stille Wut in ihm zu schwelen beginnen? Würde er sich gegen sie wenden? Die Zeit würde es zeigen; noch ließ es sich nicht sagen. Jedoch war sie voller Sorge und nahm kaum das grau verhangene schottische Hochland wahr, das draußen vorüberzog.

Am Ufer eines rauschenden Baches hielten sie zur Mittagsrast und stärkten sich mit Brot und Schinken, Käse und

Wein, die Tante Esthers Köchin ihnen eingepackt hatte. Mouse rannte wie wild umher und bellte ein paar Hochlandkühe an – struppige Viecher, denen das zottelige Fell tief in die Augen hing –, bis Jasper ihm zurief, er solle damit aufhören. Sofort kam der Terrier zurückgetrottet, legte sich brav hin und vergnügte sich mit einem Schinkenknochen.

Sie fuhren den ganzen Nachmittag hindurch, und als die Dämmerung hereinbrach, merkte Melisande, dass Jasper unruhig zu werden begann.

„Haben wir uns verfahren?", fragte sie.

„Der Kutscher hat mir versichert, sich mit dem Weg auszukennen", erwiderte Jasper.

„Du warst noch nie bei Sir Alistair?"

„Nein."

Die nächste halbe Stunde fuhren sie schweigend. Sally war neben Melisande eingeschlummert, obwohl die Kutsche heftig rumpelte und schwankte. Dann endlich, gerade als auch das letzte Licht des Tages schwand, hörten sie einen der Lakaien rufen, dass sie da seien. Melisande spähte zum Fenster hinaus in die Dunkelheit und meinte die Umrisse eines großen, alten Gemäuers zu erkennen.

„Lebt dein Freund auf einer Burg?"

Nun sah auch Jasper zum Fenster hinaus. „Scheint so."

Langsam bog die Kutsche in eine schmale Zufahrt ein, dann ruckelten und holperten sie zur Burg hinauf. Sally fuhr erschrocken aus dem Schlaf und wusste im ersten Moment kaum, wo sie war. Angestrengt sah Melisande zum Fenster hinaus, doch nirgends war auch nur ein schwaches Licht zu erkennen.

„Sir Alistair weiß aber, dass wir kommen, oder?"

„Ich habe ihm geschrieben", entgegnete Jasper.

Melisande musterte ihren Gatten argwöhnisch. „Und hat er geantwortet?"

Jasper tat, als hätte er ihre Frage nicht gehört, womit denn auch alles gesagt war. Als sie vor dem düsteren Bau hielten, gab es draußen wieder Rufen und Betriebsamkeit, Lakaien sprangen vom Wagen, dann wurde der Schlag geöffnet.

Mr Pynch hielt eine Laterne hoch, die unheimliche Schatten auf sein finster blickendes Gesicht warf. „Es macht niemand auf, Mylord."

„Dann müssen wir eben lauter klopfen", beschied Jasper.

Er sprang aus dem Wagen und half Melisande heraus. Sally kam recht zögerlich hinterhergeklettert, doch Mouse konnte es gar nicht schnell genug gehen. Im Nu war er zu ein paar Büschen gewetzt und erleichterte sich. Stockfinster war es hier draußen, und ein kalter Wind fegte über die Anhöhe. Melisande fröstelte.

„Warte." Jasper beugte sich noch einmal in die Kutsche und holte unter dem Sitz einen Umhang hervor, legte ihn Melisande um die Schultern und reichte ihr seinen Arm. „Wollen wir, liebe Gemahlin?"

Sie nahm seinen Arm und beugte sich flüsternd zu ihm. „Jasper, was sollen wir tun, wenn Sir Alistair gar nicht da ist?"

„Ach, irgendwer wird schon da sein, nur keine Sorge."

Er führte sie eine breite Treppe hinauf, deren Stufen im Laufe der Jahrhunderte von unzähligen Füßen ausgetreten worden waren. Die Tür war bestimmt drei Meter hoch und mit schweren Eisen beschlagen.

Jasper hieb mit der Faust gegen die Tür. „He! Aufmachen! Hier draußen sind Reisende, die ein warmes Bad und ein weiches Bett wollen. He! Munroe! Los machen Sie schon auf und lassen Sie uns herein!"

So ging es noch ungefähr fünf Minuten weiter, dann hielt er auf einmal inne, ließ die erhobene Faust mitten in der Bewegung verharren.

Fragend sah Melisande ihn an. „Was …?"

„Schsch."

Und dann hörte sie es auch. Hinter der Tür ließ sich ein dumpfes Scharren vernehmen, als wäre ein Höhlentier aus langem Schlaf erwacht und recke die trägen Glieder.

Jasper hieb so heftig gegen die Tür, dass Melisande erschrocken zusammenzuckte. „Los! Aufmachen!“

Ein schwerer Riegel wurde mit lautem *Rumms* zurückgeschoben, dann öffnete sich knarrend die Tür. Ein kleiner, doch recht stämmiger Mann blickte ihnen unwirsch entgegen. Auf dem Kopf war er kahl, doch über den Ohren wuchs ihm das ergrauende rote Haar noch in kräftigen Büscheln. Er trug ein langes Nachthemd und derbe Stiefel.

„Was ist?“, raunzte er.

Jasper lächelte charmant. „Ich bin Viscount Vale, und dies ist meine Gemahlin. Wir sind hier, um Ihren Herrn zu besuchen.“

„Nein, sind Sie nicht“, entgegnete der finstere Gesell und wollte die Tür wieder schließen.

Entschlossen hielt Jasper sie mit der Hand auf. „Doch, sind wir.“

Der kleine Mann stemmte sich mit seinem ganzen Gewicht gegen die Tür und versuchte sie zu schließen, doch vergebens. „Ich weiß von keinen Besuchern“, knurrte er. „Weder sind die Zimmer geputzt noch die Vorräte aufgestockt. Tut mir leid, müssen Sie ein andermal wiederkommen.“

Mittlerweile war selbst Jasper das Lächeln vergangen. „Lassen Sie uns rein, Mann. Um alles andere kümmern wir uns später.“

Der Mann wollte etwas erwidern. Offensichtlich schien er nicht gewillt, sich so leicht geschlagen zu geben, doch in diesem Augenblick stieß Mouse wieder zu ihnen. Der Terrier brauchte nur einen einzigen Blick auf Sir Alistairs Diener zu werfen, um zu wissen, dass hier der Feind stand. Mouse bellte ihn so wütend an, dass er jedes Mal einen kleinen Satz in die Höhe machte. Der kleine Rothaarige sprang kreischend zurück. Das genügte Jasper. Er stieß die Tür ganz auf und nahm mit Mr Pynch an seiner Seite die Festung ein.

„Warten Sie bei der Kutsche, bis wir so weit sind“, wies Melisande ihre Kammerzofe an und folgte dann den beiden Männern in etwas gesitteterer Manier.

„Das dürfen Sie nicht! Das dürfen Sie nicht! Das dürfen Sie

nicht!“, schrie das kleine Männchen immer wieder.

„Wo ist Sir Alistair?“, verlangte Jasper zu wissen.

„Fort! Er ist ausgeritten und kann noch Stunden fort sein!“

„Er reitet mitten im Dunkeln aus?“, fragte Melisande verwundert. Die Gegend war ihr während der Fahrt schon recht unwirtlich erschienen: rau, wild, gebirgig. Gewiss war es nicht ungefährlich, hier abends auszureiten. Noch dazu allein. Selbst bei Tage schien es ihr ein Wagnis.

Doch der kleine Mann war schon davongehuscht, eilte ihnen durch eine riesige Halle voraus und riss eine der Türen auf. „Hier können Sie warten, wenn Sie wollen. Schert mich den Deibel.“

Damit wandte er sich zum Gehen, doch Jasper packte ihn beim Kragen. „Moment“, knurrte er und wandte sich dann an Melisande. „Würdest du hier mit Mouse warten, während Pynch und ich uns nach Schlafräumen und etwas zu essen umsehen?“

Dunkel war das Zimmer und alles andere als einladend, aber Melisande reckte das Kinn und gab sich unerschrocken. „Natürlich.“

„Tapfer, meine Liebe.“ Jasper strich mit den Lippen über ihre Wange. „Pynch, zünden Sie Ihrer Ladyschaft ein paar Kerzen an, und dann lassen wir uns von diesem prächtigen Burschen eine Schlossführung geben.“

„Jawohl, Mylord.“ Mr Pynch zündete mit dem Licht seiner Laterne alle Kerzen an, die sich im Zimmer fanden – ganze vier an der Zahl –, dann gingen die drei Männer davon.

Melisande lauschte deren Schritten, die sich entfernten, und sah sich schaudernd um. Sie war in einer Art Salon gelandet – wenn man es so nennen konnte, denn wohnlich war es hier nicht gerade. Einige Stühle und Sessel, alle sehr alt und sehr hässlich, standen verloren im Raum herum. Die alte, geschnitzte Holzdecke lag so hoch droben, dass der dürftige Kerzenschein kaum bis ganz hinauf drang. Melisande meinte zudem, Spinnweben herabhängen zu sehen. Auch die

Wände waren mit dunklem Holz getäfelt. Einzige Zier waren das Schnitzwerk und eine Vielzahl ausgestopfter Tierköpfe: mottenzerfressene Hirsche mit riesigen Geweihen, ein paar Dachse, ein Fuchs. Ihre gläsernen Augen funkelten unheimlich im flackernden Licht.

Angewidert schüttelte sich Melisande und ging entschlossen zum mannshohen Kamin aus schwerem, grauem Stein hinüber. Auch er war alt – älter vermutlich als all das hölzerne Schnitzwerk – und rußgeschwärzt. Neben dem Kamin stand eine Kiste, in dem sie ein einzelnes Holzscheit und ein paar dürre Äste fand. Vorsichtig stapelte Melisande alles in den Kamin – zuerst das Scheit, obenauf die Äste – und versuchte, dabei nicht allzu viel an krabbelnde, schwarze Spinnen zu denken. Mouse kam schnüffelnd herbei, um zu schauen, was sie da Schönes trieb, fand es aber wohl recht langweilig und trottete wieder davon, um in den dunklen Ecken und Winkeln auf Erkundung zu gehen.

Schließlich erhob Melisande sich wieder und klopfte sich die staubigen Hände ab. Vorsichtig tastete sie über den Kaminsims und stieß auf ein Glas mit verstaubten Zündhölzern. Sie zündete eines an der Kerzenflamme an und hielt es dann an die dürren Äste, doch die wollten kein Feuer fangen, und ehe sie sich versah, war der Zündspan abgebrannt. Melisande nahm sich einen neuen Span und wollte ihn gerade anzünden, als Mouse bellte.

Erschrocken fuhr sie herum. Ein Mann stand hinter ihr – hochgewachsen, schlank, finster. Sein Haar war schulterlang und hing ihm wirr ins Gesicht. Er schaute Mouse an, der zu seinen Füßen stand und die Ohren spitzte, doch als Melisande sich umdrehte, wandte auch er den Kopf und sah sie an. Seine linke Gesichtshälfte war von schrecklichen Narben entstellt, die im flackernden Kerzenschein gewiss noch schlimmer aussahen, als sie tatsächlich waren. Die Augenhöhle war leer und tief eingesunken.

Melisande ließ den Holzspan fallen.

Munroes Diener ließ sie wissen, dass es im ganzen Haus keine sauberen Laken gäbe – „tut mir leid" –, und Jasper wollte den grässlichen kleinen Mann gerade wieder beim Schlafittchen packen, als er Mouse bellen hörte. Er wechselte einen Blick mit Pynch, und ohne ein Wort machten sie kehrt und rannten die dunkle Wendeltreppe wieder hinunter. Jasper fluchte. Er hätte Melisande nicht allein lassen sollen.

Vor dem Salon hielt Jasper inne und pirschte sich dann lautlos heran. Mouse hatte nur einmal gebellt, danach war es still gewesen, was ein gutes oder ein schlechtes Zeichen sein konnte. Vorsichtig spähte er in das Zimmer. Melisande stand am anderen Ende des Raums, mit dem Rücken zum Kamin. Mouse stand vor ihr, wachsam und schützend, gab jedoch keinen Mucks von sich. Und vor den beiden stand ein hochgewachsener Mann in altem Jagdrock und Ledergamaschen.

Jasper versteifte sich.

Munroe drehte sich um, und Jasper ertappte sich dabei, wie er zusammenzuckte. Als er den Mann das letzte Mal gesehen hatte, waren seine Wunden ganz frisch gewesen, hatten noch geblutet. Es war ein schrecklicher Anblick gewesen. Die Zeit hatte die Wunden verheilen lassen und die ganze linke Gesichtshälfte mit Narben überzogen, was es indes kaum besser machte.

„Renshaw", sagte Munroe heiser. Seine Stimme war schon immer etwas rau gewesen, aber nach Spinner's Falls klang sie gebrochen, so, als hätten seine Schreie ihr alle Kraft genommen. „Aber Lord Vale heißt es jetzt, oder?"

„Ja." Jasper trat näher. „Und das ist Melisande, meine Frau."

Munroe nickte, drehte sich jedoch nicht noch einmal nach ihr um, wie es die Höflichkeit geboten hätte. „Wenn ich mich recht entsinne, hatte ich Ihnen geschrieben, dass Sie nicht kommen sollten."

„Ich habe keinen solchen Brief erhalten", erwiderte Jasper ehrlich.

„Manch einer würde auch daraus schließen, dass sein Besuch

nicht erwünscht ist", sagte Munroe trocken.

„So, würde er das?" Jasper holte tief Luft, um den Zorn zu bezwingen, der in ihm aufstieg. Er verdankte Munroe viel – Dinge, für die er sich niemals revanchieren könnte –, aber hier ging es nicht nur um ihn. „Leider komme ich in einer Angelegenheit, die keinen Aufschub duldet. Wir müssen über Spinner's Falls reden."

Munroe zuckte zurück, als habe man ihn geschlagen. Er starrte Jasper an, der Blick seines gesunden, hellbraunen Auges unergründlich.

Schließlich nickte er knapp. „Na schön. Aber es ist spät und Ihre Frau zweifellos müde. Wiggins wird Ihnen die Zimmer zeigen. Mit Komfort kann ich nicht dienen, aber sie lassen sich zumindest heizen. Morgen reden wir. Dann können Sie wieder gehen."

„Auf Ihr Wort?", fragte Jasper. Munroe war es zuzutrauen, einfach zu verschwinden und sich erst wieder blicken zu lassen, nachdem sie abgereist waren.

Spöttisch zog Munroe einen Mundwinkel nach oben. „Auf mein Wort. Morgen reden wir."

Jasper nickte. „Ich bin Ihnen sehr dankbar."

Munroe zuckte mit den Schultern und verließ das Zimmer. Der kleine Rothaarige – vermutlich Wiggins – lauerte an der Tür und murrte: „Wenn's sein muss, mach ich eben Feuer in den Zimmern."

Ohne ein weiteres Wort verschwand er wieder.

Laut atmete Jasper aus und schaute Pynch an. „Kümmern Sie sich um die anderen? Schauen Sie, ob sich in der Küche etwas zu essen findet, und dass jeder einen Platz zum Schlafen hat."

„Jawohl, Mylord", sagte Pynch und entfernte sich.

Nun war Jasper mit seiner Gattin allein. Zögernd drehte er sich um und sah sie an. Sie stand noch immer vor dem Kamin. Jede andere Frau hätte längst Zustände bekommen. Nicht so Melisande.

Mit kühlem, klarem Blick sah sie ihn an. „Was ist bei Spinner's Falls geschehen?"

Vorsichtig stocherte Sally Suchlike mit dem Schürhaken in den glühenden Kohlen, dann hängte sie den Kessel an den großen Haken über dem Feuer. So einen riesigen Kamin hatte sie ihr Lebtag noch nicht gesehen. Groß genug, dass ein ausgewachsener Mann gut darin stehen könnte. Wozu jemand eine so riesige Feuerstelle brauchte, konnte sie sich beim besten Willen nicht erklären. Zumal es sich längst nicht so gut darin hantieren ließ wie an einem kleineren Herdfeuer.

Als endlich das Wasser kochte, warf sie das Kaninchenklein in den Topf, das Mr Pynch in der Speisekammer gefunden hatte. Eine Kammerzofe war kein Dienstmädchen, und Kochen gehörte nun wahrlich nicht zu ihren Pflichten, aber sonst war ja niemand da, sich um das Abendessen zu kümmern. Wahrscheinlich wusste der allwissende Mr Pynch auch, wie man einen Kanincheneintopf zubereitete – und würde es natürlich *viel* besser machen als sie –, aber er musste ja Gemächer für die Herrschaften finden.

Sally warf noch ein paar klein geschnittene Karotten hinterher. Sie waren schon ein wenig schrumpelig gewesen, aber besser als nichts. Dazu kamen ein paar kleine Zwiebeln, dann wurde alles kräftig umgerührt. Im Augenblick sah es noch nicht sonderlich verlockend aus, aber vielleicht würde es noch besser, wenn der Eintopf ein bisschen vor sich hinschmorte. Seufzend ließ sie sich auf einen Stuhl sinken und zog ihr Schultertuch fester um sich. Eigentlich konnte sie überhaupt nicht kochen. Als sie noch Küchenmädchen gewesen war, hatte sie immer nur das Geschirr abgewaschen und die Böden geschrubbt. Mr Pynch hatte ihr einfach Kaninchen, Möhren und Zwiebeln hingelegt und gesagt, sie solle alles kochen. Und das tat sie nun. Von Wiggins, dem grässlichen, rothaarigen Mann, war keine Hilfe zu erwarten. Er erinnerte sie an einen bösen Kobold aus einem Märchen. Und kaum hatte Mr Pynch ihm den Rücken zugewandt, war er auch schon wieder wie vom Erdboden verschwunden und hatte die Dienstboten der Renshaws im fremden Haus sich selbst überlassen, was ja nun wirklich keine Art war.

Sally wagte einen Blick in den brodelnden Topf. Irgendetwas fehlte noch. Salz vielleicht? Genau, Salz! Wie konnte sie nur das Salz vergessen? Mr Pynch müsste sie wahrlich für eine dumme Gans halten, wenn sie nicht einmal wusste, dass man einen Eintopf salzen musste. Also ging sie zu dem großen Eckschrank und kramte darin herum. Viel war nicht darin, aber Salz fand sich immerhin, und auch ein wenig Mehl – was sie auf eine weitere Idee brachte.

Zehn Minuten später versuchte sie gerade, in einer irdenen Schüssel Mehl mit Butter, Salz und Wasser zu verkneten, als Mr Pynch zurück in die Küche kam. Er stellte die Laterne auf den Tisch und kam zu ihr herüber, die sie sich redlich mit dem Teig mühte, stand stumm neben ihr und schaute in die Schüssel.

Gereizt sah sie ihn an. „Das sollen Klöße werden, nur dass Sie es wissen. Für den Eintopf. Ich hab versucht, alles so zu machen, wie die Köchin es immer macht, aber kann sein, dass sie steinhart werden und wie Kleister schmecken. Ich bin nämlich keine Köchin, sondern eine Kammerzofe, und von einer Kammerzofe wird nicht erwartet, dass sie kochen kann. *Sie* haben gesagt, ich soll kochen, da müssen Sie sich auch mit dem zufriedengeben, was auf den Tisch kommt – und wenn es nicht schmeckt, will ich kein Gemecker hören."

„Ich habe doch gar nichts gesagt", meinte Pynch milde.

„Das will ich Ihnen auch geraten haben."

„Und ich mag Klöße."

Sally blies sich eine Haarsträhne aus dem Gesicht. „Ach ja?", fragte sie, auf einmal ganz verlegen.

Er nickte. „Ja, und die hier sehen doch ganz gut aus. Soll ich die Schüssel zum Herd tragen, damit Sie die Klöße in den Eintopf geben können?"

Sally straffte die Schultern und nickte. Sie rubbelte sich den

Teig von den Händen, und Mr Pynch nahm die schwere Schüssel und trug sie hinüber zum Feuer. Er hielt die Schüssel, während sie vorsichtig mit einem Löffel kleine Klößchen in den Eintopf gab. Dann deckte sie den Topf mit einem Deckel zu, damit die Klöße garen konnten, und wandte sich zu Mr Pynch um. Ihr Gesicht war von der Glut des Herdfeuers erhitzt, ihr Haar zerzaust und einzelne Strähnen hingen ihr feucht ins Gesicht, doch es scherte sie nicht. Herausfordernd sah sie ihn an und meinte: „So, geschafft. Das hätten Sie nicht gedacht, was?"

„Doch", sagte Pynch. Und dann küsste er sie.

Melisande stapelte Decken auf den Boden und sah, dass ihr Gatte auf und ab ging. Heute Abend war er so unruhig, dass sie das Gefühl hatte, er könne jeden Moment die Beherrschung verlieren und einfach davonlaufen, so schnell er nur konnte. War Sir Alistair deshalb im Dunkeln ausgeritten? Versuchte auch er seinen Dämonen davonzulaufen?

Doch Jasper blieb, und dafür war sie ihm dankbar. Ihre Frage nach Spinner's Falls hatte er nämlich noch nicht beantwortet. Ein Glas Whiskey in der Hand, lief er umher, aber er blieb bei ihr. Das war doch immerhin ein Trost.

„Es war nach Quebec", sagte er unvermittelt. Er stand mit dem Gesicht zum Fenster, und wäre sie nicht die einzige andere Person im Raum gewesen, hätte sie gemeint, dass er gar nicht mit ihr spräche. „Es war September. Wir waren nach Fort Edward beordert worden, um dort den Winter zu verbringen. Einhundert Mann hatten wir bereits in der Schlacht verloren, weitere drei Dutzend mussten wir zurücklassen, da sie den Marsch nicht durchgestanden hätten. Wir waren geschwächt, dachten aber, das Schlimmste läge hinter uns. Die Schlacht war gewonnen, Quebec an uns gefallen, und es dürfte nur noch eine Frage der Zeit sein, bis die Franzosen kapitulieren würden und wir den Krieg gewonnen hätten. Der Wind schien sich zu drehen."

Er hielt inne, trank einen Schluck und sprach leise weiter.

„Wir waren voller Hoffnung. Wenn der Krieg bald vorüber wäre, könnten wir zurück nach Hause. Das war alles, was wir wollten: heimkehren zu unseren Familien. Uns von den Strapazen des Krieges erholen.“

Melisande schlug ein Laken um die Decken. Es roch etwas muffig, schien aber so weit sauber. Und Besseres fände sich hier sowieso nicht. Während sie das Lager bereitete, sann sie über einen etliche Jahre jüngeren Jasper nach, wie er mit seinen Kameraden durch einen Herbstwald am anderen Ende der Welt marschierte. Ein strahlender Sieger nach der gewonnenen Schlacht, voller Vorfreude, bald nach Hause zurückzukehren.

„Wir marschierten einen schmalen Pfad hinab, zu der einen Seite ein steiler Felshang, zur anderen der Fluss. Nur zwei Reiter passten nebeneinander. Reynaud hatte gerade zu mir aufgeschlossen und meinte, wir seien zu versprengt; die Nachhut lag gut eine halbe Meile zurück. Gerade wollten wir Colonel Darby bitten, das Tempo etwas zu drosseln, damit die anderen aufholen konnten, als sie auch schon zuschlugen.“

Seine Stimme klang tonlos. Melisande setzte sich zurück auf die Fersen, um ihn beim Erzählen zu beobachten. Er stand noch immer dem Fenster zugewandt, kehrte ihr den Rücken zu. Am liebsten wäre sie zu ihm gegangen, um ihn in die Arme zu schließen und an sich zu ziehen, doch hätte das den Fluss seiner Worte aufhalten können. Und sie spürte, dass er sich das Erlebte von der Seele reden wollte, so wie man eine lange schwärende Wunde anstach, damit die Fäulnis abfließen und das Fleisch heilen konnte.

„In der Schlacht kann man nicht denken“, sagte er, stellte es fast verwundert fest. „Man folgt allein seinem Instinkt, wird ganz von seinen Gefühlen beherrscht. Dem Grauen, als ein Pfeil den kleinen Johnny Smith durchbohrt hat. Blinder Zorn auf die Indianer, die sich mit Kriegsgeheul auf deine Männer stürzen, sie töten. Bodenlose Angst, wenn einem das Pferd unter dem Sattel weggeschossen wird. Panik, wenn einem im Bruchteil einer Sekunde klar wird, dass man entweder abspringen muss oder aber unter seinem Ross begraben wird, dem Kriegsbeil der Angreifer ausgeliefert."

Er nippte an seinem Whiskey, und Melisande versuchte, seine Worte zu begreifen. Das Herz schlug ihr bis zum Hals, gerade so, als spüre sie dieselbe bodenlose Angst, die Panik, die er damals empfunden hatte.

„Ich glaube, wir haben uns ganz gut geschlagen", fuhr Jasper fort. „So hieß es zumindest im Nachhinein. Ich selbst kann die Schlacht nicht beurteilen. Man nimmt nur wahr, was unmittelbar um einen her geschieht, sein eigenes kleines Gebiet, die eigenen Leute, die es zu verteidigen gilt. Leutnant Clemmons ist gefallen, Leutnant Knight auch, aber erst als ich sah, wie man Darby, unseren Kommandeur, vom Pferd zerrte, wurde mir plötzlich klar, dass wir verlieren würden. Dass wir alle umkommen würden."

Er lachte leise, doch es war ein trockenes, sprödes Lachen, das ganz anders klang als sonst. „Eigentlich hätte ich Angst verspüren sollen, aber dem war nicht so. Ich stand inmitten von Toten und hieb wie von Sinnen mit meinem Säbel um mich. Und habe dabei noch etliche der kriegerischen Wilden niedergestreckt, aber es hat nicht genügt. Es hat längst nicht genügt."

Melisande brannten Tränen in den Augen, als sie die müde Resignation in seiner Stimme hörte.

„Als auch mein letzter Mann gefallen war, überwältigten sie mich. Ein Schlag am Kopf streckte mich nieder, und ich ging zu Boden. Nein, nicht zu Boden. Ich bin auf den toten Tommy Pace gestürzt." Er wandte sich vom Fenster ab und ging hinüber an den Tisch, auf dem die Karaffe mit Whiskey stand, goss sich noch ein Glas ein und trank. „Ich weiß nicht, weshalb sie mich nicht getötet haben. Sie hätten es tun sollen; fast alle anderen hatten sie ja schon hingemetzelt. Aber als ich wieder zu mir kam, hatte ich einen Strick um den Hals und war an Matthew Horn und Nate Growe gefesselt. Dann sah ich, dass auch Reynaud zu ihrer Kriegsbeute gehörte. Du kannst dir nicht vorstellen, wie erleichtert ich war. Zumindest lebte er noch."

„Was ist geschehen?", flüsterte Melisande.

Er sah sie auf eine Weise an, dass sie sich fragte, ob ihm ihre Anwesenheit wohl noch bewusst war. „Sie haben uns vier Tage durch die Wälder getrieben. Vier Tage ohne Essen, mit nur ein paar Schluck Wasser. Viele von uns waren verwundet. Matthew Horn hatte sich während der Schlacht eine Kugel im Arm eingefangen. Als John Cooper nicht mehr weitergehen konnte, haben sie ihn in den Wald geführt und sind ohne ihn zurückgekommen. Danach habe ich Matthew gestützt, so gut ich konnte. Niemand sollte merken, wie schwach er war. Wann immer er aufgeben wollte, habe ich ihn weitergedrängt. Ich konnte es mir nicht leisten, noch einen Mann zu verlieren."

Das Grauen ließ ihr den Atem stocken. „Warst du verletzt?"

„Nein." Er sagte es mit einem schrecklichen, starren Lächeln. „Von der Beule am Kopf abgesehen, ging es mir prächtig. Wir marschierten weiter, bis wir zu einem Indianerdorf gelangten."

Er trank sein Glas fast leer, schloss dann die Augen.

Doch Melisande wusste, dass die Geschichte hier nicht zu Ende war. Irgendetwas musste Sir Alistair seine schrecklichen Narben eingebracht haben. Sie holte tief Luft und nahm all ihren Mut zusammen. „Was ist dort geschehen?"

„Sie haben uns mit einer Art Spießrutenlauf empfangen. Alle Indianer, Männer und Frauen, haben sich in zwei langen Reihen aufgestellt. Die Gefangenen mussten zwischen ihnen hindurchlaufen; die Indianer schlugen und traten nach ihnen. Wer stürzt, wird bisweilen zu Tode geprügelt. Doch keiner von uns ist gestürzt."

„Gott sei Dank", hauchte sie.

„Dachten wir damals auch. Jetzt bin ich mir da nicht mehr so sicher."

Er trank sein Glas aus und ließ sich auf einen Stuhl fallen.

„Jasper?" Vielleicht wäre es ja das Beste, nicht weiterzudrängen. Melisande fürchtete sich vor dem, was kommen würde.

Er hatte schon so viel durchgemacht, und es war spät, er war müde. „Jasper?“

Doch er schien sie nicht zu hören und starrte leicht verwundert in sein leeres Glas. „Und dann ging der Spaß erst richtig los“, fuhr er fort, seine Stimme schon leicht verwaschen. „Sie führten Reynaud fort, und Munroe und Horn banden sie an Marterpfähle. Dann nahmen sie brennende Fackeln und … und …“

Er atmete schwer, schloss die Augen und schluckte, brachte die Worte einfach nicht über die Lippen.

„Nein, oh nein“, flüsterte Melisande. „Du musst es mir nicht erzählen, du musst es wirklich nicht.“

Er sah sie an, verwundert, traurig und leidgeprüft zugleich. „Sie haben sie gefoltert, mit der Glut der Fackeln – und es waren die Frauen, die sie trugen. Die Frauen! Und dann Munroes Auge. Mein Gott! Es war grauenvoll. Ich schrie sie an, dass sie aufhören sollten, doch sie haben mich nur angespuckt und zur Strafe den Männern die Finger abgehackt. Da wusste ich, dass ich besser den Mund hielte, ganz gleich, was sie taten, denn mein Schreien, jede Gefühlsregung, die ich zeigte, machte es nur noch schlimmer. Und ich habe es versucht, Melisande, ich habe es wirklich versucht, aber ihre Schreie und das Blut …“

„Oh, mein Liebster, mein Liebster.“ Sie war zu ihm gegangen, beugte sich zu ihm herab und hielt ihn in ihren Armen, barg sein Gesicht an ihrer Brust. Ihre Tränen konnte sie nicht länger zurückhalten. Sie schluchzte auf und weinte bitterlich um ihn.

„Am zweiten Tag brachten sie uns auf die andere Seite des Lagers“, flüsterte Jasper an ihrer Brust. „Dort haben sie Reynaud getötet. Sie haben ihn ans Kreuz gebunden, und er brannte lichterloh. Wahrscheinlich war er vorher schon tot, denn er rührte sich nicht mehr, als die Flammen ihn trafen, und auch dafür habe ich Gott gedankt. Ich habe Gott gedankt, dass mein bester Freund tot war und den Schmerz nicht mehr spüren konnte.“

„Schsch“, wisperte Melisande. „Schsch.“

Aber er kam nicht zur Ruhe. „Als das Feuer erloschen war, brachten sie uns wieder auf die andere Seite des Lagers und es ging weiter. Munroes Gesicht und Horns Brust. Sein ganzer Oberkörper war verbrannt. Immer weiter und weiter und weiter.“

„Aber am Ende hat man euch doch gerettet, nicht wahr?“, fragte sie fast verzweifelt. Er musste diese schrecklichen Erinnerungen endlich loslassen und sich dem hoffnungsvollen Teil der Geschichte zuwenden. Er hatte überlebt. Er lebte.

„Ja, nach zwei Wochen. Anscheinend hatte Corporal Hartley einen Rettungstrupp organisiert und uns gegen ein Lösegeld freibekommen, aber erinnern kann ich mich nicht daran. Ich war wie betäubt.“

„Du warst verzweifelt, verwundet“, versuchte Melisande ihn zu beschwichtigen. „Das ist doch verständlich.“

Heftig riss er sich von ihr los. „Nein! Nein, es ging mir bestens, ich war nicht verwundet.“

Entgeistert starrte sie ihn an. „Aber sagtest du nicht eben, ihr wäret gefoltert …“

Er riss sein Hemd auf und entblößte seine breite Brust. „Du hast mich gesehen, mein süßes Weib. Habe ich auch nur eine Narbe am Leib?“

Ein wenig irritiert senkte sie den Blick auf seine makellose Brust. „Nein …“

„Weil sie mich nicht angerührt haben. Die anderen hat man gefoltert, aber mich haben sie nicht angerührt.“

Mein Gott. Noch immer starrte sie auf seine Brust. Für jemanden wie Jasper musste es schlimmer sein, als Einziger verschont geblieben, als Einziger nicht gezeichnet zu sein.

Sie atmete tief durch und stellte ihm die Frage, auf die er ganz offensichtlich wartete. „Warum?“

„Weil ich der Zeuge sein sollte. Nachdem sie Reynaud umgebracht hatten, war ich nach dem Captain der ranghöchste Offizier. Sie zwangen mich, alles mitanzusehen, und wenn ich nur den Hauch einer Regung zeigte, nur kurz zusammenzuckte, schnitten sie noch tiefer, sengten die Glut noch tiefer ins Fleisch."

Er sah sie an und lächelte gequält; die Dämonen der Vergangenheit standen ihm in den Augen. „Verstehst du? Sie haben meine Kameraden gefoltert, und ich saß dabei und schaute zu."

16. KAPITEL

Prinzessin Immerschön aß ihre Suppe, und was sollte sie am Grunde ihres Suppenschälchens finden? Den silbernen Ring! Nun, da brüllte der König abermals den Küchenmeister herbei, und wieder wurde der arme Mann vor versammeltem Hofstaat befragt. Aber er schwor hoch und heilig, dass er nicht wisse, wie der Ring in die Suppe der Prinzessin gekommen war. Schließlich schickte der König ihn wieder zurück in die Küche. Bei Hof begann man die Köpfe zusammenzustecken, und ein jeder fragte sich, wer wohl den silbernen Ring errungen hatte.

Nur Prinzessin Immerschön saß schweigend da. Nachdenklich betrachtete sie ihren Hofnarren …

[aus LACHENDER JACK]

Am nächsten Morgen wachte Melisande davon auf, dass Mouse an der Tür kratzte. Sie drehte sich um und sah Jasper an. Er hatte einen Arm über den Kopf gelegt, die Decke halb zurückgeworfen. Während der letzten Nächte hatte sie festgestellt, dass er sehr unruhig schlief. Oft schlang er im Schlaf einen Arm oder ein Bein um sie, und manchmal wachte sie davon auf, dass er sein Gesicht an ihrem Hals barg. Dann wieder drehte er sich im Schlaf um und zog die Decke mit sich. Doch es kümmerte sie nicht. Gern verzichtete sie auf eine Decke, wenn sie nur an seiner Seite sein konnte.

Aber nach dem quälenden Geständnis der letzten Nacht brauchte er Ruhe. Vorsichtig schlüpfte Melisande unter der Decke hervor und stand auf. Sie suchte ein schlichtes Kleid heraus, das sie ohne Sallys Hilfe anziehen konnte, warf sich einen Umhang über die Schultern und verließ mit Mouse leise das Zimmer. Sie trippelten die schmalen Stufen der Wendeltreppe hinunter und gingen durch dunkle Korridore zur Küche.

Überrascht blieb Melisande stehen. Die Küche war von einer hohen Gewölbedecke überspannt, von der die weiße Farbe blätterte. Doch nicht die Decke hatte ihre Aufmerksamkeit erregt. In der Ecke lagen zwei Strohsäcke nebeneinander. Auf dem einen schlief Sally tief und fest, von dem anderen hob Mr Pynch den Kopf. Melisande nickte dem Kammerdiener kurz zu, ehe sie leise zur Hintertür hinausschlüpfte.

Draußen rannte Mouse eine Weile hellauf begeistert im Kreis herum, ehe er sich dazu bequemte, sein Geschäft zu machen. Der Garten bestand aus einer sanft abfallenden Rasenfläche, die seit Ewigkeiten nicht geschnitten worden war und nun wild ins Kraut schoss, etwas entfernt waren Terrassengärten angelegt, die einst prächtig gewesen sein mussten. Melisande schlenderte in diese Richtung. Es war ein herrlicher Tag. Die strahlende Morgensonne löste langsam die Nebelschleier auf, die tief über dem grünen Hügelland hingen. Melisande blieb stehen und schaute zur Burg zurück. Bei Tageslicht war sie längst nicht so Furcht einflößend. Aus hellem, grauen Stein erbaut, ragte sie stolz empor und ward von verwitterten, verwinkelten Giebeldächern gekrönt. Schornsteine ragten hier und da auf. An allen vier Seiten standen kleine Ecktürme hervor, was den mittelalterlichen Bau sehr trutzig wirken ließ. Melisande mochte sich gar nicht vorstellen, wie kalt und zugig dieses Gemäuer im Winter sein musste.

„Seit einem halben Jahrtausend steht sie schon hier oben“, sagte eine tiefe, heisere Stimme hinter ihr.

Melisande drehte sich um; Mouse wetzte los.

Sir Alistair war in Begleitung eines riesigen Hundes gekommen, dessen Kopf ihm bis an die Hüfte reichte. Das Fell des Tieres war zottelig und grau. Mouse baute sich vor ihm auf und bellte wie verrückt. Der große Hund rührte sich nicht, schaute den Kleinen nur an, als frage er sich, was dieses kleine, kläffende Wesen wohl sei.

Sir Alistair bedachte den Terrier mit einem leisen Stirnrunzeln. An diesem Morgen trug er das Haar ordentlich zu einem Zopf zurückgebunden und eine schwarze Augenklappe über dem vernarbten Auge.

„Ganz ruhig, Kleiner“, sagte er in breiter schottischer Mundart. „Reg dich ab.“

Er hockte sich hin und hielt Mouse die zur Faust geschlossene Hand hin. Mouse schnüffelte vorsichtig. Mit leisem Grauen sah Melisande, dass Sir Alistairs rechter Hand der kleine und der Zeigefinger fehlten.

„Wackeres kleines Kerlchen“, meinte Sir Alistair. „Wie heißt er?“

„Mouse.“

Er nickte, stand wieder auf und ließ seinen Blick über die weite Rasenfläche schweifen. Der große Hund ließ sich seufzend zu seinen Füßen nieder. „Ich wollte Ihnen gestern Abend keinen Schrecken einjagen, Ma'am.“

Sie schaute ihn an. Von der Seite, wo man seine Narben nicht sah, hätte man ihn fast attraktiv finden können. Er hatte eine gerade, recht noble Nase und ein festes, etwas störrisch wirkendes Kinn. „Das haben Sie nicht“, versicherte sie ihm. „Nur Ihr plötzliches Auftauchen hat mich erschreckt.“

Er wandte ihr sein Gesicht zu und schien nur darauf zu warten, dass sie zurückzuckte.

Doch den Gefallen würde sie ihm nicht tun. Sie reckte das Kinn und erwiderte ungerührt seinen herausfordernden Blick. „Jasper glaubt übrigens, dass Sie ihm die Schuld für Ihre Narben geben. Tun Sie das?“

Gespannt hielt sie den Atem an. Ginge es nur um sie, hätte sie niemals gewagt, so offen zu ihm zu sprechen. Aber sie musste wissen, ob dieser Mann Jasper womöglich noch weiteres Leid zufügen würde.

Eine Weile sah er sie einfach nur an. Vielleicht erstaunten ihre Worte ihn ebenso wie sie selbst. Wahrscheinlich wagten die meisten Menschen nicht, ihm gegenüber von seinen Narben zu sprechen.

Schließlich wandte er den Blick wieder ab, richtete ihn auf die dem Zerfall anheimgegebenen Terrassengärten. „Wenn Sie wünschen, Mylady, werde ich mit Ihrem Gatten über meine Narben sprechen."

Jasper war auf seinem Lager allein, als er aufwachte. Obwohl er erst wenige Nächte neben ihr verbracht hatte, war es ein seltsames Gefühl. Ein ungutes Gefühl. Es fühlte sich geradezu falsch an. *Hier* sollte sie sein, seine liebliche Gattin, an seiner Seite, ihre sanften Rundungen an seinen harten Körper schmiegen, ihn mit dem Duft ihrer Haut und ihres Haars umfangen. An ihrer Seite zu schlafen war wie ein Lebenselixier, das ihn davon hatte genesen lassen, sich Nacht für Nacht schlaflos auf seinem Lager zu wälzen. Verdammt! Wo war sie hingegangen?

Er stand auf, zog sich rasch an und haderte fluchend mit den Knöpfen seines Hemdes. Weste und Krawatte sparte er sich gleich ganz und warf sich nur einen Rock über, ehe er aus dem Zimmer eilte.

„Melisande!", rief er und kam sich wie ein Idiot vor. Es war ein großes, altes Gemäuer. Wenn sie nicht gerade in der Nähe war, würde sie ihn nicht hören. Egal. Er rief trotzdem nach ihr. *„Melisande!"*

Unten angekommen schlug er den Weg zur Küche ein, wo er auf Pynch traf, der das Herdfeuer schürte. Hinter ihm schlief Melisandes Kammerzofe auf einem Strohsack. Jasper sah es und hob die Brauen. Es waren zwei Strohsäcke, aber trotzdem. Pynch deutete schweigend zur Hintertür.

Jasper ging nach draußen und wurde von der hellen Morgensonne geblendet. Blinzelnd schaute er sich um. Dann entdeckte er Melisande. Sie unterhielt sich mit Munroe, und der Anblick weckte Eifersucht in ihm. Munroe mochte von Narben entstellt sein und ein kauziger Einsiedler noch dazu, aber einst war er ein stattlicher Mann gewesen und hatte ein ziemliches Händchen für Frauen gehabt. Und überhaupt stand Melisande viel zu dicht bei ihm.

Grimmig marschierte Jasper zu den beiden hinüber. Mouse

bemerkte ihn als Erster, tat sein Kommen mit einem Bellen kund und rannte ihm entgegen.

Munroe drehte sich um. „Auch schon wach, Renshaw?“

„Vale“, knurrte Jasper und legte Melisande den Arm um die Taille.

Munroe entging die besitzergreifende Geste nicht. Belustigt hob er eine Braue, jene über der Augenklappe. „Gewiss doch – Vale.“

„Habt Ihr schon gefrühstückt, liebste Gemahlin?“, fragte Jasper an Melisande gewandt.

„Noch nicht, Mylord. Soll ich nachsehen, was sich in der Küche findet?“

„Ich habe Wiggins losgeschickt, dass er Brot und Eier von einem der Höfe holt“, ließ Munroe sich vernehmen. Seine Wangen hatten sich gerötet, als wäre seine mangelnde Gastfreundschaft ihm nun doch ein wenig peinlich. Umso unwirscher fügte er hinzu: „Nach dem Frühstück kann ich Sie beide hinauf auf den Turm führen. Die Aussicht von dort oben ist fantastisch.“

Jasper spürte Melisande leise erschauern und musste daran denken, wie krampfhaft sie die Lehne seines Phaetons umklammert hatte. „Vielleicht ein andermal“, meinte er.

Melisande räusperte sich und entwand sich behutsam Jaspers Griff. „Wenn die Herren mich nun bitte entschuldigen würden. Ich will mal schauen, ob sich in der Küche ein paar Bröckchen für Mouse finden.“

Jasper nahm es hin und verneigte sich höflich, als seine Gemahlin sich mit einem kurzen Nicken verabschiedete und zurück zur Burg ging.

Nachdenklich schaute Munroe ihr nach. „Ihre Frau ist sehr charmant. Und klug.“

„Mmmm“, machte Jasper. „Aber sie fürchtet sich vor der Höhe.“

„Ah, verstehe.“ Munroe wandte sich nun Jasper zu. „Ich hätte nicht gedacht, dass sie Ihr Typ ist.“

Jasper hob die Brauen. „Was wissen Sie denn schon von meinem Typ?“

„Einiges. Vor sechs Jahren hatten Sie eine Schwäche für vollbusige Weiber von minderer Intelligenz und noch minderer Moral.“

„Das war vor sechs Jahren. Seitdem hat sich vieles verändert.“

„Allerdings“, murmelte Munroe und schlenderte in Richtung eines wild überwucherten Terrassengartens davon. Jasper folgte ihm. „Sie sind Viscount, St Aubyn ist tot, und ich habe eine Hälfte meines Gesichts verloren, wofür ich Ihnen im Übrigen nicht die Schuld gebe.“

Jasper blieb stehen. „Wie bitte?“

Auch Munroe blieb stehen und wandte sich nach ihm um. Er deutete auf seine Augenklappe. „Das hier. Ich gebe Ihnen nicht die Schuld daran. Habe es nie getan.“

Jasper sah beiseite. „Wie können Sie mir nicht die Schuld geben? Weil ich zusammengebrochen bin, haben die Wilden Ihnen das Auge ausgestochen.“ Er hatte gestöhnt vor Entsetzen darüber, was seinen Mitgefangenen angetan wurde.

Munroe schwieg eine Weile. Jasper ertrug es kaum, ihn anzusehen. Früher war der Schotte ein ziemlich attraktiver Mann gewesen. Viele Worte hatte er noch nie gemacht, doch auch keine Neigung zur Einsiedelei gezeigt. Im Gegenteil: Er hatte mit den anderen Männern am Feuer gesessen und über ihre derben Witze gelacht. Ob Munroe jetzt überhaupt noch lächeln konnte?

Endlich sprach er. „Das war wirklich die Hölle auf Erden, was?“

Jasper biss die Zähne zusammen und nickte.

„Aber es waren auch nur Menschen, keine Dämonen.“

„Wer?“

Munroe hatte den Kopf in den Nacken gelegt, sein unversehrtes Auge geschlossen. Es sah aus, als lasse er sich den Wind um die Nase wehen. „Die Indianer, die uns gefoltert haben. Es waren Menschen; keine Tiere, keine Dämonen, sondern Menschen. Sie hatten ihren eigenen Willen. Sie *wollten* uns foltern, *wollten* mir das Auge ausstechen. Wie also sollte es Ihre Schuld gewesen sein?"

„Hätte ich nicht gestöhnt …"

„Ach, wissen Sie, Vale", seufzte Munroe. „Selbst wenn Sie keinen einzigen Laut von sich gegeben hätten, hätten sie es mir ausgestochen."

Ungläubig starrte Jasper ihn an.

Der andere schien es zu spüren und nickte bedächtig. „Ja, ich habe mich eine Weile damit beschäftigt, mit den Sitten und Gebräuchen der amerikanischen Indianer. So ist es Brauch bei den Wyandot: sie foltern ihre Gefangenen." Die nicht vernarbte Seite seines Mundes zuckte kaum merklich, doch was ein belustigter Zug hätte sein können, sah alles andere als belustigend aus. „So wie es bei uns Brauch ist, kleine Jungen an den Strick zu knüpfen, wenn sie einem Gentleman in die Rocktasche greifen. Auch das kann man maßlos finden. Wir haben unsere Bräuche, sie die ihren. Den Gegner zu foltern ist schlicht ihre Gepflogenheit."

„Ich verstehe nicht, woher Sie diese Gelassenheit nehmen. Fast scheint es, als hätten Sie Verständnis für deren grausames Tun", sagte Jasper. „Empfinden Sie keinen Zorn?"

Munroe zuckte die Schultern. „Ich bin Forscher und darin geübt, die Dinge leidenschaftslos zu betrachten. Jedenfalls gebe ich Ihnen nicht die Schuld für das, was mir geschehen ist. Ihre Frau hat geradezu darauf bestanden, dass ich Ihnen das sage."

„Danke."

„Wir sollten die Liste von Lady Vales Tugenden noch um *treu* und *entschlossen* ergänzen. Ich frage mich wirklich, wo Sie ihr über den Weg gelaufen sind."

Jasper schnaubte.

„Ein Lebemann wie Sie hat eine solche Frau wahrlich nicht verdient."

„Dass ich sie nicht verdient habe, heißt noch lange nicht, dass ich nicht um sie kämpfen würde."

Munroe nickte. „Sehr vernünftig von Ihnen."

Schweigend gingen sie weiter, doch es war ein einvernehmliches Schweigen, das Jasper überraschend angenehm fand. Munroe war nie ein naher Freund gewesen, dazu waren ihre Interessen, ihre Persönlichkeiten zu verschieden. Aber er war damals dabei gewesen. Er kannte die Männer, die nun tot waren, er war an einen Strick gebunden durch diese höllischen Wälder marschiert und vom Feind gefoltert worden. Ihm musste man nichts erklären, nichts vor ihm verbergen. Er war dabei gewesen, und er wusste Bescheid.

Sie waren zur zweiten Terrasse hinabgestiegen, wo Munroe stehen blieb und seinen Blick schweifen ließ. Ein Fluss war in der Ferne zu erkennen, rechts davon Weideland. Es war eine herrliche Landschaft. Der große Wolfshund war ihnen gefolgt und ließ sich nun mit einem tiefen Seufzer neben Munroe nieder.

„Sind Sie deshalb gekommen?", fragte Munroe. „Damit ich Ihnen verzeihe?"

„Nein", sagte Jasper, zögerte dann und dachte an sein Geständnis, das er Melisande letzte Nacht gemacht hatte. „Oder doch, vielleicht. Aber es ist nicht der einzige Grund."

Munroe sah ihn an. „Nein?"

Und dann erzählte Jasper ihm alles. Er berichtete ihm von Samuel Hartley und dem Brief mit der ungeheuerlichen Anschuldigung. Von Dick Thornton, der in seiner Zelle in Newgate wie ein Irrer gelacht hatte. Von Thorntons Andeutung, dass der Verräter einer der ihren sein könnte – einer der Männer, die in Gefangenschaft gewesen waren. Und schließlich auch von dem Mordanschlag auf Lord Hasselthorpe, kurz nachdem Jasper mit ihm über die Angelegenheit gesprochen hatte.

Munroe hörte sich alles schweigend und sehr aufmerksam an. Dann schüttelte er den Kopf und meinte: „Blanker Unsinn."

„Sie glauben nicht, dass es einen Verräter gab und wir in einen Hinterhalt geraten sind?“

„Doch, natürlich glaube ich das. Wie sonst ließe sich erklären, dass so viele der Wyandot uns auf unserer Route aufgelauert haben? Nein, was ich nicht glaube, ist, dass der Verräter einer von uns war, einer der Gefangenen. Wer von uns sollte es denn gewesen sein? Ich vielleicht?“

„Nein“, sagte Jasper bestimmt und meinte es auch so. Munroe hatte er nie für den Verräter gehalten.

„Dann bleiben noch Sie, Horn und Growe – es sei denn, Sie nehmen an, dass es einer der Männer war, die beim Massaker umgekommen sind. Können Sie sich ernstlich vorstellen, dass einer der unseren, sei er nun tot oder noch am Leben, uns verraten hat?“

„Nein, verdammt“, fluchte Jasper. „Aber jemand *muss* es gewesen sein. Jemand hat den Franzosen unsere Route verraten.“

„Das sehe ich auch so. Aber für Ihre Annahme, dass es einer der Gefangenen war, haben Sie keinen einzigen Beweis – nur das Wort eines halb verrückten Mörders. Geben Sie es auf, Mann. Thornton hat sein Spiel mit Ihnen getrieben.“

„Ich kann die Sache nicht aufgeben“, sagte Jasper. „Ebenso wenig wie ich all das vergessen kann.“

Munroe seufzte. „Dann versuchen Sie mal, die ganze Angelegenheit aus einem anderen Blickwinkel zu betrachten. Warum sollte einer von uns es getan haben?“

„Uns alle verraten, meinen Sie?“

„Genau. Es muss doch einen Grund gegeben haben. Sympathie für die Franzosen?“

Jasper schüttelte den Kopf.

„Reynaud St Aubyn hatte eine französische Mutter“, bemerkte Munroe nüchtern.

„So ein Unsinn!“, schnaubte Jasper gereizt. „Reynaud ist tot. Er war einer der Ersten, den die Wyandot zu Tode gefoltert haben. Außerdem stand er der englischen Krone seit jeher treu zur Seite und war der beste, aufrichtigste Mann, den man sich nur vorstellen kann."

Beschwichtigend hob Munroe die Hand. „Sie haben damit angefangen. Sie sind hinter dem Verräter her, nicht ich."

„Ja, bin ich, und mir fiele da noch ein anderer, ganz einfacher Grund ein: Geld." Jasper drehte sich um und warf einen vielsagenden Blick auf die alte Burg. Nicht einmal im Traum würde er auf die Idee kommen, Munroe für den Verräter zu halten, aber die Anschuldigung gegen Reynaud hatte ihn verärgert.

Munroe folgte seinem Blick und lachte ein raues, hörbar eingerostetes Lachen. „Meinen Sie, wenn ich uns alle an die Franzosen verkauft hätte, wäre die Burg in diesem halb zerfallenen Zustand?"

„Sie könnten das Geld vorerst beiseitegelegt haben."

„Was ich an Geld habe, habe ich geerbt oder erarbeitet. Es ist meins. Sollte jemand es des Geldes wegen getan haben, dürfte er vorher verschuldet gewesen oder nun merklich reicher sein. Wie ist es denn um Ihre Finanzen bestellt? Sie haben gern beim Kartenspiel Ihr Glück versucht."

„Ich habe es Hartley gesagt, und ich sage es auch Ihnen: Meine Spielschulden habe ich schon vor langer Zeit beglichen."

„Womit?"

„Mit meiner Erbschaft. Wenn Sie mir nicht glauben, können Sie bei meinen Anwälten die Papiere einsehen."

Gleichmütig zuckte Munroe die Schultern und ging weiter. „Haben Sie sich mal Horns Finanzen angeschaut?"

Jasper schloss zu ihm auf. „Ich wüsste nicht, weshalb. Er lebt mit seiner alten Mutter zusammen."

„Es gab Gerüchte, dass sein Vater viel Geld mit einer Beteiligung an einer Kupfermine verloren haben soll."

Jasper horchte auf. „Interessant. Er und seine Mutter leben in einem Stadthaus in Lincoln Inn's Fields."

„Recht teure Gegend für einen Mann, der keine Erbschaft hat."

„Aber er kann es sich leisten, nach Italien und Griechenland zu reisen", dachte Jasper laut nach.

„Und nach Frankreich."
„Was?" Jasper blieb stehen.
Im ersten Moment merkte Munroe es nicht. Er war ihm etliche Schritte voraus, als er sich umdrehte. „Matthew Horn war letzten Herbst in Paris."
„Woher wissen Sie das?"
Munroe neigte den Kopf zur Seite und musterte Jasper mit seinem gesunden Auge; fast schien er belustigt. „Ich mag sehr zurückgezogen leben, aber ich korrespondiere recht rege mit Naturforschern in England und auf dem Kontinent. Diesen Winter erhielt ich einen Brief eines französischen Botanikers, in dem er von einer Tischgesellschaft berichtete, zu der er in Paris geladen war. Unter den Gästen fand sich auch ein junger Engländer namens Horn, der während des Krieges in den Kolonien gewesen war. Das dürfte unser Matthew Horn gewesen sein, meinen Sie nicht auch?"
„Möglich ist es." Noch immer ungläubig schüttelte Jasper den Kopf. „Was kann er nur in Paris gewollt haben?"
„Sich die Sehenswürdigkeiten ansehen?"
Jasper hob eine Braue. „Wo wir uns mit den Franzosen im Krieg befinden?"
Munroe tat es mit einem Achselzucken ab. „Wenn man es so sieht, müsste auch meine Korrespondenz mit dem französischen Kollegen als Verrat gelten."
Resigniert seufzte Jasper auf. „So kommen wir nicht weiter. Ich weiß, dass meine Anhaltspunkte bestenfalls vage sind, aber ich kann Spinner's Falls einfach nicht vergessen. Sie etwa?"
Munroe lächelte bitter. „Wie könnte ich? Nein, ich werde es niemals vergessen."
„Warum besuchen Sie uns nicht mal in London, mich und meine Gemahlin?", fragte Jasper aus einem Impuls heraus.
„Kinder fangen an zu weinen, wenn sie mich sehen, Vale." Munroe sagte es so kühl und nüchtern, als sei es eine unumstößliche Tatsache.
„Fahren Sie noch ab und an nach Edinburgh?"

„Nein, ich gehe nirgends mehr hin."

„Sie haben sich also hier auf Ihrer Burg verschanzt."

„Aus Ihrem Munde klingt das ungeheuer dramatisch", meinte Munroe und verzog spöttisch die Lippen. „Aber das ist es nicht. Keineswegs. Ich habe mich mit meinem Schicksal abgefunden. Ich habe meine Bücher, meine Studien, ich korrespondiere und schreibe. Ich bin … zufrieden."

Jasper betrachtete ihn zweifelnd. Zufrieden damit, in einem alten, zugigen Gemäuer zu leben, mit nur einem Hund und einem griesgrämigen Diener zur Gesellschaft?

Als spüre er Jaspers Zweifel, wandte Munroe sich zurück zum Haus. „Kommen Sie, Vale. Wir haben noch nicht gefrühstückt, und Ihre Frau wartet gewiss schon auf Sie."

Er marschierte voraus.

Jasper fluchte still und folgte ihm. Munroe war nicht willens, sein sicheres Nest zu verlassen, und ehe der schottische Dickschädel nicht dazu bereit wäre, halfen alle Argumente und Überredungskünste nichts. Jasper blieb nur zu hoffen, dass Munroe sich bald einsichtig zeigen würde.

„Dieser Mann bedarf dringendst einer Haushälterin", beschied Melisande, als sie wieder in der Kutsche saßen und Sir Alistairs Bastion hinter sich ließen. Sally war bereits in ihrer Ecke eingenickt.

Jasper warf ihr einen belustigten Blick zu. „War das Bettlinnen nicht zu deiner Zufriedenheit, mein Herz?"

Angewidert verzog sie die Lippen. „Die Laken rochen muffig, überall war Staub, die Speisekammer war fast leer, und dann dieser schreckliche, grässliche Diener. Kurzum: Nein, es war nicht zu meiner Zufriedenheit."

„Ein Glück, dass wir heute Nacht wieder auf frischen Laken nächtigen können", entgegnete Jasper lachend. „Tante Esther meinte, sie würde sich freuen, uns auf der Rückreise noch einmal willkommen zu heißen. Wahrscheinlich ist sie schon gespannt, was wir über Munroe zu berichten haben."

„Sehr wahrscheinlich."

Melisande nahm ihren Stickrahmen heraus, sortierte die Nähseide und suchte nach einem passenden Gelb. Ein paar Zwirne mussten noch übrig sein, und ein helles Zitronengelb würde etwas Leben in die Löwenmähne bringen.

Nachdem sie sich mit einem Blick auf Sally vergewissert hatte, dass das Mädchen auch wirklich schlief, fragte sie: „Hast du von Sir Alistair erfahren, was du wissen wolltest?"

„Gewissermaßen." Er schaute zum Fenster hinaus; sie wartete und fädelte den Zwirn ein. „Jemand hat uns bei Spinner's Falls verraten, und ich versuche herauszufinden, wer es war."

Sie runzelte konzentriert die Stirn, als sie den ersten Stich setzte – gar nicht so einfach in einer rumpelnden Kutsche. „Hast du geglaubt, Sir Alistair könne es gewesen sein?"

„Nein, aber er könnte mir helfen, es herauszufinden."

„Und hat er dir geholfen?"

„Vielleicht. Vielleicht auch nicht."

Man sollte meinen, dass er über dieses dürftige Ergebnis einer langen Reise enttäuscht wäre, doch Jasper klang eigentlich recht frohgemut. Melisande lächelte still und widmete sich ein Weilchen der Löwenmähne. Vielleicht hatte die Unterredung mit Sir Alistair ihm ja ein bisschen Frieden gebracht.

„Milchpudding", sagte sie auf einmal.

Fragend sah er sie an. „Wie bitte?"

„Du hast mich mal gefragt, was ich am allerliebsten essen würde. Erinnerst du dich?"

Er nickte.

„Das ist es: Milchpudding. Als ich klein war, gab es jedes Jahr einen zu Weihnachten. Die Köchin hat ihn rosa eingefärbt und mit Mandeln verziert. Weil ich die Jüngste war, habe ich immer die kleinste Portion bekommen, aber es war köstlich. Süß und cremig. Ich habe mich immer schon Wochen vorher darauf gefreut."

„Wenn du willst, essen wir von jetzt an jeden Abend Milchpudding", meinte Jasper.

Melisande schüttelte den Kopf und musste sich ein Lächeln verkneifen. „Nein, dann wäre es ja nichts Besonderes mehr. Milchpudding gibt es nur an Weihnachten."

Eine köstliche Vorfreude erfüllte sie bei dem Gedanken, das Weihnachtsfest mit ihm gemeinsam zu verbringen. Konnte es Schöneres geben?

„Dann eben nur an Weihnachten", sagte Jasper so ernst, als gelte es einen Vertrag zu besiegeln. „Aber ich bestehe darauf, dass du eine große Schüssel ganz für dich allein bekommst."

Nun musste sie wirklich lächeln. „Was sollte ich denn ganz allein mit einer großen Schüssel Milchpudding anfangen?"

„Du könntest herumferkeln", sagte er, noch immer ganz ernst. „Du könntest dich in rosa Pudding suhlen oder alles auf einmal essen. Oder du könntest den Pudding horten, meinetwegen bis Ostern, um ihn jederzeit anschauen zu können und dir vorzustellen, wie köstlich er schmeckt, wie cremig und süß …"

„Papperlapapp", lachte sie.

„Du könntest auch jeden Abend einen winzigen Löffel davon essen. Einen Löffel nur, und ich würde dir bei Tisch gegenübersitzen – ganz grün vor Neid, dass du rosa Pudding hast und ich nicht."

„Bekommst du denn keinen Pudding zu Weihnachten?"

„Nein, und deshalb ist deiner ja so etwas Besonderes." Er lehnte sich in die Polster zurück und verschränkte die Arme, sichtlich zufrieden mit sich. „Genau, so machen wir das. Du bekommst jedes Jahr zu Weihnachten eine Schüssel Milchpudding von mir. Soll keiner sagen, dass ich kein spendabler Gatte wäre."

Melisande verdrehte ob seines törichten Geschwätzes die Augen, musste aber dennoch lächeln. Weihnachten würde wunderbar werden.

Sie kamen zügig voran und trafen rechtzeitig zum Abendessen bei Tante Esther ein.

Gerade als sie vorfuhren, verabschiedete die Tante ein anderes Paar, das vermutlich zum Tee zu Besuch gewesen war. Im ersten Moment erkannte Melisande die beiden nicht, dann wurde ihr bewusst, dass es Timothy und seine Frau waren. Sie beobachtete ihn durch das Kutschenfenster; ihre erste große Liebe. Früher einmal hatte sein bloßer Anblick ihr den Atem geraubt. Jahre hatte sie gebraucht, um über Timothy hinwegzukommen. Nun war die Erinnerung an ihren Verlust nur mehr ein dumpfer Schmerz, etwas, das gar nicht mehr zu ihr gehörte – fast so, als wäre all das einer anderen, einem jungen und noch sehr naiven Mädchen passiert. Und auf einmal dachte sie: *Gott sei Dank.* Gott sei Dank, dass sie ihn nicht geheiratet hatte.

Ihr gegenüber brummelte Jasper grimmig vor sich hin, dann sprang er mit einem Satz aus der Kutsche.

„Tante Esther!", rief er, als hätte er das Paar gar nicht bemerkt. Freudestrahlend eilte er seiner Tante entgegen und rempelte in seinem Überschwang Timothy Holden an – ganz beiläufig, versteht sich. Der taumelte, und Jasper machte sogleich Anstalten, ihn aufzufangen. Dabei musste er dem arglosen Mann einen weiteren Stoß versetzt haben, denn Timothy landete mit dem Allerwertesten im Straßendreck.

„Oh je", murmelte Melisande und kletterte eilig aus der Kutsche, bevor ihr Gatte ihren Verflossenen mit seinen kleinen „Gefälligkeiten" noch umbrachte. Mouse sprang an ihr vorbei und kläffte den auf dem Boden Liegenden an.

Noch ehe sie bei den beiden angelangt war, hatte Jasper auch schon seine Hand ausgestreckt, um Timothy aufzuhelfen. Und Timothy, dieser leutselige Dummkopf, nahm die ihm gereichte Hand dankend an. Melisande hätte sich am liebsten die Augen zugehalten. Jasper zog ihn hoch, allerdings etwas zu heftig, sodass Timothy emporschnellte wie ein Korken aus der Flasche und gegen Jasper prallte. Der beugte sich grimmig über ihn, und auf einmal wurde Timothy aschfahl. In heller Panik sprang er zurück, schlug jede weitere Hilfe aus und scheuchte seine Frau hastig zur Kutsche.

Mouse schickte ihm ein befriedigtes Bellen hinterher, sichtlich erfreut, ihn vertrieben zu haben.

Jasper bückte sich, streichelte ihn und flüsterte ihm etwas zu, woraufhin Mouse eifrig mit dem Schwanz wedelte.

Erleichtert atmete Melisande auf und ging zu Hund und Herrchen hinüber. „Was hast du eben zu Timothy gesagt?"

Gelassen richtete Jasper sich wieder auf und sah sie mit Unschuldsmiene an. „Zu wem?"

„Jasper!"

„Ja, ja, schon gut. Gar nichts eigentlich. Ich habe ihn nur freundlich gebeten, von Besuchen bei meiner Tante künftig abzusehen."

„Freundlich gebeten?"

Ein zufriedenes Lächeln spielte um seine Lippen. „Wahrscheinlich werden wir Mr Holden und Gemahlin so bald nicht wiedersehen."

Sie seufzte, insgeheim jedoch erfreut, dass er sich so um ihre Gefühle besorgt zeigte. „War das wirklich nötig?"

Er nahm sie beim Arm und erwiderte sanft: „Oh ja, mein Herz, das war es."

Dann wandte er sich zu seiner Tante um und rief: „Wir sind zurück, Tante, und wir bringen Neuigkeiten von unserem Einsiedler Sir Alistair!"

17. KAPITEL

Am nächsten Tag verkündete der König die letzte Aufgabe: Einen goldenen Ring galt es zu erlangen, der in einer tiefen Höhle versteckt lag, welche von einem Feuer speienden Drachen bewacht wurde. Und so schlüpfte Jack abermals in seine Rüstung aus Nacht und Wind und schnappte sich das schärfste Schwert der Welt. Und husch! *Und* hui! *– schon stand er am Eingang der Höhle. Schnaubend und Feuer speiend kam der Drache herausgeschossen, und Jack musste sich sehr wacker zur Wehr setzen, denn der Drache war ein ausgemachtes Ungeheuer. Vor und zurück ging es, den ganzen Tag. Erst bei Einbruch der Nacht lag der Drache geschlagen, und Jack hielt den goldenen Ring in der Hand …*

aus [LACHENDER JACK]

Die Woche darauf ging Melisande wieder mit Mouse im Hyde Park spazieren. Sie waren erst am Abend zuvor in London eingetroffen. Die Rückreise von Schottland war ohne weitere Vorkommnisse verlaufen – abgesehen von dem schrecklichen Krautgericht mit Rindswurst, das ihnen am dritten Tag vorgesetzt worden war. Vorige Nacht hatte Melisande dann ein Matratzenlager in der Ecke ihres Zimmers aufgeschlagen, und Jasper hatte die ganze Nacht an ihrer Seite geschlafen. An sich war es ein seltsames Arrangement, dessen war sie sich wohl bewusst, aber vorerst war sie einfach nur froh, ihn überhaupt bei sich zu haben, an seiner Seite zu schlafen. Alles andere kümmerte sie nicht. Und wenn sie für den Rest ihres Lebens auf dem Boden schlafen müsste, das war es ihr wert. Sally hatte die neue Bettstatt mit neugierigem Blick gemustert, aber kein Wort darüber verloren. Vielleicht hatte Mr Pynch sie auch schon längst in die wunderlichen Schlafgewohnheiten seines Herrn eingeweiht.

Es war ein herrlicher Tag, und bei jedem Schritt bauschten ihre Röcke sich leicht im Wind. Jasper war heute Morgen aufgebrochen, um noch einmal mit Mr Horn zu sprechen. Wahrscheinlich wieder wegen Spinner's Falls. Der Gedanke wollte Melisande nicht so recht behagen. Sie hatte gehofft, dass Jasper nach seiner Begegnung mit Sir Alistair die Jagd auf den Verräter ruhen ließe, vielleicht gar Frieden finden würde. Doch dem schien nicht so. Er war ebenso getrieben wie zuvor. Während der Rückreise nach London hatte er ihr seine Vermutungen und Theorien dargelegt, hatte überlegt und verworfen, und abermals überlegt, wie und wer es gewesen sein könnte. Melisande hatte sich seine Ausführungen schweigend angehört und an ihrer Stickerei gearbeitet, doch mit jedem seiner Worte verließ sie mehr und mehr der Mut. Wie groß war die Wahrscheinlichkeit, dass Jasper nach all den Jahren den Verräter noch ausfindig machen könnte? Und wenn er ihn nicht fände, was dann? Würde er den Rest seines Lebens mit dieser vergeblichen Suche zubringen?

Ein Jubelschrei riss sie aus ihren düsteren Gedanken. Sie blickte auf und sah Mrs Fitzwilliams Jungen – Jamie – die Arme um Mouse schlingen. Der kleine Hund schien sich nicht minder zu freuen und leckte dem Jungen begeistert das Gesicht. Wie es aussah, hatte er die Kinder nicht vergessen. Abigail bückte sich und streichelte Mouse vorsichtig den Kopf.

„Guten Morgen!", rief Mrs Fitzwilliam und kam herbeigeschlendert. „Ein herrlicher Tag, nicht wahr?"

Melisande lächelte. „Ja, allerdings."

Nebeneinander blieben sie stehen und sahen Hund und Kindern eine Weile zu.

Schließlich seufzte Mrs Fitzwilliam schwer. „Ich sollte Jamie auch einen Hund besorgen. Ständig liegt er mir damit in den Ohren. Aber Seine Gnaden mag keine Tiere im Haus. Er bekomme dann Niesreiz, sagt er, und Dreck schleppten sie zudem herein."

Melisande war erstaunt, wie beiläufig die andere ihren Gönner erwähnte, versuchte jedoch, sich nichts anmerken zu lassen. „Hunde können recht viel Dreck machen", meinte sie diplomatisch.

„Nun ja, wahrscheinlich. Aber dasselbe gilt für kleine Jungen – und große." Mrs Fitzwilliam krauste die Nase, was sie noch reizender aussehen ließ. „Allzu oft beehrt Seine Gnaden uns ohnehin nicht mehr. Im letzten Jahr hat er sich gerade noch einmal pro Monat sehen lassen. Ich vermute, dass er sich eine andere genommen hat – wie ein Pascha. Sie halten sich Frauen wie Schafe. Die osmanischen Paschas, meine ich. *Harem* nennen sie das meines Wissens."

Melisande spürte, wie sie errötete, und senkte verlegen den Blick.

„Oh, bitte entschuldigen Sie", sagte Mrs Fitzwilliam bestürzt. „Ich habe Sie in Verlegenheit gebracht, nicht wahr? Immerzu sage ich das Falsche, vor allem dann, wenn ich nervös bin. Seine Gnaden meinte einmal, dass ich meinen Mund lieber geschlossen halten sollte, um die Illusion zu wahren."

„Welche Illusion?"

„Von Vollkommenheit."

Melisande blinzelte. „Wie schrecklich, so etwas zu sagen."

Mrs Fitzwilliam neigte den Kopf zur Seite, als sinne sie darüber nach. „Ja, nicht wahr? Jetzt, wo Sie es sagen. Damals ist mir das gar nicht so bewusst geworden, glaube ich. Als wir uns das erste Mal begegnet sind, war ich sehr von ihm beeindruckt. Aber ich war auch noch recht jung, gerade mal siebzehn."

Melisande wünschte, sie könne fragen, *wie* sie die Geliebte des Duke of Lister geworden war, aber sie fürchtete sich fast vor der Antwort.

Stattdessen fragte sie: „Haben Sie ihn geliebt?"

Mrs Fitzwilliam lachte. Es war ein angenehmes, helles Lachen, in dem allerdings Trauer mitschwang. „Liebt man die Sonne? Sie ist da, sie scheint auf uns, spendet uns Licht und Wärme, aber liebt man sie dafür?"

Melisande schwieg, denn alles, was sie sagen würden, trüge

nur noch mehr zur Traurigkeit der anderen bei.

„Ich glaube, man muss sich ebenbürtig sein, um einander lieben zu können“, überlegte Mrs Fitzwilliam laut. „Wesensverwandt, nicht ebenbürtig an Reichtum oder gar Rang. Ich kenne Frauen, die ihre Gönner wirklich und wahrhaftig lieben, und Männer, die ihre Geliebten nicht nur aushalten, sondern ihnen auch in Liebe verbunden sind. Aber sie sind einander *ebenbürtig* … im Geiste, wenn Sie wissen, was ich meine.“

„Ich glaube schon“, erwiderte Melisande gedehnt. „Wenn einer von beiden alle Macht über den anderen hat, kann er ihn nicht wahrhaft lieben. Wahrscheinlich muss man sich öffnen, um lieben zu können. Sich angreifbar machen und von seiner verletzlichen Seite zeigen.“

„Daran hatte ich noch gar nicht gedacht, aber vermutlich haben Sie recht. Im Grunde ist Liebe wohl das Gegenteil von Macht.“ Sie schüttelte den Kopf. „Aber es braucht Mut, sich so hinzugeben.“

Melisande nickte und blickte zu Boden.

„Ich bin nur leider nicht besonders mutig“, gestand Mrs Fitzwilliam leise. „Auf die eine oder andere Weise habe ich jede Entscheidung meines Lebens aus der Angst heraus getroffen.“

Verwundert sah Melisande sie an. „Man sollte meinen, dass das Leben, welches Sie gewählt haben, großen Mutes bedarf.“

„Weit gefehlt.“ Betrübt schüttelte Mrs Fitzwilliam den Kopf. „Von meiner Angst geleitet zu werden, ist nicht das Leben, das ich mir erträumt hatte.“

„Das tut mir leid.“

Mrs Fitzwilliam nickte bedächtig. „Ich wünschte, es wäre anders. Und dass ich mich ändern könnte.“

Oh, das wünschte ich auch, dachte Melisande. Auf einmal herrschte ein unausgesprochenes Einverständnis zwischen ihnen – der respektablen Dame und der ausgehaltenen Geliebten.

Dann hörten sie Jamie schreien und sahen beide zu dem Jungen hinüber. Er schien irgendwo in Matsch gefallen zu sein. Mouse bellte vergnügt.

„Oh je“, seufzte Mrs Fitzwilliam. „Ich sollte ihn jetzt besser nach Hause bringen. Mein Mädchen wird sich mal wieder freuen, wenn es seine Kleider sieht.“

Sie klatschte in die Hände und rief die Kinder herbei. Sie sahen enttäuscht aus, kamen aber brav angetrottet.

„Danke“, sagte Mrs Fitzwilliam.

Fragend hob Melisande die Brauen. „Wofür?“

„Dafür, dass Sie mit mir geredet haben. Ich genieße unsere Gespräche sehr.“

Unwillkürlich fragte sich Melisande, wie oft Mrs Fitzwilliam wohl Gelegenheit hatte, sich mit anderen Frauen zu unterhalten. Als Mätresse eines Dukes war sie für respektable Damen kein schicklicher Umgang, doch gerade *weil* sie die Mätresse eines Dukes war, rangierte sie gesellschaftlich über den meisten der Damen, die auf sie herabblickten. Es war kein leichtes Los, das Mrs Fitzwilliam sich da gewählt hatte. Ihr Leben dürfte sehr exklusiv und sehr einsam sein.

„Ich genieße unsere Gespräche auch sehr“, sagte Melisande aus einem Impuls heraus. „Ich wünschte, wir könnten öfter miteinander reden.“

Mrs Fitzwilliam lächelte vage. „Vielleicht haben wir ja bald Gelegenheit dazu.“

Dann winkte sie ihre Kinder herbei und verabschiedete sich; Melisande blieb mit Mouse zurück. Sie wandte sich um und ging den Weg zurück, den sie gekommen war. Ein Lakai folgte ihr in diskreter Entfernung, und die Kutsche stand bereit. Die ganze Zeit wollte ihr nicht aus dem Kopf gehen, was sie zu Mrs Fitzwilliam gesagt hatte – dass wahre Liebe verlange, sich von seiner verletzlichen Seite zu zeigen. Sie fragte sich, ob sie den Mut aufbringen würde, sich noch einmal so angreifbar zu machen.

„Hat Munroe Sie auf neue Ideen gebracht, wer der Verräter sein könnte?", fragte Matthew Horn später am Tag und sah Jasper an.

Der zuckte die Schultern. Wieder ritten sie im Hyde Park aus, und er war seltsam rastlos. Am liebsten hätte er Belle die Sporen gegeben und sie zum Galopp angetrieben, bis sie sich beide verausgabt hätten. Er hatte das Gefühl, am absoluten Tiefpunkt angelangt zu sein, als ginge sein Leben nicht mehr voran, solange er den Verräter nicht gefunden hatte. Nichts wünschte er sich sehnlicher, als die Vergangenheit hinter sich zu lassen, doch das wäre ihm erst möglich, wenn er wusste, wer sie verraten hatte.

Vielleicht klang seine Erwiderung deshalb schärfer als beabsichtigt. „Munroe meinte, ich sollte mich auf den finanziellen Aspekt konzentrieren."

„Inwiefern?"

„Der Verräter hat für die Franzosen gearbeitet – entweder aus politischer Überzeugung oder weil sie ihn gut bezahlt haben. Munroe riet mir, mich näher mit den Vermögensverhältnissen jener Männer zu befassen, die noch infrage kommen."

„Selbst für viel Geld wäre wohl niemand so dumm, Gefangenschaft und Folter auf sich zu nehmen."

„Vielleicht war es nicht seine Absicht. Sein Plan könnte schiefgegangen sein."

„Nein." Entschieden schüttelte Horn den Kopf. „Nein, das ist lächerlich. Wenn es überhaupt einen Spion der Franzosen gab, hätte er schon zugesehen, sich nicht in der Nähe von Spinner's Falls aufzuhalten, als wir in den Hinterhalt geraten sind. Er hätte Krankheit vorgeschützt, wäre zurückgefallen oder gleich ganz desertiert."

„Was, wenn das nicht möglich war? Was, wenn er einer der Offiziere war? Sie dürfen nicht vergessen, dass nur die Offiziere unsere Marschroute kannten."

Horn schnaubte verächtlich. „Gerüchte kursierten bis hinab zum einfachsten Soldaten. Sie wissen doch, wie gut Geheimnisse in der Armee gewahrt bleiben."

„Stimmt auch wieder", lenkte Jasper ein. „Aber *wenn* es einer der Offiziere war, könnte er sich nicht einfach so aus dem Staub gemacht haben. Bei Quebec hatten wir schwere Einbußen erlitten. Offiziere waren Mangelware, da wurde jeder Mann gebraucht."

Horn ließ sein Pferd anhalten. „Sie wollen also die Vermögensverhältnisse jedes Einzelnen untersuchen, der damals dabei war?"

„Nein, ich …"

„Oder nur die der Gefangenen?"

Jasper schaute Horn an. „Munroe hat mir da noch etwas erzählt."

Horn blinzelte kaum merklich. „Und was?"

„Dass Sie in Paris gewesen wären."

„Wie bitte?"

„Er meinte, ein französischer Kollege habe ihm geschrieben, dass er einem Engländer namens Horn auf einer Dinnerparty in Paris begegnet sei."

„Das ist ja absurd", ereiferte sich Matthew. Sein Gesicht war rot angelaufen, die Lippen eine schmale Linie. „Horn ist ja nun wahrlich kein seltener Name. Es wird ein anderer Horn gewesen sein."

„Dann waren Sie letzten Herbst also nicht in Paris?"

„Nein." Horns Nasenflügel blähten sich. „Ich war nicht in Paris. Wie ich Ihnen bereits sagte, habe ich Italien und Griechenland bereist."

Jasper nahm es schweigend hin.

Bebebend vor Zorn griff Horn nach den Zügeln und beugte sich vor. „Wollen Sie meine Ehre anzweifeln, meine Loyalität? Wie können Sie es wagen, Sir! Wenn nicht Sie es wären – von jedem anderen würde ich auf der Stelle Satisfaktion fordern."

„Matthew …", setzte Jasper an, aber da hatte der schon kehrtgemacht und preschte davon.

Jasper schaute ihm hinterher. Er hatte Horn immer für einen Freund gehalten. Es war nicht seine Absicht gewesen, ihn zu beleidigen. Auf dem Heimweg sann er voller Ingrimm darüber nach, wie es so weit hatte kommen können. Warum solche Unterstellungen gegen einen Mann aussprechen, der ihm doch gar nichts getan hatte? Horn hatte natürlich recht: Munroes Kollege könnte sich getäuscht haben.

Noch immer in seine düsteren Gedanken verstrickt, kam er zu Hause an. Als er feststellte, dass Melisande noch nicht zurück war, trübte sich seine Laune noch mehr. Ihm wurde bewusst, wie sehr er sich darauf gefreut hatte, sie zu sehen und ihr von seiner unerfreulichen Unterredung mit Matthew Horn zu erzählen, ihre Meinung in der Angelegenheit zu hören. Leise fluchend marschierte er in sein Studierzimmer.

Kaum hatte er sich einen Schluck Brandy eingegossen, klopfte es und Pynch kam herein.

Jasper drehte sich um und bedachte seinen Kammerdiener mit grimmigem Blick. „Waren Sie wenigstens erfolgreich?“

„Das war ich, Mylord“, sagte Pynch und trat näher. „Mr Horns Butler ist tatsächlich der Bruder eines meiner ehemaligen Kameraden aus der Armee.“

„Und hat er geredet?“

„Das hat er, Mylord. Heute war sein freier Nachmittag, und ich habe mich mit ihm in einer Schenke getroffen. Bei ein paar Bier haben wir die Erinnerung an seinen Bruder wieder aufleben lassen. Der Mann ist bei Quebec umgekommen.“

Jasper nickte finster. Da war er nicht der Einzige.

„Nach dem vierten Glas begann Mr Horns Butler sehr redselig zu werden, Mylord, und es ist mir gelungen, das Gespräch auf seinen Herrn zu lenken.“

Jasper kippte den Brandy hinunter. Vielleicht wollte er gar nicht mehr hören, was Pynch zu sagen hatte. Aber er hatte das Ganze in Gang gesetzt, hatte Pynch losgeschickt, kaum dass sie nach London zurückgekehrt waren. Es wäre feige von ihm, jetzt einen Rückzieher zu machen.

Versonnen betrachtete er Pynch, seinen treuen Diener, der

mit seinen, Jaspers, trunkenen Ausfällen ebenso meisterlich umzugehen verstand wie mit seinen schlimmsten Albträumen. Pynch hatte ihn noch nie im Stich gelassen. Er war ein guter Mann.

„Was hat er gesagt?"

Sein Kammerdiener sah ihn an, der Blick seiner grünen Augen klar und fest, doch auch ein wenig bekümmert. „Dass es nach dem Tod von Horns Vater nicht allzu gut um die familiären Finanzen bestellt war. Seine Mutter sah sich gezwungen, die meisten Dienstboten zu entlassen. Es gab Gerüchte, dass sie auch das Haus verkaufen müsste, doch dann kehrte der junge Mr Horn aus den Kolonien zurück. Die Dienstboten wurden wieder eingestellt, eine neue Kutsche angeschafft und Mrs Horn trug zum ersten Mal seit sechs Jahren wieder neue Kleider – und die reichlich."

Blicklos starrte Jasper in sein Glas. Das hatte er nicht hören wollen. Statt ihm Erleichterung zu bringen, erhärteten Pynchs Worte nur seinen von Munroe genährten Verdacht. „Wann ist Mr Horns Vater gestorben?"

„Im Sommer 1758", sagte Pynch.

Der Sommer vor der Schlacht um Quebec. Der Sommer vor Spinner's Falls.

„Danke", sagte Jasper.

Pynch zögerte. „Es besteht immer auch die Möglichkeit einer Erbschaft oder irgendeiner anderen, völlig harmlosen Erklärung, woher das Geld gekommen ist."

Skeptisch hob Jasper die Brauen. „Eine Erbschaft, von der die Bediensteten nichts wissen?" Das schien ihm doch sehr unwahrscheinlich. „Danke."

Pynch verbeugte sich und verließ den Raum.

Jasper goss sich Brandy nach und starrte ins Kaminfeuer. War es das, was er gewollt hatte? Sollte Horn tatsächlich der Verräter sein, würde er selbst es dann über sich bringen, ihn den Behörden zu überstellen? Er schloss die Augen und nippte an seinem Brandy. Er hatte das Ganze in Gang gebracht, doch nun schien der Lauf der Ereignisse ihn zu überrollen.

Als er wieder aufblickte, stand Melisande an der Tür.

Jasper trank sein Glas aus. „Mein liebes Weib. Wo warst du?“

„Ich war im Hyde Park spazieren.“

„Ach ja?“ Er nahm die Karaffe zur Hand und goss sich noch einmal Brandy nach. „Wieder mit Halbweltdamen Bekanntschaft gemacht?“

Melisandes Miene wurde kühl und abweisend. „Vielleicht möchtest du lieber allein sein.“

„Nein. Nein, keineswegs.“ Er lächelte sie an und hob sein Glas. „Du weißt, wie ungern ich allein bin. Außerdem gibt es Grund zum Feiern: Ich bin kurz davor, einen alten Freund des Verrats zu bezichtigen.“

„Sehr erfreut klingst du nicht.“

„*Au contraire*, meine Liebe, ich bin hellauf begeistert.“

„Jasper …“ Den Blick auf ihre verschränkten Hände gesenkt, suchte sie nach Worten. „Du scheinst von dieser Sache besessen zu sein. Von Spinner's Falls. Ich mache mir Sorgen, dass dein Drang nach Vergeltung dir schadet. Wäre es nicht besser, es … es einfach gut sein zu lassen?“

Er trank einen Schluck und betrachtete sie. „Ich soll es *gut sein lassen*? Du weißt, was bei Spinner's Falls geschehen ist. Du weißt, was all das mir bedeutet.“

„Ich weiß, dass du davon besessen bist und dich von den Ereignissen der Vergangenheit nicht losmachen kannst.“

„Ich habe meinen besten Freund sterben sehen.“

Sie nickte. „Ich weiß. Aber vielleicht ist es langsam an der Zeit, deinen besten Freund loszulassen.“

„Wäre *ich* es gewesen, wäre *ich* so schmählich umgekommen, hätte Reynaud keine Ruhe gegeben, ehe der Verräter zur Rechenschaft gezogen worden wäre.“

Schweigend sah sie ihn an, ihre geheimnisvollen Katzenaugen unergründlich.

„Reynaud würde nicht aufgeben“, schloss er, kippte den

Rest seines Brandys hinunter und verzog das Gesicht.

„Reynaud ist tot."

Da wurde er ganz still und blickte langsam zu ihr auf.

Sie hatte das Kinn erhoben, um den Mund einen sehr entschiedenen, fast strengen Zug. Mit diesem Blick hätte sie das Kriegsgeheul einer ganzen Horde wilder Rothäute zum Verstummen bringen können.

„Reynaud ist tot", wiederholte sie. „Und außerdem bist du nicht Reynaud."

Als Melisande sich spät am Abend das Haar ausbürstete, dachte sie über ihren Gatten nach. Ohne ein weiteres Wort war Jasper aus seinem Studierzimmer marschiert, als sie sich heute Nachmittag gestritten hatten. Sie stand vom Toilettentisch auf und begann im Zimmer umherzugehen. Ihr Nachtlager war bereitet, eine Karaffe Wein stand bereit – alles war so, wie ihr Gatte es wünschte. Doch er war nicht da.

Es war schon nach zehn, und er war immer noch nicht da.

Zu Abend hatten sie gemeinsam gegessen. Viel gesprochen hatten sie nicht, aber er war danach doch sicher nicht noch einmal ausgegangen, ohne ihr Bescheid zu sagen? Zu Anfang ihrer Ehe hatte er sich so verhalten, aber seitdem hatte sich einiges geändert. Oder etwa nicht?

Melisande warf sich ihre Seidenstola über und beschloss, zu ihm zu gehen, wenn er schon nicht zu ihr kam. Entschlossenen Schrittes trat sie an die Verbindungstür und drehte den Knauf.

Nichts rührte sich.

Im ersten Moment stand sie wie benommen da und konnte es kaum glauben. Die Tür war verschlossen! Sie blinzelte kurz, hielt sich dann aber zur Besonnenheit an. Nicht er musste die Tür abgeschlossen haben. Vielleicht war es ja ein Versehen. Immerhin betrat sie seine Gemächer nur selten; meist war er es, der zu ihr kam. Melisande trat hinaus auf den Korridor, ging die paar Schritte zu seiner Tür und drehte den Knauf. Wieder war abgeschlossen. So langsam wurde es ihr dann doch zu dumm. Sie klopfte und wartete. Wartete und wartete. Klopfte noch einmal.

Fünf Minuten brauchte es, bis ihr aufging, was doch eigentlich offensichtlich war: Er wollte sie nicht hereinlassen.

Spät war es, als Jack ins Schloss zurückeilte. Ihm blieb kaum Zeit, seine Rüstung und sein Schwert abzulegen, ehe er hinab in die Küche eilte und abermals den kleinen Küchenjungen bestach. Dann rannte er hinauf in den Bankettsaal, wo der Hof sich bereits zu Tisch gesetzt hatte.

„Oh Jack!“, rief die Prinzessin, als sie ihn kommen sah. „Wo hast du nur gesteckt – und was hat dir das Bein so schrecklich verbrannt?“

Jack blickte an sich hinab und sah, dass des Drachens Feuer ihn getroffen hatte. Doch er spürte es kaum und vollführte eine alberne Pirouette.

„Ich bin ein irrlichternder Geist“, sang er. „Ich bin durch die Lüfte geschwebt und habe den Salamanderkönig besucht …“

[aus LACHENDER JACK]

Als Melisande am nächsten Morgen aufstand, war Jasper nicht da. Auch im Frühstückszimmer war er nicht. Sie runzelte die Stirn. Ob er ihr wieder aus dem Weg ging? Sie hatte sehr offen gesprochen den Tag zuvor – vielleicht zu offen. Reynaud hatte ihm sehr viel bedeutet, das wusste sie, und es brauchte Zeit, über einen so schweren Verlust hinwegzukommen. Doch all das war inzwischen sieben Jahre her. Sah er denn nicht selbst, dass die Jagd auf den Verräter von Spinner's Falls sein Leben beherrschte? Und war es als seine Frau nicht ihr Recht – oder gar ihre Pflicht –, ihm dies zu sagen? Gewiss sollte es doch an ihr sein, dass er glücklich – oder wenigstens zufrieden – war im Leben. Nachdem sie ihn so lange schon geliebt hatte, nachdem sie in ihrer Ehe so weit gekommen waren, fand sie es ungerecht von ihm, sich ihr jetzt wieder zu entziehen. War er es ihr nicht wenigstens schuldig, sie anzuhören?

Nach einem kleinen Frühstück mit zwei Brötchen und heißer Schokolade kam Melisande zu dem Schluss, dass sie es nicht ertrüge, den Tag ganz allein in dem großen Haus zuzubringen. Sie rief Mouse herbei und ging mit ihm in die Eingangshalle.

„Ich gehe mit Mouse spazieren", ließ sie Oaks wissen.

„Wie Sie wünschen, Mylady." Der Butler schnippte mit den Fingern, und ein Lakai eilte herbei, um sie zu begleiten.

Melisande presste die Lippen zusammen. Viel lieber würde sie allein gehen, aber das war natürlich undenkbar. Sie nickte Oaks kurz zu, als er ihr die Tür aufhielt. Draußen hatte sich die Sonne hinter einer schweren Wolkenbank verschanzt und ließ den Morgen fast so trüb wie den Abend erscheinen. Doch nicht das war es, was sie wie angewurzelt stehen bleiben ließ. Mrs Fitzwilliam stand am Fuß der Treppe – mitsamt ihren beiden Kindern und zwei großen Taschen.

„Guten Morgen", sagte Melisande leicht verwundert.

Mouse wetzte die Stufen hinunter, um die Kinder zu begrüßen.

„Oh, du liebe Güte", sagte Mrs Fitzwilliam. Sie klang recht außer sich, und in ihren Augen schimmerten Tränen, die sie kaum mehr zurückhalten konnte. „Ich … ich sollte Sie nicht damit behelligen. Es tut mir so leid. Bitte verzeihen Sie mir."

Sie wandte sich zum Gehen, doch Melisande eilte bereits die Treppe hinunter. „Bitte bleiben Sie. Möchten Sie nicht hereinkommen und eine Tasse Tee mit mir trinken?"

„Oh." Nun rann der anderen doch eine Träne über die Wange. Sie wischte sie mit dem Handrücken fort, was etwas unbeholfen Mädchenhaftes hatte. „Ach herrje, ich benehme mich wie eine dumme Gans."

„Aber nein, keineswegs." Melisande hakte sich bei ihr unter. „Kommen Sie. Die Köchin wollte heute Scones backen."

Die Kinder strahlten, was Mrs Fitzwilliam umzustimmen schien. Sie nickte und ließ sich von Melisande ins Haus führen. Die wählte den kleinen Salon im hinteren Teil des Hauses, von dem aus man direkt in den Garten gelangte.

„Danke“, sagte Mrs Fitzwilliam, nachdem sie sich gesetzt hatten. „Ich weiß kaum, was ich sagen soll. Was müssen Sie nur von mir denken?“

„Ich freue mich über Gesellschaft“, erwiderte Melisande.

Ein Mädchen kam herein und brachte Tee und Scones. Melisande dankte ihr.

Nachdem sie wieder allein waren, wandte sie sich an Jamie und Abigail. „Wollt ihr euch ein paar Scones nehmen und mit Mouse in den Garten gehen?“

Begeistert sprangen die beiden auf. Sie nahmen sich von dem Gebäck und dankten artig, doch kaum waren sie draußen, stieß Jamie einen wilden Freudenschrei aus und rannte quer durch den Garten.

Melisande lächelte. „Es sind reizende Kinder.“

Sie goss Tee ein und reichte ihrem Gast eine Tasse.

„Danke.“ Mrs Fitzwilliam trank einen Schluck und schien sich ein wenig zu beruhigen. Sie sah Melisande an. „Ich habe Seine Gnaden verlassen.“

Melisande ließ ihre Tasse sinken. „Wirklich?“

„Nun ja, man könnte auch sagen, er hat sich meiner entledigt“, meinte Mrs Fitzwilliam.

„Oh. Das tut mir leid.“ Wie schrecklich, *entledigt* zu werden – als wäre man ein altes, abgetragenes Hemd.

Die andere nahm es mit einem Achselzucken hin. „Es wäre nicht das erste Mal – und auch nicht das letzte. Seine Gnaden ist launisch. Wenn er verdrießlich gestimmt ist, schreit und tobt er herum und lässt mich wissen, dass er mich nicht mehr will und ich sein Haus zu verlassen habe. Nicht dass Sie denken, er schlägt mich, aber er … führt sich etwas wunderlich auf.“

Melisande nippte an ihrem Tee und fragte sich, ob Schläge nicht fast erträglicher wären, als gesagt zu bekommen, dass man nicht mehr gewollt werde. „Und was war diesmal anders?“

Mrs Fitzwilliam straffte die Schultern. „Diesmal habe ich

ihn beim Wort genommen. Ich habe ihn verlassen."

Melisande nickte bedächtig. „Gut", meinte sie.

„Aber …" Mrs Fitzwilliam schluckte. „Er wird mich zurückhaben wollen. Das will er immer."

„Sagten Sie nicht kürzlich, dass er sich eine neue Geliebte genommen hat?", fragte Melisande ruhig.

„Ja, dessen bin ich mir gewiss. Aber das ändert nichts. Seine Gnaden verliert nicht gern, was er als seinen Besitz erachtet. Er hält seine Schätze zusammen, auch wenn sie ihm nichts mehr bedeuten. Sie gehören ihm, und so soll es seiner Ansicht nach bleiben." Während sie sprach, blickte Mrs Fitzwilliam zum Fenster hinaus, und Melisande folgte ihrem Blick.

Draußen spielten die Kinder mit Mouse.

Sie atmete tief durch, als sie begriff, was Mrs Fitzwilliams eigentliche Sorge war. „Verstehe."

Mit so inniger Liebe betrachtete die andere ihre Kinder, dass Melisande sich wie ein Eindringling fühlte.

„Im Grunde sind sie ihm gleichgültig. Und er hat keinen guten Einfluss auf die Kinder. Deshalb müssen wir fort von hier. Es geht einfach nicht anders." Ihr Blick richtete sich wieder auf Melisande. „Geld habe ich, doch er wird versuchen, mich aufzuspüren. Vielleicht ist er mir schon hierher gefolgt. Ich möchte so weit fort wie nur irgend möglich. Irgendwohin, wo er mich gar nicht erst sucht. Ich dachte an Irland oder gar Frankreich. Nur leider spreche ich kein Französisch, und in Irland kenne ich niemanden."

Melisande stand auf und trat an den kleinen Schreibtisch am anderen Ende des Zimmers. „Wären Sie bereit zu arbeiten?"

Mrs Fitzwilliams Augen weiteten sich. „Aber natürlich. Wenngleich ich nicht wüsste, was ich tun könnte. Ich kann sehr schön schreiben, aber mit zwei Kindern dürfte keine Familie mich als Gouvernante einstellen. Und zudem kann ich, wie gesagt, kein Französisch."

Melisande nahm Feder, Tinte und Papier zur Hand und setzte sich mit entschlossener Miene an den Schreibtisch.

„Trauen Sie sich zu, einen Haushalt zu führen?“

„Sie meinen, als Haushälterin?“ Mrs Fitzwilliam war aufgestanden und trat zu ihr. „Nun ja, viel weiß ich nicht darüber, und ich habe noch nie …“

„Seien Sie unbesorgt, das macht gar nichts.“ Melisande setzte den letzten Strich unter ihr Schreiben und klingelte nach einem Lakaien. „Die Person, an die ich denke, wird froh sein, Sie zu haben – und Sie brauchen ja auch nur so lange zu bleiben, bis der Duke Ihre Fährte verloren hat.“

„Aber …“

Der Lakai kam herein, und Melisande reichte ihm den versiegelten Brief. „Bringen Sie das der Dowager Viscountess. Sagen Sie ihr, es eilt und ich wüsste ihre Hilfe sehr zu schätzen.“

„Jawohl, Mylady.“ Er verbeugte sich, ehe er ging.

„Ich soll Haushälterin der Dowager Viscountess werden?“, fragte Mrs Fitzwilliam entsetzt. „Also, das scheint mir nun wirklich …“

Beschwichtigend fasste Melisande sie bei den Händen. „Ich habe darum gebeten, ihre Kutsche leihen zu dürfen. Sie meinten eben, man könne Ihnen gefolgt sein. Die Kutsche wird hinter dem Haus vorfahren und bei den Stallungen warten. Wir werden Sie und die Kinder als Dienstboten verkleidet hinausschmuggeln. Niemand wird damit rechnen, dass Sie in Lady Vales Kutsche unterwegs sind. Vertrauen Sie mir, Mrs Fitzwilliam.“ „Oh, bitte nennen Sie mich Helen“, sagte Mrs Fitzwilliam gerührt. „Ich … oh, ich wünschte, ich könnte mich Ihnen erkenntlich zeigen!“

Melisande dachte kurz nach. „Sie meinten, Sie wüssten schön zu schreiben.“

„Ja.“

„Dann würde ich Sie gern um einen kleinen Gefallen bitten.“ Melisande stand auf und ging abermals zum Schreibtisch hinüber, zog eine Schublade auf, der sie eine flache Schatulle entnahm, und kehrte damit zu Helen zurück. „Ich habe für eine Freundin einige Märchen aus dem Deutschen übertragen und würde ihr die Übersetzung gern schenken. Nur leider ist meine Handschrift wirklich erbärmlich. Könnten Sie mir eine Reinschrift anfertigen, damit ich sie als Buch binden lassen kann?"

„Oh ja, natürlich." Helen nahm die Schatulle entgegen und strich fast ehrfürchtig über den Deckel. „Aber … aber wohin schicken Sie mich? Wohin werden meine Kinder und ich gehen?"

Melisande lächelte still. „Nach Schottland", sagte sie und war sehr zufrieden mit sich.

Als Jasper am Nachmittag nach Hause kam, war Melisande fort, was ihn unerklärlich stark verdross. Fast den ganzen Tag war er seiner Gemahlin aus dem Weg gegangen, und nun, da er sie sehen wollte, war sie nicht da. Wankelmütiges Weib.

Er überhörte die kleine Stimme in seinem Kopf, die ihm sagte, dass er sich wie ein Idiot benehme, und ging nach oben auf sein Zimmer. Vor seiner Tür blieb er stehen, sah dann hinüber zu ihrer. Einem plötzlichen Impuls folgend, betrat er ihr Zimmer. Bald einen Monat war es her, dass er hier nach Antworten gesucht hatte, dass er versucht hatte herauszufinden, wer seine Frau eigentlich war. Hinterher war er nicht schlauer gewesen als zuvor. Nun war er mit ihr nach Schottland gereist, hatte erfahren, dass sie einen Liebhaber gehabt hatte und schwanger gewesen war, hatte sie mit Lust und Leidenschaft geliebt, und doch blieb noch immer das Gefühl, als würde sie etwas vor ihm verbergen. Und auch auf die Frage, weshalb sie ihn überhaupt geheiratet hatte, wusste er bislang keine Antwort.

Unruhig ging Jasper im Zimmer umher. Wie eitel er gewesen war, als sie ihm ihren Antrag gemacht hatte! Er hatte angenommen – soweit er sich überhaupt Gedanken darüber gemacht hatte, denn im Grunde war ja wohl klar, weshalb man ihn heiraten wollte –, weil ihr keine andere Wahl mehr blieb. Einer alten Jungfer ohne jeden Verehrer. Er war ihre letzte

Chance, sich zu verehelichen. Aber nun, da er mit ihr verheiratet war, Tisch und Bett mit ihr teilte, ihre Leidenschaft und ihre spitze Zunge kannte, wusste Jasper, dass er mit seinen eitlen Annahmen gründlich danebengelegen hatte. Sie war schlagfertig und hatte einen messerscharfen Verstand. Im Bett loderte sie vor Leidenschaft. Kurzum: Sie war eine Frau, wie ein Mann sie sein Lebtag suchte, doch nur selten fand. Und wenn er sie – mit mehr Glück als Verstand – nun gefunden hatte … dann tat er gut daran, sie an sich zu binden und glücklich zu machen, damit sie für immer bei ihm blieb.

Melisande hatte andere Möglichkeiten gehabt. Blieb also die Frage, warum sie ihn gewählt hatte.

Vor ihrer Kommode blieb er stehen. Nachdenklich stand er da, dann bückte er sich, zog die unterste Schublade auf und holte die kleine Tabaksdose hervor. Er richtete sich wieder auf und öffnete den Deckel. Der kleine Porzellanhund lag noch darin, aber das getrocknete Veilchen war verschwunden. Dafür war anderes hinzugekommen: ein winziges Zweiglein und ein paar ineinander geschlungene Haare. Vorsichtig nahm er den Zweig heraus und besah ihn sich. Die Blätter waren hart und schmal, fast wie Nadeln, und kleine lavendelfarbene Blüten rankten sich den Stängel empor. Heidekraut. Aus Schottland. Und die Haare sahen seinen eigenen verdammt ähnlich.

Noch während er mit nachdenklich gerunzelter Braue die Tabaksdose betrachtete, ging hinter ihm die Tür auf.

Er machte sich nicht die Mühe, seinen Fund zu verbergen. In gewisser Weise kam ihm die anstehende Auseinandersetzung sogar recht. Er wollte Antworten, und er würde sie bekommen.

„Meine liebe Gemahlin“, sagte er und wandte sich zu Melisande um.

Behutsam schloss sie die Tür hinter sich, sah erst ihn an, dann ihr Schatzkästchen, dann wieder ihn. „Was machst du da?“

„Ich versuche, etwas herauszufinden“, erwiderte er.
„Und was?“
„Warum du mich geheiratet hast.“

Jasper stand mit ihren verborgensten Geheimnissen in der Hand vor Melisande und stellte ihr die dümmste Frage, die sie je gehört hatte.

Ungläubig blinzelte sie, und da sie kaum glauben konnte, dass er so töricht war, fragte sie: „Wie bitte?“

Die Tabaksdose noch immer in der Hand schlenderte er zu ihr. Sein rotbraun gelocktes Haar war zu einem Zopf gebunden, der indes in Auflösung begriffen war; die Falten um Mund und Augen hatten sich tief eingegraben, seine Miene war voller Trauer, dunkle Schatten unter den Augen zeugten von seinen schlaflosen Nächten. Sein braun-roter Rock spannte um die breiten Schultern, am Ellenbogen war ein Fleck, und seine Schuhe waren an den Spitzen abgestoßen. Nein, er war nicht vollkommen. Und noch nie war sie so wütend auf jemanden gewesen – und doch war ihr noch nie jemand so schön erschienen.

Wie vollkommen er in all seiner Unvollkommenheit war!

„Ich möchte wissen, warum du mich geheiratet hast, mein Herz“, wiederholte er und sah sie unverwandt an.

„Bist du nicht ganz bei Verstand?“

Ihre Worte schienen bei ihm eher Belustigung und Neugier als Verdruss zu wecken. Er neigte leicht den Kopf und sah sie gespannt an.

„Wahrscheinlich bist du als Kind auf den Kopf gefallen“, vermutete sie. „Oder Schwachsinn liegt in der Familie.“

Bedächtig schüttelte er den Kopf und kam immer näher. „Nicht dass ich wüsste.“

„Dann hast du die Dummheit also für dich allein gepachtet.“

„Ich halte mich auch nicht für begriffsstutziger als andere Männer.“ Nun stand er vor ihr, so nah und vertraut. Er beugte sich über sie und sah ihr tief in die Augen.

„Oh doch“, entgegnete sie und stieß ihn von sich. „Das bist du.“

Doch er rührte sich nicht. Zum Teufel mit ihm! Stattdessen ließ er ihre – *ihre!* – Tabaksdose in seiner Rocktasche verschwinden und grub ihr die Finger grob ins Haar. Er bog ihren Kopf zurück und drückte seinen Mund auf ihren Hals.

„Sag es mir“, knurrte er, und sie spürte jeden Laut in sich vibrieren, spürte seinen heißen, feuchten Atem auf ihrer Haut.

„Du bist der dümmste, begriffsstutzigste Mann …“, sie versuchte abermals vergeblich, ihn von sich zu stoßen und hieb ihm dann mit den Fäusten auf Brust und Arme, „den die Welt jemals gesehen hat.“

„Gewiss doch“, seufzte er an ihrem Hals.

Ihre Schläge schienen ihn nicht zu stören; vielleicht spürte er sie nicht einmal. Er riss das Spitzentuch aus ihrem Ausschnitt und senkte seinen Mund auf ihr Dekolleté. „Sag mir warum, mein süßes Weib.“

„Ich habe dich beobachtet“, keuchte sie. „All die Jahre habe ich dich beobachtet. Ich habe gesehen, wie du sie angeschaut hast – all diese hübschen, hirnlosen Frauen. Ich habe gesehen, wie du dir genommen hast, was du wolltest. Ich habe gesehen, wie du ihnen nachgestellt, sie umworben und verführt hast. Und ich habe gesehen, wie du ihrer überdrüssig wurdest, wie dein Blick wieder zu schweifen begann.“

Er riss an den Schnüren ihres Kleides, schob es ihr von den Schultern, zerrte ihr auch das Korsett herunter, bis ihre Brüste ganz entblößt waren. Die eine umfang er mit der Hand, die andere umschloss er mit den Lippen, saugte sie in seinen Mund.

Sie schrie auf.

Er hob seinen Kopf. „Sag es mir.“

Sie sah ihn an und spürte, wie ihr Mund sich zu einer Grimasse der Wut verzog. Des Schmerzes. „Ich habe dich gesehen. Ich habe gesehen, wie du sie beiseitegenommen, wie du ihnen ins Ohr geflüstert hast. Ich habe gesehen, wie du mit einer dieser Frauen verschwunden bist und wusste, dass du ihr beiwohnen würdest."

Ihr Gesicht war wutverzerrt, heiße Tränen strömten ihr über die Wangen, brannten auf ihrer Haut, doch sie wandte den Blick nicht von ihm ab. Ernst sah er sie an, eindringlich, und ließ seine Hände zärtlich auf ihren Brüsten ruhen, kreiste sanft mit den Daumen über die harten Knospen.

Doch sie wollte keine Zärtlichkeiten von ihm. Der Damm war gebrochen, und all die Gefühle, die sie seit Jahren unterdrückt hatte, brachen sich Bahn. Sie packte seine Schultern, schnellte empor und biss ihn ins Ohr. Jäh riss er den Kopf zurück, schnappte sie sich. Lauthals schrie sie auf, als er sie über seine Schulter warf und zum Bett hinübertrug. Ehe sie sich noch wehren konnte, war er schon auf ihr, drückte sie mit seinen Schenkeln ins Plumeau und hielt ihre Handgelenke mit festem Griff umfangen.

Da klopfte es laut an die Tür.

„Verschwindet!", schrie er, ohne auch nur den Blick von ihr zu wenden.

„Mylord! Mylady!"

„Niemand macht diese Tür auf, verstanden?"

„Mylord ..."

„*Gottverdammt!* Lass uns allein!"

Beide lauschten sie den Schritten des Lakaien nach, die sich wieder entfernten. Dann beugte Jasper sich über seine Frau und leckte ihren Hals. „Sag es mir."

Sie wollte sich aufbäumen, doch er hielt sie nieder. „All die Jahre ..."

Er zog sich das Krawattentuch vom Hals und band ihr die Hände am Kopfende des Bettes fest. „Was war all die Jahre? Sag es mir, Melisande."

„Ich habe dich gesehen", keuchte sie, warf den Kopf zurück und zerrte an der Fessel. Das Tuch gab nicht nach. „Ich habe dich beobachtet."

„Hör auf, dich zu wehren", sagte er. „Du tust dir sonst noch weh, meine Süße."

„*Ich* soll mir wehtun?“ Sie lachte in heller Verzweiflung.

Er zückte ein Messer aus seiner Rocktasche und begann ihr die Kleider vom Leib zu schneiden; jeder Messerstreich, jedes Reißen des Stoffes jagte ihr wohlige Schauer über die Haut. „Sag es mir.“

„Du hast sie verführt, eine Frau nach der anderen.“ Oh, wie gut erinnerte sie sich, wie tief saßen Eifersucht und Schmerz, ein schrecklicher, schneidender Schmerz. Er schälte ihr das Mieder vom Leib. „Es waren so viele, dass ich aufgehört hatte, sie zu zählen. Ich konnte sie kaum noch auseinanderhalten – du etwa?“

„Nein“, sagte er ruhig.

Er zerrte ihre Röcke herunter und warf sie auf den Boden, zog ihr auch die Schuhe aus und warf sie hinterher. „Ich kann mich nicht einmal an ihre Namen erinnern.“

„Zum Teufel mit dir.“ Bis auf Strümpfe und Strumpfhalter war sie nackt. Die Hände waren ihr gebunden, doch die Beine hatte sie frei. Kräftig trat sie nach ihm aus und traf ihn am Schenkel.

Schwer fiel er auf sie, seine Hüften über den ihren. Sein Mund senkte sich wieder auf ihre Brust, seine Hand strich sacht über ihren Schoß. „Sag es mir.“

„Seit Jahren habe ich dich beobachtet“, wisperte sie. Die heißen Tränen trockneten ihr auf den Wangen, und ihre Leidenschaft erwachte. Wenn er sie doch endlich berühren würde! Sie *dort* berühren würde. „Ich habe dich beobachtet, doch du hast mich nicht einmal gesehen.“

„Ich sehe dich jetzt“, flüsterte er und ließ seine Zungenspitze um eine Knospe kreisen, leckte dann auch die andere Brust, liebkoste die Spitze, ganz sanft.

Zum Teufel mit ihm!

„Du wusstest nicht einmal meinen Namen.“

„Jetzt weiß ich ihn.“ Zärtlich zog er mit den Zähnen an der Knospe.

Lust und Schmerz paarten sich, schossen von ihrer Brust hinab, dorthin, wo er noch immer ganz sacht seine Hand spielen ließ. Sie bäumte sich auf, flehte stumm, und er erbarmte sich, saugte die Knospe in seinen Mund.

„Du …“, sie schluckte, versuchte im Rausch ihrer Gefühle einen klaren Gedanken zu fassen, „… du wusstest nicht einmal, dass es mich gibt!“

„Jetzt weiß ich es.“

Er legte eine Spur von Küssen ihren Bauch hinunter, schob ihre Knie auseinander und hob ihre Waden auf seine Schultern.

Sie bäumte sich wild auf und versuchte ihn abzuwerfen, schaffte es indes ebenso wenig wie zuvor.

Er senkte seinen Kopf über sie und leckte ihren Schoß.

Ihr Bauch zog sich zusammen vor Schreck und Wonne, ihre hilflos gebundenen Hände ballten sich in einem letzten Versuch ihn abzuwehren, dann schloss sie einfach die Augen und überließ sich ihren Empfindungen. Sein verführerischer Zungenschlag, seine Hand an ihrer Hüfte, die andere auf ihrem Schoß. Wieder und wieder leckte er sie, jeder Streich eine köstliche, innige Liebkosung – und jedes Mal genau *dort*. Sie streckte sich, spreizte die Finger, spürte die Spannung ins schier Unerträgliche wachsen.

Sie biss sich auf die Lippe, wartete.

Dann endlich – *endlich* – senkte er seinen Mund auf ihre Perle und saugte daran. Knabberte, zog zärtlich mit den Zähnen und saugte, bis sie nicht länger an sich halten konnte und barst. Sie bäumte sich auf, drängte sich an seinen Mund und spürte ihren Leib erglühen, hörte das heftige Pochen ihres Herzens. Noch immer leckte und saugte er und hielt sie mit unerbittlichem Griff nieder. Als die nächste Welle über ihr brach, stöhnte sie vor Wonne. Laut hallte es in der Stille ihres Zimmers wider. Doch es kümmerte sie nicht. Ein andermal mochte sie sich wohl ihrer sinnlichen Laute schämen, aber jetzt …

Oh Gott. Jetzt war sie ein Geschöpf der Wollust.

Er stieß zwei Finger in sie, leckte sie noch immer gekonnt,

und ließ sie am ganzen Leib erschauern. Sie erstarrte, bog den Rücken durch, jeder Muskel gespannt, atemlos. Nein, sie schaffte es nicht. Sie war zu schwach, zu erschöpft.

Und dann begann er seine Finger in ihr zu bewegen und saugte an ihrem Schoß. Alles in ihr zog sich zusammen, löste sich wieder. Sie kam, kam mit einer solchen Gewalt, dass sie keuchend, am ganzen Leib bebend nach Atem rang. Weißglühende Hitze strömte von ihrem Schoß aus in einen warmen, weichen See der Lust. Matt und erlöst ließ sie sich von dessen Wogen tragen.

Sie spürte, wie Jasper sich über ihr bewegte. Träge öffnete sie die Augen, sah ihn ihre Beine von seinen Schultern heben. Sie ließ ihn, lag mit gespreizten Schenkeln da, lüstern und lockend. Wie gebannt starrte er auf ihre Scham, stand rasch auf und entledigte sich seiner Kleider.

„Ich kann die Vergangenheit nicht mehr ändern", sagte er. „Kann all die Frauen nicht vergessen machen, die ich vor dir gehabt habe. Bevor ich dich kannte. Bevor ich wusste, wer du bist."

Er sah auf, fing ihren Blick ein, und das Blau seiner Augen war so strahlend, dass es fast den Raum erhellte. „Aber ich verspreche dir, dass ich mein Lebtag keiner anderen Frau mehr beiwohnen werde. Du bist alles, wonach mich verlangt. Jetzt, wo ich dich gesehen habe, sehe ich keine andere mehr. Ich will nur noch dich."

Er stieg aus seiner Hose, und sie bemerkte, wie erregt er war. Stolz stand er vor ihr in all seiner Mannespracht. Dann kam er wieder aufs Bett, stemmte sich über ihr auf. Sie sah, wie die Muskeln an seinen Armen, an seinen Schultern sich spannten.

Sie schluckte. „Binde mich los."

„Nein", sagte er, scheinbar ruhig, wenngleich seine Stimme kaum mehr als ein heiseres Flüstern war. Er beugte sich über sie und fuhr mit den Zähnen über ihren Hals.

Freudige Erwartung ließ sie erschauern.

Er stieß ihre Beine noch weiter auseinander und senkte sich

auf sie, presste seine Hüften an die ihren, drängte sich an ihren Schoß.

Sie keuchte.

„Du bist feucht“, murmelte er. „Dich verlangt nach mir, nicht wahr?“

Sie schluckte.

„Nicht wahr?“ Er ließ den kräftig schwellenden Kopf durch ihre feuchten Lippen gleiten. „Sag es mir, Melisande.“

„J… ja.“

„Was ja?“, flüsterte er und hob langsam die Hüften, fuhr der Länge nach an ihr entlang, ließ sie bis in die Fingerspitzen erglühen.

„Ja, mich verlangt nach dir“, hauchte sie.

Sie versuchte sich zu bewegen, sich aufzubäumen und ihre Hüften an ihn zu drängen, doch er war zu schwer, zu stark.

„Ich werde dich jetzt lieben“, flüsterte er heiser, seine Lippen an ihrem Hals. „Ich werde zu dir kommen. Nur wir beide, Melisande, innig vereint. Alle anderen, alle Erinnerungen sind vergessen. Sie haben keine Bedeutung.“

Bei seinen Worten öffnete sie die Augen und sah ihn an. Er hob den Kopf von ihr, sah auch sie an; seine Brust glänzte vor Schweiß. Es verlangte ihm einiges ab, sich zurückzuhalten, und das allein erfüllte sie mit stiller Freude. Sie lächelte.

„Aber etwas möchte ich noch von dir.“ Er bewegte seine Hüften, verharrte dann jedoch reglos an ihrem Schoß.

„W…was?“, stammelte sie, schier besinnungslos vor Lust.

„Ich will die Wahrheit.“

Er wiegte sich sanft und drang mit der Spitze in sie ein.

„Ich habe dir die Wahrheit gesagt.“

Als er sich wieder zurückzog, wäre sie schier in Tränen ausgebrochen.

Er rieb sich an ihrer Perle, drang wieder ein Stückchen vor. Die Arme hatte er zu beiden Seiten von ihr aufgestützt, seinen Oberkörper hoch über dem ihren erhoben, der sich ihm vergeblich entgegenreckte. „Nicht die ganze Wahrheit. Ich will alles wissen. Ich will dich. Und all deine Geheimnisse."

„Ich habe keine Geheimnisse mehr", flüsterte sie. Ihre Arme, noch immer über ihrem Kopf festgebunden, zitterten. Ihre Brustspitzen waren so hart, dass sie schmerzten, ihr Leib verlangte glühend nach ihm.

Er zog sich noch einmal zurück, fuhr dann mit einem einzigen Mal in sie. Keuchend rang sie nach Atem. Das war es, was sie wollte. Erfüllung. Vereinigung. Fast schien es ihr wie der Himmel.

Doch schon verharrte er wieder, hielt sich reglos in ihr. „Sag es mir."

Sie schlang ihre Beine um ihn, hielt ihn fest in sich. „Ich … ich weiß nicht …"

Grimmig sah er sie an und zog sich quälend langsam aus ihr zurück. Dass sie ihre Beine um ihn geschlungen hatte, kümmerte ihn gar nicht. „Ist es das, was du willst? Meinen Schwanz?"

„Ja!", schrie sie, längst über allen Stolz, allen Schein hinaus. Sie wollte ihn in sich spüren, war schon halb von Sinnen vor Lust.

„Dann sag mir, warum du mich geheiratet hast."

Nun war sie es, die ihn grimmig ansah. „Mach schon! Nimm mich."

Trotz aller Anstrengung, aller Qual, zuckte ein belustigtes Lächeln um seine Lippen. Ein Schweißtropfen glitzerte an seiner Schläfe, rann ihm über die Wange. Lange wird er das nicht mehr durchhalten, dachte sie frohlockend.

„Nein, aber ich werde dich lieben, meine süße, meine liebste Gemahlin."

Und damit drang er in sie, stieß hart und bar jeder Beherrschung in sie. Es kümmerte sie nicht. Sie warf den Kopf zurück, schloss die Augen, spürte, wie er seine Lust an ihr stillte. Er beugte sich über sie, leckte ihre Brüste, und sie sah Sterne hinter ihren Augenlidern aufleuchten, spürte sie durch all ihre Glieder blitzen und bersten. Sie schrie auf, und schon nahm er auch ihren Mund in Besitz, stieß mit seiner Zunge in sie, wieder und wieder. Sein Körper bebte, bemächtigte sich unermüdlich des ihren.

Plötzlich hielt er inne, und sie öffnete die Augen. Er hatte den Kopf zurückgeworfen, die Augen blicklos und starr, das Gesicht verzerrt vor Lust.

„Melisande!", schrie er.

Dann ließ er sich auf sie sinken, den Kopf neben sie aufs Kissen fallen und rang keuchend nach Atem. Schwer war er – schwer und erhitzt –, und noch immer waren ihr die Hände gebunden. Doch es machte nichts. Sie schwebte vor Glück, war so berauscht, dass sie mit Freuden unter ihm vergehen würde. Zärtlich leckte sie sein Ohr, das sie ihm vorhin blutig gebissen hatte, und dann endlich sagte sie es. Gab ihm, was er wollte.

„Ich liebe dich. Ich habe dich immer geliebt. Deshalb habe ich dich geheiratet."

19. KAPITEL

Prinzessin Immerschön wurde ihre Suppe gebracht, und als sie alles aufgegessen hatte, was sollte sie da am Grund des Schälchens finden? Den goldenen Ring! Wieder einmal wurde der Küchenmeister vor den König gebracht, und obwohl der König tobte und zeterte und drohte, wusste der arme Mann nicht mehr zu sagen als zuvor.

Schließlich ergriff die Prinzessin, die derweil den Ring in ihren Fingern gedreht und gewendet hatte, das Wort. „Wer schneidet das Gemüse für meine Suppe, Küchenmeister?“

Der Küchenmeister blähte die Brust. „Ich natürlich, Euer Hoheit!“

„Und wer setzt die Suppe aufs Feuer, um sie zu kochen?“

„Ich, Euer Hoheit!“

„Und wer rührt die Suppe?“

Des Küchenmeisters Augen weiteten sich. „Der kleine Küchenjunge.“

Und welch einen Tumult das gab!

„Bringt mir den kleinen Küchenjungen!“, brüllte der König …

[aus Lachender Jack]

Als Jasper am nächsten Morgen erwachte, wusste er, dass er allein war, noch ehe er die Augen aufschlug. Kalt war es neben ihm, wo zuvor Melisande ihn gewärmt hatte. Ein schwacher Hauch von Orangenöl hing noch in der Luft, von seiner Gattin selbst indes keine Spur. Seufzend reckte er sich und spürte seine schmerzenden Glieder. Er hatte sich gestern bis zur Erschöpfung verausgabt. Leicht hatte sie es ihm nicht gemacht, aber am Ende hatte er dann doch bekommen, was er hatte hören wollen. Sie liebte ihn.

Melisande liebte ihn.

Der Gedanke ließ ihn jäh die Augen aufschlagen. Eigentlich

verdiente er ihre Liebe gar nicht. Sie war eine kluge, empfindsame, schöne Frau – und er ein unwürdiger Mann, der tatenlos zugesehen hatte, wie sein bester Freund den Feuertod starb. In gewisser Weise reichten seine Narben tiefer als die der Männer, deren Leiber bei der Folter versehrt worden waren. Seine Narben waren in seine Seele eingebrannt, und hin und wieder brachen sie erneut auf, bluteten und schmerzten. Er war der Liebe einer Frau nicht würdig, schon gar nicht Melisandes Liebe. Und das Schlimmste – das eigentlich Verwerfliche – war, dass er nicht die geringste Absicht hatte, sie jemals wieder freizugeben. Er mochte ihrer Liebe nicht würdig sein, wollte aber bis ans Ende seiner Tage nicht mehr von ihr lassen. Er würde alles daran setzen, dass ihre Gefühle sich nicht wandelten, dass ihre Liebe sie niemals reute oder sich gegen ihn wandte. Melisandes Liebe war Balsam für seine Seele; ein Schatz, den es zu bewahren galt.

Seine Gedanken ließen ihn ruhelos werden. Er sprang auf, läutete nicht extra nach Pynch, sondern wusch und kleidete sich rasch allein an. Dann eilte er nach unten, wo er von Oaks erfuhr, dass Melisande zu seiner Mutter gefahren war und frühestens in einer Stunde zurück sein wollte.

Jasper empfand leise Enttäuschung, in die sich jedoch auch Erleichterung mischte. Die Erkenntnis, dass sie ihn liebte, war noch zu frisch, als dass er gewagt hätte, im hellen Licht des Tages daran zu rühren. Er ging ins Frühstückszimmer, nahm sich ein Brötchen und biss hinein. Noch immer war er seltsam ruhelos – zu ruhelos, als dass er sich hätte setzen und essen können. Sein Körper vibrierte, als wäre ein Bienenschwarm in seinen Blutstrom gelangt und summe durch seine Glieder.

Er schlang das Brötchen in zwei weiteren Happen hinunter, dann marschierte er zurück in die Halle. Gut möglich, dass Melisande erst in ein paar Stunden zurückkam. Doch so lange konnte er nicht hier auf sie warten. Außerdem hatte er noch etwas zu erledigen, wollte diese Sache mit Matthew endlich klären. Und wenn sich auch das als falsche Fährte erwies, wie er vermutete – oder vielmehr hoffte –, nun, dann hatte seine Gemahlin vielleicht recht.

Vielleicht war es wirklich an der Zeit, Spinner's Falls zu vergessen und Reynaud in Frieden ruhen zu lassen.

„Richten Sie Pynch aus, dass er in die Halle kommen soll", sagte Jasper zu Oaks. „Und lassen Sie zwei Pferde bereit machen."

Während er wartete, ging er rastlos umher.

Pynch tauchte aus dem hinteren Teil des Hauses auf. „Mylord?"

„Ich will noch mal mit Matthew Horn sprechen", sagte Jasper und bedeutete Pynch, ihm zu folgen, als er nach draußen eilte. „Es wäre gut, wenn Sie mich begleiten, nur für den Fall ..." Mit einer vagen Geste ließ er den Satz im Ungewissen enden.

Doch sein Kammerdiener verstand. „Natürlich, Mylord."

Die beiden Männer sprangen auf die wartenden Pferde, und Jasper trieb seine Stute zu einem flotten Trab an. Es war ein grauer, trüber Tag; schwere Wolken hingen tief am Himmel und drohten mit Regen.

„Das will mir nicht gefallen", murmelte er vor sich hin. „Horn ist ein Gentleman aus guter Familie, und ich habe ihn immer für einen Freund gehalten. Sollten unsere Vermutungen sich als richtig erweisen ..." Er verstummte und schüttelte den Kopf. „Das wäre schlimm. Sehr schlimm."

Pynch, so er ihn denn überhaupt gehört hatte, erwiderte nichts, und sie legten das restliche Wegstück schweigend zurück. Jasper sah der Sache mit gemischten Gefühlen entgegen, aber es musste getan werden. Sollte Horn tatsächlich der Verräter sein, musste er zur Rechenschaft gezogen werden.

Eine halbe Stunde später ließ er sein Pferd vor Matthew Horns Haus halten. Er betrachtete das alte Gemäuer und sann über die Familie nach, die seit Generationen hier gelebt hatte. Horns Mutter war alt und gebrechlich, ans Bett gefesselt. Bei Gott, was für eine grässliche Angelegenheit. Doch es half alles nichts. Seufzend sprang Jasper aus dem Sattel und marschierte in grimmiger Entschlossenheit die Treppe zum Haus hinauf. Er klopfte und wartete, insgeheim erleichtert, Pynch hinter sich zu wissen.

Lange rührte sich gar nichts. Totenstille herrschte im Haus, kein Laut drang hinaus. Jasper trat einen Schritt zurück und blickte zu den Fenstern hinauf. Keine Bewegung. Er runzelte die Stirn und klopfte noch einmal, jetzt etwas nachdrücklicher. Wo steckten denn die Dienstboten? Hatte Horn Weisung erteilt, ihn nicht hereinzulassen?

Gerade hatte er die Hand erhoben, um ein weiteres Mal zu klopfen, als die Tür sich einen Spaltbreit öffnete. Ein sehr junger, sichtlich verstörter Lakai spähte heraus.

„Ist dein Herr zu Hause?“, fragte Jasper.

„Ich glaube schon, Sir.“

Er glaubte? Was sollte das denn heißen? Jasper legte den Kopf schräg. „Dürften wir dann wohl hereinkommen?“

Der Lakai errötete und öffnete ihnen die Tür. „Gewiss, Sir. Verzeihen Sie, Sir. Wenn Sie bitte in der Bibliothek warten würden. Ich sage Mr Horn Bescheid.“

„Danke.“ Jasper ging – Pynch im Gefolge – durch die Halle in die Bibliothek und schaute sich um.

Alles sah genauso aus wie bei seinem letzten Besuch hier. Auf dem Kaminsims tickte eine Uhr, von draußen drang gedämpfter Straßenlärm herein. Jasper schlenderte zu der Weltkarte hinüber und vertrieb sich die Zeit damit, das vermeintlich fehlende Italien ausfindig zu machen. Die Karte hing neben zwei Ohrensesseln und einem kleinen Tisch, die in der Ecke des Zimmers standen. Als er näher trat, hörte er ein leises Wimmern. Noch ehe Jasper sich über einen der Sessel gebeugt hatte, um zu sehen, was da los war, hatte Pynch sich auch schon an seiner Seite eingefunden.

Zwei Personen kauerten hinter den Sesseln auf dem Boden: eine Frau, die einen Mann in ihrem Schoß hielt, wiegte sich leise wimmernd vor und zurück. Der Rock des Mannes war blutverschmiert, und aus seiner Brust ragte ein Dolch, was wenig Zweifel daran ließ, dass er tot war.

„Was ist denn hier passiert?“, wollte Jasper entsetzt wissen.

Die Frau blickte zu ihm auf. Sie war hübsch, mit schönen blauen Augen, doch ihr Gesicht war aschfahl, die Lippen bleich.

„Er hat mir ein Vermögen versprochen“, erklärte sie. „Genügend Geld, um aufs Land zu ziehen und ein Wirtshaus zu pachten. Er hat gesagt, er würde mich heiraten und wir würden reich sein.“

Wieder senkte sie den Blick und wiegte sich in stummer Verzweiflung.

„Es ist der Butler, Mylord“, erklang Pynchs Stimme hinter ihm. „Mr Horns Butler – der, mit dem ich kürzlich gesprochen habe.“

„Pynch, holen Sie Hilfe“, wies Jasper ihn an. „Und schauen Sie, dass Horn nichts passiert ist.“

„Nichts passiert!“ Die Frau lachte hysterisch, während Pynch bereits davoneilte. „Das war doch er! Er hat ihn erstochen und hier liegen lassen wie ein paar alte Lumpen.“

Ungläubig starrte Jasper sie an. „Was sagen Sie da?“

„Mein Mann hat einen Brief gefunden“, flüsterte die Frau mit Blick auf den Toten. „Einen Brief an einen französischen Gentleman. Mein Mann meinte, Mr Horn hätte während des Krieges Geheimnisse an die Franzosen verkauft. Wenn wir den Brief unserm Herrn verkaufen würden, könnten wir ein Vermögen machen, hat er gesagt. Und endlich ein Wirtshaus auf dem Land erwerben.“

Jasper hockte sich neben sie. „Er hat versucht Horn zu erpressen?“

Sie nickte. „Wir würden reich sein, hat er gesagt. Ich habe mich hier hinter dem Vorhang versteckt, als er mit Mr Horn reden und ihm von dem Brief erzählen wollte. Aber Mr Horn …“

Ihre Worte gingen in einem herzzerreißenden Schluchzen unter.

„*Matthew* hat das getan?“ So langsam begriff Jasper das ganze Ausmaß dieser Tragödie. Der Kopf des Butlers hing schlaff auf der blutigen Brust, wurde vom Weinkrampf seiner Geliebten geschüttelt.

„Mylord“, ließ Pynch sich vernehmen.

Jasper blickte auf.

„Die Bediensteten sagen, dass Mr Horn nirgends zu finden sei.“

„Er ist hinter dem Brief her“, schluchzte die Frau.

Fragend hob Jasper die Brauen. „Ich dachte, Ihr Mann, also der Butler hätte ihn?“

„Nein!“ Die Frau schüttelte heftig den Kopf. „Er war viel zu schlau, um ihn bei sich zu tragen.“

„Und wo ist er dann?“

„Da, wo der Herr ihn nie finden wird“, entgegnete sie benommen. „Ich hab ihn meiner Schwester aufs Land geschickt.“

„Großer Gott“, sagte Jasper. „Wo lebt denn Ihre Schwester? Sie könnte in tödlicher Gefahr sein.“

„Da kommt er nie drauf“, raunte die Frau. „Mein Mann hat sie nie erwähnt. Er hat Mr Horn nur gesagt, wer ihm aufgetragen hatte, seine Papiere zu durchsuchen.“

„Und wer war das?“, flüsterte Jasper und ahnte Schlimmes.

Die Frau sah auf und lächelte. „Mr Pynch.“

„Mylord, Mr Horn weiß, dass ich Ihr Kammerdiener bin.“ Pynch war kreidebleich geworden. „Und wenn er das weiß …“

Doch Jasper war bereits aufgesprungen und in heller Verzweiflung zur Tür gerannt. Den Rest von Pynchs Satz hörte er dennoch.

„… dann wird er annehmen, dass Sie den Brief haben.“

Der Brief. Er hatte keinen Brief. Aber Matthew würde glauben, dass er ihn bei sich zu Hause verwahrte. Zu Hause, wohin Melisande mittlerweile gewiss zurückgekehrt war. Arglos und allein und in dem Glauben, dass Matthew sein Freund sei.

Gütiger Gott. *Melisande.*

„Meine Mutter ist gebrechlich und ans Bett gebunden", sagte Matthew Horn zu Melisande, die nur stumm nickte, da sie nicht wusste, was sie sonst tun sollte. „Sie kann sich kaum noch rühren, geschweige denn nach Frankreich flüchten."

Melisande schluckte und wählte ihre Worte mit Bedacht. „Das … das tut mir leid."

Es schienen die falschen Worte zu sein. Ruckartig bewegte Mr Horn die Pistole, die er Melisande in die Seite gedrückt hielt. Melisande fuhr schaudernd zusammen, sie konnte einfach nicht anders. Schusswaffen waren ihr schon immer ein Gräuel gewesen – allein der Krach, den sie machten! –, und bei dem Gedanken, dass eine Kugel sich in ihr Fleisch bohren könnte, lief es ihr eiskalt den Rücken herunter. Es würde wehtun. Vermutlich sogar sehr. Ach, was für ein Feigling sie war – aber so war sie nun einmal.

Sie stand Todesängste aus.

Als Mr Horn eben vor der Tür gestanden hatte, war er ihr schon ein bisschen seltsam vorgekommen. Merkwürdig aufgekratzt und erregt. Als er in den Salon getreten war, hatte sie sich gar gefragt, ob er wohl getrunken hatte, auch wenn es noch nicht einmal Mittag war.

Dann verlangte er, Lord Vale zu sehen, und als sie ihm erklärte, dass ihr Gatte nicht zu Hause sei, bestand er darauf, dass sie ihn in dessen Studierzimmer führe. Das hatte ihr nicht so recht gefallen wollen, zumal sie mittlerweile das Gefühl beschlich, dass irgendetwas nicht stimmte. Während er auf Jaspers Schreibtisch herumgesucht und in den Schubladen gewühlt hatte, hatte sie sich heimlich davonstehlen und Oaks rufen wollen, damit er Mr Horn des Hauses verweise. Just in diesem Augenblick hatte er dann die Pistole gezückt, und erst da – als sie ungläubig auf die Waffe in seiner Hand gestarrt hatte – war ihr der dunkle Fleck am Ärmel seines Rocks aufgefallen. Als er mit einer Hand weiter in den Papieren kramte, sah sie, dass er mit seiner Rockmanschette eine rote Schmierspur hinterließ.

Als ob er Blut am Rock hätte.

Melisande schauderte und versuchte, ihren grausigen Gedanken Einhalt zu gebieten. Sie *wusste* nicht, ob es Blut war, weshalb also wahrlich kein Grund bestand, gleich hysterisch zu werden. Vielleicht war ja alles nur ein Missverständnis. Bald würde Jasper nach Hause kommen und alles klären. Allerdings wusste er nicht, dass Horn bewaffnet war. Was, wenn er arglos zur Tür hereinspazierte? Mr Horns unerklärliche Raserei schien sich gegen Jasper zu richten. Was, wenn er ihm etwas zuleide tun wollte?

Melisande atmete tief durch. „Was genau suchen Sie denn?"

Mit einem Handstreich fegte Horn alle Papiere vom Tisch. Die größeren landeten weit verstreut auf dem Boden, die kleineren flatterten wie zur Landung ansetzende Vögel hinterher. „Einen Brief. *Meinen* Brief. Vale hat ihn mir entwendet. Wo ist er?"

„Der Brief? Ich … ich weiß nicht."

Er zog sie an sich, nur die Pistole noch zwischen ihnen, umfing ihr Gesicht mit der linken Hand und drückte so fest zu, dass es wehtat. Tränen standen ihm in den Augen. „Ein Dieb ist er. Ein Dieb und Erpresser. Ich dachte, er wäre mein Freund. Ich dachte …" Er presste die Augen zusammen, und als er sie wieder öffnete, starrte er sie finster an. „Ich lasse mich von ihm nicht ruinieren, haben Sie das verstanden?", zischte er. „Sagen Sie mir, wo der verdammte Brief ist, wo er ihn versteckt haben könnte, oder ich erschieße Sie – und es täte mir nicht einmal leid."

Melisande zitterte. Er meinte es ernst. Er würde sie umbringen. Sie gab alle Hoffnung auf, hier lebend herauszukommen. Aber wenn Jasper jetzt nach Hause käme, würde er ihn womöglich auch umbringen. Der Gedanke war so schrecklich, dass er sie zur Vernunft brachte. Sie musste nachdenken, überlegen, was zu tun sei. Je weiter Horn vom Eingang des Hauses entfernt wäre, desto mehr Zeit bliebe Jasper, die Gefahr zu erkennen, in der er sich befand.

Sie fuhr sich über die Lippen. „Sein Schlafzimmer. Ich … ich glaube, der Brief ist in seinem Schlafzimmer."

Wortlos packte Horn sie am Nacken und schubste sie vor sich her. Die Pistole hielt er ihr noch immer an die Seite gedrückt. Draußen in der Halle war niemand zu sehen, wofür Melisande ein stilles Stoßgebet gen Himmel schickte. Sie wusste nicht, wie Horn reagieren würde, wenn einer der Bediensteten ihm in den Weg träte. Gut möglich, dass er jeden erschoss, der ihm in die Quere kam.

Zusammen stiegen sie die Treppe hinauf. Schmerzhaft gruben seine Finger sich in ihren Nacken, doch sie verzog keine Miene. Oben angekommen wandte Melisande sich zu ihren Privatgemächern, und fast wäre ihr das Herz stehen geblieben. Sally kam gerade aus ihrem Zimmer.

„Mylady?", sagte das Mädchen hörbar verwirrt. Ihr Blick wanderte von Melisande zu Mr Horn.

Rasch ergriff Melisande das Wort, ehe ihr Häscher etwas sagen konnte. „Was machst du denn hier, Mädchen? Habe ich dir nicht gesagt, dass du bis Mittag mein Reitkostüm gereinigt und geplättet haben sollst?"

Sallys Augen weiteten sich. Noch nie hatte Melisande in einem solchen Ton zu ihr gesprochen. Doch es sollte noch schlimmer kommen. Hinter dem Mädchen steckte Mouse erst sein Näschen aus dem Zimmer und kam dann wieselflink herausgewetzt. Er rannte zu Melisande und kläffte wie verrückt.

Melisande spürte eine leichte Bewegung an ihrer Seite, als wolle Mr Horn die Pistole von ihr auf den Hund richten. Mouse stand direkt vor ihr, und es galt keine Zeit zu verlieren. Mit einem beherzten Tritt stieß sie den armen Hund beiseite. Mouse jaulte vor Kummer und Schmerz und blieb völlig entgeistert auf allen vieren liegen.

Aufgebracht sah Melisande ihre Zofe an. „Was macht der Hund hier oben? Los, bring ihn runter in die Küche, aber schnell! Und wenn mein Reitkostüm nicht in einer Stunde fertig ist, kannst du noch heute Abend deine Sachen packen."

Sally hatte Mouse noch nie gemocht, doch jetzt zögerte sie nicht einen Augenblick, bückte sich und hob den kleinen Terrier zärtlich in ihre Arme. Mit Tränen in den Augen eilte sie an Melisande und Mr Horn vorbei und rannte nach unten.

Sowie das Mädchen verschwunden war, atmete Melisande laut auf.

„Sehr gut“, sagte Horn. „Und wo ist jetzt Vales Schlafzimmer?“

Melisande zeigte auf die Tür, und Horn schleifte sie mit sich. Als er den Knauf drehte, bekam sie es wieder mit der Angst. Was, wenn Mr Pynch im Zimmer war? Sie hatte keine Ahnung, wo Jaspers Kammerdiener sich gerade aufhielt.

Aber das Zimmer war leer.

Horn zerrte sie mit sich zur Kommode und begann, Vales feinsäuberlich gefaltete Krawattentücher auf den Boden zu werfen.

„Wussten Sie, dass er dabei war, als die Rothäute mich gefoltert haben? Sie haben ihn an einen Pfahl gebunden und hielten seinen Kopf fest, damit er nicht wegschauen konnte. Fast hat er mir mehr leidgetan als ich mir selbst.“ Jäh hielt er inne und holte tief Luft. „Ich sehe sie noch vor mir, seine blauen Augen. Tränen standen darin, als sie mir mit Fackeln die Brust verglühten. Er weiß, wie es war. Er weiß, was sie mir angetan haben. Er weiß, dass die Armee zwei verdammte Wochen gebraucht hat, um das Lösegeld aufzubringen und uns zu befreien.“

„Sie geben Jasper die Schuld für das, was Ihnen geschehen ist“, sagte sie ruhig.

„Reden Sie kein dummes Zeug“, fuhr er sie an. „Vale konnte ebenso wenig dafür, was uns angetan wurde, wie wir etwas dafür konnten. Einzig seinen Verrat lege ich ihm zur Last. Gerade er sollte verstehen, warum ich tun musste, was ich getan habe.“

Nachdem er alle Schubladen geleert hatte, schleifte er Melisande hinüber zum Kleiderschrank. „Er weiß, wie es war, damals. Er war dabei. Wie kann er es wagen, sich ein Urteil über mich anzumaßen? Wie kann er es nur wagen?"

Sein Blick war eiskalt, und in seiner Verzweiflung schien er zu allem entschlossen. Melisande war wie gelähmt vor Entsetzen. Er sah sich in die Enge getrieben, und es war nur eine Frage der Zeit, bis er merken würde, dass sie ihn angelogen hatte.

Als Jasper zu Hause angelangt war, barst ihm das Herz schier in der Brust vor Furcht. Er sprang aus dem Sattel, warf einem Burschen die Zügel zu und stürzte, ohne auf Pynch zu warten, die Treppe hinauf, riss die Tür auf, rannte in die Halle – und blieb wie angewurzelt stehen.

Melisandes kleine Kammerzofe hielt den armen Mouse umklammert und weinte. Um sie herum standen Oaks und zwei Lakaien.

Als Jasper hereinstürmte, drehte Oaks sich um, das Gesicht angespannt und von Sorge zerfurcht. „Mylord! Wir glauben, dass Lady Vale in Schwierigkeiten steckt."

„Wo ist sie?", herrschte Jasper ihn an.

„Oben", schluchzte das Mädchen. Mouse zappelte ihr in den Armen und versuchte herunterzuspringen. „Ein Mann ist bei ihr und … oh Gott, ich glaube, er hat eine Pistole!"

Jasper gefror das Blut in den Adern. *Nein. Nein, das darf nicht wahr sein.*

„Wo genau hast du sie gesehen, Sally?", ließ sich Pynch hinter Jasper vernehmen.

„Oben an der Treppe", sagte die Zofe. „Vor Ihren Gemächern, Mylord."

Schließlich machte Mouse einen so verzweifelten Satz, dass sie aufschrie und den kleinen Hund fallen ließ. Der schüttelte sich kurz, rannte dann zu Jasper, bellte einmal und wetzte los zur Treppe. Er sprang auf die erste Stufe und bellte erneut.

„Ihr bleibt hier", sagte er zu den Bediensteten. „Wenn wir zu viele sind, wird er …" Er ließ den Satz unvollendet, denn auszusprechen, was geschehen könnte, war einfach zu schrecklich.

Er folgte Mouse.

„Mylord!“, rief Pynch ihm hinterher.

Jasper warf einen Blick über die Schulter.

Sein Kammerdiener hielt ihm zwei Pistolen hin. Eindringlich ruhte Pynchs Blick auf ihm. Er wusste, wie Jasper zu Pistolen stand; dennoch reichte er sie ihm. „Gehen Sie nicht unbewaffnet.“

Ohne ein weiteres Wort schnappte Jasper sich die beiden Waffen und setzte die Treppe hinauf. Mouse hechelte vor Aufregung und rannte bellend voraus. Oben, bei den Privatgemächern angelangt, blieb Jasper auf der letzten Stufe stehen und lauschte. Mouse stand geduldig bei Fuß und sah erwartungsvoll zu ihm auf. Von unten drang gedämpft das Schluchzen des Mädchens herauf und das Gemurmel einer tieferen Stimme – vermutlich war es Pynch, der sie tröstete. Ansonsten war alles ruhig. Er wagte kaum daran zu denken, was diese Stille bedeuten konnte.

Auf den Zehenspitzen schlich er zur Tür seines Zimmers. Mouse tapste auf leisen Pfoten hinterher. Die Tür stand einen Spalt offen, und Jasper ging in die Hocke, ehe er sie aufstieß, um nicht gar so ein gutes Ziel abzugeben.

Doch nichts rührte sich.

Jasper atmete tief durch und schaute den Hund an. Mouse wiederum schaute ihn gespannt an und schien sich keinen Deut darum zu scheren, welche Gefahren in dem Zimmer lauern könnten. Jasper fluchte leise und trat ein. Das Zimmer war leer, aber Matthew war ganz offensichtlich hier gewesen. Jaspers Kleider lagen auf dem Boden verstreut, die Laken waren von dem Bett gerissen, das er ohnehin nie benutzte. Er ging zum Ankleideraum. Auch hier war alles durchwühlt, doch von Horn – oder Melisande – keine Spur. Als er zurück ins Schlafzimmer kam, schnüffelte Mouse an einem der Kissen, die auf dem Boden lagen. Jasper besah es sich, und fast hätten seine

Knie unter ihm nachgegeben.

Auf dem Kissen war eine feine Blutspur.

Er schloss die Augen. *Nein.* Nein, das durfte nicht sein. Ihr durfte nichts zugestoßen, sie durfte nicht tot sein. Etwas anderes konnte er nicht denken, wollte er nicht den Verstand verlieren. Er öffnete die Augen wieder und zückte die Pistolen. Bereit, von ihnen Gebrauch zu machen, ging er auch die restlichen Zimmer ab. Nach einer Viertelstunde war er ganz außer Atem vor Anspannung und Verzweiflung. Mouse war ihm überallhin gefolgt, hatte unter Betten und in Ecken geschnüffelt, aber nichts schien sein Interesse geweckt zu haben.

Jasper ging die Treppe hinauf in den nächsten Stock, wo die Bediensteten ihr Quartier hatten. Aber warum sollte Matthew seine Frau hier heraufgebracht haben? Viel wahrscheinlicher wäre doch, dass er über die Hintertreppe hinunter und durch die Küche entkommen war. Aber dann müsste jemand ihn bemerkt haben. Man hätte Schreie des verschreckten Küchenpersonals gehört. Verdammt! Wo steckte Horn? Und wohin hatte er Melisande gebracht?

Kaum waren sie im Dachgeschoss angekommen, als Mouse wie angewurzelt stehen blieb und bellte. Im nächsten Moment wetzte er über die blanken Holzdielen zu einer Tür am Ende des schmalen Korridors. Jasper folgte ihm und machte die Tür vorsichtig auf. Eine Holzstiege führte hinauf aufs Dach. Jasper war noch nie dort oben gewesen, wusste jedoch, dass es leicht abfiel und von einer flachen Balustrade umgeben war, die indes vor allem der Zierde diente.

Mouse drängte sich an ihm vorbei und sprang die steile Stiege hinauf. Oben angekommen drückte er seine Nase an den Türspalt einer kaum mannshohen Luke und begann zu winseln.

Jasper hielt beide Pistolen bereit und stieg leise die Stiege hinauf. An der Luke angekommen, schob er den kleinen Hund mit der Stiefelspitze beiseite und sah ihn streng an.

„Du bleibst hier.“

Gehorsam legte Mouse die Ohren an, blieb jedoch angriffslustig stehen.

„Sitz und bleib hier“, befahl Jasper. „Oder ich muss dich in eine der Kammern sperren.“

Natürlich verstand der Hund kein einziges Wort, wohl aber den Ton. Leise winselnd zog er den Schwanz ein und setzte sich. Jasper öffnete die Tür und schlüpfte hinaus.

Die schweren Wolken hatten ihr Versprechen eingelöst; kalter, klammer Regen fiel aufs Dach, der Himmel war grau und trüb. Die Luke war nur dazu gedacht, für Reparaturen und Reinigungsarbeiten Zugang zum Dach zu verschaffen. Sie führte auf einen kleinen, flachen Austritt, auf dem gerade mal ein Mann Platz fand; ringsum fiel das Dach schräg, wenngleich nicht allzu steil ab. Vorsichtig richtete Jasper sich auf und spürte, wie der Wind ihm Regentropfen in den Nacken trieb. Sein Blick ging auf den Garten hinaus. Zu seiner Linken lag das Dach verlassen da, ebenso zu seiner Rechten. Jasper reckte sich ein wenig und spähte über den Dachfirst.

Gütiger Gott, da waren sie! Matthew hielt Melisande über den Sims an der Vorderseite des Hauses gebeugt. Die schmucke, doch völlig nutzlose Balustrade reichte ihnen gerade bis zum Knie und würde ihren Sturz nicht aufhalten können. Nur Matthews eiserner Griff bewahrte Melisande davor, sich auf den Pflastersteinen vor dem Haus den Schädel zu zertrümmern. Jasper wusste zudem, wie sehr seine geliebte Gemahlin sich vor der Höhe fürchtete. Sie musste von Sinnen sein vor Angst.

„Keinen Schritt weiter!“, brüllte Matthew. Er trug weder Hut noch Perücke, und das kurze, rotblonde Haar klebte ihm regennass am Schädel. Wilde Verzweiflung brannte in seinen blauen Augen. „Keinen Schritt weiter, oder ich stoße sie runter!“

Jasper suchte den Blick ihrer schönen, braunen Augen. Das Haar hing ihr halb herab, lange, nasse Strähnen klebten ihr an den Wangen. Mit beiden Händen klammerte sie sich an

Matthews Arm fest, denn einen anderen Halt hatte sie nicht mehr. Und dann, als sie Jaspers Blick erwiderte, geschah etwas, das ihm den Atem stocken ließ, so schrecklich war es.

Sie lächelte.

Mein süßes, tapferes Mädchen. Jasper musste den Blick abwenden und richtete ihn wieder auf Matthew. Er hob die Pistole in seiner rechten Hand. „Lass sie los, Horn, oder ich puste dir dein gottverdammtes Hirn heraus."

Matthew lachte leise, und Melisande wand sich in seinem Griff. „Verschwinde, Vale. Auf der Stelle."

„Und was dann?"

Mit versteinerter Miene starrte Matthew ihn an. „Du hast mich zerstört, Vale. Mein Leben ist ruiniert. Ich habe keine Zukunft mehr, keine Hoffnung. Ohne meine Mutter kann ich nicht nach Frankreich flüchten, und wenn ich bleibe, wird man mich dafür hängen, Geheimnisse der Krone an die Franzosen verkauft zu haben. Meine Mutter wird in Ungnade fallen, mein gesamtes Vermögen an die Krone gehen, Mutter auf der Straße landen."

„Willst du deinem Leben also ein Ende setzen, oder was?"

„Und wenn schon, was geht es dich an?"

„Lass Melisande los", sagte Jasper ruhig. „Sie hat dir nichts getan und hat nichts mit alldem zu tun. Wenn du sie gehen lässt, werde ich meine Waffe niederlegen."

„Nein, Jasper!", schrie Melisande, doch keiner der beiden schenkte ihr Beachtung.

„Ich habe mein Leben verloren", sagte Matthew. „Warum sollte ich deines nicht genauso zerstören, wie du meines zerstört hast?"

Er wandte sich wieder zum Sims, und Jasper hievte sich auf den Dachfirst. „Nein! Tu es nicht. Du bekommst den Brief."

Matthew zögerte kurz. „Wie schön. Aber du hast ihn nicht. Ich habe überall gesucht."

„Er ist nicht hier im Haus, ich habe ihn woanders versteckt." Alles gelogen, aber Jasper hatte noch nie so überzeugend gesprochen. Wenn er nur etwas Zeit gewinnen könnte und Melisande von diesem verdammten Sims fortbekäme!

„So?", fragte Matthew argwöhnisch und hoffnungsvoll zugleich.

„Ja." Jasper hatte sich rittlings auf den First gesetzt, hob vorsichtig auch das andere Bein herüber und ging in die Hocke. Melisande und Matthew waren kaum zehn Fuß von ihm entfernt. „Komm erst einmal da vom Sims weg, dann hole ich ihn dir."

„Nein. Wir bleiben hier, bis du den Brief gebracht hast."

Matthew klang den Umständen entsprechend recht besonnen, doch hatte er heute bereits getötet. Was sollte ihn daran hindern, es nicht noch einmal zu tun? Jasper konnte ihn unmöglich mit Melisande allein lassen.

„Gut, ich bringe den Brief", sagte Jasper und kroch kaum merklich weiter vor. „Du sollst den Brief bekommen, und ich vergesse die ganze Sache. Aber erst will ich meine Frau haben. Sie bedeutet mir mehr als alle Rache für Spinner's Falls."

Auf einmal begann Matthew so heftig zu zittern, dass Jasper alle Vorsicht fahren ließ und sich aufrichtete. Gütiger Gott, bekam der Mann etwa einen Anfall?

Weit gefehlt. Er lachte. Heiseres Gelächter entrang sich seiner Kehle. „Spinner's Falls? Herrje, dachtest du wirklich, ich wäre der Verräter von Spinner's Falls? All die Mühen, und du hast keine Ahnung, was? Nein, es war erst danach – nachdem uns die Armee Seiner Majestät zwei Wochen der Folter ausgeliefert hatte –, dass ich Informationen an die Franzosen verkauft habe. Warum auch nicht? Meine Loyalität der Krone gegenüber war gründlich ausgebrannt worden." Er lachte bitter.

„Aber du hast auf Hasselthorpe geschossen."

„Nein, Vale. Das war nicht ich."

„Wer war es dann?"

„Woher soll ich das wissen? Aber es scheint, als wisse Hasselthorpe etwas über Spinner's Falls, von dem jemand anderer wünscht, dass es niemals herauskommt."

Jasper blinzelte sich den Regen aus den Augen. „Dann hast du also nie …"

„Mein Gott, Vale", flüsterte Matthew verzweifelt. „Ich habe geglaubt, wenigstens du würdest mich verstehen. Du hast mein Leben zerstört. Warum hast du mich verraten? Warum?"

Und in stummem Entsetzen sah Jasper, wie Matthew seine Pistole an Melisandes Schläfe setzte. Er war zu weit weg. Er würde niemals rechtzeitig zu ihr gelangen. Verdammt. Ihm blieb keine andere Wahl. Jasper schoss und traf Matthews Hand. Er sah Melisande zusammenzucken, als ihr Blut ins Haar spritzte, sah, wie Matthew seine Pistole mit einem Schmerzensschrei fallen ließ.

Sah, wie Matthew Melisande über die Balustrade schob.

Da feuerte Jasper auch die zweite Pistole ab. Matthews Kopf flog zurück, ein Schrei zerschnitt die Luft. Jasper rutschte auf den schlüpfrigen Ziegeln vor an den Sims und machte sich darauf gefasst, Melisande leblos unten in der Tiefe liegen zu sehen. Doch stattdessen blickte er in ihr angsterfülltes Gesicht, kaum eine Armeslänge von dem seinen entfernt.

Er schnappte nach Luft, und der Schrei verstummte. Erst jetzt wurde ihm bewusst, dass er es war, der geschrien hatte. Er streckte seine Hand nach ihr aus. Sie klammerte sich mit beiden Händen an einen Mauervorsprung.

„Nimm meine Hand", stieß er heiser hervor. Die Kehle war ihm wie zugeschnürt.

Sie blinzelte benommen, sah ihn wie aus weiter Ferne an. Er musste an jenen Tag denken, der ihm nun eine Ewigkeit her schien, als sie sich vor Lady Eddings' Haus geweigert hatte, seine Hand zu ergreifen und sich von ihm vom Wagen helfen zu lassen. Lieber hatte sie sich an der Lehne des Phaetons festgeklammert.

Er beugte sich noch weiter vor. „Melisande. Vertrau mir. Nimm meine Hand."

Mit bebenden Lippen rang sie nach Luft und ließ dann

mit einer Hand den Mauervorsprung los. Er packte sie beim Handgelenk und zog seine Frau mit aller Kraft zu sich hinauf in Sicherheit.

Als er sie endlich über den Sims bekommen hatte, ließ sie sich erschöpft in seine Arme sinken. Er zog sie an sich und hielt sie fest umschlungen. Hielt sie einfach nur in seinen Armen, sog den Orangenduft ihres Haars ein, spürte ihren warmen Atem an seiner Wange. Erst da merkte er, dass er am ganzen Leib zitterte.

Nach einer langen Weile rührte sie sich in seinen Armen und blickte zu ihm hoch. „Ich dachte, Pistolen seien dir zuwider."

Er sah sie an. Auf der Wange hatte sie einen Bluterguss, und Blut und anderes Gräuliches klebten ihr im Haar, doch er wüsste nicht, wann ihm ein Mensch je schöner und lieber gewesen war als sie in diesem Augenblick.

Seine Gefühle überwältigten ihn so sehr, dass er sich räuspern musste, ehe er auch nur ein Wort herausbekam. „Schusswaffen sind mir zuwider. Ich verabscheue sie und würde sie niemals mehr anrühren."

Fragend sah sie ihn an, runzelte ihre liebliche Stirn. „Und doch ..."

„Weil ich dich liebe", sagte er. „Wusstest du das nicht? Für dich würde ich durch die Hölle gehen. Eine gottverdammte Pistole abzufeuern ist nichts, gar nichts, verglichen mit dir, liebste Gemahlin."

Mit großen Augen sah sie ihn an. Zärtlich strich er ihr über die Stirn, die Wangen, dann beugte er sich über sie, und ehe er sie küsste, sagte er es noch einmal. „Ich liebe dich, Melisande."

20. KAPITEL

Und so wurde der kleine Küchenjunge vor den König gebracht. Er zitterte am ganzen Leib, und es brauchte nicht lange, bis er alles gestand. Drei Mal habe Jack, der Hofnarr der Prinzessin, ihn dafür entlohnt, dass er ihn die Suppe rühren lasse – zuletzt heute Abend. Da staunten die Höflinge aber nicht schlecht. Ungläubiges Raunen ging durch den Saal. Prinzessin Immerschön versank in nachdenkliches Schweigen, der König tobte vor Zorn. Die Wachen packten sich Jack und schleiften ihn vor den König, stießen ihn auf die Knie und legten ihm das Schwert an den Hals.

„Sprich!", brüllte der König. „Sag, wem du die Ringe gestohlen hast!" Denn natürlich wollte niemand glauben, dass der kleine verkümmerte Narr die Ringe selbst erlangt haben könnte. „Sprich! Oder ich lasse dir den Kopf vom Leib schlagen!"

[aus LACHENDER JACK]

Einen Monat später …

Unschlüssig stand Sally Suchlike vor dem Schlafgemach ihrer Herrin. Es war schon spät am Morgen, aber man wusste ja nie, und es wäre ihr wirklich unangenehm, wenn sie jetzt hineinginge und ihre Herrin nicht allein wäre. Sie rang die Hände, und während sie überlegte, was sie tun sollte, fiel ihr Blick wieder einmal auf die kleine Statue vom Ziegenbock-Mann und der nackten Dame. Der Mann hatte wirklich *ziemliche* Ähnlichkeit mit Mr Pynch, und wie immer fragte sie sich, ob sein stattlicher …

Hinter ihr räusperte sich jemand.

Sally schrie erschrocken auf und fuhr herum. Pynch stand so dicht vor ihr, dass sie die Wärme seiner breiten Brust an ihrem Gesicht spürte.

Langsam hob der Kammerdiener eine Braue, wodurch er dem Ziegenbock-Mann noch ähnlicher sah. „Was lungern Sie denn hier auf dem Flur herum, Miss Suchlike?"

Sie reckte das Kinn. „Ich habe gerade überlegt, ob ich ins Zimmer meiner Herrin gehen soll oder nicht."

„Und warum sollten Sie nicht?"

Sie gab sich schockiert. „Weil sie nicht allein sein könnte, darum."

Pynch schürzte auf recht spöttische Art die Lippen. „Kann ich mir kaum vorstellen. Lord Vale schläft immer in seinem Zimmer – allein."

„Ach ja?" Sally stemmte die Hände in die Hüften und bekam ein ganz köstliches Flattern im Bauch. „Warum gehen Sie dann nicht einfach rein und sehen nach, ob er in seinem Bett liegt? Ich würde darauf wetten, dass er nicht in seinem Zimmer ist."

Der Kammerdiener bedachte sie mit einem Blick, der ihr die Knie weich werden ließ, dann betrat er Lord Vales Schlafgemach.

Sally atmete tief durch, fächelte sich die erhitzten Wangen und wartete.

Lange brauchte sie nicht zu warten, denn schon tauchte Mr Pynch wieder aus dem Gemach seines Herrn auf und schloss die Tür leise hinter sich. Schweigend kehrte er zu ihr zurück und kam ihr so nahe, dass Sally sich mit dem Rücken zur Wand fand.

Dann beugte er sich über sie und flüsterte ihr ins Ohr. „Das Zimmer ist leer. Gewährst du mir den üblichen Lohn?"

Sally schluckte; auf einmal war ihr die Schnürbrust furchtbar eng. „J…ja."

Und schon hatte Pynch sie in seine Arme gezogen und seine Lippen auf die ihren gesenkt.

Ganz still war es geworden, nur Mr Pynchs Atem und Sallys Seufzen waren zu hören.

Schließlich hob er den Kopf. „Was fasziniert dich eigentlich an dieser Statue? Jedes Mal ertappe ich dich dabei, wie du hier stehst und sie anstarrst."

Sally errötete, und Pynch knabberte sich zärtlich ihren Hals hinab. „Ich finde, er sieht Ihnen ähnlich", flüsterte sie.

Pynch warf einen kurzen Blick über die Schulter. Dann sah er wieder Sally an und hob ganz schrecklich anmaßend eine Braue. „Allerdings."

„Mmmm", machte Sally. „Und ich frage mich die ganze Zeit …"

„Ja?"

Nun knabberte er an ihrer Schulter, und sie konnte kaum noch klar denken.

Wacker wagte Sally es dennoch. „Ich habe mich gefragt, ob Sie wohl überall genauso aussehen wie er."

Ganz still verharrte Pynch an ihrer Schulter – so still, dass Sally fürchtete, doch etwas zu dreist gewesen zu sein.

Dann hob er den Kopf, und sie sah den dunklen Glanz in seinen Augen. „Nun, Miss Suchlike, ich würde Ihnen gern dabei behilflich sein, das herauszufinden, doch gibt es etwas, das wir zuvor klären sollten."

„Und das wäre?", fragte sie atemlos.

Auf einmal wurde er ganz ernst, und seine grünen Augen blickten fast … schüchtern.

Er räusperte sich. „Ich glaube, dass Sie mich heiraten sollten, Miss Suchlike, ehe wir dieses Gespräch fortsetzen."

Sie wich ein wenig zurück und starrte ihn an. Nun fehlten ihr doch die Worte.

Seine Miene verdüsterte sich. „Was ist?"

„Hatten Sie nicht mal gemeint, Sie wären zu alt für mich?"

„Das habe ich, aber …"

„Und dass ich viel zu jung wäre, um zu wissen, was ich will?"

„Schon, aber …"

„Und dass ich mich nach anderen Männern umschauen sollte? Männern in meinem Alter, so wie Sprat zum Beispiel?"

Nun blickte er geradezu finster. „Ich wüsste nicht, wann ich dir geraten hätte, ein Auge auf den jungen Sprat zu werfen.

Das habe ich ganz gewiss nicht gesagt."
„Stimmt, das haben Sie nicht."
Es hatte ihr fast das Herz gebrochen, denn sie wollte sich keine anderen Männer anschauen; sie wollte ihn. Ihr einziger Lichtblick war, dass er sich ihr weiterhin jeden Morgen im Korridor näherte. Mr Pynch mochte ihr ja kluge Ratschläge geben, aber von ihrer kleinen Tändelei mochte er ebenso wenig lassen wie sie.
„Das will ich wohl meinen", knurrte er.
Strahlend sah sie ihn an.
Einen Moment betrachtete er sie schweigend, dann schüttelte er den Kopf, als wolle er dumme Gedanken vertreiben. „Und?"
„Was und?"
Er seufzte schwer. „Willst du mich heiraten, Sally Suchlike?"
„Ach so", meinte Sally und strich sich ihren Rock glatt. Natürlich wollte sie Mr Pynch heiraten. Aber weil sie ein kluges, besonnenes Mädchen war, wollte sie lieber auf Nummer sicher gehen. Heiraten war immerhin ein ziemlich großer Schritt. „Warum wollen Sie mich denn heiraten, Mr Pynch?"
Seine Miene war dazu angetan, weniger beherzte Mädchen in die Flucht zu schlagen, aber Sally hatte Mr Pynch ja schon geraume Zeit beobachtet und wusste genau, woran sie bei ihm war. „Nur falls es dir nicht aufgefallen sein sollte", sagte er, „aber seit gut zwei Wochen finde ich mich jeden Morgen zu dieser Zeit an diesem Ort ein, um dich zu küssen. Und obwohl du viel zu jung und hübsch für mich bist und es wahrscheinlich bald bedauern wirst, dich an so einen hässlichen, alten Sack wie mich gebunden zu haben, will ich dich dennoch heiraten."
„Aber warum?"
Er starrte sie an. Hätte Mr Pynch Haare auf dem Kopf gehabt, würde er sie sich wohl gerauft haben. „Weil ich dich liebe, du dummes Mädel!"
„Ah, gut", schnurrte Sally zufrieden und schlang ihre Arme um seinen Hals. „Dann heirate ich Sie natürlich. Aber Sie täu-

schen sich ganz gewaltig.“

An dieser Stelle wurde Sally von einem ausgesprochen leidenschaftlichen Kuss unterbrochen, und erst als der Kammerdiener wieder aufsah, fragte er, ziemlich außer Atem: „Inwiefern täusche ich mich?“

Sally lachte und blickte verzückt in Mr Pynchs grantiges, geliebtes Gesicht. „Du täuschst dich insofern, als dass ich es nie bedauern werde, dich geheiratet zu haben. Ich liebe dich nämlich auch.“

Was ihr einen weiteren, äußerst ungestümen Kuss einbrachte.

Melisande streckte sich genüsslich und schmiegte sich an ihren Gatten. „Einen wunderschönen guten Morgen“, flüsterte sie.

„Wie wahr“, erwiderte er mit träger Stimme.

Verstohlen lächelte sie an seiner Schulter. Kein Wunder, dass er am Ende seiner Kräfte war – so ausgiebig, wie er sie gerade geliebt hatte. Es schien ihm zu gefallen, sie in dieser Manier zu wecken.

An der Tür des Ankleidezimmers winselte und kratzte es.

Melisande stupste Jasper an. „Du solltest ihn jetzt rauslassen.“

Er seufzte. „Jetzt schon?“

„Wenn nicht, kratzt er noch mehr und fängt an zu bellen, und dann kommt Sprat an die Tür, um zu fragen, ob er Mouse ausführen soll.“

„So viel Theater um so wenig Hund“, brummelte Jasper, doch er erhob sich von ihrem Matratzenlager und tapste in all seiner Blöße zum Ankleidezimmer.

Melisande betrachtete ihn unter gesenkten Lidern hervor. Ach, was für einen herrlichen Po er doch hatte! Sie lächelte still und fragte sich, was er wohl denken würde, wenn sie es ihm einfach sagte.

Jasper öffnete die Tür zum Ankleidezimmer, und Mouse kam sehr angelegentlich mit einem saftigen Knochen in der Schnauze herausgetrabt. Mit einem Satz war er auf die Bettstatt gesprungen, drehte sich dreimal um sich selbst und ließ sich dann behaglich nieder, um seinen Leckerbissen abzunagen. Ihr Nachtlager war im Laufe des letzten Monats um eine dünne Matratze und unzählige Kissen aufgestockt worden. Das Bett hatte Melisande ganz aus dem Zimmer verbannt. Die neue Schlafstatt hatte dafür einen Ehrenplatz an der Wand zwischen den beiden Fenstern bekommen, und nachts, wenn nur eine Kerze brannte, stellte Melisande sich bisweilen vor, in einem orientalischen Palast zu liegen.

„Der Hund sollte sein eigenes Bett haben", brummelte Jasper.

„Er hat sein eigenes Bett", erinnerte Melisande ihn. „Er schläft nur nicht darin."

Jasper bedachte Mouse mit finsterem Blick. Dabei war *er* es gewesen, der Mouse den Knochen gegeben hatte, weshalb niemand seine finstere Miene ernst nahm.

„Sei froh, dass er nicht mehr unter der Bettdecke schläft", meinte Melisande.

„Darüber bin ich auch froh. Ich möchte nie wieder davon aufwachen, dass eine kalte Hundenase sich an meinen Hintern drückt." Nun war sie es, die mit finsterem Blick bedacht wurde. „Was gibt es denn da zu grinsen, liebste Gemahlin?"

„Ich grinse doch gar nicht."

„Ach nein?", erwiderte er und schlenderte zu ihr, jeder Muskel angespannt. „Wie würdest du deine Miene denn dann bezeichnen?"

„Ich genieße die Aussicht."

„So?" Er machte einen kleinen Abstecher zu der Stelle, wo er gestern Abend seinen Rock achtlos hingeworfen hatte. „Soll ich vielleicht noch eine Gavotte tanzen?"

Sie neigte den Kopf und sah ihn etwas aus der Rocktasche holen. „Das würde mir gefallen."

„Ach wirklich, du unersättliches Weib?"

„Allerdings." Sie reckte sich ein wenig, sodass ihre Brustspitzen keck unter der Bettdecke hervorlugten. „Meiner Unersättlichkeit ließe sich leicht abhelfen."

„So?", murmelte er, den Blick auf ihre Brüste gerichtet. „Ich habe wahrlich mein Bestes gegeben, und noch immer ist dein Verlangen nicht gestillt. Willst du mich auch noch der letzten Kraft berauben?"

Sie hörte sein Klagen mit mitfühlender Miene an, warf dann einen vielsagenden Blick hinab, wo seine Männlichkeit sich schon wieder wacker reckte. „Allzu entkräftet siehst du mir nicht aus."

„Ja, schlimm, nicht wahr?", erwiderte er nonchalant. „Du brauchst mich nur anzusehen, und schon stehe ich stramm."

Sie streckte die Arme nach ihm aus. „Komm her, du törichter Mann."

Er grinste und kniete neben ihr nieder.

„Was hast du da?", wollte sie wissen, denn irgendetwas hielt er hinter seinem Rücken verborgen.

Plötzlich ganz ernst, legte er sich neben sie und stützte sich auf den Ellbogen. „Das ist für dich."

„Wirklich?" Seit den Granat-Ohrringen hatte er ihr nichts mehr geschenkt.

Er nahm seine Hand hinter dem Rücken hervor und hielt sie ihr ausgestreckt hin. Eine kleine Tabaksdose aus schlichtem Blech lag darin, ganz ähnlich der, in welcher sie ihre Schätze verwahrte. Nur dass diese hier ganz offensichtlich neu war.

Fragend hob Melisande die Brauen und sah von dem Döschen zu ihm.

„Mach es auf", sagte er mit rauer Stimme.

Sie nahm es ihm aus der Hand und wunderte sich, wie schwer es war. Wieder sah sie ihn an. Schweigend beobachtete er sie, doch seine türkisblauen Augen strahlten.

Gespannt machte sie die kleine Tabaksdose auf.

Und staunte nicht schlecht. Außen mochte die Dose schlicht und schmucklos sein, doch innen glänzte sie golden und war mit bunt funkelnden Edelsteinen besetzt. Perlen und Rubine, Diamanten und Smaragde, Saphire und Amethyste, Juwelen, deren Namen sie nicht einmal kannte. Eine wahre Farbenpracht, ein sich über das gelb schimmernde Gold spannender Regenbogen leuchtete ihr aus dem unscheinbaren Gehäuse entgegen.

Mit Tränen in den Augen sah sie Jasper an. „Was soll das bedeuten?“

Er nahm ihre Hand, drehte sie um und streifte mit den Lippen über ihre Finger. „Das bist du.“

Wieder betrachtete sie ihren prächtig funkelnden Schatz. „Wie bitte?“

Er räusperte sich, hielt den Blick indes gesenkt. „Als ich dir das erste Mal begegnet bin, war ich ein Narr. Ich war zu eitel, zu töricht, um deine Schönheit zu erkennen, meine süße, meine liebste Gemahlin.“

Als er schließlich aufblickte, sah sie die tiefe Liebe, die aus seinen Augen sprach. „Doch jetzt sehe ich dich, sonne mich in der wundersamen Pracht deiner Schönheit und werde niemals mehr anderes sehen. Ich liebe dich mit all der Kraft meiner verworfenen Seele.“

Melisande warf einen letzten Blick auf das Schatzkästlein. Es war wirklich wunderschön. So also sah Jasper sie. Sie konnte ihr Glück kaum fassen. Vorsichtig schloss sie den Deckel wieder und stellte die Dose beiseite. Er hätte ihr kein schöneres, besseres, vollkommeneres Geschenk machen können.

Zärtlich zog sie Jasper in ihre Arme und sagte, was einzig ihr zu sagen blieb. „Ich liebe dich.“

Und dann küsste sie ihn.

Kalt drückte das Schwert sich an Jacks Kehle, dennoch erhob er tapfer die Stimme.

„Ich würde Euch wohl sagen, wer die Ringe errungen hat, mein Herr“, sagte er, „aber ach, Ihr würdet mir nicht glauben.“

Abermals begann der König zu toben, doch Jack erhob die Stimme über den herrschaftlichen Furor. „Es kommt auch weniger darauf an, wer sie errungen hat, sondern wer sie nun in Händen hält.“

Und da schwieg der König, und alle Blicke richteten sich auf Prinzessin Immerschön. Sie schien nicht minder überrascht als alle anderen und holte den bronzenen Ring und den silbernen Ring aus ihrem kleinen Samtbeutel. Sie öffnete die Hand, in der sie den goldenen Ring geborgen hatte, und legte den silbernen und den bronzenen dazu, sodass es nun drei Ringe waren.

„Prinzessin Immerschön hat alle drei Ringe“, sagte Jack. „Und das, so scheint mir, sollte ihr das Recht geben, ihren Gemahl frei zu wählen.“

Der König zögerte und zürnte, doch schließlich musste er Jack recht geben.

„Wen willst du dir zum Manne erwählen?“, fragte der König seine Tochter. „Hier sind Männer versammelt aus aller Herren Länder. Reiche Männer, mutige Männer, Männer von solcher Schönheit, dass den Damen die Sinne schwinden, wenn sie an ihnen vorbeireiten. Nun sag mir, welcher von ihnen dein Gemahl werden soll.“

„Keiner.“ Prinzessin Immerschön lächelte, half Jack auf seine kurzen, krummen Beine und sagte: „Ich werde Jack heiraten und keinen anderen, denn er mag wohl ein Narr sein, aber er bringt mich zum Lachen, und ich liebe ihn.“

Und vor den verblüfften Blicken des versammelten Hofstaats beugte sie sich herab und küsste Jack, den Hof-

narren, mitten auf seine lange krumme Nase.

Welch wundersame Wandlung dann geschah! Denn Jack begann zu wachsen, seine Arme und Beine wurden länger und kräftiger, seine Nase und sein Kinn schrumpften auf ihre normalen Maße, bis Jack wieder ganz er selbst war, groß und stark. Und da er noch immer seine Rüstung aus Nacht und Wind trug und das schärfste Schwert der Welt, nun, da lässt sich wohl denken, dass er ein gar feines Mannsbild abgab.

Nur Prinzessin Immerschön wollte dieser schöne Fremde nicht gefallen, der da auf einmal vor ihr stand, und sie weinte bitterlich. „Oh, Jack!", rief sie. „Wo ist nur mein Jack geblieben? Wo ist mein lieber, süßer Narr?"

Jack kniete sich vor die Prinzessin hin und nahm ihre kleinen Hände in seine großen. Er neigte sich vor und flüsterte, sodass nur sie ihn hören konnte: „Ich bin *Euer lieber, süßer Narr, schöne Prinzessin. Ich bin der Mann, der gesungen und getanzt hat, um Euch zum Lachen zu bringen. Ich liebe Euch und würde frohen Herzens wieder meine kleine, verkümmerte Gestalt annehmen, könnte ich Euch nur wieder lächeln sehen."*

Und als die Prinzessin das hörte, lächelte sie und küsste ihn. Denn obwohl Jacks Gestalt sich so sehr gewandelt hatte, dass sie ihn nicht länger erkannte, war seine Stimme doch dieselbe geblieben. Es war die Stimme von Jack, dem Hofnarren.

Es war die Stimme des Mannes, den sie liebte – und den sie sich zum Gemahl erwählt hatte.

– ENDE –

Elizabeth Hoyt
Wild wie mein Verlangen
Band-Nr. 25590
7,99 € (D)
ISBN: 978-3-86278-315-1
384 Seiten

Christine Feehan
Im Palazzo der Leidenschaft
Band-Nr. 25672
7,99 € (D)
ISBN: 978-3-86278-728-9
320 Seiten

Candace Camp
Maskenball um Mitternach
Band-Nr. 25665
7,99 € (D)
ISBN: 978-3-86278-721-0
320 Seiten

Courtney Milan
Eine hinreißende Schwindlerin
Band-Nr. 25544
6,95 € (D)
ISBN: 978-3-89941-891-0
352 Seiten

Lynsay Sands
Der Highlander und sein wilder Engel
Band-Nr. 25654
7,99 € (D)
ISBN: 978-3-86278-510-0
320 Seiten

Sarah MacLean
Lehrmeister der Leidenschaft
Band-Nr. 25648
7,99 € (D)
ISBN: 978-3-86278-503-2
432 Seiten